Schwere Wetter

AF217130

HANNES NYGAARD

Schwere Wetter

HINTERM DEICH KRIMI

emons:

Bibliografische Information der Deutschen Nationalbibliothek
Die Deutsche Nationalbibliothek verzeichnet diese Publikation
in der Deutschen Nationalbibliografie; detaillierte bibliografische
Daten sind im Internet über http://dnb.d-nb.de abrufbar.

© Hermann-Josef Emons Verlag
Alle Rechte vorbehalten
Umschlagmotiv: Heribert Stragholz
Umschlaggestaltung: Tobias Doetsch
Druck und Bindung: CPI – Clausen & Bosse, Leck
Printed in Germany 2012
ISBN 978-3-89705-920-7
Hinterm Deich Krimi
Originalausgabe

Unser Newsletter informiert Sie
regelmäßig über Neues von emons:
Kostenlos bestellen unter
www.emons-verlag.de

Dieser Roman wurde vermittelt durch die Agentur
EDITIO DIALOG, Dr. Michael Wenzel, Lille, Frankreich
(www.editio-dialog.com).

Für Birthe

Hat der alte Hexenmeister
sich doch einmal wegbegeben!
Und nun sollen seine Geister
auch nach meinem Willen leben.
Seine Wort' und Werke
merkt ich und den Brauch,
und mit Geistesstärke
tu ich Wunder auch.

Johann Wolfgang von Goethe
(aus dem »Zauberlehrling«)

EINS

In der Nacht hatten die ersten Herbststürme vom Land Besitz ergriffen. Der Wind hatte sich in der Traufschalung verfangen, das lose Brett am Schuppen hatte geklappert und der Regen gegen die Dachschrägenfenster getrommelt. Es war eine stürmische Nacht gewesen.

Georgios Tsakalidis hatte keine Ruhe gefunden, und als er schließlich doch in einen unruhigen Schlaf gefallen war, hatte ihn der Wecker aus Morpheus' Armen gerissen. Daphne, seine Ehefrau, hatte nur kurz die Augen geöffnet und »Sei vorsichtig« gemurmelt, bevor sie sich auf die andere Seite gedreht und die Bettdecke über den Kopf gezogen hatte.

Tsakalidis war das frühe Aufstehen gewohnt, auch wenn es ihm nach einer Nacht wie dieser schwerfiel. Er hatte Kaffee gekocht, stark und süß, eine Tasse getrunken und den Rest in die Thermoskanne eingefüllt. Die Plastikdose mit dem Brot und die zweite mit dem Salat lagen schon griffbereit im Kühlschrank. Nach dem Bad und dem Ankleiden hatte er eine Zigarette am Küchentisch geraucht und anschließend sein Fahrrad aus dem Schuppen geholt. Das klappernde Brett, so nahm er sich vor, würde er heute nach Dienstschluss befestigen.

Es war kurz vor fünf Uhr früh, als er sich aufs Fahrrad schwang und die menschenleere Fährstraße entlangradelte. Wütend zerrte der Wind an seiner Kleidung, der Regen peitschte ihm ins Gesicht. Nur mühsam kam er voran. Wie gut, dachte Tsakalidis, dass er den Plastikumhang angelegt hatte. Sonst wäre er völlig durchnässt an seinem Arbeitsplatz angekommen.

Seit sechsundzwanzig Jahren war Georgios Tsakalidis als Busfahrer beim Stützpunkt Rendsburg der Autokraft tätig. Im Sommer, wenn es schon hell war um diese Zeit, machte es ihm Freude, in aller Herrgottsfrühe mit dem Rad zur Arbeit zu fahren. Aber an Tagen wie heute war es kein Vergnügen, ebenso wenig im regnerischen November oder während der Wintermonate, wenn Schnee und Eis auf den Straßen lagen. Dann waren an ihn, den Busfahrer, nicht nur im Beruf besondere Anforderungen gestellt, auch der Weg zur Arbeit erwies sich als beschwerlich.

Tsakalidis musste stets lachen, wenn er im Winter die Aufforderung im Radio vernahm, witterungsbedingt das eigene Fahrzeug stehen zu lassen und auf Bus und Bahn auszuweichen. Und wer brachte das Personal des Nahverkehrs zum Arbeitsplatz?

Eine Windbö erfasste ihn, und er strauchelte fast, konnte sich aber noch fangen und strampelte mit zusammengepressten Lippen weiter. Hoffentlich flaute der Wind etwas ab, bevor Aliki den gleichen Weg zurücklegen musste, um zum Helene-Lange-Gymnasium zu gelangen, das ebenso wie das Busdepot, das in der Aalborgstraße angesiedelt war, auf der anderen Seite des Nord-Ostsee-Kanals lag.

Es lebte sich gut in Osterrönfeld. Der aufstrebende Ort lag am südlichen Ufer des Kanals und war durch eine Schwebefähre mit der regionalen Metropole Rendsburg verbunden.

Rendsburg war nicht nur als bedeutender Werft- und Handelsplatz bekannt, sondern genoss auch wegen seines Wahrzeichens, der Eisenbahnhochbrücke, weit über die Landesgrenzen hinaus Aufmerksamkeit. In einer Schleife schraubte sich die wichtige Nord-Süd-Verbindung um den Stadtteil, der nach diesem technischen Meisterwerk auch »Schleife« hieß, auf eine Höhe von zweiundvierzig Metern, um die meistbefahrene künstliche Wasserstraße der Welt zu überqueren. Unter dem Mittelteil der Brücke hing die Schwebefähre an zwölf Seilen und überquerte an dieser Stelle in etwa zwei Minuten den Kanal, und das seit gut einhundert Jahren. Nur sieben Fähren dieser Art gab es auf der Welt, und eine war Teil von Tsakalidis' Arbeitsweg. Da nur vier Pkws und etwa sechzig Passanten auf die Fähre passten, hatte er es sich angewöhnt, unabhängig vom Wetter mit dem Rad zu fahren und das Auto seiner Frau Daphne zu überlassen.

Heute hatte Tsakalidis keinen Blick für die Brücke. Manchmal sah man vom Ort aus die Aufbauten der großen Schiffe, die über den Dächern Osterrönfelds zu schweben schienen. Bei dieser Witterung konnte man allerdings nicht die Hand vor Augen erkennen. Er bog um die Ecke und sah die hell erleuchtete Fähre, die Schranke, die noch senkrecht stand, und das eine Fahrzeug, das sich zu dieser frühen Stunde aufs Deck verirrt hatte.

Zwei Radfahrer hatten ihre Räder neben dem Pkw fast bis an die vordere Schranke geschoben, zwei weitere Fahrgäste, die zu Fuß unterwegs waren, versuchten, hinter der Plastikabdeckung notdürftig Schutz vor Regen und Wind zu finden.

Er rollte auf die Planken, zwischen deren schmalen Ritzen man auf das gurgelnde Wasser blicken konnte, das etwa vier Meter unter dem Deck bei dieser Beleuchtung nur zu erahnen war.

Tsakalidis nickte den anderen Fahrgästen zu. Man kannte sich von der gemeinsamen Benutzung der Fähre. Oder man traf sich im Ort, grüßte, ohne dabei weitere Worte zu wechseln. Die Wohnung der Familie nahe dem Lebensmittelmarkt war zudem prädestiniert dafür, dass man zahlreichen Bewohnern des Ortes begegnete.

Es ertönte das Signal, das die Abfahrt der Fähre ankündigte und in das sich der etwas andere Ton der Warnung mischte, mit dem das Herabsenken der Schranke auf Land begleitet wurde.

Mit einem leichten Ruck setzte sich die Schwebefähre fast lautlos in Betrieb und überquerte den Kanal, der mit etwa einhundert Metern Breite hier die engste Stelle seines gesamten Verlaufs aufwies. Große Schiffe konnten sich hier nicht begegnen.

Tsakalidis zog den Kopf zwischen den Schulterblättern ein. Mit zusammengekniffenen Augen sah er nach links, wo hell erleuchtet die Kais des Rendsburger Kreishafens lagen und im Scheinwerferlicht Kräne die Ladung von kleineren Frachtschiffen löschten. Durch den Regenschleier hoben sich gegen die Lichtkuppel Rendsburgs, die sich schwach vor dem dunklen Himmel abzeichnete, die hohen Silos der Getreide AG ab.

Er sah nicht nach oben. Wenn der Wind die Geräusche nicht davontrieb, konnte man manchmal das Rumpeln der Züge hören, die vierzig Meter höher auf dem metallenen Viadukt den Kanal überquerten.

Die Uferbeleuchtung des Kanals deutete die Konturen des Schifffahrtsweges an, der, heute kaum wahrnehmbar, nach etwa zwei Kilometern einen sanften Bogen nach links machte, um nach weiteren sechzig Kilometern an den Schleusen in Brunsbüttel in die Elbe zu münden.

Tsakalidis warf einen Blick in Richtung des südlichen Ufers. Unwillkürlich blieb er bei einer Welle haften, die die Fähre hinter sich herzog. Es sah aus wie ein Schiff, das das Wasser teilte. Zunächst schenkte er dem Phänomen keine Aufmerksamkeit, bis sein Auge erneut darauf fiel. Das konnte nicht sein. Die Schwebefähre war kein Wasserfahrzeug und konnte auf der Kanaloberfläche keine Bewegung erzeugen. Neugierig machte er ein paar Schritte bis zur hinteren Schranke und blinzelte ins Wasser. Tatsächlich. Die Fähre zog ein Seil hinter sich her. Er folgte dem Tau bis ans Ende.

Es war, als hätte ihn der Schlag getroffen. Trotz der fast alles verschlingenden Dunkelheit waren die Konturen eines Menschen ersichtlich. Tsakalidis rieb sich die Augen. Nein! Das Bild verschwand nicht. Die Schwebefähre zog einen Körper hinter sich her, der mit einem Seil an dem Fahrzeug befestigt war.

In diesem Moment verringerte sich unmerklich das Tempo der Fähre, und kurz darauf stieß sie mit einem leichten Ruck ans Ufer. Automatisch hakte sich der Haken des Schwebepontons an der Halterung an Land ein und verriegelte sich.

Das gelbe Blinklicht ging an, die Schranke wurde geöffnet, und die Ampel sprang von Rot auf Grün und gab die Ausfahrt frei.

Noch einmal beugte sich Tsakalidis über den rot-weißen Balken auf der Wasserseite. Jetzt war nichts mehr zu sehen.

Er zitterte vor Aufregung. Es waren nicht das unwirtliche Wetter, Wind und Regen, die ihn frösteln ließen. Er versuchte, dem Maschinisten, der hoch oben über Deck in seinem achteckigen Fahrstand saß, ein Zeichen zu geben. Aber der Mann sah ihn nicht, sondern konzentrierte sich auf die Entladung.

Tsakalidis überquerte das Deck und stieg beherzt die steile Leiter zur Brücke empor. Mit beiden Händen klammerte er sich am Geländer fest und achtete darauf, dass er auf den regennassen Sprossen nicht abrutschte. Endlich hatte er das kleine Brückendeck erreicht und klopfte an die Tür. Der Schwebefährenführer zuckte zusammen und erschrak. Fast böse kam er zur Tür und öffnete sie.

»Das Betreten ist streng verboten —«, begann er, wurde aber von Tsakalidis mit einer Handbewegung unterbrochen.

»Da hängt einer am Seil hinter der Fähre«, stammelte der Grieche.

»Wo?«, fragte der Mann von der Besatzung und schob gleich hinterher: »Das kann nicht sein.«

»Doch, ich bin mir ziemlich sicher.«

»Ganz bestimmt?«, fragte der Maschinist.

Tsakalidis nickte heftig. »Ich bin mir ziemlich sicher. So sehr kann ich mich nicht täuschen.«

Der Mann von der Fähre griff sich seine wetterfeste Jacke, schnappte sich eine Taschenlampe und folgte Tsakalidis auf das Brückendeck.

»Rückwärts runter«, rief er Tsakalidis zu, der unsicher an der steilen Leiter stand, sich krampfhaft an die Holme klammerte und vorsichtig die glitschigen Stufen hinabtastete. Er folgte dem Fährmann, der über den Anleger zu dem kleinen Wartehäuschen ging, daneben eine Sperrkette aushakte, sich unter einem Geländer durchzwängte und über die feuchte Wiese zur Fähre stapfte, die hier mit ihrer vollen Länge von vierzehn Metern über Land schwebte. Mit der Taschenlampe leuchtete der Mann die Fähre, die Träger und die Halterungen für die acht leuchtend roten Rettungsinseln ab, die auf der Unterseite des Schwebepontons angebracht waren.

»Da ist nichts«, sagte der Fährmann. Deutlich war der Ärger aus seiner Stimme zu hören.

»Doch«, behauptete Tsakalidis. »Hinten.«

Der Mann von der Fähre ging an seinem Gefährt entlang und lenkte den Strahl der Taschenlampe auf die hintere Halterung der Rettungsinseln. Der Lichtkegel fing ein Tau ein, das dort verknotet war. Langsam ließ er den Strahl an dem Nylonseil entlangwandern, das über den Uferrand verschwand. Vorsichtig näherten sich die beiden Männer dem glatten Rand. Viel war nicht zu erkennen, und näher durfte man nicht herantreten, um nicht Gefahr zu laufen, abzurutschen und in das kalte und brackige Wasser zu stürzen.

Der Fährmann kratzte sich den Kopf. »Und nun?«, fragte er.

»Wir können am Seil ziehen«, schlug Tsakalidis vor.

Beherzt packten die beiden Männer an. Das raue Nylon riss ihnen im Nu die Handflächen auf. Es war schwerer als erwartet. Tsakalidis atmete schwer und wollte schon aufgeben, als über dem Uferrand der Kopf eines Menschen auftauchte. Vor Schreck ließ er das Seil los.

»Verdammte Scheiße!«, schrie der Fährmann, der die Last nicht allein halten konnte und dem das ins Wasser zurückgleitende Seil die Handflächen noch tiefer aufriss und verletzte.

»Das … war … ein … Mensch …«, stammelte Tsakalidis. »Wir müssen die Polizei anrufen.«

Er wusste nicht, dass die Sonne erst um acht Uhr und sieben Minuten aufgehen würde. Theoretisch. Doch bei dem trüben Wetter am heutigen Tag war das nur ein statistischer Wert. Tsakalidis sah auf die Uhr. Eigentlich sollte er schon bald mit seinem Setra auf der Linie 3250 von Rendsburg Richtung Todenbüttel unterwegs sein.

Mit zittriger Hand wählte er die Eins-Eins-Null und wurde mit der Leitstelle Kiel verbunden. Umständlich berichtete er von dem Fund. Der Beamte fragte nach seinem Namen, dem genauen Fundort und sicherte zu, dass die Einsatzkräfte in Kürze eintreffen würden.

Wenig später tauchten die ersten Blaulichter auf. Der Streifenwagen kam vom Rendsburger Polizeirevier aus der Moltkestraße. Von der Osterrönfelder Polizei am anderen Ufer konnte er keinen Beamten entdecken. Vermutlich war die Station zu dieser frühen Stunde noch nicht besetzt.

Tsakalidis hatte den Leiter des Betriebshofs angerufen und ihn darüber informiert, dass er heute später kommen würde. Zunächst musste er seine Personalien angeben und von seiner Entdeckung berichten. Das Ganze durfte er ein weiteres Mal erzählen, als ihn ein freundlich auftretender Zivilist befragte. Sie hatten sich vor dem Regen in einen Steifenwagen zurückgezogen. Den Namen hatte Tsakalidis nicht verstanden, nur dass es sich um einen Oberkommissar handelte. Woher hätte er wissen sollen, dass inzwischen die Beamten der Kriminalpolizeistelle Rendsburg mit dem »ersten Angriff« begonnen hatten, während sie auf das K1 aus Kiel warteten?

★★★

Auch den Bewohnern des älteren Einfamilienhauses im Kieler Stadtteil Hassee war der erste Herbststurm des Jahres nicht verborgen geblieben.

»Hoffentlich hat es nicht wieder durchgeregnet«, sagte Margit und sprang zur Seite, als das Glas mit Kakao umkippte, der Inhalt sich über den Tisch ergoss und ihr trotz der artistischen Übung zum Großteil in den Schuh lief.

»Mensch, Sinje, pass doch auf!«, schimpfte sie.

»Jonas hat mich angestoßen«, erwiderte die Fünfjährige und holte zu einem Schlag aus, als ihr Bruder das bestritt.

»Doofe Ziege. Ich hab dich gar nicht berührt.«

»Doch.«

»Nein.«

»Doch.«

»Schluss jetzt!«, rief Margit dazwischen. »Jonas. Hast du deine Sachen für die Schule zusammen?«

»Ich weiß nicht, wo meine Turnsachen sind.«

»Wo hast du die gestern gelassen?«

»Weiß nicht.«

»Der weiß nie, wo seine Sachen sind«, mischte sich Sinje ein.

»Ohne Weiber wie dich wäre die Welt viel gemütlicher«, stellte Jonas fest.

»Und wer würde dir die Sachen hinterherräumen?«, erschallte von der Tür eine sonore Männerstimme.

Lüder Lüders stand im Türrahmen und sah auf die Familie, zumindest auf den anwesenden Teil. Jonas, sein Sohn aus erster Ehe, Sinje, die gemeinsame Tochter, und Margit, die er als »seine Frau« bezeichnete, obwohl sie noch keine Zeit zum Heiraten gefunden hatten.

»Wenn die Schicksen nicht da sein, ich mein … es sie nicht geben würde, wär das alles viel besser«, erklärte Jonas.

»Nimm dir Zeit beim Sprechen«, mahnte sein Vater. »Dein Deutsch ist katastrophal.«

»Brauch ich nicht«, sagte Jonas keck. »Ich mach sowieso was mit Computern.«

»Du und dein iPhone«, lästerte Sinje und sah ihren Vater an. »Ich will auch eins.«

»Sieh zu, dass du fertig wirst, damit Papi dich in die Kita mitnehmen kann«, mischte sich Margit ein.

»Das regnet«, erklärte Jonas. »Wir haben in der Schule über die Gleichberechtigung von Mann und Frau gesprochen. Da will ich auch gefahren werden.«

»Nimmst du mich auch mit?«, meldete sich hinter Lüders Rücken Viveka.

»Ich muss jetzt los. Wer nicht fertig ist, muss per Anhalter fahren«, sagte Lüder und sah sich um. »Wo ist Thorolf?«

»Keine Ahnung.« Viveka zuckte mit den Schultern und bekundete damit das Desinteresse an ihrem Bruder, den Margit ebenso wie sie mit in die Patchworkfamilie eingebracht hatte.

Plötzlich entstand in der kleinen Küche Gedränge, als die Kinder hinauseilten.

»Wer wischt das auf?«, rief Margit hinterher und sah resigniert auf die Flecken auf Tisch und Fußboden.

»Frauenarbeit«, ertönte irgendwo aus den Tiefen des Hauses Jonas' Stimme.

»Keine zwanzig Jahre mehr, dann sind die Kinder aus dem Haus«, tröstete Lüder Margit und nahm sie in den Arm.

»Das halte ich bis dahin nicht aus«, klagte sie gespielt theatralisch und schmiegte sich an ihn. Dann sah sie zu ihm auf, fuhr mit der gespreizten Hand durch seinen blonden Wuschelkopf und fragte: »Was hast du heute vor?«

»Nichts, Büroarbeit. Wie immer.«

Ein Seufzer der Erleichterung kam über ihre Lippen, bevor ihr Blick auf die Wanduhr fiel. »Beeil dich, damit die Rasselbande pünktlich zur Kita und in die Schule kommt.« Sie gab ihm zum Abschied einen Kuss. »Soll ich den Dachdecker bestellen? Das Loch«, rief sie ihm hinterher.

»Warte damit noch«, erwiderte er vom Hauseingang. »Es wird eng diesen Monat. Wir haben wieder viele Kosten gehabt.«

Auf dem Beifahrersitz des BMW hatte sich Viveka niedergelassen, Sinje war in den Kindersitz gekrabbelt, während Jonas am Steuer Platz genommen hatte.

»Wann darf ich mal fahren?«

»Wenn du den Führerschein gemacht hast«, erwiderte Lüder und zog seinen Sohn aus dem Fahrzeug.

»Sonst kommt die Polizei«, meldete sich Sinje zu Wort.

»Die richtige«, lästerte Jonas. »Nicht so eine Schreibtischpolizei wie Lüder.« Dann schien ihm etwas einzufallen. »Darf ich deine Knarre mal mit zur Schule nehmen? Ich mein, so ohne Munition und so. Das wäre richtig geil.«

Lüder antwortete nicht darauf. Zu oft hatte er Jonas schon erklärt, dass eine Diskussion über diesen Wunsch überflüssig war.

Er reihte sich in den morgendlichen Stau ein, der bei regnerischem Wetter in allen Städten dieser Welt noch stärker als gewöhnlich ausfiel, lieferte Sinje in der Kita und die beiden Älteren vor der Schule ab. Wenig später fuhr er auf das Gelände Eichhof im Westen der Landeshauptstadt, auf dem zahlreiche Polizeidienststellen untergebracht waren. Sein Ziel war das Landeskriminalamt. Dort tat Kriminalrat Dr. Lüder Lüders in der Abteilung 3, dem polizeilichen Staatsschutz, Dienst.

Er suchte das Geschäftszimmer auf, das gleichzeitig auch Vorzimmer des Abteilungsleiters, Kriminaldirektor Dr. Starke, war, und wechselte ein paar Worte mit der Sekretärin Edith Beyer, besorgte sich einen Becher Kaffee und zog sich in sein Büro zurück. Er gönnte sich einen Blick in die Morgenzeitungen, bevor er sich mit spitzen Fingern einen der Aktendeckel zur Hand nahm und mit dem Studium begann.

Nach zwei Stunden Schreibtischarbeit wurde Lüder durch das Klingeln seines Telefons unterbrochen.

»Vollmers«, meldete sich der bärtige Hauptkommissar der Bezirkskriminalinspektion Kiel. Dort war er Leiter des ersten Kommissariats, des K1, das unter anderem für Straftaten gegen Leib und Leben zuständig war. Der Volksmund nannte diesen Bereich schlicht »Mordkommission«.

»Moin, Herr Vollmers. Laufen die Geschäfte gut?«, fragte Lüder.

»Im Unterschied zur Wirtschaft würden wir über eine rückläufige Auftragsquote nicht klagen«, erwiderte Vollmers. »Aber vielleicht können wir Sie an unseren Aktivitäten beteiligen.«

Sie hatten in der Vergangenheit bereits einige Fälle gemeinsam bearbeitet. Obwohl Vollmers anfangs kritisch die Zusammenarbeit mit dem Landeskriminalamt beäugt hatte, war Lüder nicht überrascht, dass sich der erfahrene Kriminalist bei ihm meldete.

»Wir haben heute Morgen eine Leiche aus dem Kanal gefischt.« Wenn jemand vom »Kanal« sprach, wusste jeder Einheimische, dass damit der Nord-Ostsee-Kanal gemeint war. »Bei Rendsburg«, ergänzte der Hauptkommissar.

Vollmers legte eine Pause ein. Lüder wusste, dass er keine Fragen stellen musste. Vollmers würde ihn knapp, aber präzise informieren.

»Nach den Umständen des Funds liegt eindeutig Fremdverschulden vor. Das Opfer war mit einem Strick an der Schwebefähre befestigt. Es sieht so aus, als hätte man den Mann, das Opfer ist männlich, während der nächtlichen Ruhepause an der Fährbühne angebunden. Als diese in Betrieb gesetzt wurde und ihre erste Fahrt unternahm, wurde er hinterhergezogen und tauchte ins Wasser des Kanals ein. Wir konnten noch nicht exakt rekonstruieren, ob er am anderen Ufer unter Wasser blieb oder Boden unter den Füßen hatte. Das ist noch alles sehr vage.«

»Und was veranlasst Sie, mich zu informieren?«, fragte Lüder, da Tötungsdelikte, mochten sie noch so bizarr erscheinen, grundsätzlich von den vier Bezirkskriminalinspektionen des Landes verfolgt wurden. Lüder lächelte. Eine Ausnahme waren die Husumer, Christoph Johannes und Große Jäger, die, obwohl es nicht zu ihrem Kompetenzbereich gehörte, sich immer wieder bei den Ermittlungen von Mordfällen einschalteten.

»Es ist nicht die außergewöhnliche Weise der Tatausführung, beim Opfer handelt es sich vermutlich um einen amerikanischen Staatsbürger. Ein Student der Kieler Uni. Das lässt sich aus den aufgefundenen Personendokumenten herauslesen.«

»Damit fällt es immer noch nicht in unseren Aufgabenbereich.« Lüder war skeptisch.

»Wie ein Student sieht das Opfer nicht aus.«

»Haben Sie einen Namen?«

»Sicher.« Aus Vollmers' Antwort war ein leichter Vorwurf herauszuhören.

Wenn er Lüder berichtete, dass es sich um einen amerikanischen Studenten handelte, mussten die Beamten Hinweise auf die Identität gefunden haben. Insofern, registrierte Lüder, war seine Frage überflüssig gewesen.

»Das Opfer heißt vermutlich Dustin McCormick und ist zweiunddreißig Jahre alt. Er ist an der Christian-Albrechts-Universität in Kiel eingeschrieben, genau genommen an der Technischen Fakultät.«

»Sind die Ermittlungen vor Ort abgeschlossen?«

»Ja«, bestätigte Vollmers. »Ich lasse Ihnen den Bericht zukommen, sobald er vorliegt. Das Opfer ist zur Rechtsmedizin überführt. Wie wollen Sie vorgehen? Und wollen Sie sich überhaupt einschalten?«

»Ich muss darüber nachdenken«, wich Lüder aus.

Dann wählte er die Nummer des Instituts für Rechtsmedizin am Universitätsklinikum Schleswig-Holstein, Campus Kiel, und ließ sich mit dem Oberarzt verbinden.

»Moin, Herr Dr. Diether«, begrüßte Lüder den Privatdozenten.

»Ach, Sie«, knurrte der Pathologe in den Hörer. »Lassen Sie mich raten?«

»Lieber nicht. Das würde zu viel Zeit in Anspruch nehmen.«

»Die Wasserleiche aus Rendsburg?«

»Genau. Liegen schon erste Ergebnisse vor?«

Dr. Diether lachte auf. »Haben Sie schon einmal an einem Sonntag Ihre Brötchen im Ofen aufgebacken?«

»Das ist schon vorgekommen.«

»Als die Aufbackzeit vorbei war, haben Sie noch an der Ofenklappe ins Brötchen gebissen.«

»Sicher nicht. Die müssen zunächst ein wenig abkühlen.«

»Sehen Sie«, erwiderte der Arzt, »genauso machen wir es mit den frisch angelieferten Leichen. Aber woher wollen Sie das als Nichtakademiker wissen.« Es sollte wie ein Trost klingen, obwohl der Spott unüberhörbar war.

»Ich habe Jurisprudenz studiert«, warf Lüder ein.

»Eben. Sagte ich doch.« Dr. Diether lachte herzhaft. »Ich melde mich, wenn ich den Dosenöffner in Betrieb nehme. Wollen Sie dabei sein? Und wenn ja, wie möchten Sie Ihren Kaffee? Mit Milch? Zucker?«

»Das ist das Schöne an Ihrem Beruf. Sie könnten ohne Übergang einen Job auf dem Schlachthof antreten.«

»Das ist ein Vorteil. Da ich mich sechzehn Semester mit Anatomie beschäftigt habe, bin ich Ihnen zudem beim Verzehr eines Grillhähnchens haushoch überlegen.«

»Ihre größte Tat war es, sich für die Rechtsmedizin entschieden zu haben«, schloss Lüder das Gespräch. »Wenn ich mir vorstelle, dass Sie mit Ihrer Passion im Operationssaal gelandet wären, graust es mir.«

»Über Sie spricht oder schreibt niemand«, antwortete der Arzt, »aber meine Biografie ist schon verkauft.«

»Ich habe den Titel gelesen: ›Leichen pflastern seinen Weg‹. Bis später.« Dann legte Lüder auf.

Er überlegte eine Weile sein weiteres Vorgehen, stand auf und ging die wenigen Schritte bis zum Geschäftszimmer. Dort zeigte er auf die verschlossene Zwischentür.

»Ist er da?«

Edith Beyer nickte.

»Allein?«

»Ja, aber Sie können nicht ohne Weiteres …«

Lüder schenkte der Sekretärin ein Grinsen, pochte heftig gegen die Tür, dass man es noch drei Büros weiter hören konnte, und stürmte in das Allerheiligste. Der Vorgänger des jetzigen Abteilungsleiters, Kriminaldirektor Nathusius, hatte die Tür zu seinem Arbeitsraum fast immer offen gehalten, während Dr. Starke sich einigelte.

»Moin«, grüßte Lüder und nahm unaufgefordert auf einem der Besucherstühle Platz. Zwischen ihm und dem stets braun gebrannten Kriminaldirektor bestand eine abgrundtiefe gegenseitige Abneigung.

Dr. Starke unterließ es, Lüders Gruß zu erwidern. Er lehnte sich in seinem Schreibtischsessel zurück, legte die Unterarme auf die Schreibtischkante und musterte Lüder.

»Es gibt einen ungeklärten Todesfall am Nord-Ostsee-Kanal mit merkwürdigen Begleitumständen. Den werde ich mir ansehen.«

Der Kriminaldirektor spitzte die Lippen. »Sie möchten den Fall begutachten«, betonte er. »Gibt es eine formelle Anfrage der zuständigen Dienststelle? Itzehoe oder Kiel?«, zählte er die beiden in Frage kommenden Inspektionen auf.

»Präventiv«, sagte Lüder, ohne Dr. Starkes Fragen damit beantwortet zu haben.

»Dann warten wir, bis mir ein entsprechendes Amtshilfeersuchen vorliegt oder sich die zuständige Staatsanwaltschaft gemeldet hat.«

Mehr gab es nicht zu sagen. Lüder wollte dem Kriminaldirektor weder seine Informationsquelle noch die wenigen Anhaltspunkte, die bisher vorlagen, nennen. Und Dr. Starke unterließ es, danach zu fragen. Er wollte sich nicht die Blöße geben, von Lüder die Verweigerung der Antwort erdulden zu müssen. Es war ein offenes Geheimnis, dass der Abteilungsleiter Lüder gern auf eine andere Dienststelle hätte versetzen lassen. Es wäre nicht das erste Mal gewesen, dass er sich solcher Mittel bediente. Frauke Dobermann, die aus Flensburg nach Hannover fortgemobbt worden war, war das wohl prominenteste Beispiel.

Lüder stand auf und verließ ohne ein weiteres Wort den Raum. In seinem Büro schloss er die Tür, kramte sein privates Handy hervor und wählte eine dort gespeicherte Nummer an. Kurz darauf meldete sich eine Männerstimme mit einem satten, vollen Klang.

»Ja? Moin, Herr Dr. Lüders. Wie geht's?«

»Danke, fast gut.« Bevor Lüder sein Anliegen vortragen konnte, musste er seinem Gesprächspartner auf dessen Nachfrage von seiner Familie und den Kindern berichten.

Lüder schmunzelte in sich hinein und schloss für einen Moment die Augen. Deutlich sah er den kräftigen Mann, der nur wenige Kilometer entfernt an seinem Schreibtisch mit Blick auf die Kieler Förde saß, sich vermutlich mit der Hand durch den dichten Vollbart strich, während ihm eine Strähne des schlohweißen Haares in die Stirn fiel.

Als der Ministerpräsident sein Amt antrat, hielten ihn viele für eine Übergangs- oder gar Notlösung. Er hatte viel Spott ertragen müssen, sich aber politisch in schwierigen Zeiten als der richtige Mann am richtigen Platz erwiesen. Insbesondere seine Art, auf die Menschen zuzugehen, ihnen zu zeigen, dass er einer von ihnen war, hatte ihm viele Sympathien eingebracht. Es störte ihn auch nicht, dass er im Stil eines echten Landesvaters von den Bürgern fast immer mit seinen beiden Vornamen genannt wurde.

Lüder hatte ihn während seiner Zeit beim Personenschutz persönlich kennen- und schätzen gelernt und danach einige Spezialaufträge ausgeführt, an deren Lösung der Regierungschef ein besonderes Interesse hatte.

»Wir haben einen Todesfall, der uns derzeit noch Rätsel aufgibt«, sagte Lüder und erläuterte in wenigen Worten die Fakten, die bisher bekannt waren. »Wenn es sich wirklich um einen amerikanischen Staatsbürger handelt, wäre es sinnvoll, wenn wir vom LKA einen Blick auf den Fall werfen. Ich erinnere an frühere Ereignisse, bei denen die Zusammenarbeit mit den Amerikanern nicht sehr erfreulich war. Wenn wir Sensibilität walten lassen, machen wir bestimmt nichts falsch.«

Ein dröhnendes Lachen drang aus dem Hörer. »Ich frage mich immer wieder, Herr Dr. Lüders, warum Sie mit Ihrer Art zu argumentieren Beamter geblieben und nicht in die politische Laufbahn eingestiegen sind.«

Lüder unterdrückte die Antwort, dass er Politik in vielen Fällen für ein schmutziges Geschäft hielt. Aber der Ministerpräsident fragte nicht nach und wollte keine weiteren Erklärungen hören.

»Ihr Dingsbums …«, sagte der Regierungschef.

»Richtig«, bestätigte Lüder. »Der Dingsbums, Kriminaldirektor Dr. Hemmschuh.«

»Ich kümmere mich darum«, sagte der Ministerpräsident. »Übrigens, wenn ich demnächst in Pension gehe, müssen Sie mich mit Ihrer Familie einmal besuchen. Mich, meine Frau und meine Bienen. Den Weg kennen Sie ja, mitten im Wald …«

Lüder versprach es. Als er aufgelegt hatte, dachte er mit einem Hauch Wehmut, dass es für ihn eine andere, sicher nicht bessere Zeit geben würde, wenn der Regierungschef nicht mehr im Amt wäre. Er würde den Ministerpräsidenten vermissen. Und wahrscheinlich ging es vielen Bürgern im Land ebenso.

Lüder besorgte sich einen Becher Kaffee. Den hatte er noch nicht ausgetrunken, als Edith Beyer anrief und ihn zum Abteilungsleiter bestellte.

Lüder verzichtete aufs Anklopfen und blieb im Türrahmen stehen. Dr. Starke thronte hinter dem Schreibtisch. Das sonst fast arrogant wirkende Lächeln war einem zornigen Gesichtsausdruck gewichen, die Bräune hatte sich in ein Puterrot verwandelt. Der Kriminaldirektor bewegte drohend den Zeigefinger hin und her.

»Herr Lüders«, sagte er wutschnaubend, »ich habe Ihnen oft gesagt, dass Sie den Bogen maßlos überspannen. Heute sind Sie entschieden zu weit gegangen. Das wird Konsequenzen für Sie haben.« Lüder wippte leicht auf den Zehenspitzen. Ein Lächeln umspielte seine Lippen. Er zog es aber vor, dem Abteilungsleiter nichts zu entgegnen.

»Ich glaube, Ihnen hinreichend klargemacht zu haben, dass ich«, dabei tippte sich Dr. Starke auf die Brust, »ich ganz allein die Entscheidungen treffe, wie diese Abteilung arbeitet und in welchen Fällen sie tätig wird.«

Lüder sah demonstrativ auf seine Armbanduhr. »Sie wollen mit mir eine Diskussion über die Grundsätze der Arbeit des LKA führen, oder?«

»Herr Lüders ...« Der Kriminaldirektor brach mitten im Satz ab. »Sie fahren jetzt nach Rendsburg und eruieren vor Ort, was dort passiert ist. Danach kehren Sie unverzüglich zur Dienststelle zurück und erstatten mir Bericht. Mir persönlich. Ist das klar?«

Lüder tat erstaunt. »Ach. Liegt jetzt doch ein Amtshilfeersuchen vor?«

Dr. Starke holte tief Luft, vermied es aber zu antworten.

»Ich werde mich auf den Weg machen«, erklärte Lüder und schloss die Tür.

Edith Beyer, der kein Wort des Dialogs entgangen war, drehte die Hand im Gelenk und murmelte leise: »Oweia.« Dann hielt sie sich mit der Hand den Mund zu.

Lüder trat dicht an sie heran. »Wissen Sie, wo in diesem Haus der Defibrillator angebracht ist?«

Die junge Frau legte ihre Hand aufs Herz und wies mit dem Zeigefinger der anderen auf die Tür. »Braucht er den?«

Lüder nickte. »Hoffentlich«, flüsterte er und kehrte in sein Büro zurück.

Auf dem Flur begegneten ihm zwei Kollegen, die ihm verwundert hinterhersahen, als er sie fröhlich pfeifend passierte. Im Büro suchte er die Anschrift des Wasser- und Schifffahrtsamtes Kiel-Holtenau heraus und erfuhr, dass für die Schwebefähre der Außenbezirk Rendsburg zuständig sei. Man half ihm mit der Durchwahlnummer, und kurz darauf war er mit Herrn Thomsen verbunden, der sich sofort bereit erklärte, Lüder an der Fähre zu empfangen und ihm mit Auskünften behilflich zu sein.

Wenig später verließ er mit seinem BMW den Eichhof, fuhr über die »Stadtautobahn« zum Anschluss der Autobahn Richtung Hamburg und bog sofort wieder Richtung Rendsburg ab. Die A 210 hatte keinen Randstreifen. Deshalb gab es auf der nur mäßig frequentierten Straße eine Geschwindigkeitsbeschränkung. Zur Erheiterung seiner Familie nannte Lüder dieses Straßenstück stets »Billigautobahn«. Obwohl er sich selbst auch nicht an das Tempolimit hielt, wurde er ständig überholt. Ob die Kollegen der zentralen Verkehrsüberwachung aus Neumünster dieses Straßenstück kannten? Sicher, dachte Lüder.

Am Kreuz Rendsburg unterquerte er die Autobahn Richtung Dänemark und hatte kurz darauf sein Ziel am südlichen Kanalufer erreicht.

Dort, wo die Schranke die Weiterfahrt auf die Fähre versperrte, fand er neben der Straße eine Parkmöglichkeit.

Am Fähranleger wartete ein Mann mit hochgeschlagenem Kragen und Schirmmütze. Er musterte Lüder, nickte kurz und kam ihm entgegen.

»Sind Sie aus Kiel?«

Lüder reichte ihm die Hand. »Lüders.«

»Thomsen.« Es war ein kräftiger Händedruck.

Der Betriebsleiter der Wasser- und Schifffahrtsverwaltung trug eine Warnweste in leuchtendem Rot-Orange. Er hatte sich in dem kleinen Wartehäuschen untergestellt, dessen Baustil deutlich die Herkunft aus den Anfängen des Fährbetriebs bekundete.

»Schietwetter«, sagte Thomsen. »Und dann so was.«

»Straftäter nehmen selten Rücksicht auf das Wetter«, erwiderte Lüder und suchte ebenfalls in dem kleinen Wartesaal Schutz vor dem Regen.

Schweigend warteten sie, bis die Fähre heranschwebte, andockte und ihre Last entladen war.

»Erzählen Sie mir etwas über die Fähre«, bat Lüder. Er wollte sich ein umfassendes Bild machen und verstehen, warum sich der oder die Täter diesen Ort ausgesucht hatten.

»Die Schwebefähre ist rechtlich kein Schiff, sondern eine Art ›Seilbahn‹. Deshalb muss der Schwebefährenführer«, Thomsen schmunzelte, »er heißt wirklich so, im Unterschied zu den anderen dreizehn Fähren am Kanal, kein nautisches Patent haben. Außerdem betreiben wir die Schwebefähre im Ein-Mann-Betrieb. Bis auf die Fähre in

Breiholz haben alle anderen Fähren eine Zwei-Mann-Besatzung, neben dem Schiffsführer noch den Decksmann. Das ist vorgeschrieben, damit die Fähren auch bei Rettungseinsätzen eingesetzt werden können. Erst vor Kurzem gab es eine spektakuläre Aktion bei der Havarie mit dem polnischen Frachter.«

»Das ist kostspielig«, warf Lüder ein.

»Ja«, stimmte Thomsen zu. »Weil der Kanal aber eine Bundeswasserstraße ist, werden die etwa fünf Millionen Menschen pro Jahr kostenlos befördert.«

»Fünf Millionen? In Rendsburg?«, staunte Lüder.

Thomsen lachte. »Nein, insgesamt. Diese hier dient hauptsächlich der Schülerbeförderung, den Fußgängern und ist natürlich eine touristische Attraktion. Der Autotransport spielt eine untergeordnete Rolle.«

Jetzt hat die Fähre eine weitere Funktion erhalten, dachte Lüder. Sie ist als Mordwerkzeug missbraucht worden.

»Gibt es einen Vierundzwanzig-Stunden-Betrieb?«, fragte Lüder.

»Nein. Die Fähre nimmt um fünf Uhr früh vom südlichen Ufer aus, also hier von Osterrönfeld, den Betrieb auf. Sie fährt bis dreiundzwanzig Uhr, ab November im Winterbetrieb nur bis zweiundzwanzig Uhr, alle Viertelstunde nach Fahrplan, der natürlich abweichen kann, abhängig vom Verkehr auf dem Kanal. Wenn dort ein dicker Pott entlangläuft, muss die Fähre darauf Rücksicht nehmen und warten.«

Dann ist das Opfer nach zweiundzwanzig Uhr und vor fünf Uhr angebunden worden, überlegte Lüder. Die Tatausführung war in diesem Fall eine ganz andere, trotzdem gab es Parallelen zu dem grauenvollen Mord am Husumer Verkehrspolizisten Jörg Asmussen, den die Täter von einer Brücke bis kurz über die Gleise herabgelassen hatten, wo er vom ersten Zug überfahren wurde.

Lüder sah in die Höhe. Dort oben, genau über ihrem jetzigen Standort, hatte er Kummerow gejagt, der über die Hochbrücke flüchten wollte und dabei übersehen hatte, dass das zweite Gleis wegen Bauarbeiten gesperrt war. Während der Kindermörder abgestürzt und nur wenige Meter von Lüders jetzigem Standort aufgeprallt war, hatte Lüder sich in letzter Sekunde vor einem vorbeifahrenden Zug retten können.

Er verdrängte diesen Gedanken und fragte Thomsen: »Wie funktioniert die Schwebefähre?«

Sie hatten den Unterschlupf verlassen und waren auf die Fähre getreten, die sich kurz darauf in Bewegung setzte.

Der Mann vom Wasser- und Schifffahrtsamt zeigte auf die Anlage. »Die Fährbühne, wir nennen sie auch Gondel, hat ein Eigengewicht von fünfundvierzig Tonnen. Sie hängt an den Seilen da oben«, er zeigte in die Höhe, »an der Stahlkonstruktion, die u-förmig ist und mit insgesamt acht Rädern auf zwei Schienen läuft, die beidseitig des Brückenträgers angebracht sind. Insgesamt vier Elektromotoren sorgen für den Antrieb jedes zweiten Rades.«

Die Anlage war nicht umsonst ein technisches Meisterwerk, ein Magnet für zahlreiche Besucher Rendsburgs. Warum hatten sich die Täter ausgerechnet diesen Ort ausgesucht? Was wollten sie damit bekunden?, fragte sich Lüder. Die Art der Tatausführung sollte möglicherweise ein Hinweis sein. Eine Warnung? Ein Zeichen?

In der Zwischenzeit hatten sie den Kanal überquert und waren auf der Rendsburger Seite angekommen.

Lüder sah dem Containerschiff nach, dass querab seine Bahn Richtung Brunsbüttel zog. Für einen Laien sah es gewaltig aus, was sich das Schiff an Kästen aufgeladen hatte. Es mussten mehrere hundert, wenn nicht gar tausend Container sein. Und dennoch war dieser schwimmende Koloss nur ein sogenanntes Feederschiff, ein Zubringer, der die Container in den Häfen der Ostsee einsammelte und nach Hamburg brachte, wo sie auf weitaus größere Schiffe verladen und in alle Welt verbracht wurden.

»Sieht gewaltig aus, was?«, erriet Thomsen Lüders Gedanken. »Wenn aber nicht bald was geschieht, dürften die Verkehre bald der Vergangenheit angehören. Die Schleusen an den Kanalenden sind marode und müssen dringend erneuert werden. Sie werden nur noch als Provisorium aufrechterhalten. Wenn der Kanal nicht grundsaniert und vertieft wird, ist er bald ein exklusives Paradies für Wassersportler. Ähnliches gilt für die Elbe.«

Lüder verzichtete auf eine Antwort. Der Mann hatte recht, aber eine Diskussion hätte sie nicht weitergebracht. Lüder war der falsche Ansprechpartner. Er konnte sich auch nicht vorstellen, dass dieser seltsame Mord aus einem Motiv heraus geschehen war, das in der Verkehrspolitik begründet lag.

Sie verließen die Fähre, und Lüder folgte Thomsen, der eine Absperrkette löste, sich durch ein Geländer zwängte, über eine Wiese ging und Lüder zur Unterseite der Fähre führte, die hier über Land parkte.

»Dort.« Thomsen zeigte auf die hinterste von vier roten Rettungsinseln dieser Seite. »Daran war das Seil befestigt.«

»Das wird nicht kameraüberwacht?«, fragte Lüder.

»Dies nicht«, erwiderte Thomsen. »Oben im Leitstand ist ein Monitor, auf dem der Fährmaschinist die Laderampen und das Deck beobachten kann. Er hat damit auch Einblick in die Ecken, die er von seiner Position sonst nicht sehen könnte. Die Kameras dienen aber nur der besseren Übersicht. Es wird nichts aufgezeichnet.«

»Das heißt, hier unten wird nichts überwacht?«

»Doch«, entgegnete Thomsen. »Vor Dienstantritt, also vor Beginn der ersten Fahrt, kontrolliert der Kollege von der Frühschicht die Rettungsmittel. Das ist vorgeschriebene Routine. Die Mitarbeiter sind zuverlässig. Sie können sich darauf verlassen, dass das auch gemacht wird.«

»Dann müsste der Mann doch das Seil entdeckt haben«, überlegte Lüder.

Thomsen schüttelte den Kopf. »Nicht unbedingt. Sehen Sie. Das Ganze geschieht drüben auf der südlichen Seite, in Osterrönfeld. Dort unten zwischen den mächtigen Fundamenten für die Brücke«, dabei zeigte er auf die leicht angeschrägten gewaltigen Klötze aus schweren Felssteinen, die als Träger für die Pfeiler dienten, die in schwindelnder Höhe das über einhundert Meter lange Mittelstück der Eisenbahnbrücke trugen. »Da ist es so finster, da kann Ihnen ein dunkles Seil entgehen. Es gibt da unten keine Beleuchtung. Lediglich den Schein der Taschenlampe. Und der Mitarbeiter konzentriert sich auf die Rettungsinseln und prüft, ob die vorschriftsmäßig vorhanden sind.«

Thomsen mochte recht haben, dachte Lüder. Niemand konnte erwarten, dass in dieser Dunkelheit der Fährmann die Umgebung rund um die Schwebefähre absuchen würde, um nach potenziellen Mordopfern Ausschau zu halten.

Er dankte Thomsen für die Unterstützung, reihte sich in die Warteschlange ein und fuhr mit der übernächsten Fähre ans nördliche Ufer. Telefonisch ließ er sich die Anschrift des Opfers durchgeben.

Der BMW rumpelte über das Kopfsteinpflaster der Straße, die sich zwischen Schuppen und Gewerbebetrieben langzog. Er musste halten, als ein großer Silosattelschlepper umständlich rangierte und dafür die gesamte Fahrbahn in Anspruch nahm. Überhaupt schien das Areal den Lastwagen zu gehören. Nach einem halben Kilometer bog Lüder ab, fuhr am Kreishaus vorbei und folgte der Straße bis zum Altstadtring. Auf der rechten Seite versteckte sich der Bahnhof hinter einem Flachbau. Über eine Hochstraße führte der Weg um die kleine, aber reizvolle Rendsburger Innenstadt herum und kurz darauf, am Ende des Obereiderhafens, bog er in die Straße Richtung Büdelsdorf ab.

Die beiden Städte waren miteinander verwachsen, und nur wer aufmerksam das gelbe Ortsschild suchte, erkannte den Übergang. Lüder war überrascht über den lebhaften Verkehr, der hier herrschte. Es ging nur mäßig auf der Straße voran, deren Fahrbahnen durch einen mit Granit gepflasterten Mittelstreifen getrennt waren. Zur Rechten lag das große Areal der Carlshütte, die der Gründer Holler nach seinem Förderer, dem Gouverneur von Schleswig-Holstein, benannt hatte und deren Geschichte nach einhundertsechzig Jahren zum Ausgang des letzten Jahrhunderts mit der Insolvenz endete. Heute präsentierten auf einem Teil des Geländes zeitgenössische Künstler in der viel beachteten Ausstellung »NordArt« ihre Werke.

Nach fast einem Kilometer bog Lüder in die Ulmenstraße ab. Ältere Mehrfamilienhäuser im für Norddeutschland typischen Rotklinker säumten die Straße, die am Ende nach links abknickte. Kurz darauf hatte er sein Ziel erreicht. In aufgelockerter Bauweise, von großzügigem Grün umgeben, lagen hier mehrere Wohnblocks. Die Straße war nach dem Dichter und Schriftsteller Gorch Fock benannt, der auch Namenspatron für das Segelschulschiff der Bundesmarine war.

Ein wuchtiger, weit ausladender Nadelbaum stand vor dem Gebäude und lenkte ein wenig von den Müllbehältern ab, die nur unzureichend von einem Flechtzaun verborgen wurden und das ansonsten gepflegte Bild der Anlage störten.

Lüder hielt neben dem Kombi der Spurensicherung, der auf dem Parkstreifen gegenüber Platz gefunden hatte. Er lächelte über eine einsam stehende Stele mit einem Telefon, an dem der magentafarbene Hörer leuchtete. Die Stele stand allein auf weiter Flur, ohne umschließende Zelle, nicht einmal ein kurzes Dach schützte vor dem Wetter.

Er traf die beiden Beamten in der Wohnung an.

»LKA?« Die Frage des jüngeren Spurensicherers im weißen Ganzkörperschutzanzug wurde durch ein die Geringschätzung ausdrückendes Schnauben unterstrichen. »Was will ›das Amt‹ hier?«

»Das Amt««, äffte Lüder den Beamten nach, »ist die Hochleistungszentrale zur Kriminalitätsbekämpfung.« Lüder nutzte eine Formulierung, die nicht von jedem seiner Kollegen geschätzt wurde. »Haben Sie schon etwas entdeckt?«

Der Mann ließ als Antwort seinen Kopf kreisen, als würde er eine gymnastische Übung ausführen. »Wonach sollten wir suchen?«

Lüder wandte sich an den älteren Beamten, der dem Dialog stumm gefolgt war. »Ihr Lehrling da«, jetzt wies Lüder mit dem Kopf auf den jüngeren Beamten, »scheint noch neu im Geschäft zu sein. Plaudern wir unter Erwachsenen.«

»Von wegen Lehrling«, beklagte sich der Erste, zog sich dann aber in einen anderen Raum zurück.

»Es ist schwierig, Spuren, die wir nicht kennen, zu sichern. Wie eine typische Studentenbude sieht es nicht aus.«

Lüder sah sich um. Die Einrichtung wirkte altbacken, so als hätte Dustin McCormick die kleine Zwei-Zimmer-Wohnung möbliert gemietet. Junge Leute pflegten sich anders einzurichten, selbst wenn sie als Studenten nur über begrenzte Mittel verfügten. Hier hatten zuvor andere Mieter gehaust. Im Wohnzimmer dominierte ein Buffetschrank in dunkler Nussbaumnachbildung. So etwas mochte vor vierzig Jahren vielleicht nicht chic, aber aktuell gewesen sein. Die Sitzgruppe aus dunkelgrünem Stoff wies deutliche Gebrauchsspuren auf und war zerschlissen. An der Wand stand ein Tisch mit zwei Stühlen, der als Ess- und Arbeitsplatz diente. Darauf deuteten der Collegeblock, ein Kugelschreiber, vor allem aber die beiden topmodernen Notebooks hin.

»Der Schreibblock ist unbenutzt«, erklärte der Spurensicherer. »Die Notebooks haben wir uns noch nicht angesehen. Merkwürdig erscheint mir, dass wir keine Studienunterlagen gefunden haben, keine Fachbücher, Datenträger oder sonst was. Was soll er studiert haben?«

»Informatik«, half Lüder nach.

»Dann sollte man doch erwarten, in seiner Unterkunft etwas zu finden, was im Zusammenhang mit dem Studium steht. Aber nix. Auch keine anderen Bücher. Nebenan im Schlafzimmer stehen in einem Regal eine Handvoll deutscher Bücher. Konsalik, Simmel, Willi Heinrich, Kishon. Leichte Unterhaltung, aber schon lange nicht mehr aktuell. Ich kann mir nicht vorstellen, dass sich ein Amerikaner damit auseinandersetzt.«

»Und sonst?«

»Persönliche Ausstattung, Toilettenartikel, kaum Lebensmittel.«

»Hinweis auf Besuch? Eine Frau?«

»Nee. Keine Anzeichen. Was aber merkwürdig ist, das sind die Ladegeräte für mehrere Handys. Dies hier«, er zeigte Lüder ein weißes Kabel, »ist ziemlich neu. Ein iPhone. Dazu passt auch die Dockingstation für die Musikanlage. Auch der Laserdrucker ist ein Gerät, das nicht jeder Anwender zu Hause stehen hat. Sehen Sie mal«, der Finger des Beamten wanderte weiter zu einem mehrere Pakete Druckerpapier umfassenden Stapel. »Der wollte viel drucken. Dafür sprechen auch die fabrikfrischen Tonereinheiten für den Drucker als Reserve. Und dann haben wir noch zwei weitere Ladegeräte für Handys gefunden, ein Samsung und ein LG.«

»Nur die Ladegeräte?«

Der Beamte nickte. »Die Telefone sind weg. Nix.«

Warum wurde ein Mensch ermordet, dessen Ausweispapiere auf einen amerikanischen Informatikstudenten lauteten, dachte Lüder, und dessen Wohnung überhaupt nicht einer Studentenbude ähnelte? Lüder verstand auch nicht, weshalb jemand, der in Kiel studierte, sich eine Unterkunft in Büdelsdorf bei Rendsburg beschafft hatte. Immerhin waren es gut fünfunddreißig Kilometer zwischen Wohnung und Universität.

»Haben Sie einen Autoschlüssel gefunden?«, fragte Lüder.

Der Beamte nickte. »Ja. Den hat der Kollege Vollmers mit nach Kiel genommen.«

Lüder klingelte an der Nachbarwohnung. Die Mieterin musste hinter der Tür gelauscht haben, da sie sofort öffnete.

»Sind Sie auch vonne Polizei?«, fragte die ältere Dame mit dem Strickpullover und der Bernsteinkette auf dem ausladenden Dekolleté.

Lüder nickte.

»Komm Sie man rein. Wir, also mein Mann und ich, haben schon alles erzählt. Von welche Polizei sind Sie denn?«

»Von der Kriminalpolizei«, erklärte Lüder geduldig und folgte der alten Dame ins plüschig eingerichtete Wohnzimmer.

»Heinz, da ist noch so 'n Krimsche«, sagte sie zu ihrem Mann, dann zeigte sie auf das Sofa, auf dem bunte Kissen ordentlich ausgerichtet waren. Mit einem Schmunzeln bemerkte Lüder den Knick in der Mitte des Kissens.

»Nehm Sie man Platz, junger Mann.«

»Soso«, brummte der Mann mit der Wollweste, unter der die Hosenträger hervorlugten. Er wechselte seine Brille gegen eine andere aus, die auf dem Couchtisch mit der blütenweißen Tischdecke lag.

»Woll'n Sie 'nen Kaffee? Ich hab aber nur mit ohne.«

»Gern«, sagte Lüder, auch wenn ihm die Nachbarin soeben erklärt hatte, dass sie nur koffeinfreien Kaffee im Hause hatte.

»Ist wegen dem Herz von mein Mann.« Sie bewegte sich trotz der Leibesfülle sehr schnell und verschwand in der Küche, wo Lüder sie hantieren hörte. Dabei führte sie Selbstgespräche.

»Wo ist die Dose? Ach. Hier. Nun in den Filter. Eins. Zwei. Drei ...«

Lüder wurde abgelenkt.

»Ist ja ein ordentlicher Trubel. So was erlebt man sonst immer nur in Fernsehen. Mann, ist das 'nen Ding. Bring die doch glatt den Nachbarn um.«

»Kannten Sie Herrn McCormick näher, Herr äh ...«

»Riemenschneider«, stellte sich der ältere Mann vor.

»Aber nicht Tilman?«, versuchte Lüder scherzhaft zu sein.

Der alte Mann sah ihn an. »Nee, sagte ich doch. Riemenschneider. Tilman kenn ich nicht. Wo sollen die denn wohnen?«

Lüder ging nicht darauf ein. Aus der Küche vernahm er Frau Riemenschneider, die mit ihrer Kaffeemaschine sprach: »Los, nun mach schon. Der hat nicht so viel Zeit. Der muss hinter den Täter hinterher.«

»Der McCormick ...« Herr Riemenschneider sah Lüder hilfesuchend an. »So hieß der doch? Immer diese ausländischen Namen. Also, der hat hier nebenan gewohnt. Möbliert. Na, wie soll der auch seine Sachen von ... äh ... Wo kommt der her?«

»Aus Amerika«, half Lüder nach.

»Aus Amerika. Mein Gott. Also, wie soll der seine Sachen hierherkriegen, nä?«

»Ist doch heutzutage kein Problem nicht mehr«, erklärte seine Frau, die auf einem Tablett Tassen und eine Kaffeekanne balancierte. »Wir haben aber keine Milch. Wegen den Cholesterin. Aber Zucker können Sie haben. Süßstoff. Wegen Heinz sein Zucker.«

»Der Mann will doch gar nicht meine Krankheiten wissen«, protestierte Heinz Riemenschneider.

»Weiß ich doch. Also, wir haben das ja schon vorhin Ihren Kollegen gesagt. Eigentlich wissen wir nicht viel. Wir kümmern uns nicht um die Nachbarn. Auch nicht um den Amerikaner. Ging ja gar nicht. Der sprach kein Deutsch. Und wir kein Amerikanisch. Und wissen wollte der von uns auch nichts. Hat nie Guten Tag gesagt. Immer nur Hello.« Sie zog einen Mundwinkel in die Höhe, legte den Kopf schief und wiederholte: »Hello.«

»›Herr‹, habe ich ihm gesagt, ›wenn Sie immer so oft unterwegs sind. Ich kann ja mal was für Sie einkaufen.‹ Hat er sich nicht drum gekümmert. Ich glaube, der hat mich gar nicht verstanden.«

»Sie meinen, Herr McCormick hat kein Deutsch verstanden?«

»Bestimmt nicht. Er hat auch mit kein anderen gesprochen. Aus 'n ganzen Block nicht.«

»Hat Ihr Nachbar Besuch empfangen?«

»Bestimmt nicht.« Frau Riemenschneider schüttelte energisch den Kopf. »Das hätten wir mitgekriegt. Das sind hier Papierwände. Da hört man alles. Alles«, betonte sie überdeutlich und zeigte zur Zimmerdecke. »Die da oben, wissen Sie, die —«

Lüder unterbrach die alte Frau. »Sie haben wertvolle Beobachtungen gemacht. Wann hat Ihr Nachbar die Wohnung verlassen?«

Frau Riemenschneider zog die Stirn kraus. »Das war immer verschieden. Mal ist er morgens weg, ein andermal ist er mitten in der Nacht nach Hause zurück. Kam auch mal vor, dass er gar nicht da war.«

»Seit wann wohnte er hier?«

»Noch nicht lange. Vielleicht sechs Wochen.«

»Ist schon länger her, Elli«, mischte sich Herr Riemenschneider ein. »Bestimmt schon 'nen halbes Jahr.«

Seine Frau winkte ab. »Du und dein Zeitgefühl. Nix da. Der ist noch nicht so lange hier. Ich habe doch neulich erst mit Frau Wundermann darüber gesprochen.« Plötzlich fiel ihr noch etwas ein. »Nun glauben Sie nicht, dass wir an der Wand lauschen. Bestimmt nicht. Aber nachts hat er manchmal Selbstgespräche geführt. Hörte sich immer so komisch an. War aber ziemlich laut.«

»Sie meinen, er hat nachts Englisch gesprochen?«

»Weiß nicht, ob das Amerikanisch war. Kann sein. Versteh ich ja nicht. War jedenfalls immer nachts. Fing meistens um zehn an.«

»Zehn Uhr abends?«

»Sagte ich doch.«

»Kann er Fernsehen gehört haben?«

»Nee. Er sprach immer allein. Fernsehen hätten wir ja gehört. Die da oben …« Erneut wanderte der Finger zur Zimmerdecke.

Lüder hörte nicht zu. Es klang, als hätte Dustin McCormick in den Abendstunden telefoniert. Bei einer Zeitverschiebung von sechs Stunden zur Ostküste wäre es dort Nachmittag gewesen, bis Los Angeles allerdings neun Stunden. Wenn man davon ausging, dass McCormick, der Student, mit seinen Angehörigen gesprochen hatte, hätte er es auf die Zeit nach deren Feierabend gelegt, also später nach mitteleuropäischer Zeit. In diesem Zusammenhang war auch merkwürdig, dass der Mann anscheinend mehrere Handys besaß, von denen sie bisher noch keines gefunden hatten. Diese Idee wollte Lüder weiterverfolgen.

Inzwischen hatte Frau Riemenschneider auch ihre Erläuterungen zu »denen da oben« abgeschlossen.

»Hat Herr McCormick allein eingekauft, nachdem er Ihre Hilfe nicht in Anspruch nehmen wollte?« Die Spurensicherung hatte nur wenige Lebensmittel gefunden. Irgendwie musste sich der Mann ernährt haben.

»Weiß nicht«, erwiderte die alte Frau knapp. »Ich hab ihn nie mit einer Einkaufstüte gesehen.«

»Wo hat er sein Auto geparkt?«

Frau Riemenschneider beugte sich vor. »Das war auch so ein merkwürdiges Ding. Er hat ja so 'n Amischlitten gefahren, so ähnlich wie der Neffe von der Wiedemuth schräg gegenüber. Den hat er aber nie vor der Tür geparkt. Immer ein Stück weg.«

»Woher wissen Sie das?«

»Nun ja«, druckste sie herum. »Heinz ist ihm zweimal hinterher. Tut ihm, ich mein, dem Heinz, ganz gut, wenn er sich mal bewegt.«

Ihr Ehemann bestätigte es mit einem Knurrlaut.

Mehr war von den beiden alten Leuten nicht zu erfahren. Das traf auch auf die Mitbewohner im Erdgeschoss zu.

Eine Frau mit einem Kopftuch öffnete die Tür nur einen Spalt und erklärte unaufgefordert: »Nix verstehn. Nix gesehn.« Dann schloss sie hastig die Wohnungstür.

Lüder rief Vollmers an, der sich ein wenig ungehalten über die Störung zeigte.

»Wo steht McCormicks Auto?«

»Ein silberfarbener Mitsubishi Pajero«, erklärte der Hauptkommissar. »Sie finden ihn in einer Parkbucht in der Matthias-Claudius-Straße, vor einer Sackgasse mit weißen Flachdachbungalows, etwa fünfhundert Meter entfernt, wenn er noch nicht abgeholt worden ist. Es dauert alles eine Weile. Wir sind schließlich eine Behörde.«

Lüder suchte das Fahrzeug und wunderte sich, dass es in Potsdam zugelassen war. Für einen Studenten war es ein großes Fahrzeug. McCormick schien keine finanzielle Not gelitten zu haben.

Der Mann wurde Lüder immer rätselhafter. Warum parkte er seinen Wagen so weit entfernt? Direkt vor dem Haus mangelte es nicht an Parkmöglichkeiten.

Lüder schlenderte durch die Wohngegend. Alles wirkte ruhig und friedlich. Es dominierte die Einfamilienhausbebauung. Ein ungewöhnlicher Standort für einen Studenten.

Es hatte wieder zu regnen begonnen, als Lüder nach Kiel zurückkehrte. Auf der Autobahn spritzte die Gischt hoch, und beim Überholen der sich endlos aneinanderreihenden dänischen Lkws bewegte er sich teilweise im Blindflug vorwärts. Zum Glück konnte er kurz hinter der Hochbrücke die Nord-Süd-Magistrale verlassen und auf der ungleich weniger frequentierten Eckverbindung Richtung Kiel abbiegen. Dort suchte er direkt das Institut für Informatik der Christian-Albrechts-Universität auf. Eine freundliche Mitarbeiterin hörte sich seinen Wunsch an, befragte ihren Rechner und führte Lüder in einen Raum, der eher einem Aufenthaltsraum als einem Büro glich.

»Das ist Herr Rottenberg«, stellte sie einen jüngeren Mann mit schütterem Haar vor. »Er betreut Herrn McCormick.«

Der schlanke Mann mit der runden Nickelbrille stand auf und reichte Lüder die Hand. »Dirk Rottenberg.« Er bemerkte Lüders Rundblick.

»Wir leiden unter Platznot. Hier sind die wissenschaftlichen Mitarbeiter untergebracht. Unser Prof hat es ein wenig komfortabler. Aber eine Luxuskabine bewohnt er auch nicht gerade. Was kann ich für Sie tun?«

»Bei Ihnen ist ein Amerikaner namens Dustin McCormick eingeschrieben.«

Rottenberg nickte versonnen. »Ich erinnere mich. Ich habe ein paarmal mit ihm gesprochen.«

»Was studiert McCormick?«

»Was wohl? Informatik.«

»Ist Ihnen irgendetwas an ihm aufgefallen?«

Rottenberg schüttelte den Kopf. »Nicht viel. Ich habe mich gewundert, weil er kaum Deutsch sprach. Für ein Studium ist das nicht ausreichend. Wir haben uns auf Englisch verständigt. Gut, das ist unproblematisch, da jeder, der sich mit Informatik befasst, des Englischen mächtig ist. Dennoch werden die Vorlesungen auf Deutsch gehalten. Als ich das bemerkte, ich meine sein Defizit in Deutsch, habe ich ihn darauf aufmerksam gemacht, dass der Studiengang in Flensburg in Englisch angeboten wird. Aber er beharrte darauf, hier in Kiel zu studieren. Ich kann Ihnen nicht sagen, wie McCormick die Zulassung erhalten hat.«

»Wissen Sie, mit wem er Kontakte pflegte?«

»Dafür ist der Betrieb zu groß. Außerdem war er erst seit Kurzem bei uns. Es gab bisher wenig Berührungspunkte. Ich habe den Eindruck, dass er überhaupt keinen Kontakt gesucht hat. Über seine Leistung vermag ich nichts zu sagen. Es hat mich aber erstaunt, dass McCormick anscheinend über ein profundes Fachwissen verfügte. Sicher kommen heute viele junge Leute zu uns, die mit dem Computer groß geworden sind. Es macht aber einen Unterschied, ob jemand mit seinen autodidaktischen Kenntnissen das Informatikstudium aufnimmt oder so auftritt wie McCormick.«

»Könnte es sein, dass der Amerikaner schon über eine fundierte Informatikausbildung verfügte?«

Rottenberg wiegte bedächtig den Kopf. »Das ist schwer zu beantworten. Ich habe noch keine schriftliche Ausarbeitung von ihm gesehen. Wenn Sie mich fragen ... Ich würde es fast bejahen.«

»Welches Wissen könnten Sie vermitteln, das neu für jemanden mit einem Informatikstudium ist?«, fragte Lüder.

»Puh. Wie soll ich Ihnen das beantworten? Wie gesagt, dazu gab es zu wenig Berührungspunkte. Auffällig war auch, dass McCormick deutlich älter als seine Kommilitonen war.«

»Wie alt?«

»Moment.« Rottenberg sah in seinem Computer nach. »Zweiunddreißig«, sagte er. »Das sind mehr als zehn Jahre über dem durchschnittlichen Einstiegsalter. Schön, es kommt gelegentlich vor, dass jemand das Studienfach wechselt, nachdem er sich ein paar Semester auf einer anderen Fakultät gelangweilt hat. Aber in diesem Fall waren es mehrere Absonderlichkeiten.« Rottenberg musterte Lüder eindringlich. »Was ziehen Sie daraus für Schlüsse?« Plötzlich fiel ihm etwas ein. »Weshalb interessieren Sie sich überhaupt für einen unserer Studenten?«

»McCormick ist tot. Er wurde ermordet«, erklärte Lüder.

Rottenberg durchfuhr sichtbar der Schreck. »Tot?«, wiederholte er. »Das ist unfassbar. Aber wieso denn?«

»Das versuchen wir herauszufinden«, antwortete Lüder.

»Und was hat das mit uns zu tun? Sie glauben doch nicht, dass jemand von der Uni daran beteiligt ist?«

In diesem Moment öffnete sich die Tür, und ein anderer jüngerer Mann mit Rauschebart trat ein, grüßte durch Kopfnicken und knallte sein Notebook auf den Nachbartisch.

»Hi, Maxi«, grüßte Rottenberg und zeigte auf Lüder. »Der ist von der Polizei. Einer unserer Studierenden ist tot.«

Der andere hielt in der Bewegung inne. »Was?«, fragte er ungläubig. »Wer denn?«

»McCormick.«

»Dustin?« Jetzt kam der Mann näher und stellte sich vor: »Maximilian Meerwein.« Er lächelte. »Meine Studierenden nennen mich immer Meerschwein.« Dann angelte er sich mit der Fußspitze einen Stuhl und setzte sich dazu.

»Sie nennen McCormick beim Vornamen?«

»Ach, in der Informatik nehmen wir es nicht so genau. Wir sind hier eine junge Truppe und an der Sache interessiert. Da spielen Förmlichkeiten eine Nebenrolle. Außerdem war Dustin Amerikaner. Wir haben uns auf Englisch unterhalten. Da wäre es doch merkwürdig, wenn wir beim Wechsel ins Deutsche zum Zunamen und Sie gewechselt hätten. *Hello, Dustin? How are you?* Was kann ich für Sie tun, Herr McCormick?«

»Ich habe gehört, dass McCormick kein Deutsch sprach«, sagte Lüder.

Meerwein zuckte die Schultern. »Kann sein. Wir haben Englisch gesprochen. Ist mir gar nicht aufgefallen. Wir quatschen hier kreuz und quer. Da merkt man gar nicht mehr, in welcher Sprache man gerade parliert. Aber, was ist nun mit Dustin?«

»Der ist ermordet worden«, platzte Rottenberg dazwischen.

»Ermordet? Von wem?« Meerwein war genauso erschrocken wie zuvor Rottenberg.

»Die Ermittlungen stehen noch am Anfang«, wich Lüder aus.

»Wann? Wo? Wie?«, fragte Meerwein nach.

»Heute Morgen in Rendsburg.« Lüder ließ die Frage nach dem Wie unbeantwortet.

»Rendsburg? Was wollte er in Rendsburg?«, wollte Rottenberg wissen.

»Dort hat er gewohnt.«

Meerwein schüttelte seinen Kopf. »Welcher Studierende wohnt denn in Rendsburg?«

Lüder registrierte, dass nicht nur er sich diese Frage stellte.

»Ihr Kollege wusste von keinen Kontakten, die McCormick an der Uni geknüpft hatte. Ist Ihnen etwas bekannt?«

»Nein. Wir haben uns nur einmal unterhalten. Ich war erstaunt, wie interessiert sich Dustin zeigte. Er schien mir über ein gut fundiertes Wissen zu verfügen. Wenn Sie es nicht dem Tell verraten …«

»Wer ist Tell?«, unterbrach Lüder.

Meerwein lachte und sah Rottenberg an. »Wilhelm Tell. So nennen hier alle den Prof. Er ist Schweizer. Professor Ueli Eglschwiler. Also. Dem Tell hätte ich nicht erzählen mögen, dass Dustin mir Fragen gestellt hat, die ich nicht beantworten konnte.«

»Waren es spezielle Fragen?«, wollte Lüder wissen.

»Ich bin mir nicht sicher. Natürlich können alle Erstsemester Würmer und Viren programmieren. Die werden aber von anderen Studierenden, erst recht aber von uns sofort entdeckt. Dustin hat mir in wenigen Worten eine Theorie vorgetragen, die ich nicht auf Anhieb nachvollziehen konnte. Interessant. Sehr interessant. Ich habe ihm gesagt, dass ich gern etwas ausführlicher mit ihm darüber sprechen wollte.« Meerwein warf Rottenberg einen fragenden Blick zu. »Sorry, Dirk. Dustin ist deiner. Aber was er dort aus dem Handgelenk abgespult hat, das war klasse.« Erneut sah er Rottenberg an. »Ich hätte dich informiert, Dirk. Das Gespräch hätte ich gern mit dir zusammen geführt.«

Rottenberg schien zufriedengestellt zu sein, nachdem er zwischendurch einen skeptischen Blick auf seinen Kollegen geworfen hatte.

»Gibt es sonst noch etwas aus Ihrer Sicht?«, fragte Lüder zum Abschluss.

Als Antwort erhielt er ein synchrones »Nein« aus den Mündern der Informatiker.

Bis zum unscheinbaren Gebäude des Instituts für Rechtsmedizin der Kieler Uniklinik in der Arnold-Heller-Straße war es nur ein kurzer Weg.

Lüder traf Dr. Diether auf dem Flur. Der Rechtsmediziner war in ein Gespräch mit einem Kollegen vertieft. Er zeigte auf Lüder.

»Das sind die Polizisten von der Mordkommission. Die beeilen sich immer, zu uns zu kommen, solange die Leichen noch warm sind. Sie grausen sich vor der Kälte.«

»Waidmannsheil«, grüßte Lüder und erntete einen fragenden Blick des Kollegen.

Dr. Diether winkte ab. »Das sagt er immer, weil er meint, wir würden nach Jägerart unsere Opfer aufbrechen.« Er winkte dem Kollegen zu. »Bis später. Du musst mir unbedingt das Kochrezept geben. Das schmeckt sicher lecker.« Um das zu unterstreichen, fuhr sich der Arzt mit der Zunge über die Lippen. »Wollen wir erst essen gehen?«, fragte er Lüder. »Oder wollen wir uns die Leiche ansehen?«

»Leiche«, antwortete Lüder und folgte Dr. Diether in den Obduktionssaal.

Der Rechtsmediziner zog sich Einmalhandschuhe über und hielt Lüder ein zweites Paar hin. Der lehnte dankend ab. Das veranlasste Dr. Diether zu einem Grinsen. Dann wurde der Mediziner ernst und führte Lüder zu einem mit einem Tuch abgedeckten Leichnam.

»Es sieht nicht sehr appetitlich aus«, warnte Dr. Diether. »Wir sind gerade mitten bei der Arbeit. Es ist alles offen.« Er sparte sich weitere Erklärungen.

Dustin McCormick hatte kurz geschorene Haare. Das Gesicht mit den markanten Zügen, hervorstehende Wangenknochen, der schmale Mund und das hervorstehende Kinn mit einer Kerbe in der Mitte, ließen den Toten energisch wirken, auch wenn die helle Haut und die blauen Lippen als äußere Merkmale für den Aufenthalt im Wasser und das Ertrinken unübersehbar waren.

Dr. Diether berührte mit dem Handrücken die Wange. »Kalt«, sagte er. Dann fuhr er leicht mit den Fingerspitzen über die geschlossenen Augenlider. »Die waren geschlossen, als er eingeliefert wurde. Bei Eintreten des finalen Zustands erschlaffen die Muskeln. Logisch, dass ein Toter die Augen nicht mehr öffnen kann. Der Mensch unterscheidet sich in diesem Punkt vom Aal, der angeblich noch aus der Pfanne hüpft, nachdem er ausgenommen ist.« Der Arzt sah Lüder an. »Das ist jetzt noch kein offizielles Ergebnis, aber ich vermute, dass man das Opfer betäubt hat, bevor man es ins Wasser geworfen hat. Der Tod ist eindeutig nicht durch Ertrinken eingetreten. Wir haben kein Wasser in der Lunge gefunden. Todesursache war ein Laryngospasmus.«

»Ein Kehlkopfkrampf«, warf Lüder ein.

Dr. Diether nickte. »Durch die Wasseraspiration, also das kalte Wasser, kommt es zu einem Stimmritzenkrampf. Dadurch wird die Atmung verhindert, und das Opfer erstickt. Wollen Sie es genau sehen?«

»Danke«, lehnte Lüder ab.

»Aus dem Gesamtbild vermute ich – wie gesagt: das ist alles noch inoffiziell –, dass das Opfer betäubt wurde, als es ins Wasser geworfen wurde.«

»Man hat ihn«, Lüder zeigte auf McCormick, »nicht ins Wasser geworfen.« Lüder schilderte die Umstände, unter denen man das Opfer gefunden hatte.

»Dann war er betäubt. Der oder die Täter hatten vorgebeugt und ihm den Mund mit Klebeband versiegelt, damit er nicht schreien konnte. Mit dem gleichen Band waren die Hände gefesselt. Das Material haben wir sichergestellt und an die Kriminaltechnik überstellt. Man hat ihn mit dem Seil gefesselt. Die Schürf- und Schnittverletzungen an den Handgelenken zeugen eindeutig von der Kraft, mit der er von der Schwebefähre durchs Wasser gezogen wurde. Zunächst hat man das Opfer noch lebend an Land liegen lassen. Das Seil war so lang, dass McCormick untertauchen musste, als die Fähre sich in Betrieb setzte und ihn unter Wasser hinter sich herzog.«

»Ich bin Ihrer Meinung«, erklärte Lüder. »Wenn man ihn betäubt hat, deutet vieles darauf hin, dass es kein Rache- oder Ritualmord war. Andererseits steckt hinter der Art der Tatausführung eine Botschaft, die ich derzeit aber noch nicht entschlüsseln kann.«

»Also Profis«, fügte Dr. Diether an.

Lüder nickte. »Ja. Er ist kaum tot, schon ranken sich viele Fragen um ihn, obwohl wir noch nicht viel wissen.«

»Wollen Sie nicht den Todeszeitpunkt wissen?«, fragte Dr. Diether.

»Nein«, erwiderte Lüder. »Den kenne ich.«

Der Mediziner sah ihn an und zog fragend eine Augenbraue in die Höhe.

»Die Fähre nimmt morgens um fünf Uhr ihren Betrieb auf. Das ist auch der Todeszeitpunkt.«

Dr. Diether pflichtete ihm durch stummes Nicken bei.

»Wie sind Sie an diesen Fall gekommen?«, wollte der Arzt wissen.

»Ein Auftrag des Ministerpräsidenten«, erwiderte Lüder und unterließ es, den genauen Sachverhalt zu schildern.

»Das wird vermutlich Ihr letzter offizieller Kontakt zu ihm gewesen sein«, sagte der Arzt. »Und wer kommt dann? Das steht in den Sternen, nachdem der auserkorene Kronprinz über seine Essgewohnheiten gestolpert ist.«

Lüder war mittlerweile mit der verschrobenen Denkweise Dr. Diethers vertraut. »Sie wollen damit sagen, dass der auserwählte Nachfolger Lamm- statt Hammelfleisch bevorzugt hat.«

»Richtig«, stimmte der Mediziner zu. »Junges statt altes Fleisch. Aber moralisch darüber zu befinden ist hier nicht der richtige Ort. Wollen Sie noch mehr sehen?« Er fasste zum Tuch, um es weiter aufzudecken.

»Danke«, wehrte Lüder ab. »Das reicht mir.«

»Juristen«, lästerte der Arzt.

»Seien Sie vorsichtig mit Ihren Äußerungen.« Lüder spielte darauf an, dass der Leiter der Rechtsmedizin sich nicht nur in Medizin habilitiert hatte, sondern auch in der Jurisprudenz promoviert worden war.

»Es gibt aber noch etwas, was Sie wissen sollten. Hier.« Der Rechtsmediziner zeigte auf die Halsschlagader, nahm ein Vergrößerungsglas und wies auf einen kleinen Punkt hin. »Das ist vermutlich eine Einstichstelle in die Vene. Ich glaube, an dieser Stelle wurde die Spritze mit dem Betäubungsmittel gesetzt.«

»Sicher?«

Dr. Diether nickte. »Ziemlich. Wer das gemacht hat, wusste, was er tat. Der hat ein wenig medizinische Grundkenntnisse. Sie können also davon ausgehen, dass Sie nicht nach einem Juristen suchen müssen.«

»Jedem sein Fach. Dafür benötigen Sie meine Rechtskenntnisse, wenn ich Sie irgendwann aus einer misslichen Lage herauspauken muss, in die Sie Ihr vorlautes Mundwerk gebracht hat.«

»Dazu brauche ich Sie nicht.« Dr. Diether schwenkte das Skalpell. »Das löse ich selbst auf meine Art.«

Dr. Diether hielt ihm den Ellenbogen statt der nicht mehr sauberen behandschuhten Hand hin. »Bis zum nächsten Mal. Ich bin zuversichtlich, dass Sie uns weiterhin mit neuer Kundschaft versorgen.«

»Ich kenne Ihren Lieferanteneingang«, sagte Lüder zum Abschied.

Im Landeskriminalamt fand er eine Nachricht vor, dass Polizeihauptmeister Schütte vom Polizeirevier Rendsburg um seinen Rückruf bat.

»Ich war heute Morgen nicht im Dienst«, erklärte der Rendsburger Beamte. »Als ich den Namen hörte, erinnerte ich mich an einen Vorfall in der vergangenen Woche. Der schottische Name ist mir aufgefallen.«

»Sie sind Dustin McCormick begegnet?«

»Ja. Wir wurden von der ›securus consulting‹ angerufen. Das ist ein Unternehmen in Büdelsdorf. Dem Wachdienst war aufgefallen, dass sich ein Mann in merkwürdiger Weise für das Gebäude interessierte. Er schlich dort herum. Mein Kollege und ich haben uns den Mann angesehen und seine Personalien aufgenommen.«

»Das war alles?«

»Ja. Es gab keine Veranlassung zu weiterem Handeln. McCormick sagte, dass er sich für Industriearchitektur interessierte.«

»Hat er fotografiert?«, fragte Lüder.

»Wir haben keinen Apparat gesehen.«

Das macht man heute mit dem Smartphone, dachte Lüder, ließ es aber unausgesprochen.

»Was haben Sie weiter unternommen?«

»Nichts. Wir sind wieder gefahren, und der Mann ist auch gegangen, soweit wir es beobachten konnten.«

Lüder seufzte. »Danke für den Hinweis.«

»War das nicht in Ordnung?«, wollte Schütte wissen.

»Doch«, bestätigte ihm Lüder. »Es war sogar sehr gut, dass Sie sich an den Vorfall erinnert und mich benachrichtigt haben.«

»Ich habe mich noch gewundert«, ergänzte der Beamte, »dass am nächsten Tag jemand von der ›securus consulting‹ auf dem Revier angerufen und sich nach dem Mann erkundigt hat.«

»Wissen Sie noch, wer es war?«

»Leider nicht.«

»Was haben Sie geantwortet?«

»Ich habe keine Namen preisgegeben, sondern nur gesagt, dass es sich um einen harmlosen Spaziergänger handelte, um einen Ausländer.«

»Haben Sie die Nationalität erwähnt?«, wurde Lüder hellhörig.

»Ich glaube, ja«, erwiderte Schütte kleinlaut. »Aber keine Namen oder sonstige Daten.«

McCormick sollte sich als an Architektur interessiert ausgegeben haben? Das war keine geschickte Ausrede. Gab es einen Zusammenhang zwischen dem Informatikstudium und dem Unternehmen »securus consulting«?

Lüder suchte im Internet nach der Homepage des Unternehmens. Die war modern gestaltet, aber inhaltlich sehr vage gehalten. Soweit er den englischen Text, der mit Fachausdrücken gespickt war, verstand, beschäftigte sich »securus consulting« mit Datensicherungssystemen. Natürlich fiel es ihm auf. »Securus« war Lateinisch und hieß »sicher«. Und Maximilian Meerwein von der Kieler Uni hatte ihm erzählt, dass sich McCormick auffallend für dieses Spezialgebiet interessiert zeigte und den wissenschaftlichen Mitarbeiter des Instituts für Informatik mit seinen Kenntnissen verblüfft hatte. Lüder war überzeugt, dass das Interesse des Toten für das Büdelsdorfer Unternehmen kein Zufall war. Doch zunächst galt es, den Kriminaldirektor zu informieren. So schwer es Lüder fiel, er konnte seinen Vorgesetzten nicht übergehen.

Lüder traf den Abteilungsleiter in dessen Büro an. Er berichtete von der Art der Tatausführung und von seinem Verdacht, dass McCormick sich möglicherweise zu anderen Zwecken als einem Studium in Deutschland aufhielt.

»Das sind Spekulationen, denen jede substanziierte Begründung fehlt. Dafür können wir keine Ressourcen freistellen. Das Tötungsdelikt wird durch die örtlichen Behörden hinreichend verfolgt.«

»Ist das auch die Meinung der Staatsanwaltschaft?«, fragte Lüder.

»Mit Oberstaatsanwalt Brechmann wird es keinen Dissens geben.«

»Aha«, sagte Lüder und bekundete damit, dass er verstanden hatte, dass Dr. Starke noch nicht mit der Staatsanwaltschaft gesprochen hatte. »Wäre es nicht sinnvoller, wenn Brechmann −«

»Herr Brechmann«, unterbrach ihn der Kriminaldirektor.

»… direkt mit dem Ministerpräsidenten das Für und Wider unserer Ermittlungen abstimmen würde? Wir würden dann warten, wie die Diskussion ausgegangen ist.« Lüder zog demonstrativ sein Handy aus der Tasche. »Ich rufe den Regierungschef an, Sie Brechmann.«

»Es kann nicht sein, dass unsere Arbeit fremdbestimmt wird«, empörte sich Dr. Starke. »Wie sollen wir den an uns gestellten Anforderungen gerecht werden, wenn hier jeder das ausführt, was er für richtig hält? Statt verantwortungsbewusst die Ihnen gestellten Anforderungen zu erfüllen, erweisen Sie sich als ständiger Opponent. Das ist, in Anbetracht dessen, was man uns abverlangt, kontraproduktiv.«

»Wenn man Zweifel an der Leistungsfähigkeit unserer Abteilung hätte, würde man uns nicht mit besonders heiklen Missionen betrauen«, erklärte Lüder.

Diesem Argument hatte der Kriminaldirektor nichts entgegenzusetzen. Er hatte die Augen zu schmalen Schlitzen zusammengepresst und musterte Lüder. Als dieser den Blick erwiderte, wich Dr. Starke sofort aus.

»Mich würde das Thema Ihrer Doktorarbeit interessieren«, wechselte Dr. Starke abrupt das Thema. »Ist es nicht eigenartig, dass Sie so lange Zeit dafür benötigt haben? Ich frage mich, wie Sie Beruf, Familie und Dissertation unter einen Hut gebracht haben. Das muss doch Probleme gegeben haben. Sie können doch nicht alles gleichzeitig erledigt haben. Für die Unmöglichkeit eines solchen Tuns gibt es ein prominentes Vorbild.«

»Ich trage keine gegelten Haare und gehe nicht ins Sonnenstudio«, erwiderte Lüder.

Der Kriminaldirektor hatte verstanden, dass die letzte Anmerkung ihm galt. Umgekehrt hatte er Lüder zu verstehen gegeben, dass er ihn auf Schritt und Tritt beobachten und Lüders geringsten Fehler gegen ihn verwenden würde. Auch wenn Lüder sich derzeit noch gegen seinen Vorgesetzten behaupten konnte, das Arbeitsklima zwischen den beiden Männern war mehr als unterkühlt.

Lüder stand auf. »Ich werde Sie weiter auf dem Laufenden halten«, erklärte er und verließ den Raum.

Lüder rief in der Kriminaltechnik an, aber Frau Dr. Braun war nicht zu sprechen. Einer ihrer Mitarbeiter erklärte, dass noch keine Ergebnisse zum Mordfall McCormick vorlägen.

Auch Hauptkommissar Vollmers hatte keine Neuigkeiten zu berichten.

»Wissen Sie, auf wen der Mitsubishi Pajero zugelassen ist?«

»Nein«, erwiderte Vollmers. Es klang gereizt. »Wir sind nur eine kleine, unterbesetzte Dienststelle. Sie haben im LKA ganz andere Möglichkeiten. Warum nutzen Sie die nicht?«

Hätte Lüder dem Hauptkommissar erklären sollen, dass Dr. Starke Lüders Ermittlungsarbeiten aus persönlichen Motiven zu hintergehen versuchte? Niemand konnte dem Kriminaldirektor nachweisen, dass er die Arbeit seiner Abteilung sabotierte. Aber Lüders Erfolge, die letztlich auch ihm zugutekamen, neidete er ihm doch.

Lüder ließ sich von Vollmers die Identifikationsdaten des Opfers durchgeben. Er musste das amerikanische Generalkonsulat in Hamburg benachrichtigen, dass einer seiner Bürger einem Mord zum Opfer gefallen war.

Von einem früheren Kontakt wusste er, dass man sich in dem weißen Haus an der Außenalster, das eine Kopie des großen Bruders in Washington zu sein schien, sehr bedeckt gab und die Zusammenarbeit mit deutschen Behörden nicht sehr intensiv pflegte. Die Amerikaner schienen grundsätzlich jedem zu misstrauen.

Das galt auch für seinen Gesprächspartner. Mr. Jo Dellany sprach Deutsch mit deutlichem Akzent. Die Stimme hätte jeden Talentsucher begeistert, der einen Sprecher für einen Werbespot für Hamburger gesucht hätte.

»Nennen Sie mir bitte Ihren Namen und Ihr Amt, Ihre Durchwahl und die Mailadresse«, bat Dellany.

»Mein Name ist Lüders.« Es dauerte eine Weile, bis Lüder dem Mann den Umlaut in seinem Namen erklärt hatte. Als »Luder« wollte Lüder nicht in Dellanys Aufzeichnungen enden. »Suchen Sie sich die Telefonnummer des Landeskriminalamts Schleswig-Holstein heraus und fragen Sie nach mir. Dann können Sie sicher sein, dass Sie den richtigen Ansprechpartner erreicht haben.«

»In Schleswig?«, fragte Dellany.

»Schleswig-Holstein. *Capital* ist Kiel. *Capital* ist aber nicht gleichzusetzen mit Kapital. Darüber verfügt das Land nicht«, fügte er leise hinzu und unterließ es, Dellanys Nachfrage zu diesem kleinen Wortspiel zu beantworten.

Der Amerikaner fragte noch einmal nach Mailadresse und »Mobeilnamber«, aber Lüder versagte ihm diese Auskunft. Er wusste, dass er vom Konsulat keine Unterstützung erwarten durfte. Auch wenn es für seine eigenen Ermittlungen hinderlich war, hatte er in gewissem Maße Verständnis für die Verschlossenheit der Amerikaner, da US-Bürger in vielen Ländern der Welt aus niederen Beweggründen verfolgt wurden.

Es war schwierig, die Identität Dustin McCormicks zu überprüfen. Vorerst gab es keine weiteren Anhaltspunkte als das, was sie dem Pass hatten entnehmen können. Wie erwartet waren im Polizeicomputer keine Informationen über ihn vorhanden.

Häufig war es bei neuen Fällen schwierig, einen konkreten Ansatzpunkt zu finden. Hätte Lüder von McCormicks Interesse an dem Büdelsdorfer IT-Unternehmen gewusst, wäre ihm die zweite Fahrt Richtung Rendsburg erspart geblieben. Mit Sicherheit würde das zu Diskussionen mit dem Abteilungsleiter führen, wenn Lüder seine Fahrtkostenabrechnung einreichen würde. Dr. Starke nahm sich die Unterlagen stets persönlich vor und prüfte sie akribisch auf Notwendigkeit und Plausibilität. Der Kriminaldirektor suchte an vielen Enden gleichzeitig nach Punkten, die er Lüder vorwerfen könnte.

Die »securus consulting« residierte in der Fehmarnstraße, die dem gleichnamigen Gewerbegebiet am östlichen Stadtrand den Namen gegeben hatte. Gleich zu Beginn lag das große Druckzentrum des Schleswig-Holsteinischen Zeitungsverlages, in dem viele der großen Tageszeitungen des Landes gedruckt wurden. Neben dem futuristisch anmutenden Verwaltungsbau des Druckzentrums, das auf Stelzen zu schweben schien, lag ein Gebäude aus dunkelblauem Glas, das von einem hohen Metallzaun eingefriedet war. Man hatte sich Mühe gegeben, den Zaun durch eine entsprechende Bepflanzung zu verstecken, aber bis das gelungen war, würden noch ein paar Jahre vergehen.

Während andere Unternehmen stolz ihren Firmennamen zur Schau stellten und damit warben, begnügte sich dieser Betrieb mit einem fast unscheinbaren Schild aus Plexiglas, das neben der Einfahrt montiert war.

Bereits der Besucherparkplatz wurde durch eine Kamera überwacht. Lüder beobachtete, wie das Gerät seinen Weg verfolgte. Die Tür war aus Sicherheitsglas, stellte er fest, als er davor wartete und einer unsichtbaren Stimme seinen Wunsch vortragen musste. Nach einer Weile tauchte ein älterer Mann in der Uniform eines Wach- und Sicherheitsdienstes auf. Er forderte Lüder auf, den Dienstausweis gegen die Glasscheibe zu halten. Mit Belustigung sah Lüder, wie der Mann seine Brille zurechtschob, die Stirn runzelte und versuchte, das Dokument zu lesen. Er war sich nicht sicher, ob der Security-Mann alles verstanden hatte. Der Uniformierte wollte sich aber keine Blöße geben und öffnete die Tür.

»Zu wem wollen Sie, äh?«, fragte er und zog die Nase hoch.

»Zur Geschäftsleitung.«

»Zu Herrn äh … Warum denn, äh?«

»Melden Sie mich bitte an. Ich glaube nicht, dass Ihr Chef begeistert ist, wenn er hört, dass Sie nicht die Vertraulichkeit wahren, die von Ihrem Unternehmen erwartet wird.«

»Wenn Sie meinen, äh.« Der Mann schlurfte voran und verschwand hinter einem Tresen. Dahinter verbarg sich eine Reihe von Monitoren.

»Beobachten Sie auch die Umgebung? Und wird das aufgezeichnet?«

»Das ist ein Geheimnis, äh.« Erneut zog der Mann die Nase hoch und suchte in einer abgegriffenen Kladde. »Ach, hier«, murmelte er, rückte seine Brille zurecht, bis es ihm im zweiten Anlauf gelang, das Telefon zu bedienen.

»Ja, äh, hier der Empfang. Da ist ein Mann für Sie.« Er lauschte in den Hörer. »Ja, Herr …« Er sah Lüder an. »Wie war noch gleich Ihr Name, äh?«

»Lüders. Landeskriminalamt.«

»Ein Rüders vom Kriminalamt.« Dann legte er auf und bat Lüder zu warten.

Der Vorraum war, abgesehen von ein paar Grafiken an der Wand, karg und nur mit zwei modern, aber unbequem aussehenden Stühlen möbliert. Von ihm führte eine weitere Tür aus Sicherheitsglas ins Gebäude, die durch ein elektronisches Schloss gesichert war. Lüder erkannte ein Touchpad, eine Fläche, auf die der Zugangsberechtigte seine Hand legte und über die Fingerabdrücke identifiziert wurde.

Kurz darauf erschien ein jüngerer Mann in abgewetzter Jeans und sportlichem Hemd, dessen Ärmel hochgerollt waren. Er blieb in der Türöffnung stehen und hielt seinen Fuß davor.

»Hi.« Er sah Luder an. »Sind Sie der Besucher?«

Lüder nickte und hielt dem Mann seinen Ausweis hin.

Der warf einen kurzen Blick darauf. »Zu wem wollen Sie?«

»Zur Geschäftsleitung.«

»Zu Frank«, stellte der junge Mann fest. »Kommen Sie«, forderte er Lüder auf und ging voran.

Durch die offenen Türen konnte Lüder einen Blick in die Büros werfen. Es sah futuristisch aus. Alle Arbeitsplätze waren mit Bildschirmen vollgestellt. An manchen saßen Angestellte und starrten auf die Mattscheibe, an anderen Arbeitsplätzen hatten sich mehrere um einen Computer geschart und schienen in lebhafte Diskussionen verwickelt zu sein. Lüder fiel auf, dass die gesamte Belegschaft ausschließlich aus jüngeren Mitarbeitern zu bestehen schien. Als sie einen Raum passierten, in dem eine Minibar aufgestellt war, auf deren Tresen ein moderner Kaffeeautomat blinkte, und ein Mann auf einer Relaxliege zu schlafen schien, die Ohren durch einen Kopfhörer von der Umwelt abgeschirmt, bemerkte Lüders Begleiter seinen Blick.

»Hier wird hoch konzentriert gearbeitet. Sie brauchen zwischendurch eine Phase zum Relaxen. Das soll durch dieses Ambiente bewirkt werden.«

»Klappt das?«, fragte Lüder interessiert und verglich im Geiste diese Arbeitsplätze mit den Büros in seiner Behörde.

»Ja«, lachte sein Begleiter.

Lüder stieß fast mit einem asiatisch aussehenden Mann zusammen.

»Sie haben eine internationale Belegschaft?«

»Die Informationstechnologie ist weltumspannend. Da gibt es keine Ländergrenzen. Dank Satellitentechnik sind Sie in Echtzeit an fast jedem Platz der Erde. Denken Sie an die Möglichkeiten, die Internet und Handys den Menschen in Libyen, Ägypten oder Syrien, dem Iran oder China schenken. Wo Despoten früher ihr Volk unterdrücken konnten, erfährt heute die ganze Welt vom Unrecht.« Er hielt so abrupt an, dass Lüder auflief. »Hier sind wir.«

Wie zu den anderen Räumen stand auch hier die Tür offen.

»Frank«, sagte sein Führer. »Besuch für dich.« Zu Lüder gewandt erklärte er: »Unser Geschäftsführer.«

Der Angesprochene stand auf. Er trug eine Edeljeans, die im Unterschied zu der seines Mitarbeiters nicht zerschlissen war, und ein Poloshirt von Ralph Lauren. Er war groß und von sportlicher Gestalt. Das blonde Haar trug er zu einem Pferdeschwanz gebunden, der hinten über den Kragen hing.

Er kam Lüder entgegen, streckte die Hand aus und sagte: »Hi, ich bin Frank Hundertmarck.«

Auch wenn sich hier alle offenbar mit einem lässigen »Hi« begrüßten, erwiderte Lüder den Gruß mit einem »Moin«.

»Dr. Lüders ist vom Landeskriminalamt«, erklärte sein Führer, nickte Lüder zu und verschwand diskret mit einem »Tschau«.

Diese Erklärung genügte Hundertmarck, um Lüder ins Büro zu bitten und hinter ihm die Tür zu schließen. Dann zeigte er auf den modernen Besucherstuhl, der bequemer war, als das Design vermuten ließ.

»Ich untersuche einen Mordfall«, sagte Lüder. »Vom Opfer führen Spuren zu Ihnen.«

»Zu uns?« Hundertmarck sah Lüder erstaunt an.

»Der Mann ist in der vergangenen Woche vor Ihrem Firmensitz herumspaziert. Ihr Sicherheitsdienst hat daraufhin die Polizei gerufen, die aber nichts Verdächtiges hat feststellen können.«

»Der war das? Ich habe am nächsten Tag bei der Polizei nachgefragt.«

»Kannten Sie den Mann?«

»Nein! Wie kommen Sie darauf?«

»Sie haben sich doch Ihr Überwachungsvideo angesehen. Haben Sie ihn darauf erkannt?«

»Das war ein Fremder, ein Unbekannter«, behauptete Hundertmarck. Ihm war nicht aufgefallen, dass Lüder nicht gefragt, sondern unterstellt hatte, dass der Geschäftsführer sich das Video angesehen hatte.

»Ich möchte es auch sehen«, sagte Lüder mit Bestimmtheit.

Mit Genugtuung stellte er fest, dass Hundertmarck in seinem Hightech-Unternehmen jemanden bestellen musste, der die Überwachungsanlage bedienen und das Video vorführen konnte. Lüder hatte McCormick nur auf dem Seziertisch gesehen. Daher bedurfte es einiger Phantasie, um ihn wiederzuerkennen.

Der Amerikaner war langsam an der Straßenfront des Firmengebäudes entlanggegangen, hatte gewendet und dieses Manöver mehrfach wiederholt. Zwischendurch war er stehen geblieben, und deutlich war zu erkennen, dass er das Haus aus unterschiedlichen Perspektiven fotografierte. Selbst das unscheinbare Firmenschild aus Plexiglas hatte er aufgenommen. Wenig später rollte ein Streifenwagen heran. Die beiden Polizisten stiegen aus und sprachen McCormick an. Die ganze Aufnahme machte einen friedlichen Eindruck. Die drei redeten eine Weile miteinander, dann zog McCormick einen Pass aus der Gesäßtasche und reichte ihn einem Polizisten, der sich daraus etwas notierte. Mit einem Tippen an die Schirmmütze verabschiedeten sich die Beamten und fuhren davon. Auch der Amerikaner verschwand aus dem Bild.

»Welche Brisanz sehen Sie darin, dass jemand vor Ihrem Haus auf und ab geht und die Fassade fotografiert?«, fragte Lüder. »Der Mann hat sich auf öffentlichem Grund und Boden befunden.«

»Wir sind in solchen Dingen sehr sensibel«, erklärte Hundertmarck, nachdem er seinen Mitarbeiter fortgeschickt hatte. Sie kehrten in das Büro des Geschäftsführers zurück.

»Möchten Sie einen *Coffee*?«, fragte er und sprach es englisch aus. Lüder nickte.

»Eine bestimmte Spezialität?«

»Normal.«

Hundertmarck griff zum Telefon. »Ach, Schätzchen. Ich habe Besuch. Würdest du uns einen *Cappu* bringen?« Dabei sah er Lüder an. »Ist das recht?« Als Lüder nickte, fuhr er fort: »Einen *Cappu* mit *Cream* und für mich einen *Costa* mit *English Toffee Taste*.« Dann sah er Lüder an, als müsse er sich auf das Thema zurückbesinnen. »Wir machen hier Hightech. Das ist alles *confidential*. Wenn die Ergebnisse unserer Arbeit *public* würden, hätten viele große Unternehmen ein ernstes Problem.«

»Können Sie mir das erklären, wenn möglich auf Deutsch«, bat Lüder.

Hundertmarck warf ihm einen Seitenblick zu, der besagte, dass er Lüder von diesem Moment an nicht mehr für einen ernst zu nehmenden Gesprächspartner hielt. Lüder war es recht.

»Heutzutage bestimmt der Computer unser Leben«, begann der Geschäftsführer. »Das Auto ist damit bespickt, die Haushaltsgeräte, unser Alltag. Ohne Chip könnten Sie nicht telefonieren, schon gar nicht mobil. Und wie sähe unsere Welt ohne Computer aus? Der Supermarkt könnte nichts mehr verkaufen, das Stromnetz bräche zusammen, kein Verkehrsmittel würde mehr fahren und vieles mehr. Stellen Sie sich vor, Sie würden diese Infrastruktur zerstören. Erinnern Sie sich an ein paar größere und kleinere Beispiele? Wir stehen kurz vor einer Panik, wenn aufgrund eines Softwareproblems für ein paar Stunden die Geldautomaten nicht funktionieren. Wir haben uns daran gewöhnt, uns auf das GPS zu verlassen. Das muss nicht immer von Vorteil sein. Wenn Sie daran denken, dass bei Umleitungsempfehlungen auch alle anderen, die sich auf die neue Technologie verlassen, die Nebenstraßen nutzen, ist ein erneutes Chaos auf viel engeren Wegen vorprogrammiert. Hier stellt sich die neue Technik selbst in Frage.«

»Sie haben Zweifel an solchen Entwicklungen?«

»Die sind noch nicht perfekt, wie ich eben am Beispiel aufgezeigt habe. Darüber hinaus schafft die Gewöhnung daran auch Risiken. Das ist wie mit dem Rechenschieber, den heute niemand mehr beherrscht. Dabei vergessen wir, dass es nicht nur eine Technik ist, sondern damit auch das Wissen um die Logik, die dahintersteckt, verloren geht. GPS ist keine Errungenschaft der Natur, sondern Technik. Die ist manipulierbar. Stellen Sie sich vor, Sie modifizieren die GPS-Signale. Auf den Straßen entsteht ein unentwirrbares Chaos, da immer weniger Menschen Karten lesen oder sich anderweitig orientieren können. Ganz abgesehen von Flugzeugen und Schiffen, die heutzutage nicht mehr eingesetzt werden könnten. Und das Militär? Wie wollen Sie Raketen und Lenkwaffen treffsicher ins Ziel bringen? Mit den ballistischen Kenntnissen der alten Kanoniere schaffen Sie es nicht. In solchen Dingen liegen die Risiken der Zukunft, in der Abhängigkeit unseres Alltags von der Technik, über die wir uns viel zu wenig Gedanken machen. Wenn Sie all diese Fragen offen diskutieren und in das Bewusstsein der Menschen bringen würden, dann würde dort draußen Panik ausbrechen. Wie gut, dass die Menschen sich über solche Dinge keine Gedanken machen.«

»Und Sie beraten Unternehmen und Institutionen, wie man sich gegen solche Angriffe wehren kann.«

»Im Prinzip – ja.«

»Können Sie meine Frage nicht mit Ja oder Nein beantworten?«, fragte Lüder.

»Das Thema ist so diffizil, dass es mehr Schattierungen als nur Schwarz und Weiß gibt.«

»Wer könnte daran interessiert sein, an Informationen aus Ihrem Unternehmen zu gelangen?«

»Da gibt es viele. Hartnäckig halten sich die Gerüchte, dass ausländische Mächte rund um den Globus auf der Jagd nach Datengeheimnissen sind. Angeblich sind dem amerikanischen Verteidigungsministerium vierundzwanzigtausend geheime Dateien abhandengekommen. Hinter vorgehaltener Hand vermutete man, dass die Chinesen dahinterstecken. Nicht umsonst hat der US-Verteidigungsminister gedroht, wer Amerikas Computersysteme und Netzwerke angreift, er sprach von einem Cyberkrieg, muss mit einer konventionellen Vergeltung rechnen, also mit einem Militärschlag. Die Warnung war deutlich und unmissverständlich. Dagegen ist der Angriff auf die Homepage des Oppositionsführers im Kieler Landtag nur ärgerlich gewesen. Die Hacker haben sie lahmgelegt und stattdessen einen Text eingestellt, dass die Seite gehackt worden sei, sie aber keine weiteren Angriffe planen würden. Verstehen Sie jetzt, weshalb wir so sensibel sind, uns schützen und auch auf mögliche unliebsame Besucher achten, auch wenn sie noch so harmlos aussehen mögen und scheinbar zufällig vor unserem Gebäude auf und ab stolzieren?«

»Eine letzte Frage habe ich noch. Wo haben Sie studiert?«

Hundertmarck sah erstaunt auf. »Bitte?«, fragte er ungläubig.

Lüder wiederholte die Frage.

»Gehört das zu Ihren Ermittlungen?«

»Ja. Es ist nicht auszuschließen, dass das Motiv in der Hochschulszene zu suchen ist.«

»Ach so.« Hundertmarck lehnte sich entspannt zurück. »Ich habe in Hamburg an der Hochschule für Angewandte Wissenschaften studiert. Das ist eine sehr renommierte Hochschule«, betonte er. »Bei Professor Michaelis, einer der Kapazitäten schlechthin.«

Lüder nickte.

»Und? Was sagt Ihnen das?«

»Mehr, als Sie sich vorstellen können«, erwiderte Lüder, trank den Rest des Cappuccinos aus und verzichtete auf eine Erklärung. »Kennen Sie Professor Eglschwiler?«

»Aus Kiel. Sicher. Der Mann ist eine Kapazität. Die Koryphäe auf dem Gebiet der Datensicherheit schlechthin. Man munkelt, dass Eglschwiler kurz vor dem Durchbruch ist, ein Sicherheitsverfahren zu entwickeln, das alle bisherigen Firewalls in den Schatten stellt. Damit könnte man Hackern das Leben schwer, wenn nicht gar unmöglich machen.«

»Hätte das auch Auswirkungen auf Viren und Würmer?«

Hundertmarck wiegte den Kopf, als würde er seine Antwort sorgfältig abwägen. »Möglicherweise«, wich er aus.

»Wenn eine solche Entwicklung —«

»Algorithmus«, korrigierte ihn Hundertmarck.

»Wenn eine solche Entwicklung sich durchsetzen würde, hätte das doch Auswirkungen auf den Markt für Viren- und Schutzsoftware.«

»Möglicherweise.«

»Und auf Ihr Geschäft?«

Lüder erwartete, dass er erneut ein »Möglicherweise« zu hören bekommen würde, aber Hundertmarck protestierte: »Unser Business ist ein ganz anderes. Der Softwareschild, den wir implementieren, ist nur ein Baustein bei der Abwendung des *worst case*. Wir führen eine umfassende Security-Beratung durch. Consulting ist unser Business.«

»Wer sind Ihre Kunden?«

»Dazu gehören bedeutende Unternehmen aus ganz Europa. Branchenübergreifend.«

»Nennen Sie ein paar Beispiele.«

Hundertmarck schüttelte den Kopf, dass der Pferdeschwanz hin und her flog. »Das ist topsecret.«

Maximilian Meerwein von der Kieler Uni hatte sich gewundert, dass McCormick nicht nur über profundes IT-Wissen zu verfügen schien, sondern sich in besonderer Weise für das Thema Datensicherheit interessierte. Möglicherweise war das ein Ansatzpunkt für weitere Ermittlungen, dachte Lüder und verabschiedete sich.

Er fuhr direkt nach Hause. In der Einfahrt stand der ältere VW-Bulli, mit dem Margit den Transport der Kinder bewerkstelligte, aber auch die Einkäufe erledigte. Im Vorgarten lagen diverse weitere »Verkehrsmittel« kreuz und quer herum. Lüder kletterte über Jonas' Roller, Thorolfs Skateboard und Sinjes Fahrrad. Direkt vor der Stufe zum Eingang fand er sein eigenes teures Rennrad, das nicht angeschlossen war.

Verärgert trat er ins Haus und wurde von Margit begrüßt, die aus der Küche herausschaute.

»Du?«, fragte sie und sah demonstrativ auf die Uhr. »Das ist aber früh. Schön.« Er bekam einen Kuss aufgedrückt. »Dann können wir ja gemeinsam essen.«

»Was gibt's denn?«, rief er von der Treppe ins Obergeschoss auf dem Weg zum Umziehen und Duschen.

»Was wohl? Nudeln mit Tomatensoße.«

Lüder unterdrückte eine Antwort. Wenn es nach den Kindern ging, gab es im täglichen Wechsel dieses Gericht oder Pommes mit Hacksteak. Zur Abwechslung freuten sich die beiden Jüngeren auch über Fischstäbchen mit Spinat.

Eine halbe Stunde später hatten sich alle um den Tisch versammelt. Es kam nur noch selten vor, dass in der Woche alle Plätze belegt waren. Entweder kam Lüder zu spät, oder eines der Kinder hatte einen auswärtigen Termin. Lüder staunte ohnehin, wie Margit als »Zeitmanagerin« alle Termine koordinierte, den Haushalt versorgte, sich um die schulischen Probleme des Nachwuchses kümmerte – davon gab es genug – und in den späten Abendstunden auch noch für ihn eine hinreißende Geliebte war. Er selbst, so war Lüder sich sicher, würde diesen Belastungen nicht lange gewachsen sein.

»Wer hat mein Fahrrad benutzt?«, fragte er und erntete Schweigen, bis sich die Jüngste meldete.

»Das war Thorolf.«

»Darfst du petzen?«, fragte Margit in strengem Ton.

»Ja«, erwiderte Sinje kess. »Weil Thorolf mir nicht sein iPhone gegeben hat.«

»Ist das ein Grund?«

Sinje sah ihre Mutter an und lachte. »Ja.« Es klang überzeugend.

»Wir hatten doch eine Vereinbarung, dass mein Rad tabu ist?« Lüder sah Thorolf an, der einen großen Berg Nudeln mit Tomatensoße förmlich in sich hineinschaufelte.

Mit vollem Mund, kaum verständlich, erwiderte er: »Musste schnell weg. Und Mama konnte mich nicht fahren. Auto ist im Eimer.«

»Du hast doch selbst ein Rad«, stellte Lüder fest.

»Nee. Damit war die blöde Ziege unterwegs. Die hat mich auch nicht gefragt.«

»Du Arsch −«

»Viveka!«, ermahnte Margit ihre Tochter.

»Ist doch wahr«, empörte sich das Mädchen. »Ich war mit Annika verabredet. Wir mussten Mathe machen. Der alte Ar−«

Lüders strenger Blick ließ sie mitten im Satz einhalten.

»Mein Rad ist kaputt. Das repariert ja keiner«, erklärte sie.

»Doch. Ich«, bot sich Sinje an.

Lüder streichelte der Fünfjährigen über den Kopf. »Das ist lieb von dir, aber ich glaube −«

»Doch, ich kann das«, unterbrach Sinje den Satz ihres Vaters.

Lüder hörte nur mit einem Ohr zu. Stattdessen stieß er Jonas an, der mit der linken Hand die Gabel zum Mund führte und den Kopf nach unten gesenkt hielt. Der Junge bekam nicht mit, dass Lüder sich vorbeugte und sah, dass Jonas in der rechten Hand ein iPhone hielt und geschickt mit einer Hand einen Text eingab.

»Wir sind beim Essen, Jonas. Da lässt du solche Spielchen sein«, mahnte ihn Lüder.

Jonas schreckte auf und versuchte, das Gerät in seiner Hosentasche verschwinden zu lassen. Doch Thorolf war schneller und entriss es ihm.

»Tickst du nicht sauber?«, schimpfte der Große. »Das ist mein iPhone. Du hast sie wohl nicht alle.«

Jonas fühlte sich ertappt und schwieg. Er sprang aber auf und stürzte sich auf seinen Bruder, als der las, was Jonas eingegeben hatte. Doch Thorolf war schneller und reichte Lüder das Gerät.

»Hier. Das solltest du lesen.«

Lüder zierte sich. Seine Kinder hatten ein Recht auf ihre Intimsphäre. Lüder würde nie in ihren Tagebüchern oder Aufzeichnungen stöbern oder ihre Post lesen. Doch dieser Text war zu viel.

»mein alter hat ne echte pisole echt«, las Lüder den falsch eingetippten Text. Wie sollten die Kinder korrektes Deutsch lernen, wenn sie ihre Kommunikation über elektronische Medien in dieser Form und grundsätzlich in Kleinbuchstaben abwickelten?, schoss es Lüder durch den Kopf. Noch mehr interessierte ihn aber der Inhalt.

»Wem hast du das geschrieben?«, wollte er wissen.

»Och, 'nem Freund«, versuchte Jonas auszuweichen.

»Wie heißt der Freund?«, fragte Lüder.

»Batman.«

»Richtig! Der muss doch einen richtigen Namen haben.«

»Nee. Batman.«

»Heißt das, du kennst seinen richtigen Namen nicht?«

Jonas druckste herum.

»Der ist den ganzen Nachmittag im Internet unterwegs«, verriet Viveka. »Der Blödmann hat bei Facebook reingeschrieben, dass sein Vater Anführer eines Spezialkommandos bei der Polizei ist und ständig irgendwelche heißen Waffen mit nach Hause bringt.«

Lüder war sprachlos. »Was hast du gemacht, Jonas?«

»Ach, das ist doch nur ein Scherz. Ich habe gelacht, als alle ganz heiß waren und Einzelheiten wissen wollten.«

»Welche Einzelheiten?«

»Ach, nix weiter.«

»Jonas, ich muss das wissen.«

»Nichts von Bedeutung.« Jonas schien sich der Tragweite seines Handelns bewusst zu sein. Es war ihm anzusehen, dass er sich nicht nur ertappt fühlte, sondern auch wusste, dass er zu weit gegangen war.

»Das machen doch alle«, versuchte er sich zu verteidigen. »Bei Viveka steht an der Pinnwand, dass sie mit Felix rumgeknutscht hat.«

Das Mädchen lief rot an und wollte aufspringen, aber Margit hielt sie fest.

»Was hat das alles zu bedeuten?«, fragte sie und sah in die Runde.

»Das sind die modernen Zeiten«, erläuterte Lüder. »Die Kinder bewegen sich in Welten, die wir nur streifen. Für die ist der Umgang mit sozialen Netzwerken und elektronischen Medien selbstverständlich.«

»Facebook ist echt geil«, warf Jonas ein und sah Thorolf hilfesuchend an. Der pflichtete ihm sofort bei.

»Wenn ihr Alten auf diesem Gebiet nicht mehr mitkommt, ist das doch eure Schuld.«

»Hast du eine Vorstellung, wie gefährlich das ist, was ihr da macht?«, fragte Lüder und sah in die Runde. Sein Blick blieb bei Viveka haften. »Was hat das mit diesem Eintrag auf der Pinnwand auf sich?«

»Loretta ist echt fies. Die ist scharf auf Felix. Und weil der nicht mit ihr gehen will, hat sie diesen Text in meine Pinnwand eingetragen.«

»Der ist gelogen?«, fragte Lüder.

Viveka nickte heftig.

»Dann lösch ihn doch.«

Thorolf räusperte sich und half seiner Schwester. »Das geht nicht so einfach.«

»Wieso?«, fragte Lüder. »Ich muss doch die Möglichkeit haben, Unwahrheiten wieder aus dem Netz herauszubekommen.«

»Wenn du auf die Taste gedrückt hast, ist das weg«, erklärte Jonas kurz und bündig. Dann breitete er die Hände wie ein Wanderprediger aus. »So ist das eben. Manchmal machen auch die anderen Scheiß.«

»Wenn du das sagst, dann …«, drohte Thorolf.

Aber Jonas ließ sich nicht beeindrucken. »Bingo hat —«

»Wer ist Bingo?«, fuhr Lüder dazwischen.

»Na, Django aus Thorolfs Klasse. Der ist doch letztes Jahr hängen geblieben. Seitdem tourt er durch Thoris Klasse.«

»Was ist mit dem?«

»Jonas!«, rief Thorolf dazwischen und ballte die Faust.

Aber der Jüngere ließ sich nicht aufhalten. Er sah die Preisgabe des Geheimnisses als Rache dafür an, dass Thorolf seine Texteingabe vorgelesen hatte.

»Ihr müsst mal auf YouTube gucken. Da ist ein Video drin, wie Thorolf besoffen auf einem Tisch steht und das Schleswig-Holstein-Lied brüllt. Total abgefuckt.«

Lüder atmete tief durch. Für heute reichte es. War das, was er zu hören bekommen hatte, der Preis dafür, dass er zu wenig Zeit fand, sich um seine Kinder zu kümmern? Oder ging wirklich vieles an seiner Generation vorbei? Offenbar spielte sich im Netz wesentlich mehr ab, als manche Eltern ahnten. Lüder erinnerte sich an Zeitungsartikel über Schüler, die in der Anonymität des Netzes ihre Lehrer verunglimpften und ihnen Übles nachsagten, über die *Loverboys*, die übers Internet minderjährigen Mädchen die große Liebe vorheuchelten und sie zu einem persönlichen Treffen animierten, um sie dann für die Prostitution zu gewinnen.

Und wenn schon die Kinder so aktiv in diese Scheinwelt eingebunden waren, welche Möglichkeiten eröffneten sich erst den Profis? Dann war es auch denkbar, dass man sogar vor einem Mord nicht zurückschreckte. War Dustin McCormick ein Opfer der Cyberwelt?

ZWEI

Im Herbst setzte sich das schlechte Wetter fort, das bereits den Sommer bestimmt hatte.

Die Bäume begannen ungewöhnlich früh, ihre Blätter zu verlieren. Der schon seit Tagen anhaltende Regen verwandelte in Verbindung mit dem Laub die Straßen in Rutschbahnen. Das wirkte sich auch auf das Fahrverhalten der Autofahrer aus. Sie zeigten sich nervös und aggressiv zugleich.

Lüder hatte sich davon nicht anstecken lassen, obwohl er bei sich selbst eine Unkonzentriertheit feststellte. Er wurde immer wieder dadurch abgelenkt, dass in seiner Familie offenbar Dinge passierten, um die er sich bisher nicht gekümmert hatte und deren Tragweite ihm am Vorabend erst in vollem Umfang bewusst geworden war.

Es beunruhigte ihn, welchen Einfluss elektronische Medien und das Internet auf das Leben der Kinder bereits genommen hatten. Ihn quälte eine Spur Schuldbewusstsein, weil er sich nicht mehr um den Alltag der Kinder kümmern konnte und stattdessen zu viel Zeit in den Beruf investierte. Es war auch kein Trost, dass er dieses Schicksal mit Millionen anderen berufstätigen Müttern und Vätern teilte, ganz abgesehen von denen, die als Alleinerziehende dieser Herausforderung ohne Unterstützung einer so phantastischen Partnerin wie Margit gegenüberstanden.

Sie hatte recht, wenn sie ihm ihr Leid klagte, sich beschwerte, dass er sich nicht um die Reparatur des Dachs kümmerte, ihr Auto schon seit Tagen defekt in der Einfahrt stand. Es war kein Desinteresse an ihren kleinen Sorgen, wenn er darüber hinwegging. Aber das begrenzte Familienbudget war für diesen Monat erschöpft, selbst wenn die meisten Menschen über ein geringeres Einkommen als ein Beamter des höheren Dienstes verfügten.

Er versuchte, diese Gedanken zu verdrängen, und rief Hauptkommissar Vollmers an.

»Gibt es Neuigkeiten?«

»Eigentlich nicht. Das Auto wird noch von der Spurensicherung untersucht. Von den Handys haben wir keine Spur. Wir haben um Genehmigung zur Handyortung gebeten. Dann erwarte ich auch eine Aufstellung der letzten Telefonate.«

»Immerhin haben Sie die Mobilnummern herausgefunden«, lobte Lüder.

Vollmers knurrte etwas Unverständliches.

»Und die Bankverbindung?«

»Das ist merkwürdig. Bisher ist es uns noch nicht gelungen, diesbezüglich etwas zu ermitteln. Es kann doch nicht sein, dass ein Mensch ohne Bankverbindung herumläuft. Er muss doch irgendwoher Bargeld für den täglichen Bedarf bekommen haben.«

»Und die täglichen Lebensumstände?«

»Daran arbeiten wir noch. Wo hat er eingekauft? Getankt? Wo ist er essen gegangen? Sobald ich weitere Informationen habe, melde ich mich«, versprach Vollmers.

Lüder nahm ein leeres Blatt zur Hand und begann, darauf Kringel zu malen. Einen Kreis beschriftete er mit »Dustin McCormick«, einen weiteren mit »Uni Kiel«, den nächsten mit »Wohnort Büdelsdorf« und den vierten mit »securus consulting«. Dann überlegte er, welche Verbindungen es zwischen diesen Kreisen geben könnte. Er verband »McCormick« mit der »Uni Kiel«. Eine weitere, allerdings gestrichelte Linie verband die Uni mit »securus consulting«. Beide waren auf dem gleichen Gebiet tätig: der Datensicherheit. Das Büdelsdorfer Unternehmen wiederum war im selben Ort ansässig, in dem McCormick seinen Wohnsitz hatte. Wenn er jetzt »securus consulting« einerseits mit »Büdelsdorf« verknüpfte und den Strich von »Büdelsdorf« als Wohnsitz weiter zu »McCormick« zog, hatte er eine Raute gebildet.

Warum kam ein Amerikaner, der offensichtlich nicht unbewandert war in der Informatik, zum Studium nach Deutschland und wählte einen Wohnsitz, der völlig abseits des Studienortes lag? In den Verbindungen der Raute schien Lüder ein Schlüssel zu liegen. Nach außen beschäftigten sich sowohl die Uni wie das IT-Sicherheitsunternehmen mit dem Datenschutz. Hatten die beiden Institutionen etwas entdeckt? Oder etwas zu verbergen, auf das McCormick zufällig gestoßen war?

Vielleicht konnte man ihm im Büro des Datenschutzbeauftragten weiterhelfen. Bisher hatte er keine Berührungspunkte zu dieser Einrichtung gehabt und lediglich aus den Medien erfahren, dass gerade der für das Land tätige Beauftragte sich als sehr rührig erwiesen hatte und über die Grenzen Schleswig-Holsteins hinaus bekannt war.

Er suchte die Telefonnummer heraus und vereinbarte einen Termin. Man war erstaunt, dass er um eine kurzfristige Gesprächsmöglichkeit bat und dem nicht ernst gemeinten Vorschlag »Jetzt gleich« sofort zustimmte.

Das Büro des »Unabhängigen Landeszentrums für Datenschutz in Schleswig-Holstein«, wie es offiziell hieß, befand sich im Herzen der Stadt, in der Fußgängerzone nahe dem Einkaufszentrum »Sophienhof«.

Er wurde an eine der Referentinnen verwiesen. Die aparte Frau mit den schulterlangen Haaren, die ihn empfing, entschuldigte sich. »Landeskriminalamt?« Sie zog die sorgfältig gezupfte Augenbraue fragend in die Höhe. »Der Datenschutzbeauftragte ist für zwei Tage in Berlin. Kann ich Ihnen weiterhelfen? Mein Name ist Sophie von Rittershagen.« Sie reichte ihm die schlanke, gepflegte Hand und bat Lüder in ihr Büro.

Er berichtete von dem Mord an McCormick, der in Kiel Informatik studierte und sich für ein Unternehmen interessierte, das sich schwerpunktmäßig mit Datensicherheit beschäftigte.

»Ah, Sie meinen die ›securus consulting‹?«

»Sie kennen das Unternehmen?«

»Wir haben losen Kontakt. Die möchten gern mit uns ins Geschäft kommen, obwohl wir ihnen mehrfach erklärt haben, dass das Landeszentrum für Datenschutz nicht der richtige Ansprechpartner ist. Wir sind kein Daten-TÜV und stellen keine Zertifikate aus. Da die ›securus consulting‹ aber in jüngster Zeit gelegentlich mit dem Argument auf dem Markt in Erscheinung getreten ist, die Datenschutzbeauftragten der deutschen Länder würden sie empfehlen, haben wir das Gespräch gesucht.« Sie wurde ernst. »Leider ist das ins Stocken geraten. Unser Herr Wullenweber hat sich mit dem Vorgang befasst.«

»Hat?« Lüder waren die Zwischentöne nicht verborgen geblieben.

Frau von Rittershagen nickte ernst. »Er hatte in der vergangenen Woche einen Unfall.«

»Schlimm?«

Sie wich Lüders Blick aus und sah aus dem Fenster. Dabei spielte sie gedankenverloren mit ihren Fingern und drehte den Ring mit dem Lapislazuli.

»Es war ein tödlicher Unfall. Herr Wullenweber ist noch an der Unfallstelle verstorben.«

»Können Sie mir ein paar Einzelheiten nennen?«

»Nein, leider nicht. Ich habe nur das gehört, was uns allen hier bekannt ist. Ich bin auch ganz froh, nicht mit hineingezogen worden zu sein. Marc Wullenweber hinterlässt eine Frau und zwei kleine Kinder, davon ist eines noch nicht einmal schulpflichtig.« Frau von Rittershagen schluckte, bevor sie fortfuhr. Dann sah sie Lüder an. »Ist es nicht merkwürdig, dass der Unfall ausgerechnet auf der Fahrt nach Rendsburg passierte?«

»Rendsburg?«, fragte Lüder.

»Na ja, gleich nebenan. Nach Büdelsdorf. Herr Wullenweber wollte zur ›securus consulting‹.«

»Und auf diesem Weg ist der Unfall geschehen?«

»Jaaa.« Frau von Rittershagen dehnte die Antwort, als würde ihr die gleiche Frage in den Sinn kommen, die Lüder beschäftigte. Plötzlich veränderte sich ihre Miene. »Das kann doch nicht sein«, sagte sie mit belegter Stimme. »Wullenwebers Variant ist angeblich von einem unbekannten Fahrzeug gerammt worden, von der Fahrbahn abgekommen und gegen mehrere Bäume geprallt.«

»Unbekannt?«, fragte Lüder.

Sie nickte heftig. »Ja. Fahrerflucht.«

»Gab es Drohungen gegen das Landeszentrum für Datenschutz, den Datenschutzbeauftragten oder gegen Herrn Wullenweber?«

Frau von Rittershagen schüttelte den Kopf, dass die schulterlangen Haare hin und her flogen. Die Frau mochte die fünfzig überschritten haben, dachte Lüder, war aber eine attraktive und gepflegte Erscheinung. Sicher waren die dunkelblonden Haare mit den etwas helleren Strähnen gefärbt. Aber Make-up und Lippenstift waren dezent aufgetragen. Sie nahm die Brille, die sie an einer Kette um den Hals trug, und setzte sie auf.

»Nein. Davon ist mir nichts bekannt. Es gibt immer wieder Firmen oder Einzelpersonen, denen es nicht passt, wenn wir ihnen auf die Finger schauen. Aber die Fälle sind nicht so gravierend, dass daraus Drohungen gegen uns erwachsen. Manche Sachen dringen an die Öffentlichkeit und ziehen das Interesse der Medien auf sich. Denken Sie an die Kameraüberwachung der Personalumkleideräume bei einer bekannten Drogeriekette, das Ausspionieren einzelner Arbeitsplätze durch versteckte Kameras, das Mitlesen privater Mails durch Vorgesetzte am Arbeitsplatz. Das sind Fälle, in denen wir einschreiten. Das ist für die Betroffenen unangenehm, wenn sie ins Licht der Öffentlichkeit gezogen werden.«

»Ist Ihr Amt nicht auch ein politisches?«, fragte Lüder.

Frau von Rittershagen kniff kurz das linke Auge zusammen, eine Geste, die besagen sollte, dass dieses ein heikles Thema sei.

»Das ist ein weites Feld. Es gibt viele Begehrlichkeiten, Daten zu sammeln und auszuwerten. Die Sammelwut ist beim Staat und bei öffentlichen Einrichtungen ebenso vorhanden wie bei privatwirtschaftlichen Institutionen. Man muss unterscheiden zwischen dem, was die Menschen freiwillig an Informationen preisgeben, und dem, was hinter ihrem Rücken geschieht.«

»Spielen Sie auf das Thema Vorratsdatenspeicherung an?«, fragte Lüder.

Sie winkte ab. »Dazu möchte ich mich nicht äußern. Das ist Ihr Thema. Daran sind die Strafverfolgungsbehörden und Verfassungsschutzeinrichtungen interessiert. Es stellen sich aber andere Fragen.«

»Sie meinen das Geldwäschegesetz?«

»Unter diesem Vorwand sammelt der Staat Daten aller seiner Bürger über den finanziellen und wirtschaftlichen Status. Ist es gerechtfertigt, Millionen Kontodaten staatlichen Einrichtungen offenzulegen? Soll das Finanzamt wissen, wem Sie Vollmacht für Ihr Konto erteilt haben? Wenn Sie den Goldschmuck Ihrer Frau verkaufen, müssen Sie sich mit Ihrem Ausweis legitimieren. Glauben Sie wirklich, Terroristen finanzieren sich durch Omas Erbstücke?«

Lüder nickte nachdenklich. Es war schwer, die Grenze zwischen dem legitimen Interesse des Staates und dem unkontrollierten Kontrollwahn zu ziehen. Wenn man die gesammelten Daten eines Menschen zusammenbrachte, was technisch nicht schwierig war, konnte man mehr über das einzelne Individuum erfahren, als der Mensch selbst über sich wusste.

»Hier die Balance zu wahren, das sehen wir als eine unserer Aufgaben an. Leider glückt es nicht immer. Denken Sie an die Volkszählung. Darin mag man noch einen Sinn sehen. Aber darf die Gebühreneinzugszentrale auf der Jagd nach Leuten, die die Gebühren für Radio und Fernsehen vorenthalten, hemmungslos in allen Registern nachforschen? Ist es rechtens, wenn die Hauseigentümer verpflichtet werden, der Gebühreneinzugszentrale zwangsweise Informationen über ihre Mieter zu liefern? Sie sehen, es gibt viele Dinge, mit denen wir uns beschäftigen.«

»Dieser Punkt ist lebhaft in der Öffentlichkeit diskutiert worden«, warf Lüder ein.

»Und nicht jedem gefällt, was wir dazu meinen. Doch es ist nicht nur der öffentliche Sektor, auf den wir achten. Von uns, hier aus Schleswig-Holstein, ist die Initiative ausgegangen, zu untersuchen, welche Folgen es hat, dass durch das Auswerten des ›Gefällt mir‹-Buttons bei Facebook Konsumverhalten und Gesinnung der Leute ausgewertet werden können. Ist Ihnen schon einmal aufgefallen, dass Viagra-Werbung konzentriert auf männliche erwachsene Internetnutzer ausgerichtet wird? Die Spams immer zielgerichtet erfolgen? Unternehmen wie Google durch Ihre Klicks reich geworden sind? Und die Anwender draußen vor den Computerschirmen machen bereitwillig mit.«

»Ist das wirklich so dramatisch?«, fragte Lüder.

»Im Laufe eines Tages werden lauter elektronische Fußabdrücke hinterlassen: E-Mails, Blogs, Twitter, Konteninformationen, Telefonate, Chatten, Simsen, Konsum, indem Sie mit Karte oder Kundenkarte bezahlen, regionale Verfolgung. Man weiß, wo Sie im Laufe eines Tages waren. Kameras in Banken und auf öffentlichen Plätzen verfolgen Sie, die im Internet gekaufte Fahrkarte erzeugt ebenfalls Bewegungsbilder wie Geldautomaten oder Tankquittungen. Nichts bleibt mehr verborgen. Darüber denkt kaum jemand nach. Die Leute machen auch noch bereitwillig mit, weil das Ganze so schön bequem ist. Niemand wundert sich, dass er Konsumvorschläge erhält. Wer einmal etwas bei Amazon bestellt hat, bekommt zielgerichtete Informationen, die genau sein Interessengebiet umfassen. Der Computer kennt Ihren Lieblingswein, Ihr bevorzugtes Urlaubsziel, wertet gnadenlos Reaktion und Nichtreaktion aus. Es entstehen immer mehr ausgeklügelte Suchalgorithmen.«

»Manche Kunden empfinden das als hilfreichen Service.«

»Und wehe, wenn alles eines Tages zum gläsernen Menschen zusammengefügt wird. Das zu verhindern sehen wir als unsere besondere Aufgabe an. Das passt natürlich nicht jedem, wenn wir ihnen ins Handwerk pfuschen.«

»Wenn ich Ihnen zuhöre, könnte man fast meinen, George Orwell war ein Stümper.«

Ein Lächeln huschte über ihr Gesicht.

»Orwell war ein großer Visionär. Daran gibt es keine Zweifel. Aber ich glaube, die kühnsten Träumer hätten sich 1948 nicht vorstellen können, was heute möglich ist. Denken Sie an Dinge, die außerhalb unseres eigentlichen Aufgabenbereichs liegen, aber die

Menschheit berühren: Genmanipulation, Selektion von Föten, Retortenbabys nach Wunschdesign. Man darf gar nicht darüber nachdenken, welche Möglichkeiten sich dort eröffnen könnten. Könnten!«, betonte Frau von Rittershagen. »Aber all diese Probleme können wir hier nicht lösen, sondern nur hoffen, dass dieser Teil unserer Zukunft in den Händen verantwortungsbewusster Menschen liegt.«

»Gibt es davon genug, ich meine, wenn ich den Gedanken jetzt wieder auf unser engeres Thema, den sensiblen Umgang mit Daten, richte?«

»Daran arbeiten wir«, wich die Frau aus. »Aber es gibt auch Interessengruppen, die das Problem verstanden haben und sich gesellschaftlich engagieren. ›Personality protecting‹ ist eine solche Gruppe.«

»Wofür engagieren die sich?«

»Im Prinzip gegen den Missbrauch der Daten, der den Bürger zum gläsernen Menschen macht, und für die informelle Selbstbestimmung.«

»Dann verfolgt diese Gruppe das gleiche Ziel wie Sie.«

Frau von Rittershagen wiegte den Kopf. »Es gibt Unterschiede. Wir, als unabhängiges Landeszentrum, orientieren uns an den bestehenden Gesetzen. Und wenn es aus unserer Sicht Unklarheiten oder Nachbesserungsbedarf gibt, beschreiten wir den politischen Weg und tun unsere Ansicht auf offiziellen Wegen kund.«

Lüder schmunzelte. Mit dem, was die Frau nicht gesagt hatte, hatte sie deutlich ihre persönliche Meinung zur Arbeit von »personality protecting« erklärt.

»Sind die Mitglieder dieser Gruppe schon öffentlich aufgefallen?«

Lüder erntete für seine Frage einen fast mitleidig wirkenden Blick.

»Mich wundert, dass Sie noch nie von ihnen gehört haben. Sagt Ihnen der Chaos-Computer-Club etwas?«

Lüder nickte.

»Der hat sich aus der, nennen wir es einmal salopp ›Schmuddelecke‹ heraus etabliert und ist heute nahezu gesellschaftsfähig. Es ist keine Seltenheit, dass die Warnungen des Chaos-Computer-Clubs, oftmals berechtigt, zu Veränderungen geführt haben. Der Rat mancher Hacker wird heute gern von Unternehmen übernommen, die ihre Daten schützen wollen.«

»Wer einen sicheren Einbruchschutz haben möchte«, warf Lüder ein, »der befragt einen Meisterdieb.«

»Genau«, pflichtete Frau von Rittershagen bei. »So weit ist ›personality protecting‹ aber noch nicht. Da gibt es noch viele Dinge, die sich in der – sagen wir mal – Grauzone abspielen. Beim Mikrozensus, den der Bürger ›Volksbefragung‹ nannte, hat die Gruppe offen zum gesetzwidrigen Boykott aufgerufen und gefordert, die Fragen bewusst falsch zu beantworten. Man mag seine eigene Meinung zur Berechtigung des Mikrozensus haben, aber es gibt ein Gesetz. Und an dem orientieren wir unsere Arbeit.«

»Können Sie mir einen Kontakt zu ›personality protecting‹ vermitteln?«, fragte Lüder.

Frau von Rittershagen schüttelte den Kopf. »Es gibt keine Verbindungen zwischen uns und solchen Organisationen. Da kann ich Ihnen nicht weiterhelfen.« Sie neigte den Kopf zur Seite und legte die Spitze des Zeigefingers gegen den Nasenflügel. »Wie sicher sind Sie im Umgang mit Ihrem Computer?«

»Ich kann alles, was heutzutage erforderlich ist.«

»Haben Sie Kinder?«

»Ja.«

»Glauben Sie, dass die Ihnen überlegen sind hinsichtlich der Handhabung des Computers und des Netzwerks?«

Lüder lachte. »Das würde ich nie zugeben.«

»Meine Tochter studiert evangelische Theologie. Sie möchte Pastorin werden. Mit diesem Studienfach befindet man sich nicht inmitten des Zentrums der Informationstechnologie. Wenn ich privat ein diffiziles Computerproblem hätte, würde ich mich an Ulf Besenreither wenden.«

»Der ist Ihnen behilflich?«, fragte Lüder.

Sophie von Rittershagen schenkte ihm ein charmantes Lächeln. »Ich würde davon ausgehen. Noch bin ich dem jungen Mann nicht persönlich begegnet.«

Beim Abschied versicherte die aparte Frau, Lüder dürfe sie jederzeit ansprechen, falls er noch weitere Fragen hätte.

»Das darf auch gern bei einem Kaffee außerhalb der Dienstzeit sein«, ergänzte Frau von Rittershagen mit einem koketten Augenaufschlag.

Im Landeskriminalamt verschaffte sich Lüder Informationen über den Unfall mit Fahrerflucht, bei dem der Mitarbeiter des Datenschutzbeauftragten tödlich verletzt wurde.

»Das Auto steht noch hier am Eichhof«, erklärte ihm Joost Siedschlag von der Kriminaltechnik. »Das Beste ist, Sie kommen mal kurz
rüber. Dann kann ich Ihnen zeigen, was wir herausgefunden haben.«

Siedschlag war Zivilangestellter der Polizei. Lüder wusste, dass der
Enddreißiger mit dem schütteren blonden Haar ein Ingenieurstu-
dium absolviert hatte. Er trug einen blauen Werkstattkittel, begrüßte
Lüder freundlich und führte ihn zu den Überresten eines Auto-
wracks.

»Ganz so schlimm hat es nicht ausgesehen«, erklärte Siedschlag.
»Ist es nicht erstaunlich, aus wie vielen Einzelteilen ein Variant besteht?«

Lüder betrachtete nachdenklich den Blechhaufen. Nur mit Phantasie konnte man die Automarke erkennen. An der linken Fahrzeugseite zog sich eine lange Schramme entlang, die bis zum vorderen
Radkasten führte. Deutlich waren die Spuren eines anderen Autos
zu sehen. Es musste gegen Wullenwebers Variant gestoßen sein. Selbst
Lüder konnte erkennen, dass die beiden Fahrzeuge unterschiedliche
Geschwindigkeiten gefahren sein mussten. Da der Variant auf der linken Seite beschädigt war, musste er die rechte Fahrspur benutzt haben. Der Unfallgegner hatte ihn links überholt. Entweder war Wullenweber von seiner Fahrspur auf den Überholfahrstreifen gewechselt, oder der Kontrahent hatte ihn abgedrängt.

Siedschlag schien Lüders Gedanken zu ahnen.

»Es gibt bisher nur eine vorläufige Einschätzung des eingeschalte-
ten Gutachters. Er hier«, dabei zeigte der Ingenieur auf das Wrack, »ist
rechts gefahren. Der andere kam von hinten und ist seitlich in den
Variant hinein. Wir haben etwa zweihundert Meter vor dem Fundort
des Variant Glasscherben gefunden. Der andere hat Wullenweber
überholt, dann das Lenkrad nach rechts gerissen und diesen Wagen
hier in Höhe des linken Hinterrads touchiert. Das überholende Fahrzeug war schneller. Außerdem hat Wullenweber gebremst. Vermutlich
hat er sich beim Aufprall erschreckt, instinktiv das Bremspedal durch-
getreten und gleichzeitig nach rechts gelenkt. Das konnten wir an-
hand der Spurenlage am Unfallort nachweisen. Der zweite Wagen ist
am Variant entlanggeschrammt und hat ihn regelrecht abgedrängt.
Ich kann es nicht beweisen, und gerichtsfest wäre meine Vermutung
auch nicht, aber ich glaube, der Unfallgegner ist nicht zufällig in den
Variant gefahren. Er hat ihn absichtlich gerammt.«

Lüder versuchte, sich die Autobahn zwischen Kiel und Rendsburg vorzustellen. Siedschlag beugte sich zum Variant hinab und fuhr mit der Hand an der linken Fahrzeugseite entlang. »Hier zieht sich die Spur des anderen entlang. Deutlich ist zu erkennen, dass der zweite Wagen höher gelegen ist. Ich tippe auf einen Geländewagen.«

»Hat man Spuren gefunden?«, fragte Lüder.

»Ja«, bestätigte der Ingenieur. »Wir konnten Lackspuren sicherstellen. Außerdem ist der rechte vordere Scheinwerfer zersprungen. Auch davon haben wir Glassplitter gefunden.«

»Wissen Sie schon, um was für einen Wagentyp es sich handelt?«

Siedschlag wiegte den Kopf. »Wenn es ein deutsches Fabrikat war, ist es relativ einfach zu klären. Viele Autolacke werden in einer Fabrik in Münster gefertigt. Der Hersteller schickt uns von allen dort produzierten Autolacken Proben und die Formel der Zusammensetzung. Die sind im Labor des BKA, aber auch bei uns hinterlegt. So können wir bei Delikten, bei denen ein Auto beteiligt war, relativ schnell das Fabrikat ermitteln. Das ist bei ausländischen Fabrikaten ein wenig schwieriger, aber nicht unmöglich, sofern es sich nicht um einen Exoten handelt. Aber was ist in einem Autoland wie unserem exotisch?«

Die beiden Männer umrundeten das Autowrack. Die Vorderpartie war auf der Fahrerseite fast bis zur Windschutzscheibe eingedrückt.

»Wullenweber ist von der Autobahn abgekommen. Es kann sein, dass er nach rechts gelenkt hat, um dem Unfallgegner auszuweichen. Zunächst hat er die Grasnarbe durchpflügt. Das ist vor Ort rekonstruiert worden. Anschließend ist er mit der linken Vorderseite gegen einen Baum geprallt. Wir haben die Motorhaube abgelöst. Sie stand wie eine Ziehharmonika in die Höhe. Die Airbags haben zuverlässig reagiert, aber bei einem solchen Aufprall nutzt auch eine stabile Fahrgastzelle nicht viel. Die Aufprallenergie war einfach zu groß. Wir haben das Auto auch auf technische Mängel untersucht. Da war alles in Ordnung. Bremsen, Lenkung. Stoßdämpfer. Der Variant war schon etwas älter, aber technisch okay. Tja. Solche Fälle haben wir selten. Man glaubt immer, so etwas kommt nur in amerikanischen Krimis vor.«

Amerika! Dustin McCormick war Amerikaner, zumindest war das der bisherige Ermittlungsstand. Und jetzt eine Methode, von der Siedschlag sagte, sie würde ihn an Amerika erinnern. McCormick interessierte sich auffallend für die Sicherheit der Daten, und Marc

Wullenweber war Mitarbeiter im Unabhängigen Landeszentrum für Datenschutz.

Lüder schüttelte den Kopf und wurde dabei von Siedschlag mit einem neugierigen Blick beobachtet. Das konnte kein Zufall sein. Auch wenn es keine Anhaltspunkte gab oder gar Beweise, so glaubte Lüder, dass ein Zusammenhang zwischen den beiden Morden bestand. Dass Marc Wullenweber auf eine sehr eigenwillige Art ermordet worden war, bezweifelte er nicht.

»Haben Sie etwas zum bisherigen Ermittlungsstand gehört?«, fragte Lüder.

Siedschlag zuckte mit den Schultern. »Bedaure, aber ich bin Techniker. Über solche Dinge werde ich nicht informiert.«

Lüder kehrte in sein Büro zurück. Es dauerte eine Weile, bis er den zuständigen Sachbearbeiter ausfindig gemacht hatte, der den Unfallhergang bearbeitete.

»Wir gehen von Vorsatz aus«, erklärte Oberkommissar Böttcher vom Autobahnrevier Neumünster. »Der ganze Ablauf, wie wir ihn haben rekonstruieren können, deutet darauf hin, dass Marc Wullenweber absichtlich gerammt und von der Autobahn gedrängt wurde.«

»Nun ist die A 210 nicht mit dem Frankfurter Kreuz vergleichbar, aber am helllichten Tag um ...«

»Viertel vor zehn morgens«, half Böttcher.

»Da ist man auch zwischen Kiel und Rendsburg nicht allein unterwegs«, fuhr Lüder fort.

»Daran arbeiten wir«, bestätigte Böttcher. »Vorausfahrende Fahrzeuge haben sich nicht als Zeugen gemeldet. Die ebenfalls in Richtung Rendsburg fahrenden Fahrzeuge, es handelt sich um einen Pkw und einen Sprinter, waren zu weit entfernt, um Einzelheiten erkennen zu können. Durch den Unfall waren sie auch daran gehindert, den Verursacher zu verfolgen. Die Fahrer haben sich um das Unfallopfer gekümmert und Hilfe herbeigerufen. Die Gegend ist dünn besiedelt, es liegt kein Ort oder Haus in unmittelbarer Nähe der Unfallstelle. So gibt es keine Zufallszeugen. Wir haben lediglich drei Autofahrer ausmachen können, die auf der Gegenfahrbahn unterwegs waren. Doch deren Aussagen sind auch sehr dürftig. Das ist verständlich. Man konzentriert sich auf das Verkehrsgeschehen vor seinem eigenen Wagen und nimmt Ereignisse auf der Gegenfahrbahn nur bedingt wahr. Niemand konnte etwas zum Geschehen sagen.

Auch das zweite beteiligte Fahrzeug konnte niemand beschreiben. ›Dunkel‹ war die Aussage, ein Zeuge wollte auch getönte Scheiben erkannt haben.«

»Der zweite Wagen muss doch ebenfalls erheblich beschädigt worden sein«, sagte Lüder.

»Richtig. Selbst wenn er an der nächsten Abfahrt in Bredenbek die Autobahn verlassen hat, müsste er aufgefallen sein. Da wir ihn nicht gefunden haben, gehen wir davon aus, dass er zwar erheblich beschädigt, aber noch fahrtüchtig war. Trotzdem musste er auffallen. Wir haben Ermittlungen in den umliegenden Ortschaften angestellt, die Bewohner befragt, auch in den Wäldern nach eventuell abgestellten Autos gesucht … Alles vergeblich. Der Unfallgegner ist bisher wie vom Erdboden verschwunden.«

»Haben Sie untersucht, ob ein Geländewagen im näheren Umkreis zugelassen ist?«

Lüder hörte ein Lachen am anderen Ende der Leitung. »Wir machen unseren Job nicht erst seit gestern. Aber das nimmt Zeit in Anspruch. Haben Sie eine Vorstellung davon, wie viele Fahrzeuge dieser Kategorie in einer Region wie im Naturpark Westensee zugelassen sind?«

Lüder hätte Böttcher gern auf den Widerspruch hingewiesen, dass er zuvor von einer dünn besiedelten Gegend gesprochen hatte. Er unterließ es, weil er keine Zweifel daran hatte, dass Böttcher und seine Kollegen ihr Möglichstes taten.

»Was haben Sie sonst noch unternommen?«, fragte er stattdessen.

»Wir haben die Presse informiert und um Hinweise aus der Bevölkerung gebeten. Die Staatsanwaltschaft prüft, ob sie eine Belohnung aussetzen will. Wenn wir wissen, nach welchem Fabrikat wir suchen müssen, wird es für uns etwas einfacher sein. Aber weshalb interessiert sich das Landeskriminalamt für diesen Fall, selbst wenn es Vorsatz mit Fahrerflucht gewesen sein könnte?«

»Ich vermute, dass es Mord war«, erwiderte Lüder.

»Sie meinen … ein gezielter Anschlag?«, fragte Böttcher erstaunt.

»Ja.«

»Und Sie sind beim LKA in welcher Abteilung?«

»Drei.«

Lüder hörte, wie der Oberkommissar durch die Zähne pfiff.

»Soll das heißen, dass hier ein politischer oder gar terroristischer Akt vorliegt?«

»Die Ermittlungen stehen am Anfang«, wich Lüder aus und unterließ es, auf den vermuteten Zusammenhang mit dem Mord am Nord-Ostsee-Kanal hinzuweisen. Er bat Böttcher, ihn über die weiteren Ermittlungen zu informieren.

»Sie sollten sich mit dem Kieler K1 in Verbindung setzen«, sagte Böttcher zum Abschied. »Die haben den Fall an sich gezogen, da wir von einer eindeutigen Tötungsabsicht ausgehen. Wir leisten nur noch Amtshilfe.«

Anschließend beschaffte sich Lüder die Adresse Marc Wullenwebers. Der Unfall lag jetzt neun Tage zurück. Er musste die Witwe befragen, auch wenn es immer wieder schwerfiel, mit den Hinterbliebenen zu sprechen.

Die Familie Wullenweber wohnte in der Nettelbeckstraße, einer ruhigen Wohnstraße mit Mehrfamilienhäusern, in denen Menschen unterschiedlicher Herkunft und in gemischter Altersstruktur das Urbane dieses Viertels, aber auch die Nähe zum Düsternbrooker Gehölz und zur Förde zu schätzen wussten. Und die nahe Holtenauer Straße bot vielfältige Möglichkeiten zum Bummeln und Einkaufen.

Lüder betätigte mehrfach den Klingelknopf. Vergeblich. Er hatte bemerkt, wie ihn eine ältere Frau in der Erdgeschosswohnung kritisch durch einen Gardinenspalt beobachtete. Erst nach mehrfachem Winken öffnete sie vorsichtig das Fenster.

»Ja?«, fragte sie mit dünner Greisenstimme.

»Ich wollte zu Frau Wullenweber.«

»Die ist nicht da. Die sind doch heute zur Beerdigung auf dem Nordfriedhof. Wissen Sie das denn nicht?«

Lüder bedankte sich, ohne auf die wie ein Vorwurf klingende Erklärung einzugehen. Dann kehrte er in sein Büro zurück und rief Dr. Diether an.

»Wie hält Ihre Frau es eigentlich mit Ihnen aus?«, fragte der Arzt zur Begrüßung.

»Sie ist meine Frau, weil sie es mit Ihnen sicher nicht ertragen hätte.«

»Sagen Sie das nicht.« Dr. Diether lachte schallend. »Ein Pathologe zum Ehemann, das hat unschätzbare Vorteile. Wer sonst kann so meisterhaft die Weihnachtsgans tranchieren? Sie wollen aber sicher etwas anderes hören. Soll ich raten? Den toxikologischen Befund.«

»Ermitteln Sie Ihre Untersuchungsergebnisse immer auf diese

Weise, ich meine, als Hellseher, oder liegen dem schon medizinisch fundierte Erkenntnisse zugrunde?«

»Darum geben wir Blutuntersuchungen ja auch an das Labor ab«, erklärte der Arzt. »Damit wenigstens etwas in unserem Bericht stimmt. Wie ich schon vermutet habe, wurde Dustin McCormick betäubt. Das erste Anzeichen war die unscheinbare Einstichstelle am Hals. Die Blutanalyse hat ergeben, dass das Opfer mit Propofol sediert wurde. Das ist eine weiße Flüssigkeit, die man zur Kurzzeitnarkose nutzt, zum Beispiel bei Magenspiegelungen und bei der Koloskopie. Für Sie als Jurist: Das ist eine Untersuchung durch den Hintereingang. Angeblich soll Michael Jackson an einer Überdosis Propofol gestorben sein. Das Mittel wirkt heftig, ist im Allgemeinen gut verträglich –«

»Diese Meinung wird Dustin McCormick nicht teilen«, warf Lüder ein.

»Den zu befragen ist Ihre Aufgabe. Lassen Sie mich seine Meinung wissen, wenn er noch eine hat. Ich kann es mir so vorstellen, dass das Opfer sediert wurde. Warum er sich gegen den Einstich im Hals nicht gewehrt hat, kann ich nicht sagen. Propofol hat keine Langzeitwirkung. Rechnen Sie mit einer guten halben Stunde. Wenn der oder die Täter McCormick sediert haben, so frage ich mich, warum.«

»Wollte man ihm die Qual des Ertrinkens ersparen?«, dachte Lüder laut nach. »Wenn man ihm das Mittel in den Hals gespritzt hat, um ihn zu betäuben, muss man ihn zuvor auf irgendeine Weise überwältigt haben. Und damit er sich gegen den Einstich nicht wehrt, war er sicher schon gefesselt. Ich kann mir nur vorstellen, dass man McCormick nicht bei Bewusstsein ertränken wollte. Wenn man aber dennoch diese außergewöhnliche Mordmethode gewählt hat, muss es damit eine besondere Bewandtnis haben. Was wollte man uns damit sagen? Welches Zeichen sollte damit gesetzt werden?«

Lüder berichtete von seiner Vermutung, dass der Anschlag auf Marc Wullenweber im Zusammenhang mit dem Mord am Kanal stehen könnte.

»Wenn ich Sie richtig verstanden habe, war der erste Mord, also der auf der Autobahn, ein ganz profanes Rammen. Hmh. Soll das auch ein Zeichen sein, das man mit dieser Art des Tötens setzen wollte?«, fragte Dr. Diether.

»Nein«, erwiderte Lüder. »Das war schiere Verzweiflung. Man

wollte einfach verhindern, dass Wullenweber mit den Leuten von ›securus consulting‹ in Büdelsdorf spricht. Warum, kann ich noch nicht sagen.«

Der Arzt wünschte Lüder viel Erfolg bei den weiteren Ermittlungen. »Und empfehlen Sie uns nicht unbedingt weiter«, schloss er.

Anschließend suchte Lüder Hauptkommissar Helge Thiel auf, dessen Büro ein paar Türen weiter auf demselben Flur lag.

»Moin, Herr Thiel.«

Der Hauptkommissar mit den grauen Haaren und der immer deutlicher zum Vorschein tretenden Tonsur auf dem Hinterkopf sah von seinem Schreibtisch auf.

»Hallo, Herr Dr. Lüders. Was führt Sie zu mir?«

»Ihr überaus fundiertes Wissen um die Szene.«

Thiel lachte. »Um welche?«

»Das ist bei Ihnen doch gleich. Sie sind in jeder bewandert.«

Noch einmal lachte der Hauptkommissar auf. »Ich bin männlich. Bei mir verfangen solche Schmeicheleien nicht.«

»Es geht um die Hackerszene. Sagt Ihnen die Gruppe ›personality protecting‹ etwas?«

»Ja, schon.« Thiel nahm seine Halbbrille ab und nuckelte am Bügel. »Sie hat bei uns Beobachtungsstatus. Strafrechtlich sind die noch nicht in Erscheinung getreten, zumindest konnten wir ihnen noch nichts nachweisen. Dahinter verbirgt sich eine Gruppe überwiegend junger Leute, die vermutlich politisch linksradikal orientiert sind. Allen Mitgliedern ist gemein, dass sie sehr gut ausgebildet und technisch versiert sind. Ich meine: Informationstechnologie. Das sind Computerfreaks. Nach außen vertreten sie die These, dass die Menschen vor dem informellen Zugriff des Staates, aber auch großer Konzerne wie Banken und Handelshäuser geschützt werden müssen. Da sich – nach deren Auffassung – niemand dieser Interessen annimmt, wollen sie durch spektakuläre Aktionen die Menschen wachrütteln.«

»Haben solche Aktionen schon stattgefunden?«

»Möglicherweise. Bisher konnte der Gruppe noch nichts nachgewiesen werden, da sie sich noch nicht mit Erfolgen gebrüstet hat.«

»Ist das eine Art Greenpeace für die Informationstechnologie?«, fragte Lüder.

Thiel schüttelte den Kopf. »Greenpeace ist gesellschaftsfähig, wenn deren Aktionen auch gelegentlich am Rande der Legalität ablaufen und rechtlich umstritten sind wie zum Beispiel die Aktion des Versenkens von Steinen vor der Küste Sylts, um die dortigen Fischer am Ausbringen von Grundschleppnetzen zu hindern.«

»Wodurch ist ›personality protecting‹ denn in Erscheinung getreten?«

»Durch Ankündigungen, in Netzwerken wie Facebook oder Twitter. Es gibt Blogs, aber auch Sympathiebekundungen in einschlägigen wie politischen Foren. Wir beobachten mit Sorge, dass sich dort etwas aufschaukelt, und befürchten, dass der Diskussion eventuell Taten folgen könnten, zum Beispiel ein Hackerangriff gegen Staat und Wirtschaft.«

»Was wird diskutiert?«, wollte Lüder wissen.

»Tja, das ist natürlich etwas kraus, und nicht alles darf man für bare Münze nehmen. Unser Problem ist es herauszufiltern, wo nur gebellt wird, ohne dass Substanz dahintersteckt, und wo ernst zu nehmende Bedrohungen angekündigt werden. Die Gefahr, die von Cyberterroristen droht, ist nicht zu unterschätzen. Es sind zum einen Freaks, die Spaß daran finden, Würmer, Viren und Trojaner in die Welt zu setzen, und es sind Kriminelle, die andere Computer ausforschen und missbrauchen, das sogenannte Phishing, also das Ausspionieren von Passwörtern und Kontonummern, denken Sie an die große Szene der Beleidigungen und Verleumdungen. Man hat schon Leute in den Tod gehetzt, weil man im Netz Lügen über sie verbreitet, ihnen Kriminelles oder Widerwärtiges angedichtet hat. Ganze Heerscharen von Schülern werden gemobbt, von Lehrern ganz zu schweigen. Im anonymen Internet können Sie Existenzen vernichten. So hat irgendjemand im Netz behauptet, auf dem Hinterhof eines Chinarestaurants Dosen von Hundefutter gefunden zu haben. Besondere Bedrohungen gehen von Kriminellen oder Terroristen aus. Sie können die Wirtschaft, die Versorgung mit Strom und Wasser, die Verkehrsinfrastruktur eines Staates lahmlegen, aber auch seine Verteidigungsbereitschaft. Nicht umsonst haben die Amerikaner gedroht, einen Cyberangriff auf ihr Land einem konventionellen Angriff gleichzusetzen und in einem solchen Fall Vergeltung zu üben.«

Thiel stand auf, hielt sich mit beiden Händen das Kreuz, drückte es durch und stöhnte leise. Dann stützte er sich auf die Schreibtischplatte und fuhr fort.

»Ich fürchte, es ist den Menschen im Land überhaupt nicht bewusst, wie abhängig wir mittlerweile vom Computer geworden sind. Wehe, wenn dieses System zusammenbricht. Was meinen Sie, welche Unruhe entsteht, wenn wir alle eine Woche – nur eine Woche – kein Geld mehr aus den Geldautomaten abheben könnten. Selbst wenn versichert würde, dass es sich nur um ein technisches Problem handelt, würden es die Bürger nicht verstehen. In Anbetracht der globalen Finanzkrise würde ein Run auf die Banken stattfinden, die Leute würden sich ihre Guthaben bar auszahlen lassen, und unsere schöne und als grundsolide und stabil beschriebene Wirtschaft würde zusammenbrechen.«

Noch einmal stöhnte Thiel leise, bewegte seinen Rücken und setzte sich wieder.

»Dieses Chaos können Sie nicht wieder beheben. Sie könnten nicht mehr einkaufen, weil heute alles über rechnergestützte Kassensysteme läuft. Flugzeuge, Züge und Ampelanlagen würden ausfallen, im Stromnetz gäbe es keine Lastenverteilung mehr, ganz zu schweigen von den Folgen in den Krankenhäusern. Haben Sie einmal darüber nachgedacht, wie viele Schwerstkranke nur mit Hilfe von computerunterstützten Systemen überleben?«

Thiel hielt versonnen inne, setzte die Brille auf und betrachtete Lüder über den Rand.

»Das war ein leidenschaftliches Plädoyer«, sagte Lüder.

»Es kann einem auch bange werden, wenn man sich vorstellt, in welcher Weise wir uns der Allmacht und dem Diktat des Computers ausgeliefert haben. Das, was ich in Kurzform und sehr gestrafft ausgeführt habe, waren ja nur die allgemeinen Bedrohungen, die von außen. Und das sehr grob und bei Weitem nicht vollständig. Man wundert sich, wie leichtfertig die Menschen Persönliches preisgeben. Sehen Sie einmal ins Internet.«

Lüder bekundete durch ein angedeutetes Kopfnicken, dass er Thiel zustimmte.

»Da stehen Geburtsdaten, Anschriften, Vorlieben, manche bekennen sich zu religiösen, politischen oder weltanschaulichen Ansichten. Das kann zukunftszerstörend sein. Das Internet vergisst nichts, wenn Sie wollen, auf hundert Jahre nicht. Was einmal publiziert ist, bleibt für die Ewigkeit erhalten. Wer sich im jugendlichen Überschwang freimütig zu einer – sagen wir einmal – progressiven politischen Ansicht bekennt, wundert sich vielleicht in zwanzig Jahren, dass er die angestrebte Führungsposition nicht bekommt. Politische

Stimmungen und Tendenzen können sich ändern, Ihre im Netz wie in Stein gemeißelten Bekenntnisse haften Ihnen an wie ein Tattoo. Wenn Sie sich im Überschwang der Gefühle in jungen Jahren den Namen einer Frau in die Haut ritzen lassen, was meinen Sie, wie oft Sie sich in späteren Jahren bei neuen Partnerinnen rechtfertigen müssen. Sie werden immer wieder gefragt werden: Wer war Sabine? Warum trägst du ausgerechnet ihren Namen als Tattoo? Im Internet ist es ungleich kritischer. Der künftige Personalchef stellt Ihnen diese Frage nicht. Er lehnt Sie gleich ab. Stellen Sie sich vor, Sie outen sich mit einer – nennen wir es – von der Norm abweichenden sexuellen Identität. Man sollte es in unserer heutigen aufgeklärten und liberalen Gesellschaft nicht glauben, aber wenn Sie Pech haben, haftet es Ihnen wie Schwefelgestank an. Man könnte diese Liste beliebig fortsetzen. Wenn man mich fragen würde, so würde ich jedem raten, sich mit der Preisgabe seiner persönlichen Daten zurückzuhalten.«

Lüder schmunzelte. »Das ist vielen Menschen vermutlich gar nicht bewusst, was sie im Netz preisgeben. Niemand würde auf die Idee kommen, dem Nachbarn bei der zufälligen Begegnung am Gartenzaun zu berichten, dass er Probleme mit dem Stuhlgang hat, die letzte Lieferung Viagra zwei Tage zu spät kam und kurz vor Ultimo drei Überweisungen von der Sparkasse wegen mangelnder Deckung nicht ausgeführt wurden. Dem Netz wird aber alles anvertraut.«

Thiel nickte. »Probieren Sie es einmal aus. Klicken Sie Schüler-VZ an und suchen Sie nach Ihren Kindern. Mit ein wenig Glück werden Sie dort Informationen finden, die Ihnen Ihr Nachwuchs nie anvertrauen würde. Da steht, dass die letzte Mathearbeit verhauen wurde, die Kids Stress mit diesem oder jenem haben, manchmal finden Sie auch eine Einschätzung des Verhältnisses zu den Eltern. Wenn Sie wissen möchten, was Ihr Kind über Sie denkt … Fragen Sie das Internet.«

Lüder war erschrocken. Darüber machten sich Eltern keine Gedanken. Natürlich wusste man um die Gefahren des Internets, um die Gefährlichkeit der freiwilligen Einträge in den sozialen Netzwerken. Aber wie so oft, wie bei Erdbeben und Taifunen … Die Gefahr war unendlich weit entfernt. Er nahm sich vor, dieser Sache nachzugehen.

Nachdenklich verließ er das Büro des Hauptkommissars. In der weltumspannenden Kommunikation lagen viel mehr Gefahren, als der Bürger ahnte, sich vorstellen konnte, zumal stets nur die zweifelsohne vorhandenen Vorzüge einer globalen Kommunikation und Informationsfreiheit propagiert wurden.

Nur wer restriktiv und verantwortungsbewusst mit diesem Medium umging, überlegte Lüder, profitierte von den Vorteilen. Viele Menschen ließen es an der nötigen Sensibilität missen. Und darauf bauten Leute, die es zu ihrem Vorteil ausnutzten und dafür große kriminelle Energie aufwandten. Nun befand er sich mitten in der Cyberwelt, doch schon zwei Menschen hatten ihr Leben in der realen Welt lassen müssen.

Er musste unbedingt mit der Gruppe »personality protecting« Kontakt aufnehmen. Bisher kannte er nur einen Namen: Ulf Besenreither. Der junge Mann wohnte noch bei seinen Eltern.

Eine knappe halbe Stunde später klingelte Lüder an einer Wohnungstür in der Schönberger Straße auf der anderen Seite der Förde.

Eine gertenschlanke Frau im Jogginganzug öffnete ihm und sah ihn fragend an. Sie hatte sich die langen Haare mit einem Stirnband zusammengebunden. Über ihrer Schulter lag ein Handtuch.

»Ja? Bitte?«

»Frau Besenreither?«

»Ja?«

»Mein Name ist Lüders. Polizei. Ich hätte gern Ihren Sohn Ulf gesprochen.«

Erschrecken blitzte in den Augen der Frau auf.

»Polizei? Ulf? Mein Gott. Ist was passiert?« Sie griff zum Handtuch und presste es vor den Mund.

»Nein. Keine Sorge. Es handelt sich um eine reine Routineangelegenheit. Vielleicht kann Ihr Sohn uns mit einer Information behilflich sein?«

»Ja, aber ... Wenn die Polizei nach ihm fragt, dann muss doch etwas vorliegen. Das kann nicht sein, das muss ein Irrtum sein. Ulf hat doch nicht ...?« Sie sah Lüder ungläubig an. »Nein. Der hat bestimmt nichts getan.«

»Frau Besenreither. Sie können unbesorgt sein. Wir möchten von Ihrem Sohn nur ein paar Auskünfte, die uns vielleicht weiterhelfen können.«

»Aber doch nicht von Ulf. Wirklich. Ulf …« Sie brach mitten im Satz ab.

»Ist Ihr Sohn zu Hause?«

Sie schüttelte den Kopf. »Nein. Er ist unterwegs.« Sie sah auf die Uhr. »Er ist noch in der Schule. Dreizehnte Klasse. Humboldt-Gymnasium.« Sie sah erneut auf die Uhr. »Was ist heute? Mittwoch? Nein, dann ist er schon raus. Vielleicht ist er direkt zum Club gefahren.«

»Zu welchem Club?«

»Na, zu seinen Computerfreunden. Da verbringt er jede freie Minute. Er war kaum in der Schule, da hat er sich für Computer interessiert. Mein Mann hat auch damit zu tun. Vielleicht steckt das an. Aber Ulf hat eine Begabung dafür, er ist ein Naturtalent. Was das Wissen anbetrifft … Da hat er meinen Mann schon lange überholt. Schon seit Jahren. Das will Jürgen aber nicht wahrhaben.« Sie kicherte ein wenig in das Handtuch hinein, das sie sich vor den Mund hielt. »Sie glauben gar nicht, was das für Diskussionen bei uns gegeben hat. Väter sind da eigen. Die mögen das nicht gern, wenn ihre Söhne schlauer sind und auf einem Gebiet besser Bescheid wissen. Das fing schon damit an, dass Ulf nie eine Bedienungsanweisung lesen musste. Er hat das sofort begriffen. Jetzt macht er sein Abitur, und dann studiert er Computer.«

»Sie meinen Informatik.«

»Genau. Hier in Kiel. Das passt ganz gut. Dann kann er bei uns wohnen bleiben. Ist ja sonst eine schöne Belastung für Durchschnittsverdiener wie uns, wenn man dem Kind das Studium in einer anderen Stadt bezahlen muss. Obwohl … Ulf ist so gut, dass er sich schon manchen Euro dazuverdient hat. Mit der Computerei.«

»Was macht er denn genau?«, fragte Lüder, der immer noch vor der Wohnungstür stand.

»Ich weiß nicht, ob ich das sagen darf.« Frau Besenreither wirkte plötzlich verunsichert. »Von wegen der Steuer. Ich kümmere mich nicht darum. Aber was ist, wenn dem Jungen irgendetwas unter der Hand zugesteckt wurde?« Ihre Augen blitzten auf. »Kommen Sie deshalb?«

»Nein«, sagte Lüder mit Entschiedenheit. »Ich bin nicht vom Finanzamt. Ulf ist also ein außergewöhnliches Talent.«

»Ganz sicher«, bestätigte die Mutter. »Er hat mir gezeigt, wie man Mails verschickt und seine Bankdaten verwaltet. Ich kann nach Kochrezepten suchen und überhaupt … Ulf hat mir die Angst vor dem

Computer genommen. Aber das ist nur ein kleiner Teil.« Sie beugte sich zu ihm hin und senkte die Stimme. »Einmal hat er mir einen Riesenschrecken eingejagt. Ich kam nicht mehr an mein Konto. Der Schelm hat mir nichts, dir nichts mein Passwort geändert. Ich fand das gar nicht lustig, obwohl es ja in der Familie geblieben ist. Er hat gelacht und gesagt: ›Mama, du musst vorsichtiger sein.‹ Dafür ist er ja auch in diesem Club, wo er jetzt wahrscheinlich hingegangen ist. Lauter nette junge Leute. Alles Computerfreaks. Aber sonst … Zwei Straßen weiter ist ein Geschäft für Anglerbedarf. Alles, was mit Computern zu tun hat, Einkauf, Rechnungsschreibung und was weiß ich, das hat Ulf gemacht. Praktisch aus dem Hemdsärmel geschüttelt.«

»Sie können stolz auf Ihren Sohn sein«, sagte Lüder. »Ist das die einzige Software, die Ihr Sohn betreut?«

»Nein. I wo. Da ist ein Anglerverein, der alles über den Computer abwickelt, ein Handelsvertreter, und jetzt, glaube ich, macht er sogar etwas für einen gut betuchten Mann. Ich habe das nicht ganz verstanden, aber da geht es um die Verwaltung von Aktien und solchen Dingen. Irgendetwas mit einer Verbindung zur Bank und der Börse. Aber da sollten Sie Ulf selbst fragen. Der kann es Ihnen besser erklären.«

»Wo ist dieser Club?«

Ratlosigkeit überzog Frau Besenreithers Gesicht. »Irgendwo nördlich des Kanals. Genau kann ich es Ihnen aber nicht sagen. Ulf hat immer wenig Zeit. Und dann sprechen wir über andere Dinge, nicht über den Club. Außerdem ist er volljährig und kann tun und lassen, was er will. Um meinen Ulf mach ich mir keine Sorgen, der geht seinen Weg. Und Unrechtes tut er auch nicht.«

Lüder ließ sich noch die Adresse des Ladens für Anglerbedarf geben. Er fand das Geschäft in der lebhaften Holtenauer Straße. Die Straße war in jenes diffuse Zwielicht getaucht, das den Übergang vom Tag zur Abenddämmerung kennzeichnet. Zu dieser Zeit wurde das Gewusel von Menschen, die noch schnell ihre alltäglichen Besorgungen erledigen wollten, geprägt.

Lüder warf einen Blick in das Schaufenster. Er verstand von der Materie zu wenig, um das bunte Angebot an Angelruten und -rollen, Outdoorkleidung, Zubehör und Literatur beurteilen zu können. Im Inneren des kleinen Ladens setzte sich das für einen Laien verwirrende Durcheinander fort. Im Hintergrund stand ein Tresen, der von einem Mann »bewacht« wurde, zumindest machte die Gestalt mit der wilden Haarmähne, die weit über den Kragen reichte, auf Lüder diesen Eindruck. Der mit einer kräftigen Statur gesegnete Mann – er mochte die sechzig fast erreicht haben – sah ihm entgegen. Dabei stützte er sich mit beiden Händen auf dem Tresen ab, der mit Displays vollgestellt war.

»'n Abend. Mein Name ist Lüders. Ich komme von der Kripo Kiel.«

»'n Abend.«

»Sie haben sich von einem begabten jungen Mann ein individuelles Softwareprogramm schneidern lassen«, stellte Lüder als Einleitung fest. »Herr … Wie ist Ihr Name?«

»Dingens. Anglerbedarf Dingens. Was ist damit?«

»Die Software stammt nicht von einem Unternehmen, sondern aus privater Hand.«

Dingens nahm seine Brille ab und ließ sie an einem Band um den Hals vor der Brust baumeln.

»Kripo, sagten Sie?«

Lüder nickte.

Der Ladenbesitzer streckte ihm die Hand entgegen. »Können Sie sich ausweisen?«

Lüder zeigte seinen Dienstausweis, den Dingens sorgfältig studierte.

»Dr. Lüders, ja? Um was geht es? Das war ein Freundschaftsdienst. Das ist nicht durch die Buchhaltung gelaufen. Deshalb gibt es auch keine Rechnung. Wenn Sie das meinen.«

Lüder winkte ab. »Ich komme nicht vom Finanzamt. Es geht mir einzig um die Software.«

Dingens straffte sich. Er holte tief Luft, dabei sah es aus, als würde sein mächtiger Brustkorb die Knöpfe des bunten Baumwollhemds sprengen.

»So ein Scheiß«, polterte er plötzlich los. »Das Programm, das mir Ulf maßgeschneidert hat, ist ja in Ordnung. Bis auf ein paar Kinkerlitzchen. Der Junge versteht was von Computern, aber von Buchhaltung und Fakturierung hat er keinen blassen Schimmer. Da läuft noch einiges unrund. Aber das kriegt er hin. War preiswert, das Angebot. Dafür hätte mir ein Profi nie ein individuelles Programm gestrickt. Wenn ich allerdings bedenke, wie viel Zeit ich für Erklärungen aufwenden musste, bis Ulf die kaufmännischen Zusammenhänge begriffen hat, war es schließlich doch nicht günstiger als ein gekauftes. Der große Gammel ist, dass, kurz nachdem ich das System eingesetzt und Kunden und Artikel erfasst hatte – das war eine Schweinearbeit, kann ich Ihnen sagen –, plötzlich alles ausfiel. Nix ging mehr. Da hatte ich so 'n Virus im System. Das war eine Scheiße, kann ich Ihnen sagen. Ich hatte grade die ersten Internetbestellungen angenommen und … alles zappenduster. Ulf wusste auch nicht weiter, obwohl er wirklich was auf dem Kasten hat. Da war guter Rat teuer.«

Dingens setzte sich die Brille wieder auf und schob sie ganz nach vorn auf die Nasenspitze. »Teuer. Im wahrsten Sinne des Wortes. Ich stand vor der Frage, alles in die Tonne zu kloppen oder mir professionelle Hilfe zu holen. Ich werde das Gefühl nicht los, dass man mich über den Tisch gezogen hat. Aber«, dabei breitete Dingens die Hände aus, »was willst du machen. Meine Frau war sauer. Von dem Geld wollten wir eine Woche nach drüben. Auf den Darß. Stattdessen habe ich diese Leute aus Büdelsdorf bezahlen müssen, die alles wieder zurechtgebogen haben.«

»Aus Büdelsdorf?«, fragte Lüder.

»Ja. Das waren Profis. Die haben mein Computersystem abgeholt, und nach drei Tagen hatte ich es wieder. Jetzt läuft es wieder wie geschmiert. Ich habe mir im Elektronikmarkt ein Virenschutzprogramm gekauft, das mir Ulf installiert hat. Die Büdelsdorfer aber meinten, das würde im Zweifelsfall nicht helfen. Sie boten dagegen einen Servicevertrag an. Aber den kann ich mir nicht leisten. So viel wirft der Laden nicht ab.«

Lüder glaubte Dingens. Der Mann schwelgte mit seinem Geschäft sicher nicht in Reichtümern.

»Hat Ulf Besenreither den Kontakt zu den Büdelsdorfern hergestellt?«, fragte Lüder. »Ich nehme an, dass es sich dabei um ›securus consulting‹ handelt.«

Dingens nickte. »Ja, irgend so ein englischer Name. So hießen die wohl.« Dann schüttelte er den Kopf. »Nee, der Jung hat sich richtig reingekniet. Dem war das hochnotpeinlich, dass er das Ding nicht wieder zum Laufen gebracht hat. Er meinte, er hätte schon selbst Viren programmiert, aber dieses Ei … Das war eine zu harte Nuss.«

»Und wie sind Sie an die Adresse der ›securus consulting‹ gekommen?«

»Ulf hat einen Freund, auch ein Computerfreak. Den hat er mitgebracht. Die haben beide hier herumexperimentiert. Aber auch der wusste keinen Rat. Da bist du als Laie echt aufgeschmissen. Wenn die Experten schon keine Ahnung haben, steht man da wie der Ochs vorm Berg. Ancheten, Herr Paster. Der Kumpel von Ulf wusste aber die Adresse. Tjä. Und dann hat es ja auch geklappt. Mannomann. Mit diesem neumodischen Krams kannste was erleben.«

»Wissen Sie noch, wie der Freund von Ulf hieß?«

»Klar doch. Der hatte so 'n komischen Namen. Dolf Waldow.«

»Darf ich einen Blick auf die Rechnung werfen, die Ihnen die Büdelsdorfer geschickt haben?«

»Moment«, sagte Dingens, verschwand durch eine Tür in einen Nebenraum und kehrte mit einem Ordner wieder zurück. Umständlich begann er, darin zu blättern, indem er sich zwischendurch den Finger immer wieder mit der Zunge anfeuchtete.

»Ah, hier«, sagte er nach einer Weile, klappte den Bügel hoch und entnahm die Rechnung dem Ordner.

Lüder erschrak. Über zweitausendsechshundert Euro hatte die »securus consulting« für ihre Bemühungen in Rechnung gestellt.

»Das ist viel Geld«, stellte Lüder fest.

»Sag ich doch«, brummte Dingens und heftete das Dokument wieder ab.

»Danke. Sie haben mir sehr geholfen.«

»Ja … Aber? Was wollten Sie denn nun?«, fragte Dingens erstaunt, als Lüder sich zum Gehen wandte.

»Ich habe alles erfahren, was ich wissen wollte. Und sogar noch mehr.«

Lüder ließ einen ratlosen Geschäftsinhaber zurück. Er ging zu seinem BMW und beschloss, nach Hause zu fahren.

Vor dem schlichten Einfamilienhaus stand und lag wie gewohnt der Fuhrpark der Familie herum. Lüder musste über ein achtlos hingeworfenes Fahrrad, ein Skateboard und Thorolfs Tretroller hinwegklettern, als er von Frau Mönckhagen angesprochen wurde. Die ältere Nachbarin war unbemerkt in ihren Vorgarten gekommen. Sie musste schon eine Weile hinter dem Küchenfenster auf Lüders Heimkehr gelauert haben.

»Guten Abend, Herr Lüders. Ist das nicht ein scheußlicher Tag gewesen? Nur Regen. Und das um diese Jahreszeit, wo es noch so viel im Garten zu erledigen gibt. Es ist schade, dass Sie so viel zu tun haben und gar nicht dazu kommen, sich bei der Gartenarbeit ein wenig zu entspannen. Für mich gibt es nichts Schöneres als einen gepflegten Garten.«

Lüder ging nicht auf den Vorwurf der älteren Dame ein. Ihr Garten war ihr Ein und Alles. Wann immer es möglich war, pusselte sie selbst in der hintersten Ecke, zupfte Unkraut und harkte die Beete. Im Unterschied dazu sah es hinter Lüders Haus eher wild aus. Die Kinder hatten keine Lust, sich an der Gartenpflege zu beteiligen.

Selbst Sinje, die die Eltern mit einem »eigenen Stück« Garten an ein wenig Verantwortung heranführen wollten, hatte bereits nach wenigen Tagen die Freude an der Beschäftigung in der freien Natur verloren. Das Obst aus dem eigenen Garten wurde dank des »naturnahen« Wachstums auch liegen gelassen. Es konnte mit seinen Schrumpeln und Unregelmäßigkeiten, Stellen und Würmern nicht mit den hochglanzgewachsten Produkten aus dem Supermarkt konkurrieren. Und bevor keines der Kinder mehr Obst aß, hatte Margit irgendwann resigniert und trotz eigener Quellen wieder Obst eingekauft.

»Ein englischer Rasen ist sicher etwas Feines«, sagte Lüder und trat an den Zaun zum Nachbargrundstück heran. »Es würde mir aber in der Seele wehtun, wenn die Kinder beim Spielen den Rasen wieder zerstören würden.« Er dachte dabei an die mehr oder weniger großen kahlen Stellen auf der Rasenfläche hinterm Haus. »Außerdem ist es heute modern, einen naturbelassenen Garten zu haben, die Pflanzen sich selbst zu überlassen. Gehen Sie im Frühjahr einmal Richtung Aubrook spazieren. In der Schrebergartenkolonie finden Sie diese oder jene Parzelle, die nicht mit der Nagelschere gepflegt wird. Das sind von uns nur wenige Schritte. Sie werden staunen, wie üppig es dort grünt und blüht, wie es summt und schwirrt in der Luft. Das fand ich so toll, dass ich dem gern ein wenig nacheifern möchte.« Lüder verdrehte die Augen. »So ein richtig rustikaler Bauerngarten, Frau Mönckhagen, das ist eine Augenweide.«

»Na, ich weiß nicht«, zeigte sich Frau Mönckhagen skeptisch. »Wenn Sie es nicht wären, würde ich glatt glauben, das ist nur eine Ausrede dafür, dass der Gartenpflege zu wenig Aufmerksamkeit geschenkt wird. Ich bin sowieso immer misstrauisch bei dem neumodischen Kram, der so erzählt wird. Früher war nicht alles schlechter, Herr Lüders. Weiß Gott nicht. Ich glaube nicht mal, dass ich zu alt bin oder gar tüdelig. Aber heute habe ich Post von der Sparkasse bekommen. Die wollen von mir wissen, wann ich auf … Moment.«

Die Hand der alten Dame tauchte in die Kitteltasche ein und kam mit einem zerknitterten Brief wieder zum Vorschein. Sie hielt das Papier trotz Brille am ausgestreckten Arm weit von sich und las: »Wann ich auf chipTAN umsteigen will. Die TAN-Listen verlieren ihre Gültigkeit.« Frau Mönckhagen stopfte den Brief wieder in die Kitteltasche zurück. »Ich habe doch keine Ahnung davon. Was sind denn TAN-Listen? Hat das mit Aktien zu tun? Ich habe doch mein Erspartes auf dem Sparbuch angelegt.«

Lüder lachte. »Nein, das hat nichts mit Aktien zu tun. Es geht in diesem Fall um die Autorisierungsmethode beim Internetbanking.«

»Ach so. Aber wieso schreibt mir die Sparkasse, wenn es doch diese Internetbank betrifft?«

»Das ist kein eigenes Geldinstitut, sondern die Möglichkeit, alle Bankgeschäfte per Computer von zu Hause aus zu erledigen. Sie müssen dann nicht mehr zur Sparkasse laufen.«

Frau Mönckhagen sah ihn mit skeptischer Miene an. »Davon habe ich schon oft gehört. Ich verstehe nur nicht, wie man zu Hause an Bargeld kommt. Das kann man doch nicht einfach ausdrucken. So dumm bin ich auch nicht.«

»Nein. Bargeld heben Sie weiterhin am Geldautomaten ab. Aber alle anderen Bankangelegenheiten können Sie von zu Hause erledigen, zum Beispiel Überweisungen, Kontoauszüge und so weiter.«

»Solange ich noch gesund bin, laufe ich gern die paar Schritte zu meiner Sparkasse. Und wenn ich mit etwas nicht klarkomme, dann hilft mir die junge Frau Röder. Die ist unheimlich nett. Was soll ich mit so 'n Computergedöns. Das ist mir viel zu unheimlich.«

»Vielleicht haben Sie recht«, sagte Lüder. »Aber das Rad der Entwicklung lässt sich nicht zurückdrehen.« Unausgesprochen setzte er den Gedanken fort: Wenn eure Generation ausgestorben ist, wird der Computer für alle unverzichtbarer Bestandteil des Alltagslebens werden. Und wir haben mit Sicherheit nicht genug Phantasie, um uns heute vorzustellen, in welche Lebensbereiche er morgen eindringen wird.

Lüder verabschiedete sich von Frau Mönckhagen und wünschte der alten Dame einen schönen Abend.

Obwohl bis auf Viveka alle Kinder zu Hause waren, interessierte sich nur Margit für seine Heimkunft. Sie ließ sich von ihm umarmen und hauchte ihm einen Kuss auf den Mund.

»Hattest du einen anstrengenden Tag?«, fragte sie. »Etwas Besonderes?«

»Nö. Nur Büroarbeit. Wie das bei Polizisten des höheren Dienstes üblich ist.«

Margit seufzte. »Beamter müsste man sein.«

Lüder fuhr ihr sanft übers Haar. »Ich glaube, ich möchte nicht mit dir tauschen.«

Dafür erntete er einen liebevollen Blick aus ihren dunklen Augen.

Irgendwann kehrte Ruhe im Haus ein. Es bedurfte noch einiger Ermahnungen, bis Thorolf die Musik leiser gedreht und Jonas sich von seinem Computer verabschiedet hatte. Sinje war bei »Benjamin Blümchen« eingeschlafen.

Margit hatte im Wohnzimmer Platz genommen und nippte an ihrem Rotweinglas. Es war die Neige aus einer angebrochenen Flasche gewesen.

»Möchtest du eine neue öffnen?«, hatte sie Lüder gefragt, aber der hatte ein Bier bevorzugt.

»Die Getränke sind schon wieder alle«, hatte er bei einem Blick in den Keller festgestellt.

Margit lächelte ihn an. »Du weißt doch, dass der Mensch viel trinken soll. Sei froh, dass die Kinder das beherzigen.«

»Muss es Cola und Schorle sein? Oder gar das Bier?«

»Wenn Thorolfs Freunde im Hause sind, kann ich sie nicht mehr mit Hagebuttentee begeistern.«

Lüder rümpfte die Nase. »Wie machen das nur die Familien, die mit weniger auskommen müssen?«, fragte er sich.

Margit wurde ernst. »Ob die auch Probleme mit einem Leck im Dach und einem defekten Auto haben? Als ich die Kinder heute nicht wie gewohnt chauffieren konnte, hat Jonas vorgeschlagen, du könntest uns deinen BMW überlassen. Du sitzt ohnehin den ganzen Tag am Schreibtisch, und der Wagen würde nutzlos am Eichhof herumstehen. Und die paar Kilometer könntest du leicht mit dem Fahrrad zurücklegen, zumal es auch gesünder wäre.«

»Hmh«, brummte Lüder.

Margit kniff in den Stoff ihrer Leggings auf dem Oberschenkel, hob ihn an und zwirbelte ihn.

Lüder beobachtete sie dabei. »Du hast doch etwas«, stellte er fest.

»Ich weiß …«, begann sie und stockte. »Niemand will sich beklagen, aber das Dach … das Auto …«

»Hat das noch Zeit bis zum Monatsende?«

»Eigentlich nicht«, erwiderte sie gedehnt. »Ich war deshalb bei der Bank. Bei unserer«, schob sie nach.

»Was wolltest du dort?«

»Ich habe einen kleinen Kredit beantragt. Nicht viel, nur um den kurzfristigen Investitionsstau zu beseitigen.«

Lüder sah sie aus leicht zusammengekniffenen Augen an. »Du weißt, dass ich das nicht mag«, sagte er, und die leichte Verärgerung war deutlich herauszuhören.

Margit zog einen Schmollmund. »Ich habe es deshalb auch auf meinen Namen beantragt. Und vielleicht habe ich die Möglichkeit, stundenweise bei einem Steuerberater auszuhelfen. Das wäre nicht viel, was ich dazuverdienen würde, aber es hilft ein bisschen.«

»Du hast hier einen Fulltime-Job«, sagte Lüder. »Ich bewundere dich, wie du das alles schaffst. Wo willst du die Zeit und vor allem die Kraft für einen zusätzlichen Job hernehmen?«

»Ach«, antwortete Margit, »irgendwie schaffen wir das schon.« Dann rückte sie an Lüders Seite und kuschelte sich an.

Die Kinder hatten irritiert geblickt, als Lüder sie zur Schule gefahren, dort einen Parkplatz gesucht und sie ins Haus begleitet hatte. Die Humboldt-Schule lag in der Kieler Innenstadt, nahe dem Schreventeich in einem altehrwürdigen Gebäude.

»Mensch, mit dem Alten, das ist doch peinlich«, hatte Thorolf gemurmelt und versucht, zwischen sich und Lüder einen Abstand herzustellen, während Jonas mit bangem Unterton fragte:»Wo willst du hin?«

»Zum Schulleiter.« Lüder grinste ihn an.

»Aber warum denn?« Deutlich war Jonas die Unsicherheit anzumerken, die ihn befallen hatte. Als Lüder nicht antwortete, zupfte Jonas an seinem Ärmel.»Eh, sag mal, was willst du vom Rex?«

»Vom König?«, fragte Lüder.

»Wieso König?«

»›Rex‹ ist Lateinisch und heißt übersetzt ›König‹«, klärte ihn Lüder auf.»Nicht aufgepasst, Sohnemann?«

»Quatsch. Ich meine den Direx, Schlaumeier.«

»Du meinst Herrn Auweiher, euren Schulleiter.«

»Sag ich doch.«

Zu Jonas' Verdruss verriet ihm Lüder nicht, dass er mit Ulf Besenreither sprechen wollte, der dieselbe Schule wie die Kinder besuchte.

Herr Auweiher war ein viel beschäftigter Mann. Es wunderte Lüder nicht, schließlich trug der Studiendirektor die Verantwortung für über achthundert Kinder.

Lüder war sich nicht sicher, ob so große »Schulfabriken« optimal für den Lernerfolg waren, selbst wenn sie eine bessere Infrastruktur als kleinere Schuleinheiten bieten konnten. Für Lüder ging das aber zulasten der Individualität. Er war überrascht, als Herr Auweiher auf seine Bitte einging.

»Ulf Besenreither. Ein pfiffiges Kerlchen. Aus dem kann etwas werden. Der hat gute Veranlagungen. Aber warum interessiert sich die Polizei für ihn? In der Schule ist er bisher nur durch überdurchschnittliche Leistungen in Mathe und Physik aufgefallen. Der Rest ist auch okay. Ganz zu schweigen vom Leistungskurs Informatik. Da hat er uns Lehrer schon lange abgehängt. Ulf ist nie negativ in Erscheinung getreten. Er ist gut integriert. Und«, dabei senkte Auweiher die Stimme, »auch in Sachen Drogen, die ja leider ein Thema an den Schulen sind, ist er nicht involviert. Zumindest nach unseren Kenntnissen und Beobachtungen.«

»Darum geht es auch nicht«, erklärte Lüder. »Ich möchte Ulf nur ein paar Fragen zu seinem Fachgebiet, der Informatik, stellen. Das ist alles.«

»Und deshalb kommen Sie extra in die Schule? Wir sehen es gern, wenn wir einen ungestörten Unterrichtsbetrieb durchführen können.«

»Ich danke Ihnen für Ihre Unterstützung«, sagte Lüder. Das schien Auweiher ein wenig versöhnlicher zu stimmen.

»Kommen Sie mit«, bat er und führte Lüder in einen Fachraum, der in dieser Schulstunde nicht genutzt wurde. »Ich hole Ulf. Hier können Sie ungestört miteinander sprechen. Ich wäre Ihnen aber dankbar, wenn es sich zeitlich in Grenzen hält.«

Während der Schulleiter verschwand, sah Lüder sich um. Die Klassenräume hatten sich seit seiner Zeit erheblich verändert. Es gab Fernseher und Videorekorder, einen PC und einen daran angeschlossenen Beamer. Wurden damals noch Landkarten an einem Ständer vor der Klasse aufgerollt, präsentierten die Lehrer das Wissen heute digital. Wohin man sah – der Computer bestimmte an vielen Stellen das Leben, und jeder sah es als natürlich an.

Es dauerte nur wenige Minuten, bis sich die Tür öffnete und ein schlaksiger junger Mann den Raum betrat. Fast schüchtern sah er sich um, entdeckte Lüder und blieb zögerlich an der Tür stehen.

»Herr Besenreither? Ulf Besenreither?«

Der junge Mann mit dem deutlich von Akne gezeichneten Gesicht nickte.

Lüder stellte sich vor. »Wissen Sie, weshalb ich mit Ihnen sprechen möchte?«

Besenreither schüttelte kaum wahrnehmbar den Kopf. Lüder schien es, als hätte er wirklich keine Ahnung.

»Es geht um Ihr Interesse – und Ihre Begabung – für die Informatik.«

»Aha«, sagte der junge Mann knapp.

»Sie haben Software für verschiedene Anwender entwickelt, unter anderem für den Anglerbedarfladen von Herrn Dingens.«

»Und?« Jetzt klang es eine Spur aggressiv.

»Ist das zutreffend?«

»Kann sein.«

Immerhin leugnete er es nicht.

»Mich interessiert nicht vordergründig, ob Sie damit ein kleines unversteuertes Nebengeschäft gemacht haben, obwohl ich über Gesetzesverstöße nicht hinwegsehen kann.« Und auch nicht will, ergänzte Lüder im Stillen. »Mit der von Ihnen erstellten Anwendung ist Herr Dingens im Großen und Ganzen zufrieden, hat er mir versichert. Merkwürdig ist nur, dass die Software kurz nach dem Einsatz von einem Virus befallen wurde und dessen Beseitigung sehr viel Geld gekostet hat.«

Besenreither wanderte unruhig durch den Raum und blieb am Fenster stehen. Er hatte das Gesicht abgewandt. Von der Seite sah Lüder, wie der junge Mann an der Unterlippe nagte.

»Was hat es mit diesem seltsamen Virus auf sich?«

»Kommt eben vor. Weiß doch jeder. Die Dinger schwirren durchs Netz.«

»Mir erscheint der Zufall aber zu merkwürdig, zumal Sie auch gleich den Tipp mit den Rendsburgern parat hatten.«

Hastig drehte sich Besenreither zu Lüder um. »Das war ich nicht.«

»Sooo?« Lüder spitzte die Lippen und wippte auf den Zehenspitzen. »Liest Herr Dingens Fachliteratur und hat seine eigenen Quellen?«

»Neee. Nicht doch. Der Dingens ist ganz okay, auch wenn er null Ahnung hat. Der ist echt cool, wenn es um seine Fische geht. Aber das andere? Nix da.«

»Woher stammt die Verbindung zur ›securus consulting‹?«

»Nicht von mir.«

»Sie haben aber den Virus erkannt.«

»Neee. Nicht so richtig. Hat mich gewurmt. Ich hab schon selbst solche Klamotten programmiert. Eigentlich weiß ich, wie das geht. Aber dies Ei … Manno. Das war 'ne geile Kiste. Wer das gemacht hat, der hat fix Ahnung. Ist auch 'nen Unterschied, ob du selbst so 'n Ding reinhaust oder das suchen sollst. Vieles ist Fun. Das klickst du sofort. Aber das Ding … Kompliment.« Besenreither schürzte die Lippen, dann wiegte er den Kopf.

»Aber der Virus war nicht clever genug programmiert, sodass Sie ihn schließlich doch identifiziert haben?«

»Nicht ich. Das war Dolf. Der ist fix auf Draht. Echt. Supertyp.«

»Dolf ist ein Freund von Ihnen?«

»Ja. Von dem kann man fix was lernen. Der geht in den Bits spazieren, als wär er da geboren.«

»Und den haben Sie um Rat gefragt? Und zum Glück wusste Dolf auch, wer in dieser Situation helfen konnte.«

Besenreither nickte. »So war das.«

Dolf Waldow. Diesen Namen hatte Dingens genannt.

»Ist Dolf Waldow auch in Ihrem Computerclub?«

Besenreither stutzte. »Woher kennen Sie seinen Namen? Ich habe nur von Dolf gesprochen.«

»Ich habe Sie befragt, um zu hören, ob Sie die Wahrheit sagen und es mit meinen Informationen übereinstimmt«, log Lüder.

»Aber … was wollen Sie eigentlich von mir?«

»Die Wahrheit«, sagte Lüder mit Entschiedenheit.

»Worüber?«

»Unser Ermittlungsziel werde ich nicht offenlegen. Ich kann aber verifizieren, ob Sie mich anlügen. Sie haben es eben gemerkt.« Es klang wie eine Drohung. Und an Besenreithers Mienenspiel sah Lüder, dass der junge Mann es auch so verstanden hatte. »Also. Ist Dolf Waldow auch in Ihrem Club, im ›personality protecting‹?«

»Mitglied?« Besenreither sprach es gedehnt aus und zog die Nase dabei hoch. Es klang eine Spur verächtlich.

»Er ist der Boss«, riet Lüder.

»*President*«, klärte Besenreither auf und sprach die Funktion englisch aus.

Interessant, dachte Lüder. Diese Angaben hatte er vom sonst gut informierten Hauptkommissar Thiel nicht erhalten.

»Und Ihr Präsident hatte die Kontakte nach Büdelsdorf?«

Besenreither nickte. »Dolf ist in der Szene gut verdrahtet. Er ist ein echter Freak. Was der kann … Da blinzelst du nur müde. Ich hab mich an ihn gewandt. Dolf hat sich die Katastrophe angesehen und sofort analysiert, was da abgegangen ist.«

»Wie ist der Virus auf den Rechner gelangt? Ich meine, weil ein ähnliches Problem auch beim Angelverein aufgetreten ist. Und bei anderen, denen Sie Software geschrieben haben«, versuchte es Lüder auf gut Glück.

Ulf Besenreither fuhr sich mit den Fingern durch die Haare.

»Weiß nicht. *Shit happens.* Da war der Wurm drin.«

»Das konnte man in diesem Fall wörtlich nehmen«, pflichtete Lüder bei.

»Ich versteh das nicht. Das ist nur bei diesen Programmen aufgetreten. Sonst sind meine Rechner clean. Ehrlich. Und bevor ich die Software bei den Usern installiert habe, hat Dolf sie noch einmal gecheckt. Weil ich ja von dieser kaufmännischen Scheiße keinen Schimmer habe«, fügte Besenreither kleinlaut hinzu.

»Das heißt, Dolf Waldow hat die von Ihnen erstellte Software mitgenommen und noch einmal geprüft?«

»Ja doch.« Besenreither nickte heftig. »Ist 'nen echter Kumpel.«

Dieser Aussage mochte Lüder nicht zustimmen. In ihm keimte ein Verdacht. Es gab zu viele Zufälle in diesem Fall. Das konnte nicht mit rechten Dingen zugehen.

»Welches Ziel verfolgen Sie eigentlich bei ›personality protecting‹?«, fragte er stattdessen.

Ein Ruck ging durch den jungen Mann. Er straffte sich, löste sich vom Fenster und kam auf Lüder zu.

»Die da draußen haben nicht einen Hauch Ahnung, was da auf sie zukommt. Mit Computern kannst du alles machen. Und die Mehrheit blickt da nicht durch. Sie müssen sich das so vorstellen«, dabei bewegten sich Besenreithers Hände synchron zu seinen Erklärungen, »wenn man die Elektronik manipuliert, kriegen die Leute das nicht mit. Wie bei den Bau- und Supermärkten, wo man die Daten der Kreditkarten gephisht hat.«

Der Fall war durch die Medien gegangen. Die Kartenterminals an den Kassen einiger Supermärkte waren manipuliert und die Kartendaten einschließlich der PIN-Nummern von Kriminellen abgefangen worden. Mit den Daten wurde im Ausland Bargeld zulasten der Geschädigten von deren Konten abgehoben.

»Die Leute aufzuklären und davor zu warnen, aber auch vor dem Datenklau des großen Bruders …«

»Sie meinen die Datensammelwut des Staates.«

»Genau. Davor zu warnen ist die Aufgabe von ›personality protecting‹.«

»Sie fühlen sich wie Greenpeace, Robin Wood und Foodwatch gleichzeitig?«, fragte Lüder.

»Yes. Nur in der Informatik. Und wer sich da austobt, der kann viel mehr Schaden anrichten als in allen anderen Bereichen zusammen. Wir werden die Welt wachrütteln.«

Der Stolz blitzte förmlich aus Besenreithers Augen, als sich die Tür öffnete und Schulleiter Auweiher im Türrahmen erschien. Er sah Lüder vorwurfsvoll an, zeigte mit dem rechten Zeigefinger auf die Armbanduhr am anderen Handgelenk und sagte in einer keinen Widerspruch duldenden Tonlage: »Sie sollten das Gespräch an dieser Stelle beenden. Der Schulbetrieb wird durch Ihren Besuch erheblich gestört. Das kann und mag ich nicht akzeptieren.«

Lüder nickte.

»Wir haben unser informatives Gespräch auch abgeschlossen.«

»War es hilfreich?«, wollte Auweiher wissen.

Lüder zwinkerte Ulf Besenreither zu. »Die Arbeit der Polizei besteht aus dem Zusammensetzen Tausender kleiner Puzzleteile. Wenn Sie eines davon in Händen halten, können Sie nicht sagen, wie das Gesamtbild auf den Betrachter wirkt. Aber ohne dieses eine Teilchen wäre das Ganze ein Nichts.«

Der Schulleiter nickte verständig. Dann zeigte er auf den Flur. »Ulf. Sie sollten jetzt wieder dem Unterricht beiwohnen«, sagte er.

Als Besenreither gegangen war, fragte der Schulleiter noch mal, ob Lüders Mission erfolgreich gewesen war.

Lüder bestätigte es.

»Gibt es Probleme?«, fragte Auweiher. »Wir legen an dieser Schule Wert darauf, dass Drogen und Gewalt draußen bleiben.«

»Das liegt mir als Vater von drei Kindern, die die Humboldt-Schule besuchen, auch am Herzen«, erklärte Lüder. »Seien Sie unbesorgt, mein Interesse galt einem anderen Thema.«

Dann fuhr er ins Landeskriminalamt.

Nachdem er sich bei Edith Beyer im Geschäftszimmer einen Becher Kaffee besorgt und mit der jungen Frau ein paar belanglose Worte gewechselt hatte, suchte er sein Büro auf und schaltete den Computer ein. Die Zeit, bis das System hochgefahren war, überbrückte er mit dem Auspacken der für die Büroarbeit erforderlichen Utensilien und Unterlagen. Nachdem alles seinen Platz gefunden hatte, war der Bildschirm immer noch dunkel.

Lüder prüfte die Kontrollleuchte, die anzeigte, dass das Gerät unter »Power« stand. Auch der »Affengriff« mit der Kombination »Strg-Alt-Entf« half nicht. Er schaltete den Rechner ab, zählte langsam bis zehn und startete ihn erneut. Auch dieser Versuch war vergeblich. Mit einem Achselzucken kehrte er ins Geschäftszimmer zurück und fand Edith Beyer beim Sortieren der Ablage. Er zeigte auf den Bildschirm.

»Ist was mit den Kisten?«

»Oh, sorry. Das habe ich Ihnen nicht erzählt. Wir haben heute einen kurzfristigen Systemausfall. Die Rechner stehen wegen Wartungsarbeiten vorübergehend nicht zur Verfügung.«

»Das ist nicht Ihr Ernst?«, fragte Lüder. »Das hat es noch nie gegeben. Die Computerfritzen sollen ihr System warten, wann und wie sie wollen. Aber uns vom System abschalten … Das kann doch nicht sein.«

»Ich kann nichts dafür«, sagte Edith Beyer.

Natürlich war die Sekretärin die falsche Adresse für Lüders Unmut. Er steuerte das Büro von Hauptkommissar Thiel an.

»Moin, Herr Kollege. Sie sind doch Technikfreak. Was sind das für neue Methoden? Ist er da vorn für den Mist verantwortlich?«

Thiel grinste. »Nein. Diesen Blödsinn hat Dr. Starke nicht verzapft. Ausnahmsweise nicht.« Der Hauptkommissar senkte die Stimme. »Ihnen kann ich vertrauen. Es soll ja nicht publik werden, aber es gab einen Hackerangriff auf die Rechnersysteme der Polizei.«

»Bitte?« Lüder war überrascht. »Man mag es nicht glauben, aber ich könnte mir vorstellen, dass so etwas öfter versucht wird.«

»Stimmt. Zum Glück immer vergeblich. Die bleiben stets an der Firewall hängen. Dieses Mal war es aber wohl heftiger.«

»Erfolgreich?«

»Nein«, wiegelte Thiel ab. »Aber viel hat wohl nicht gefehlt, dann wären die Hacker eingedrungen. Deshalb wird ein neuer *Patch* aufgespielt.«

»Ein *Patch*«, wiederholte Lüder. »Also eine Ergänzung, mit der solche Angriffe künftig besser abgefangen werden können.«

»Das ist ein ewiges Katz-und-Maus-Spiel«, erklärte Thiel. »Es wird nie den Zustand geben, dass man absolut vor solchen Angriffen geschützt ist. Im schlimmsten Fall kann man nur reagieren.«

»Das ist immer ungünstiger, als wenn man agiert«, erklärte Lüder und wurde von einem »Ahh« des Kollegen unterbrochen.

Thiel zeigte auf den Bildschirm. »Das System ist wieder da.«

»Ich habe noch eine Information für Sie«, sagte Lüder und erzählte von seinen Ermittlungsergebnissen in Sachen »personality protecting«.

»Dolf Waldow.« Thiel ließ sich den Namen auf der Zunge zergehen. »Von dem habe ich noch nie etwas gehört. Den werde ich mir einmal etwas genauer ansehen.«

Lüder kehrte in sein Büro zurück. Wenig später hatte er wieder Zugriff auf die zentralen Daten. Auch er suchte nach Dolf Waldow. Es war nicht anders zu erwarten gewesen. Der Mann war ein unbeschriebenes Blatt.

Anschließend rief Lüder Hauptkommissar Vollmers an.

»Ich habe mich schon gefragt, ob Sie grippekrank sind«, knurrte der Leiter des K1, »weil Sie mich nicht gleich nach Dienstbeginn behelligt haben. Um Ihren Fragen zuvorzukommen: Die Handys von McCormick haben wir immer noch nicht gefunden. Immerhin gibt es eine richterliche Genehmigung zur Überwachung. Aber die Geräte bleiben verschwunden. Wir arbeiten auch noch an der Frage, welchen Umgang er hatte. Auch in diesem Punkt sind wir nicht weitergekommen. Ebenso wenig haben wir eine Bankverbindung ausfindig machen können. Der Mann scheint fast ein Phantom gewesen zu sein. Lediglich die Sache mit dem Auto war erfolgreich.«

»Hat die Technik etwas gefunden?«

»Nicht die Technik, aber wir. Der Mitsubishi Pajero, der auf McCormick zugelassen war, war erst drei Tage alt.«

»Und? Welches Geheimnis steckt dahinter?«

»Es war der zweite Wagen dieses Typs. Was will ein Student mit zwei gleichen Autos?«

»Wo hat er den Wagen gekauft?«

»Bei einem Händler in Kiel. Wir haben dort nachgefragt. McCormick war plötzlich aufgetaucht und hat einen Wagen direkt vom Hof weggekauft. Beim Autohaus hat man sich gewundert, aber keine Erklärung erhalten.«

»Wie hat McCormick bezahlt? Darüber müssten wir doch an seine Bankverbindung kommen.«

»Das wird immer mysteriöser«, erwiderte Vollmers. »Der Kaufpreis wurde per Blitzüberweisung per Western Union beglichen. Über diesen Weg haben Sie keine Chance, an die Quelle heranzukommen. Die kann irgendwo auf der Welt sein.«

»Das Opfer war Student«, warf Lüder ein.

»Ein sehr merkwürdiger«, antwortete Vollmers.

»Und? Wo ist der erste Pajero?«

»Das würde ich auch gern wissen«, entgegnete der Hauptkommissar.

Nach dem Gespräch mit Vollmers rief Lüder in der Kriminaltechnik an und ließ sich mit Siedschlag verbinden.

»Wir haben noch kein Ergebnis«, sagte der Ingenieur unaufgefordert.

»Legen Sie Ihr Augenmerk einmal auf ein Modell Mitsubishi Pajero als möglichen Unfallverursacher«, schlug Lüder vor.

»Wie kommen Sie darauf?«

»Intuition«, wich Lüder aus.

Danach nahm er Kontakt zur Kriminalpolizeistelle Kiel auf. Diese Dienststelle mit dem für Laien ungewöhnlichen Namen war im selben historischen Gebäude in der Kieler Blumenstraße, kurz in der »Blume«, untergebracht, gehörte aber nicht zur Bezirkskriminalinspektion, für die Vollmers tätig war.

Der zuständige Sachbearbeiter war Kommissar Hirthe. Lüder trug ihm die Erkenntnisse vom vermeintlichen Betrug an dem Inhaber des Geschäfts für Anglerbedarf vor. Er berichtete von seinem Verdacht, dass Dolf Waldow, eventuell unter Mitwisserschaft von Ulf Besenreither, die an Herrn Dingens ausgelieferte Software manipuliert und anschließend auf betrügerische Weise eine angebliche Schutzsoftware vermittelt hatte.

»Das ist die moderne Form der guten alten Schutzgelderpressung«, schloss Lüder und bat Hirthe, im Stillen zu ermitteln, aber noch keine Aktionen durchzuführen, da er seine eigenen Ermittlungen nicht gefährdet wissen wollte.

Der Mordfall von der Rendsburger Schwebefähre wurde immer rätselhafter. Zu den bisher noch nicht geklärten Fragen kamen weitere hinzu. Und bisher war es ihnen nicht gelungen, Antworten zu finden.

Als Nächstes beschloss Lüder, Dolf Waldow aufzusuchen.

Der Mann wohnte in einem der Atriumbungalows im Stadtteil Schilksee, nördlich des Kanals. Der Ortsteil war Quartier für die olympischen Segler 1972 gewesen. Von dort starteten auch die Segelwettbewerbe.

Der Piratenpfad lag in einem Areal, das nur über Fußwege erreichbar war. Zur Zeit der Entstehung war es sicher eine durchdachte Konzeption gewesen, die bis heute ihren Reiz behalten hatte, auch wenn man einer Reihe Häuser ansah, dass sie in die Jahre gekommen waren.

Anstatt eines Klingeltons erklang die Marseillaise. Lüder bemerkte, wie ein Kameraobjektiv auf ihn gerichtet wurde. Aus dem Mauerwerk schien ihn eine Stimme anzusprechen.

»Ja?«

»Lüders, Polizei Kiel. Ich möchte gern mit Herrn Waldow sprechen.«

»Und?«

»Haben wir eine Fernbeziehung?«

Die Stimme lachte. Wenig später öffnete ein Mann die Tür. Er hatte eine Jimi-Hendrix-Frisur, schwarze Bartstoppeln im Gesicht und musterte Lüder kritisch.

»Herr Waldow?«

»Kann ich das leugnen?«

»Meineid wird bestraft«, sagte Lüder und ging auf die flapsige Art ein.

»Was habe ich verbrochen?«

»Das möchte ich mit Ihnen klären. Soll das eine Stehparty werden?«

»Kommen Sie«, forderte Waldow ihn auf und führte ihn in einen Raum, den Lüder nicht unbedingt als Wohnzimmer bezeichnen wollte. Stahl, Glas und Kunststoff als Material für die Sitz- und Aufbewahrungsmöbel verliehen dem Zimmer einen Anstrich, als hätte Lüder sich in die Kommandozentrale des Raumschiffs Enterprise verirrt. Dazu trugen sicher auch die wahllos im Raum verteilten Netbooks und Smartphones bei. Es schien, als würden sie mit Softgetränken betrieben. Denn neben jedem elektronischen Gerät stand eine Flasche Cola oder ein Energydrink.

Nachdem Waldow sich auf einen Sitzsack hatte fallen lassen und keine Anstalten machte, Lüder einen Platz anzubieten, suchte dieser sich selbst eine Sitzgelegenheit. Er wählte einen futuristisch aussehenden Stuhl, der sich trotz der eigentümlichen Form als bequem erwies.

»Sie sind bei ›personality protecting‹ engagiert«, begann Lüder.

»Ist das verboten?«

»Das kommt darauf an, was Sie dort treiben.«

Waldow spitzte die Lippen und ließ ein überheblich wirkendes Lächeln um seine Mundwinkel spielen.

»Schickt Sie die Wirtschaftsbourgeoisie, der wir auf die Füße treten? Oder ist es Ihr Brötchengeber, dem es nicht behagt, dass wir seine Big-Brother-Aktivitäten genau beobachten?«

»Vielleicht ist es das kleine Männchen, das dem gesunden Volksempfinden innewohnt und für Recht und Gesetz zuständig ist«, antwortete Lüder.

Waldow schlug die Beine übereinander und geriet dabei vorübergehend ein wenig aus dem Gleichgewicht. Er ruderte mit den Armen, bis er im Sitzsack eine neue Position gefunden hatte.

»Wer definiert ›Recht und Gesetz‹?«, fragte er lauernd.

Lüder schnalzte mit der Zunge und schüttelte den Kopf. »Ich weiß nicht, ob ich ein Freund neuer Lehrmethoden bin. Früher gab es an der Schule Fächer wie Gemeinschaftskunde oder Politik, in denen die Grundlagen unseres Staates vermittelt wurden. Da lernte man, wie ein Gesetz entsteht. Sie scheinen es eher mit Bismarck zu halten.« Lüder beugte sich ein wenig vor. »Kennen Sie Bismarck? Schon einmal etwas von ihm gehört? Reichskanzler. Der hat einmal gesagt: Wie gut, dass der Bürger nicht weiß, wie Gesetze und die Leberwurst gemacht werden. Und Sie? Haben Sie eine Allgemeinbildung wie eine Leberwurst? Oder können wir vernünftig miteinander sprechen.«

Deutlich war in Waldows Gesichtszügen die Verärgerung zu erkennen. »Wo kommen Sie her? Vom Verfassungsschutz? Agent Provocateur?«

Lüder bohrte demonstrativ mit seinem kleinen Finger im Ohr. »Sollten Sie auch einmal probieren. Hilft bei Verstopfungen. Noch einmal. Nur für Sie. Ich komme von der Kieler Polizei.«

»Habe ich meinen Porsche falsch geparkt?«

Lüder reichte es. »Ihr Porsche interessiert mich nicht. Ich suche den Geländewagen, mit dem Sie einen Mord begangen haben.«

Das wirkte.

»Moment!« Waldow schoss senkrecht aus seinem Sitzsack in die Höhe. »Es ist noch reichlich früh. Für dumme Scherze bin ich noch nicht zu haben.«

»Zahlen Sie Steuern?«, fragte Lüder.

Für einen Moment entspannte sich Waldow. »Schickt das Finanzamt jetzt schon die Polizei vor?«

»Von Ihren Steuern wird auch die Polizei finanziert.« Lüder winkte ab. »Ihnen fehlt es ja an Allgemeinbildung. Sonst wüssten Sie, dass die öffentliche Hand vom Landesrechnungshof auf ihre Effizienz geprüft wird. Meinen Sie, man würde eine Clownerie öffentlich fördern? Also. Ich scherze nicht. Haben Sie einen Geländewagen?«

Waldow sah Lüder entgeistert an. Es dauerte eine ganze Weile, bis er zögerlich antwortete. »Nein. Warum?«

»Das ›Warum‹ lassen wir einmal unbeantwortet. Machen wir es wie im Fernsehquiz. Ich stelle die Fragen, und Sie antworten. Und wenn Sie am Ende des Gesprächs nicht eine bestimmte Mindestpunktzahl erreichen, bringt das Unannehmlichkeiten. Woraus besteht Ihr Fuhrpark?«

»Ich bin Porsche-Fan. Außerdem habe ich ein Quad.«

»Das ist alles?«

Waldow nickte.

»Wer aus Ihrem Bekannten- oder Freundeskreis fährt einen Geländewagen, ein SUV, wenn Sie möchten?«

Waldo blies die Wangen auf. »Puhh. Darüber müsste ich nachdenken.«

Lüder sah auf die Uhr. »Gut. Heute Mittag, High Noon, habe ich Ihre Liste per Mail auf meinem Rechner. Mit einem E-Mail-Programm können Sie doch umgehen, oder?«

Als Antwort erhielt Lüder nur einen bösen Blick.

»Was machen Sie beruflich?« Lüder sah sich um. Obwohl es nicht seinem Geschmack entsprach, sah die Einrichtung nicht aus, als wäre sie im Möbelladen mit dem blaugelben Elch erworben worden.

»Sie meinen, weil ich nicht zwischen alten Apfelsinenkisten hause?«

»Ist das Papis Unterkunft? Oder zumindest von seinem Konto bezahlt?«

Deutlich war Waldow anzumerken, dass er Lüders Frage als Beleidigung auffasste.

»Ein Beamter kann natürlich nicht verstehen, dass man mit Knowhow und Energie viel Geld verdienen kann.«

»Werden Sie bei ›personality protecting‹ so gut honoriert? Oder gibt es andere Einkommensquellen?«

Waldow maß Lüder mit einem durchdringenden Blick. Er hatte eine Wanderung durch den Raum begonnen und blieb jetzt vor Lüder stehen.

»›Personality protecting‹ ist eine Non-Profit-Organisation. Wir versuchen, den Bürger vor dem Zugriff des Molochs Staat zu schützen, vor der großen Datenkralle zu warnen. Wir —«

Lüder unterbrach ihn. »Danke. Das hat mir schon einer Ihrer Jünger vorgebetet.«

»Wer? Mit wem haben Sie gesprochen?« Waldow gab sich keine Mühe, seine Neugierde zu verbergen.

»Mit Twitter«, antwortete Lüder. »Da hat mir jemand etwas zugezwitschert.«

Deutlich war dem Mann anzusehen, wie es in ihm arbeitete. Lüder wollte Waldow aber keine Anhaltspunkte liefern, um mögliche Ermittlungen wegen Betrugsverdachts nicht zu gefährden. Das sollte eine Überraschung werden, ohne dass Waldow zuvor Gelegenheit erhielt, mögliche Spuren zu vernichten.

»Das Landeszentrum für Datenschutz hat mir Ihre Adresse gegeben«, erklärte Lüder.

Waldow atmete hörbar auf. »Mit denen arbeiten wir erfolgreich im Kampf gegen die Computer- und Internetkriminalität zusammen«, sagte er.

Das hatte sich anders angehört, als Frau von Rittershagen Lüder den ersten Hinweis auf »personality protecting« gegeben hatte.

»Noch einmal. Wovon leben Sie?«, erinnerte Lüder Waldow an die Frage.

»Ich bin IT-Consultant. Ich berate Unternehmen und Institutionen in allen Fragen rund um die Datenverarbeitung, wie man es früher nannte.«

»Ihr Spezialgebiet ist die Datensicherheit?«

»Das ist ein Bereich, aber nicht alles. Es geht auch um Strategien, Netzwerke, eben um alles, was die moderne Technologie ausmacht.«

»Arbeiten Sie mit ›securus consulting‹ zusammen?«

Waldow legte die Stirn in Falten.

»Von denen habe ich schon einmal gehört. Sie sitzen doch irgendwo hier in der Nähe. Schleswig? Oder so.«

Lüder ging nicht näher darauf ein. Waldow war nicht sehr geübt im Lügen.

»Kennen Sie Dustin McCormick?«

Es blitzte in Dolf Waldows Augen auf. Um die Mundwinkel zuckte es. »Nein«, sagte Waldow hastig. »Wer soll das sein?«

»Und Marc Wullenweber?«

Waldo schüttelte den Kopf. »Auch nicht.« Er schluckte. »Was sind das für Leute?«

»Merkwürdig.« Lüder legte seinen Zeigefinger an die Nasenspitze. »Marc Wullenweber ist der Mitarbeiter des Landeszentrums, der den Kontakt zu Ihnen hergestellt hat. Er sagte mir, dass er noch in dieser Woche einen Termin mit Ihnen hat. Haben Sie das übersehen?«

Waldow war völlig aus dem Konzept geraten. »Ich habe mit so vielen Leuten zu tun, da vergisst man schon mal einen Namen. Marc Wullenweber, sagten Sie? Wullenweber«, wiederholte er leise murmelnd. »Ach, jetzt habe ich es. Sie meinen Marc. Warum haben Sie das nicht gleich gesagt. In der IT-Welt duzt man sich. Man spricht ohnehin Englisch. Da kennt man das ›Sie‹ nicht.«

»Marc Wullenweber hat mir heute Morgen erzählt, dass Sie in dieser Woche noch ein Meeting haben.«

»Noch … in … dieser … Woche … Heute Morgen …«, stammelte Waldow und sah Lüder entgeistert an.

Es war offensichtlich. Sein Gegenüber wusste, dass Wullenweber in der vergangenen Woche ums Leben gekommen war. Warum spielte Dolf Waldow den Ahnungslosen?, fragte sich Lüder.

Beide wurden abgelenkt, als ein Mann den Raum betrat und stutzte.

»*Oh, sorry*«, sagte er auf Englisch, nickte Dolf Waldow zu und verharrte eine Sekunde, als er Lüder musterte. Dann schwenkte sein Blick zu Waldow zurück. »Wir sprechen später«, sagte er und verschwand wortlos aus dem Raum.

»Okay, Ti«, rief ihm Waldow hinterher.

Lüder war sich nicht sicher, ob er den Mann erkannt hatte. Wie in alten Witzen oft dargestellt, war es für Europäer schwierig, asiatische Gesichter zu identifizieren. Er glaubte, den Mann bei seinem Besuch in Büdelsdorf bei der ›securus consulting‹ in einem der Räume kurz gesehen zu haben. Es hätte ihn nicht gewundert.

»Ihr Netzwerk scheint wirklich international zu sein«, sagte er in einem anerkennend klingenden Tonfall.

Waldow nickte erleichtert. »Ja. Alle sprechen von Globalisierung und bemerken gar nicht, dass wir schon lange globalisiert sind. Ich kenne ein Unternehmen in Deutschland, das hier mehrere tausend Computerarbeitsplätze unterhält. Der Rechner steht in Amerika, in einem kleinen Ort irgendwo in der Provinz. Über Satellit ist das alles kein Thema mehr. Das ist aber noch nicht alles. Das *Operating*, also die Bedienung der Rechner, erfolgt von Mumbai, also Indien, aus.«

»Und Ihr Angestellter eben −«

»Kein Angestellter«, unterbrach ihn Waldow.

»Der junge Mann kommt aus Japan.« So weit konnte Lüder asiatische Gesichter unterscheiden, dass dies nicht zutraf. Prompt widersprach Waldow.

»Tian ist Chinese«, sagte er. »Im Reich der Mitte herrscht eine gewaltige Aufbruchstimmung. Was die Chinesen anfassen, das gelingt. Aber gerade deshalb gibt es viel für uns zu tun.«

»Meinen Sie jetzt Ihre Aktivitäten als IT-Consultant oder Ihr Engagement für ›personality protecting‹?«

»Für den Datenschutz und die Persönlichkeitsrechte der Menschen dort. Natürlich ist China auch ein gewaltiger Markt für die IT-Branche, obwohl es schwer ist, dort hineinzukommen.«

Lüder stand auf. Er registrierte, dass Dolf Waldow ein Stein vom Herzen zu fallen schien.

»Vergessen Sie nicht Ihren Termin mit Marc Wullenweber«, erinnerte ihn Lüder.

»Ich werde ihn gleich anrufen«, versprach Dolf Waldow beim Abschied.

Von Schilksee aus fuhr Lüder in die Nettelbeckstraße. Er passierte den Kieler Flughafen, der auch schon bessere Zeiten erlebt hatte und für den Linienverkehr keine Rolle mehr spielte. Dafür war, wie fast immer, von der Hochbrücke über den Kanal zu erkennen, wie wichtig diese Wasserstraße für den Seeverkehr war. Lüder faszinierte immer wieder die Größe der Containerfrachter, die wie an einer Perlenkette aufgereiht das Land durchquerten.

Gleich hinter der Brücke verließ er die »Stadtautobahn«, die nur eine großzügig ausgebaute mehrspurige Straße war, und nahm den Überwurf bis zum nördlichen Ende der Holtenauer.

Er hatte Glück und traf die Witwe Marc Wullenwebers an. Sie sah übernächtigt aus, hatte Ringe unter den Augen, einen blassen Teint und begrüßte ihn mit matter Stimme.

»Gibt es Neues?«, fragte Sylvana Wullenweber und nahm ihren Sohn in den Arm, der den Besucher neugierig betrachtete und sich in die Nähe seiner Mutter geflüchtet hatte. »Arnd kann noch nicht wieder in die Kita«, erklärte die Frau. »Myriam ist den ersten Tag wieder in die Schule. Das wird sicher ein Spießrutenlaufen, weil die Kinder natürlich vom Tod des Vaters wissen. Die sind in dem Alter unbarmherzig und stellen ihre Fragen, bedrängen Myriam, obwohl sie mit ihren neun Jahren das Ganze selbst noch nicht erfasst hat. Wie sollte sie auch? Mir ergeht es doch nicht anders.« Verstohlen wischte sie sich eine Träne aus dem Augenwinkel. Ihr Sohn sah sie dabei mit großen Augen an. Sanft streichelte sie seinen Kopf. »Alles ist gut, mein Kleiner. Alles«, sagte sie und schluckte dabei. »Gehst du nach nebenan? Spielst ein bisschen?«

»Darf ich Computer machen?«, kürzte Arnd die Frage ab und verschwand ins Nebenzimmer, als seine Mutter nickte.

»Die Kinder und Computer«, erklärte Sylvana Wullenweber entschuldigend. »Die Begeisterung ihres Vaters hat sie angesteckt. Und nun … dieser schreckliche Unfall.«

»Hat man Sie über Einzelheiten des Geschehens informiert?«, fragte Lüder vorsichtig.

Sie nickte. »Jemand ist ihm in die Seite gefahren und hat Fahrerflucht begangen.«

Lüder unterließ es, seinen Verdacht, dass es sich um Mord handelte, zu erörtern.

»Wir sind in solchen Fällen verpflichtet, auch ein wenig über den persönlichen Hintergrund der Beteiligten zusammenzutragen«, sagte er. »Seit wann war Ihr Mann im Landeszentrum für Datenschutz tätig?«

»Gleich nach dem Studium.«

»Wo hat er studiert?«

»Na – hier. In Kiel. Bei Professor Eglschwiler. Der war damals gerade nach Kiel gekommen. Marc war begeistert von ihm. ›Das ist ein Genie‹, hat er erklärt. ›Was der über die Informationstechnologie weiß, das sprengt jede Vorstellungskraft. Davon möchte ich nur einen Bruchteil können‹, hat er gesagt. Eglschwiler hat Marc auch geholfen, den Job beim Landeszentrum zu bekommen. Irgendwie sind die alle miteinander vernetzt. ›Das sind lauter Verrückte‹, hat Marc einmal gesagt. ›Die leben und sterben für die neue Technologie.‹«

Sylvana Wullenweber war nicht bewusst, welche Wahrheit hinter ihrer Floskel stand, dachte Lüder.

»Ich kann mir vorstellen, dass es in diesem Metier einen großen Konkurrenzkampf gibt«, sagte Lüder. »Hat Ihr Mann davon gesprochen?«

Sie schüttelte den Kopf. »Die haben doch alle das gleiche Ziel. Natürlich driftet die Entwicklung irgendwann auseinander. Wer Glück hat in dieser Branche, kann schnell reich werden. Marc hatte andere Vorstellungen. Im Mittelpunkt seines Interesses stand seine

Familie. Für ihn war das relativ sichere Stellenangebot im Landeszentrum interessanter als große Versprechungen von Start-ups oder jungen Hightech-Unternehmen.«

»Es gibt aber auch Bedarf in vielen anderen Bereichen der Wirtschaft. Banken, Versicherungen, die Industrie. Gut ausgebildete Informatiker finden überall eine Anstellung.«

Sie sah Lüder versonnen an. »Das mag alles stimmen. Natürlich stehen die Unternehmen am Institut für Informatik Schlange, um die Uniabsolventen für sich zu gewinnen. Marc hat lange mit sich gekämpft, ob er ein gut dotiertes Angebot aus Büdelsdorf annehmen sollte.«

»Von der ›securus consulting‹?«, unterbrach Lüder sie.

»Mag sein. Ich glaube – ja, so hießen die. Als er nach reiflicher Überlegung ablehnte, hat man noch versucht, ihn für ein befreundetes Unternehmen in Itzehoe zu gewinnen.«

»Können Sie sich an den Namen erinnern?«

Sylvana Wullenweber zog die Stirn kraus. »Nicht genau. Irgendwas mit global. Global Dingsbums ...« Sie wiegte den Kopf und bewegte den rechten Zeigefinger. Plötzlich hellte sich ihre Miene auf. »›Global data framework‹.«

»Hat Ihr Mann von Schwierigkeiten bei der Arbeit gesprochen?«

Die Frau blickte auf. »Was wollen Sie damit sagen?«

»Nicht jeder ist mit der Arbeit des Datenschutzbeauftragten einverstanden«, wich Lüder aus. »Denken Sie an die Diskussionen mit der Wirtschaft. Von Schleswig-Holstein wurde die Initiative gestartet, den ›Gefällt mir‹-Button bei Facebook für die Wirtschaft und öffentliche Einrichtungen zu verbieten.«

»Marc war nicht mit allem einverstanden, was sein Chef von sich gegeben hat.«

»Gab es Meinungsverschiedenheiten?«

»Nein. Natürlich nicht. Wir haben darüber gesprochen. Aber sonst hat Marc sich zurückgehalten. Auch im Freundeskreis. Natürlich wollte mancher wissen, was das Landeszentrum plante, aber Marc hat stets abgewinkt.«

»Hat er Ihnen gegenüber Andeutungen gemacht?«

»Nicht so richtig. Er meinte, da könnte sich etwas entwickeln. Seilschaften und so. Er glaubte, da würde für ihn eine große Chance liegen. Ein richtig dickes Ding. Da war irgendetwas mit einem Amerikaner.«

»Hat Ihr Mann einen Namen genannt?«

»Neeein.« Die Antwort kam gedehnt über Sylvana Wullenwebers Lippen. Plötzlich kniff sie die Augen zusammen und rutschte bis an die Vorderkante ihres Stuhls. »Sagen Sie mal, was soll das alles? Was stellen Sie mir für merkwürdige Fragen? Da steckt doch irgendetwas anderes hinter. Sie wollen mir doch nicht erzählen, dass das, was Sie wissen wollen, zu den Routineermittlungen bei Verkehrsunfällen gehört.«

»Ihr Mann war in einem sicherheitsrelevanten Bereich tätig. Da gehört es zur Routine, Fragen zum Umfeld zu stellen. Sie werden bemerkt haben, dass ich keine persönlichen Fragen gestellt habe.«

Sylvana Wullenweber nickte. »Das verstehe ich. Aber ein wenig seltsam kam es mir doch vor.«

Lüder atmete tief aus. Wie hätte er der Frau in der jetzigen Situation den Hintergrund seiner Fragen erklären können? Er wünschte ihr alles Gute und verabschiedete sich.

Als er auf die Straße trat, zog er den Kopf zwischen den Schultern ein und eilte zu seinem Wagen. Ein feiner Nieselregen drang durch die Kleidung, lief in den Kragen hinein und ließ den Tag noch grauer erscheinen, als es das Thema, mit dem er sich aktuell beschäftigte, ohnehin schon tat.

Als Nächstes steuerte Lüder die Universität an, hatte Mühe, einen Parkplatz zu finden, schimpfte, weil er zu Hause vergessen hatte, einen Schirm im Auto zu deponieren, und lief zum Institut für Informatik.

Die Mitarbeiterin, die ihn schon bei seinem ersten Besuch empfangen hatte, erkannte ihn wieder.

»Herr äh …«, versuchte sie sich zu erinnern. »Sie möchten sicher zu Herrn Rottenberg.«

»Oder Herrn Meerwein«, ergänzte Lüder.

»Mal sehn, wen ich erwischen kann.« Sie sah in ihren Computer. »Meerwein ist gerade im Seminar. Aber Rottenberg müsste da sein. Wissen Sie noch, wo sein Büro ist?«

Lüder nickte. Kurz darauf klopfte er pro forma an die Bürotür, eine Höflichkeitsgeste, und trat ein. Abrupt blieb er stehen, als Dirk Rottenberg erschrocken in die Höhe fuhr und die junge Frau, die mit dem Rücken zur Tür vor ihm auf der Schreibtischkante saß, sich mit einem panischen Gesichtsausdruck umwandte. Lüders Eintreten war so abrupt erfolgt, dass Rottenberg seine Hände nicht schnell genug von den verfänglichen Stellen am weiblichen Körper zurückziehen konnte.

»Moin«, grüßte Lüder mit jovialem Ton. »Ich habe noch ein paar Fragen. Passt es gerade?«

»Jaaa – selbstverständlich«, stammelte der Uni-Mitarbeiter. »Lyra, versuche es einfach mit dem Algorithmus, den ich dir eben aufgezeigt habe«, sagte er stockend zu der jungen Frau gewandt. »Dann müsste das Programm laufen.«

»Danke, Herr Rottenberg«, flüsterte das Mädchen, sprang hastig auf und schlängelte sich an Lüder vorbei aus dem Zimmer, ohne ihn eines Blickes zu würdigen.

»Was ist das für eine Programmiersprache?«, fragte Lüder amüsiert.

Rottenberg tat, als hätte er die Frage überhört. Mit spitzen Fingern sortierte er das Schreibgerät und einige gelbe Haftetiketten auf seinem Schreibtisch. Es war ein überflüssiges Unterfangen.

Lüder nahm am Schreibtisch Platz. »Kennen Sie Marc Wullenweber?«

Rottenberg atmete erleichtert auf. Er vermied es immer noch, Lüder anzusehen.

»Ja, der hat hier studiert. Wir sind uns während des Studiums begegnet, haben auch einmal ein Seminar zusammen besucht.« Noch immer tasteten Rottenbergs Hände über die Utensilien auf seinem Schreibtisch. »Er ist … war zum Landeszentrum für Datenschutz gegangen. Ein guter Job für ihn.« Dann sah Rottenberg Lüder an. »Ich habe gehört, dass er einen Unfall hatte. Schlimm, wenn man das Unfallopfer kennt.«

»Welche Kontakte hatten Sie nach dem Studium?«

»Welche Kontakte?«, wiederholte Rottenberg. Es war der Versuch, eine kurze Zeitspanne zu überbrücken, um eine unverfängliche Antwort zu finden. »Wir arbeiten mit dem Landeszentrum zusammen, tauschen uns aus. Es ist ein gegenseitiges Befruchten. Wir haben in Fragen der Technologie die Nase vorn, während das Datenzentrum uns viel praktischen Input liefert. Unser Augenmerk liegt naturgemäß auf der Informationstechnologie in Anwendung und Forschung, während das Landeszentrum auch eine politische Funktion wahrnimmt.«

»Sie haben mir bei meinem letzten Besuch erzählt, dass Dustin

McCormick sich auffallend für den Bereich Datensicherheit interessiert hat.«

Rottenberg nickte heftig. »Das war mein Kollege Meerwein.«

»Gibt es einen Zusammenhang zwischen McCormick und Wullenweber?«

Der Uni-Mitarbeiter überlegte einen Moment, bevor er antwortete: »Wenn ja, kann ich ihn mir nicht vorstellen. Das hätte keinen Sinn gemacht.«

McCormick hatte aber Wullenweber getroffen. Das hatte Sylvana Wullenweber angedeutet. Welches Interesse verband die beiden miteinander?

»Kennen Sie Dolf Waldow?«

»Oh – ja.«

Es klang nicht sehr begeistert.

»Hat er auch hier studiert?«

»Ja, aber irgendwann ist er ausgestiegen, hat das Studium abgebrochen.«

»Warum? War er den Anforderungen nicht gewachsen?«

»Dolf? Ganz im Gegenteil. Ein pfiffiges Kerlchen. Er hat sich regelrecht gelangweilt, geglaubt, alles besser zu wissen. Wie es bei Begabten häufig ist: Irgendwann hat er den Anschluss verpasst. Er hat sich mit dem Lehrpersonal angelegt, schließlich hat er sogar gegen den Prof gestänkert. Das mag unser Tell nicht.«

»Sie meinen Professor Eglschwiler.«

Rottenberg nickte zur Bestätigung.

»Und dann?«

»Dolf Waldow hat die Uni verlassen und es auf eigene Faust versucht. Wie man sieht, klappt es da draußen«, dabei zeigte Rottenberg mit dem Finger Richtung Fenster, »auch ohne akademische Ehren. Wenn Sie etwas können, fragt niemand nach Ihrem Abschluss. Wenn allerdings Waldow nicht freiwillig …«

Der Uni-Mitarbeiter brach mitten im Satz ab.

»Was wollten Sie sagen?«, fragte Lüder.

»Es gab den Verdacht, dass Waldow nicht sauber gearbeitet hat. Bevor es zu einer Auseinandersetzung gekommen ist, hat er die Konsequenzen gezogen.«

»Haben Sie viele ausländische Studierende?«

»Wie definieren Sie ›viel‹?«, antwortete Rottenberg mit einer Gegenfrage.

»Zum Beispiel aus den Vereinigten Staaten.«

»Weniger.«

»Und aus Asien?«

Jetzt lächelte Rottenberg. »Asien ist groß.«

»China.«

»Das ist ein aufstrebendes Land. Wenn die jemanden hierherschicken, dann sind die Leute gut. Und wissbegierig. Es ist unglaublich, wie die sich in die Themen hineinknien. Es kann einem bange werden, wenn man die Chinesen mit unseren Leuten vergleicht. Für mich ist es nur eine Frage der Zeit, bis die Chinesen auch technologisch die Weltherrschaft übernehmen. Was dort läuft ... Mannomann. Die Zeiten, in denen die nur von uns kopiert haben, sind lange vorbei.«

»Kennen Sie einen Ti?«

»Ti? Soll das ein Name sein?«

»Ich vermute, dass es sich um einen Chinesen handelt.«

»Doch, ja. Ich kam nicht gleich drauf.« Rottenberg lächelte. »Er wurde von den Kommilitonen Fu Man Chu genannt. Ich fand es ein bisschen daneben, Tian auf diese Weise zu veräppeln. Aber ihn hat es offenbar nicht gestört. Alle sagten nur Ti. Wir Europäer haben unsere Probleme mit den fremd klingenden Namen. Wie hieß er noch gleich?« Rottenberg rieb sich mit den Fingerspitzen an der Schläfe. »Ich komm da nicht drauf.«

»Tian hat das Studium aber abgeschlossen.«

»Klar. Mit Auszeichnung.«

»Ist er wieder in seine Heimat zurück?«

»Nein, soweit ich weiß, lebt er in Deutschland. Sein Vater ist Arzt in Rendsburg.«

»Und der ganze Name fällt Ihnen nicht ein?«

Statt einer Antwort griff Rottenberg zum Telefon. Er wartete einen Moment und sagte dann: »Hi, Bea. Erinnerst du dich an Fu Man Chu?«

Nachdem er aufgelegt hatte, erklärte er: »Wu Zang Tian.«

Lüder erinnerte sich, dass chinesische Namen grundsätzlich dreigeteilt sind. An erster Stelle steht der Familienname, dem der Generationsname folgt, der durch einen individuellen Namen ergänzt wird. Die beiden letzten Namen entsprechen unserem Vornamen. Lüder musste also in Rendsburg nach einem Dr. Wu suchen, um zu klären, ob seine Annahme, Tian bei der »securus consulting« und im Hause Dolf Waldows begegnet zu sein, zutraf.

Lüder stand auf. »Wie nennen Sie es, wenn Sie ein Programm auf seine korrekte Funktionsweise prüfen?«, fragte er.

Rottenberg sah ihn irritiert an. »Testen«, sagte er.

Lüder grinste. »Dann wünsche ich Ihnen viel Erfolg beim Testen des neuen Algorithmus. Ein ausgesprochen attraktives Programm haben Sie sich ausgesucht.« Dabei deutete Lüder mit den Händen die Konturen eines weiblichen Körpers an.

Jetzt lachte auch Rottenberg.

***

Auch wenn man der kleinen Stadt schon lange die »Würde« der Kreisverwaltung genommen hatte, war Oldenburg in Holstein immer noch ein regionales Zentrum mit gemütlichen Geschäften, einem abwechslungsreichen Kulturangebot und Anlaufpunkt für die medizinische Versorgung. Dazu gehörte auch das Krankenhaus, das Teil einer Klinikkette war. Ihm vertrauten sich die Menschen der Region an, auch Liane Stegemann, die im gekachelten Operationssaal lag und, vom Chefarzt der Anästhesie überwacht, nichts vom professionellen Ablauf um sich herum mitbekam.

»Udo Jürgens hatte schon recht«, sagte Dr. Stricker und nickte in Richtung der fettleibigen Patientin. »Die hier heißt auch noch Liane. Sicherlich hat sie sich ihr Übergewicht mit Sahnetorten angefressen.«

Schwester Angelika schüttelte missbilligend den Kopf.

»Ist doch wahr«, sagte der Chirurg und stimmte ein paar verunglückte Takte »… Liane, aber bitte mit Sahne« an. »Das ist doch eine typische Indikation. Über vierzig —«

»Sechsundfünfzig«, warf Dr. Ulrich, der Chefarzt der Anästhesie, ein.

»Meinetwegen. Gefressen hat sie bestimmt, dass es für hundert Jahre gereicht hätte. Bluthochdruck. Fettstoffwechselstörungen. Und nach mehrfachen Entzündungen und Koliken liegt unsere schöne Liane heute unter unserem Messer, um sich die Gallenblase entfernen zu lassen. Mehr nach links«, wies er Dr. Christen an, der ihm assistierte und die Optik, die Kamera, bei dieser minimal-invasiven Routineoperation führte.

»Sind alle Lianes so?«, fragte Dr. Stricker, der Oberarzt der Chirurgie.

»Tarzans Liane war doch ein Schmuckstück«, erwiderte Dr. Christen.

»Das war Jane«, mischte sich Dr. Ulrich ein. »Als Tarzan sich im Lendenschurz durch den Urwald schwang, rief er: ›Ergreif die Liane‹, und Jane griff zu. Aber daneben. Armer Tarzan. So entstand sein Urschrei. Aber ihr jungen Leute versteht ja nichts mehr von Kultur. Das war übrigens von Otto.«

»Otto?« Dr. Christen lachte hinter seinem Mundschutz. »Ist das nicht der Komiker, an den sich die Herrschaften im Seniorenheim so gern erinnern?«

»Konzentration!«, mahnte Dr. Stricker, obwohl er das Geplänkel begonnen hatte.

Sofort schaltete das Team von der fröhlichen Konversation auf professionelle Arbeit um.

»Das Skalpell, bitte«, bat der Arzt, und Schwester Angelika, die Instrumentationsschwester, gab es ihm. Die OP-Schwester gehörte schon lange zum Team und reichte aus dem OP-Sieb, einer Metallkiste mit allen Dingen, die für die Operation benötigt wurden, an.

Es war ein abgedroschener Scherz, für Jana, die sich im Hintergrund hielt und für die Beschaffung von speziellen Instrumenten im Bedarfsfall zuständig war, den Begriff »unsterile Schwester« zu verwenden.

Der Letzte im Team war der Anästhesiepfleger Jörg, ein schweigsamer, fast dürrer Mann, der jeden Handgriff verfolgte und Dr. Ulrich assistierte. Die beiden hatten schon unzählige Operationen begleitet und verstanden sich blind.

Dr. Stricker hatte mit seinen Trokaren, chirurgischen Stichinstrumenten, drei Arbeitskanäle geschaffen, die in den Bauch bis an die erkrankte Gallenblase führten. Der Leib der Patientin war mit CO_2 aufgeblasen. Dieses künstlich angelegte Pneumoperitoneum schaffte die Voraussetzung dafür, dass die Ärzte mit den chirurgischen Instrumenten im Inneren operieren konnten, geführt durch das Endoskop, das durch den dritten Arbeitskanal Bilder aus dem Bauchraum lieferte, ohne dass man den Körper wie früher aufschneiden und das Organ komplett freilegen musste.

Dr. Ulrich saß am Kopfende der Patientin, kontrollierte die künstliche Beatmung und überwachte die Vitalfunktionen. »Na, Liane«, murmelte er halblaut. »Du fühlst dich wohl. Das ist gut so.«

Natürlich konnte die Patientin ihn nicht hören. Es war als Hinweis für die Chirurgen gedacht, dass aus der Sicht des Anästhesisten alles reibungslos verlief.

Dr. Ulrich hatte vor der Operation eine Intubationsnarkose eingeleitet, bei der über das Narkosegerät Sevofluran verdampft und über die Atemwege der Patientin zugeführt wurde.

»Ha«, sagte Dr. Stricker.

»Jetzt haben Sie es«, bestätigte der assistierende Dr. Christen.

Der Oberarzt bat Schwester Angelika um die Clips, um den Gallengang und die arterielle Versorgung der Gallenblase zu unterbinden.

Die Schwester reichte sie ihm. Der Arzt führte sie durch einen Arbeitskanal ein und nickte zufrieden. »Das war die halbe Miete«, sagte er.

In diesem Moment flackerte das Licht.

»So ein Sch...«, fluchte Dr. Stricker, brach aber mitten im Wort ab, als totale Dunkelheit herrschte. Bei minimal-invasiven Operationen wurden die Räume systematisch verdunkelt, um einen besseren Blick durch die Optik zu bekommen.

»Stromschwankung«, sagte Dr. Ulrich. »Warum springt das Notstromaggregat nicht an?«

»Das müsste doch sofort da sein.«

Dr. Stricker klang verärgert. »Verdammt! Was ist da los?« Er drehte den Kopf in Richtung der unsichtbaren Schwester Jana. »Kümmern Sie sich mal darum«, wies er an.

In der Stille des Operationssaals hörten sie, wie Schwester Jana sich zur Tür tastete. Es rumorte kurz.

»Der Türöffner geht nicht«, sagte die Schwester in die Dunkelheit hinein.

»Fluch und Segen der Technik«, schimpfte Dr. Stricker. »Verflixt. Das Ding funktioniert elektrisch. Wir sind zur Hilflosigkeit verurteilt. Wie gut, dass wir bei dieser OP keine Gefäße verletzt haben.« Wegen des Ausfalls des Endoskops war das Operationsfeld im Augenblick unsichtbar.

Der Anästhesist tastete sich zum Unterarm der Patientin, in dem vor Operationsbeginn ein Zugang gelegt worden war.

»Jörg«, sagte der Arzt. »Ich brauche Propofol.« Gleichzeitig diskonnektierte er den Schlauch vom Beatmungsgerät, das aufgrund des Stromausfalls die Arbeit eingestellt hatte, und schloss den Ambubeutel an, mit dem die Patientin mit Raumluft manuell beatmet werden konnte, indem Pfleger Jörg rhythmisch den Beutel zusammenpresste.

Dr. Ulrich zog die Spritze auf, setzte sie am Venenzugang an und verabreichte der Patientin intravenös das Narkotikum. Er würde die Narkose per Hand weiterführen.

»Wie gut, Liane, dass du von alldem nichts mitbekommst«, sagte er. »Du wirst nie erfahren, dass die Onkel Doktoren mit einem bösen, bösen Stromausfall zu kämpfen hatten.«

»Tja, mein lieber Christen«, wandte sich Dr. Stricker an seinen jüngeren Kollegen, »wie gut, dass wir Ärzte noch von Hand behandeln können.«

Alles wirkte unaufgeregt, als wäre das Meistern einer solchen Situation oft geübte Routine. »Dann unterbrechen wir eben für ein paar Minuten«, sagte der Chirurg und sah in die Richtung, in der Dr. Ulrich stehen musste. »Alles klar?«

»So operiere ich immer am Wochenende«, antwortete Dr. Ulrich, »wenn ich meine Privatpatienten auf meinem Küchentisch liegen habe.«

»Aber Sie operieren doch nicht?«

»Nein. Das macht ein Hobbychirurg, da Sie und die anderen Profis sich ja zum Golfspielen zurückziehen.« Er sah kurz auf die unsichtbare Patientin. »Allerdings benutze ich zu Hause nicht Propofol, sondern Alkohol. Gegen Extraberechnung spritze ich auch Champagner.«

»Einer Ihrer so behandelten Patienten ist mir neulich begegnet«, mischte sich Dr. Christen ein. »Dem hat man den Führerschein abgenommen, weil die Polizei ihm nicht glaubte, dass er zu einer ambulanten OP bei Ihnen auf dem Küchentisch gelegen hat.«

Sie wurden durch das Flackern des Lichts abgelenkt. Es knackte kurz, dann war es wieder da.

Dr. Stricker sah auf die Uhr. »Vier Minuten«, stellte er lapidar fest. »Hätte auch länger dauern können.« Er wusste, dass zu keiner Zeit Gefahr für die Patientin bestanden hatte. Diesen Gedanken sprach er auch aus. »Wie hätte man diese Szene in einer der zahlreichen Krankenhausserien wohl dargestellt? Was hätte der Dramaturg daraus gemacht?«

»Im Minimum hätten sie dich, Liane, mehrfach mit dem Defibrillator hochfliegen lassen. Irgendwer hätte ›Weg vom Tisch‹ geschrien, und du wärst bis unter die Raumdecke gehüpft. Und hinterher bekommen wir eine Regressklage, weil Liane blaue Flecken von der Landung am Hintern hat.«

»Na ja, wer weiß«, meinte Dr. Stricker. »Ich habe ja keine Ahnung, welche Lebensfreuden außer Sahnetorte unser Moppelchen sonst noch hat. Der Briefträger? Kaum. Da wäre so ein Stromschlag doch einmal ein besonderer Kick gewesen.«

In diesem Moment kehrte Schwester Jana zurück.

»Warum die Stromversorgung ausgefallen ist, wissen wir nicht. Aus irgendeinem Grund ist das Notstromaggregat nicht automatisch angesprungen. Einer der Haustechniker musste in den Technikraum und es manuell starten. Schneller ging es wirklich nicht.«

»Danke, Schwester«, sagte Dr. Stricker. »Ist doch nichts passiert. Wir haben doch alles im Griff.« Leise singend fuhr er fort: »Auf dem sinkenden Schiff«, während er sich auf das Operationsfeld in Lianes Innerem konzentrierte.

Dr. Ulrich hatte die Patientin wieder an das Beatmungsgerät angeschlossen und führte die Narkose inhalativ mit Sevofluran weiter.

★★★

Erika Bremer kurvte mit ihrem zehn Jahre alten Twingo über den Parkplatz und suchte eine Lücke, in der sie das Auto mit der nur notdürftig reparierten Tür, in die ihr ein Unbekannter eine Delle gefahren hatte, abstellen konnte.

Endlich war das Gehalt eingetroffen, und bevor die Altenpflegerin ihre Spätschicht antreten musste, wollte sie schnell ein paar Einkäufe tätigen, nachdem sie die letzten Tage vor dem Zahlungseingang auf ihrem Konto mit viel Phantasie und Kreativität überbrückt hatte. Sandro, ihr Sohn, hatte zwar gemurrt, aber der Vierzehnjährige wusste um die finanziellen Engpässe, mit der die Alleinerziehende zum Monatsende zu kämpfen hatte.

Es lebte sich gut in Plön. Die kleine Wohnung in der Buchenallee und der Arbeitsplatz in der Senioreneinrichtung, die idyllisch am Großen Plöner See lag, ließen sie nicht unzufrieden sein. Nur die schlechte Bezahlung schränkte ihre Möglichkeiten, am Leben teilzuhaben, erheblich ein. Die Freizeit konnte man in Plön gut verbringen. Sie liebte den Spaziergang am See entlang, unterhalb des Schlosses, in dem schon international bedeutende Veranstaltungen stattgefunden hatten, bis zur Spitze der Prinzeninsel, um dort im Gartenlokal ein

Stück Torte und ein Kännchen Kaffee zu genießen. Seitdem sie in der Holsteinischen Schweiz lebte, liebte sie diesen Landstrich mit den sanften Hügeln und den vielen Seen.

Doch daran verschwendete Erika Bremer heute keinen Gedanken. Sie hatte wenig Zeit. Und wenn Sandro aus der Schule nach Hause kommen würde, musste er etwas im Kühlschrank vorfinden. Sie selbst würde erst Feierabend haben, wenn die Geschäfte schon lange geschlossen hatten.

Sie kramte in ihrem Portemonnaie nach einem Euro, weil sie die kleine Plastikmarke für den Einkaufswagen in der Ablage des Twingo vergessen hatte. Mit einem Seitenblick gewahrte sie die Schlange an den Kassen. Hoffentlich würde es nicht zu lange dauern. Ihre Zeit war knapp bemessen, und die Heimleiterin sah es nicht gern, wenn das Personal nicht pünktlich zum Schichtwechsel erschien. Außerdem müsste Branica länger bleiben. Und sie wusste, dass ihre kroatische Kollegin pünktlich vor der Schule sein musste, um ihre Tochter abzuholen.

Erika Bremer eilte durch das Geschäft. Einen Einkaufszettel hatte sie nicht. Sie suchte in der Obst- und Gemüseabteilung nach den Preisen, nahm einen Beutel Äpfel mit, verzichtete auf die Weintrauben, da sie ihr zu teuer erschienen, griff aber in der Getränkeabteilung zwei große Flaschen Cola für ihren Sohn, der das ähnliche Getränk vom Discounter verschmähte. Zweimal strich sie am Regal mit dem Prosecco vorbei, bis sie sich doch das preiswerteste Angebot gönnte. Dafür verzichtete sie auf die Süßigkeiten für sich. Der Rest war Routine.

Im Eiltempo fuhr sie die Gänge entlang, griff in die Regale, die Tiefkühltruhe und die Selbstbedienungstheke für Fleisch- und Wurstwaren. Schließlich war der Einkaufswagen gut gefüllt, und Erika Bremer bog um die letzte Gangecke, um einzuhalten. Vor allen Kassen hatten sich längere Schlangen gebildet.

»Ach nee, nä«, sagte sie zu sich selbst. »So 'n Schiet.« Sie warf einen Blick auf die Uhr. Es würde knapp werden. Aber es bot sich ihr keine Alternative. Am nächsten Morgen hatte sie einen Termin beim Facharzt, auf den sie lange hatte warten müssen. Mit einem raschen Blick in die anderen Einkaufswagen versuchte sie zu erfassen, in welcher Schlange es vermutlich am schnellsten voranginge.

Ungeduldig registrierte sie, wie die Kundin an der Kasse im Zeitlupentempo ihre gescannte Ware wieder in mitgebrachte Einkaufstaschen sortierte, dabei jeden Artikel in die Hand nahm, begutachtete und sichtbar überlegte, in welchen Beutel sie ihn verstauen sollte. Zwischendurch begann sie zudem eine Diskussion mit der Kassiererin, ob der angezeigte Preis korrekt sei. Umständlich kramte sie in ihrer Geldbörse, suchte nach Kleingeld und entschloss sich nach »Stunden« – so schien es Erika Bremer – doch, mit einem Schein zu bezahlen.

Jetzt waren noch zwei Kunden vor ihr. Der Mann hatte seine Waren zügig auf das Laufband gelegt, hielt die Schlange aber auf, indem er mit der Kassiererin ein kleines Schwätzchen über den Gebrauch des Zigarettenautomaten führte, der seine Ware direkt auf das Laufband ausspuckte.

Während die Kassiererin eine Flasche Schnaps am Scanner vorbeizog, hielt sie plötzlich inne, stutzte und wiederholte den Vorgang. Das Erstaunen war ihr anzusehen. Sie probierte es noch zweimal, zuckte mit den Schultern, suchte die Artikelnummer unterhalb des Balkencodes und gab ihn mühsam per Hand ein. Als auch das erfolglos war, drehte sie sich zu ihrer Kollegin an der Nachbarkasse um.

»Ist bei dir alles in Ordnung, Renate?«, fragte sie.

»Da ist was«, erwiderte die. »Bei mir steht alles. Da rührt sich nix.«

»Hier auch. Was ist denn los?«

»Scheint was mit dem System zu sein«, mischte sich eine dritte Kassiererin ein. »Da geht nichts. Tot.«

Die Mitarbeiterin an Erika Bremers Kasse reckte sich in die Höhe.

»Wo bleibt Müller denn?«, fragte sie und versuchte, über die Köpfe der Kunden hinwegzusehen.

In diesem Augenblick tauchte ein hagerer Mann mit rötlichem Haarschopf auf, der aufgebracht wirkte und sich zwischen zwei Kassen stellte.

»Funktionieren alle nicht?«, fragte er und sah ratlos aus, als seine Mitarbeiterinnen es bestätigten.

»Da scheint das System ausgefallen zu sein«, stellte er fest.

»Dann schalten Sie doch die Notstromversorgung ein«, forderte der Kunde an der Spitze von Erika Bremers Schlange.

»Saft ist doch da. Das Rechnersystem streikt.«

»Mir doch egal«, schimpfte der Kunde. »Dann kassieren Sie doch so. Per Hand.«

»Geht nicht«, erklärte der Filialleiter.

»Wieso nicht? War früher doch auch möglich.«

»Heute ist alles vernetzt. Da hängt das ganze Warenwirtschaftssystem hinter.«

»Ist doch scheißegal.« Der Kunde war sichtlich ungehalten. »Oder ist das Personal zu doof dazu?«

»Mein Herr, ich bitte um Ihr Verständnis«, versuchte Herr Müller den Kunden zu beschwichtigen. Vergeblich.

»Was ist das für ein Mistladen«, fluchte der Kunde. »Behaltet doch euren Scheiß.« Er drehte sich um und verließ laut schimpfend das Geschäft.

»Das gibt's doch nicht.« Die Frau vor Erika Bremer drehte sich zu ihr um. »Das ist unerhört. Jetzt, vor dem Wochenende. Was erlauben die sich?«

Erika Bremer war ratlos. Sie sah auf den Inhalt ihres Einkaufswagens und hörte, wie ein anderer Kunde den Filialleiter fragte, wie lange es dauern würde.

Müller zuckte hilflos die Schulter. »Keine Ahnung«, gestand er. »Ich bin da ratlos. Wir können von hier nichts machen.«

Da half kein Schimpfen, keine Diskussion. Erika Bremer schob ihren Wagen zur Seite.

»Dann eben nicht«, sagte sie mehr zu sich selbst und verließ den Laden. Sie war genauso ratlos wie der Filialleiter. Wie sollte sie ihre Einkäufe tätigen? Im Zweifelsfall müsste sie den Arzttermin absagen und sich einen neuen geben lassen. Das bedeutete erneutes Warten. Und Sandro? Dem müsste sie Geld auf den Küchentisch legen, damit *er* sich ein paar Sachen zum Essen einkaufen konnte. Natürlich würde ihr Sohn nicht auf die Preise achten, vielleicht sogar eine Dönerbude oder einen Imbiss aufsuchen und somit das ohnehin knappe Haushaltsbudget zusätzlich belasten. Erika Bremer würde es am Ende des kommenden Monats spüren, wenn das Geld noch zwei Tage weniger reichen würde.

Zornig kehrte sie zu ihrem Twingo zurück. Warum musste sie darunter leiden, dass die Supermarktleute ihre Technik nicht im Griff hatten?

★★★

Im Büro fand Lüder eine Nachricht von Dolf Waldow vor. Der behauptete, nur ein Bekannter von ihm würde einen Geländewagen fahren, und zwar einen Hummer. Damit verlief diese mögliche Spur im Sand.

Interessanter, wenn auch nicht weiterführender, war die Auswertung der Kleidung von Dustin McCormick. Es gab keine Anzeichen von Gewaltanwendung, und wenn es etwaige Anhaftung von Fremdspuren gegeben hatte, so waren diese durch den Aufenthalt im Wasser zerstört. Das Klebeband, mit dem man dem Opfer den Mund zugeklebt hatte, war ein handelsübliches Paketband, das in jedem Supermarkt erhältlich war.

Lüder rief Hauptkommissar Vollmers an.

»Wir sind nicht viel weitergekommen. McCormick war unauffällig. Er ist nur wegen seiner unzureichenden Deutschkenntnisse aufgefallen. Eine Kassiererin in einem der Supermärkte in der Büdelsdorfer Hollerstraße glaubte sich an ihn zu erinnern. *Glaubte*. Heute sitzen oft Aushilfskräfte an der Kasse, die ständig wechseln. Da ist es nicht verwunderlich, wenn alles anonym abläuft. Die Rückfragen bei Restaurants, Pizzerias und Essschnelldiensten waren alle negativ. Was mich am meisten stört, ist, dass McCormick keine Bankverbindung hatte.«

»Das ist mysteriös«, stimmte Lüder zu. »Das Auto wurde über Western Union bezahlt. Eine ungewöhnliche Methode.«

»Meine Leute sind derzeit dabei, die Tankstellen in der Umgebung des Wohnorts und rund um die Uni abzuklappern. Vielleicht erinnert sich dort jemand an McCormick. Er muss ja irgendwo getankt haben. Wie hat er dort bezahlt?«

»Probieren Sie es auch in der Uni«, schlug Lüder vor. »Mensa. Auslagen, die er dort getätigt hat. Wie hat er die Miete bezahlt?« Lüder überlegte einen Moment. »Die ganze Person gibt uns Rätsel auf. Zum einen war McCormick für einen Erstsemester viel zu alt. Außerdem hatte man auf der Uni den Eindruck, dass McCormick wesentlich mehr Hintergrundwissen hatte, als es interessierte junge Leute mitbringen. Und das große, für Studenten untypische Auto. Ich habe immer größere Zweifel, dass der Amerikaner zum Studieren nach Kiel gekommen ist. Wenn er wirklich viel mehr von der Materie verstand, als er den Uni-Leuten weismachen wollte, würde es auch erklären, weshalb er keine Spuren hinterlassen hat. Wenn er sich auskannte, wusste er, dass man all diese Dinge, nach denen wir jetzt suchen, nachvollziehen kann. Aber warum hat sich McCormick wie ein Gespenst bewegt? Nein, Herr Vollmers. Da steckt mehr dahinter. Was wollte der Mann hier? Und warum wurde er auf diese ungewöhnliche Weise ermordet? Ich vermute, dass man mit dieser Methode ein Zeichen setzen wollte. Um dem Opfer ein langes Leiden zu ersparen, wurde er mit Propofol betäubt. Das war aber kein Fememord. Das waren Profis.«

Vollmers wünschte Lüder viel Spaß und knurrte, nur halb verständlich: »Und wir kümmern uns um den Scheiß, den das LKA nicht erledigen will. Tolle Arbeitsteilung. Man könnte natürlich auch meinen: LKA – Leider keine Ahnung.«

»Dabei sind wir doch die Hochleistungszentrale zur Kriminalitätsbekämpfung«, erwiderte Lüder. Es waren keine ernst gemeinten Scharmützel. Die Zusammenarbeit zwischen den Dienststellen klappte hervorragend.

Lüder versuchte, Jo Dellany vom amerikanischen Konsulat in Hamburg zu erreichen, aber der Mann ließ sich verleugnen. Er fand auch keinen anderen Gesprächspartner.

»*Mr. Dellany will be back tomorrow*«, erklärte ihm eine weibliche Stimme, die sich zudem standhaft weigerte, Deutsch zu sprechen.

»Macht nichts, wir haben Ihren Mitbürger auf Eis liegen. Das erneuern wir wöchentlich. Vielleicht findet sich irgendwann jemand, der ihn haben möchte«, sagte Lüder süffisant.

Die Frau am anderen Ende der Leitung gab nicht zu erkennen, ob sie ihn verstanden hatte.

Lüder beschloss, noch einmal nach Büdelsdorf zu fahren. Zuvor wollte er aber einen Abstecher nach Rendsburg unternehmen und sich nach Wu Zang Tian erkundigen.

Auf der Fahrt beschlich ihn ein merkwürdiges Gefühl, als er auf der Autobahn die Stelle passierte, an der man Marc Wullenweber abgedrängt hatte. Es war merkwürdig, dass man das Fahrzeug des Unfallverursachers noch nicht gefunden hatte.

Kurz vor Rendsburg hellte es sich ein wenig auf. Zwar war der Himmel immer noch bedeckt, und eine herbstliche Sonne ließ sich noch nicht einmal erahnen, aber es hatte aufgehört zu regnen.

Lüder fand im Parkhaus Nienstadtstraße eine Abstellmöglichkeit für seinen BMW. Von dort waren es nur wenige Schritte bis ins Zentrum der Stadt. Er warf einen Blick auf das liebevoll gestaltete Schaufenster einer Confiserie, bevor er in die Fußgängerzone einbog. Zur

Rechten befand sich Rendsburgs »Wall Street«. Dort hatten sich konzentriert mehrere Banken niedergelassen.

Neben der Geschäftsstelle der Landeszeitung lag das schon lange geschlossene ehemalige Kaufhaus. Der verlassene Eingang wirkte ebenso öde wie trostlos. Ein paar Schritte weiter konnte Lüder durch eine Altstadtgasse einen Blick auf die Marienkirche werfen, bevor er den Torbogen des Alten Rathauses durchschritt und in den Bereich der Fußgängerzone überwechselte, wo sich kleine Geschäfte dicht aneinanderreihten.

Von hier zweigte ein unscheinbarer Eingang in die Altstadt-Passage ab, einen gelungen bebauten Hinterhof, der in seiner fast schrill wirkenden Buntheit mit den Säulen und der Galerie auf den ersten Blick an New Orleans erinnerte.

Ein großes Schild wies den Weg »Zu den Praxen«. Einer der Anbieter war Dr. Wu Cheng Jie. »Heilpraktiker, traditionelle chinesische Medizin, Akupunktur«, las Lüder. Darunter waren die Sprechzeiten angegeben.

Er wurde von einer älteren Frau empfangen, die mit ihren zu einem Dutt geknoteten grauen Haaren einen resoluten Eindruck machte.

»Haben Sie einen Termin?«, fragte sie.

»Ich bekomme einen, auch ohne Voranmeldung«, erwiderte Lüder in barschem Ton, der die Frau aufhorchen ließ. »Ich bin nicht als Patient hier, sondern möchte Herrn Wu privat sprechen.«

»*Dr.* Wu«, betonte die Frau. »Ich weiß nicht, ob das möglich ist.«

»Dann finden Sie es bitte heraus.«

Lüder sah sich um. Der Wartebereich war leer. An der Garderobe hing keine Kleidung, im Schirmständer fand sich kein Regenschutz. Es sah nicht so aus, als wäre der Heilpraktiker im Augenblick überlastet.

Die Frau schenkte ihm einen bösen Blick.

»Nehmen Sie Platz«, sagte sie unfreundlich und griff zum Telefon. Sie sprach so leise, dass Lüder es nicht verstehen konnte. Dann rief sie ihm zu: »Ihr Name?«

»Lüders, Landeskriminalamt«, sagte er laut.

Sie wiederholte es und sah Lüder dabei kritisch an. Anschließend stand sie auf und sagte: »Kommen Sie.«

»Bitte!«, ergänzte Lüder, erhielt als Antwort aber nur einen weiteren unfreundlichen Blick.

Das Behandlungszimmer war überraschend nüchtern eingerichtet. Der Schreibtisch, der bequeme Stuhl davor, das Sideboard und der Schrank mit den Glastüren, hinter denen sich Medikamente und Glasfläschchen verbargen, waren in einem hellen Birkenholz gehalten. Auch ein Heilpraktiker, der sich zu natürlichen Heilmethoden bekannte, verzichtete nicht auf eine moderne Infrastruktur, stellte Lüder fest, als er den großen Monitor und die kabellose Tastatur mit Maus entdeckte. Eine Behandlungsliege vervollständigte die Einrichtung, wenn man von einer großen Schautafel absah, die einen Menschen mit seinen Organen und dem Kreislaufsystem zeigte. Daneben waren die Extremitäten und ein überdimensioniertes Ohr abgebildet. Hier wiesen Texte auf einzelne Punkte hin. Lüder vermutete, dass es sich um Akupunkturpunkte handelte.

Der Heilpraktiker war ein kleiner älterer Herr mit einem runden Kopf und akkurat gescheiteltem grauen Haar. Er erhob sich von seinem Schreibtisch und reichte Lüder die Hand.

»Ich bin Dr. Wu«, sagte er. Dabei zeigte er ein freundliches Lächeln.

»Dr. Lüders«, antwortete Lüder und spielte mit seinem akademischen Grad, da sein Gegenüber den »Doktor« ebenfalls deutlich betont hatte.

»Doktor?«, fragte der Heilpraktiker prompt.

»Ja«, bestätigte Lüder und verzichtete auf den Zusatz »jur.«.

Dr. Wu setzte sich wieder hinter den Schreibtisch.

»Ich komme vom Landeskriminalamt. Wir untersuchen den Todesfall eines Studenten und sind uns nicht sicher, ob es ein Unfall oder Selbstmord war«, log Lüder. »Da es sich um einen ausländischen jungen Mann handelt, der keine Angehörigen in Deutschland hat und sich zudem noch nicht lange hier aufhielt, müssen wir versuchen, etwas über seinen Umgang und seine Gepflogenheiten herauszufinden.«

Dr. Wu lächelte.

»Ich bin Mediziner«, sagte er. »Ich weiß, dass man sehr einfach feststellen kann, ob es ein Suizid war.«

»Verstehen Sie als Heilpraktiker etwas von der Rechtsmedizin?«, fragte Lüder und versuchte, überrascht zu klingen.

»Ich habe in China an der Universität Harbin Medizin studiert. Wissen Sie, wo Harbin ist?«

Lüder nickte. »Ja, das ist eine Millionenstadt im Nordosten. Provinzhauptstadt. Wenn ich mich nicht irre, fast so groß wie Berlin.«

Dr. Wu schenkte ihm ein anerkennendes Kopfnicken. »Ich bin erstaunt. Es gibt kaum einen Europäer, der – außer Vorurteilen – etwas von meiner Heimat weiß.«

»Ihr Medizinstudium wurde in Deutschland nicht anerkannt?«, fragte Lüder.

Ohne die Miene zu verziehen, antwortete Dr. Wu. »Man versteht hier nicht, auf welcher ganzheitlichen Basis bei uns Medizin gelehrt wird. Sie müssen aber nicht glauben, dass wir deshalb nicht die moderne westliche Medizin beherrschen. China hat in wenigen Jahrzehnten auf fast allen Gebieten unglaublich viel aufgeholt.«

»Das mag sein. Weshalb praktizieren Sie in Deutschland, dann auch noch in der Provinz, als Heilpraktiker?«

»Das hat politische Gründe. Ich bin optimistisch, dass der wirtschaftlichen Freiheit auch die geistige folgt und ich mit meiner Familie irgendwann wieder in meine Heimat zurückkann.«

»Sind Sie politisch verfolgt worden?«

»Dazu möchte ich nichts mehr sagen. Ich bin dankbar, dass ich zumindest vorübergehend hier leben und arbeiten darf. Aus allen politischen Aktivitäten halte ich mich heraus.«

Das hatte Lüder schon öfter gehört. Menschen aus Ländern, in denen die Meinungsfreiheit beschränkt wurde, hielten sich aus Angst vor Repressalien gegenüber daheimgebliebenen Angehörigen mit Kommentaren zurück.

»Sie sind mit Ihrer Familie nach Deutschland gekommen?«

»Mit meinem Sohn. Meine Frau steht der Partei sehr nahe. Sie wollte in China bleiben.«

»Ihr Sohn Tian hat in Deutschland studiert?«

»Er ist tüchtig. Leider interessiert er sich nicht für Medizin. Aus ihm wäre sicher ein guter Arzt geworden. Aber seine Neigungen liegen woanders. Er hat sich für die moderne Welt entschieden.« Dr. Wu zeigte auf den Bildschirm. »Das hier, das hat er mir eingerichtet. Ich verstehe nicht viel davon. Aber es reicht, um meine Patientendaten zu pflegen.«

»Sind die vertraulichen Daten dort sicher?«, fragte Lüder. Er wollte ausloten, was sein Gegenüber zum Thema Datenschutz wusste.

»Doch, ja«, antwortete Dr. Wu. »Ich lasse niemanden an den Computer. Nur meine Sprechstundenhilfe. Aber auf Helga ist Verlass.«

»Ist Ihr Sohn auch politisch verfolgt worden?«

»Ich bin diesem Land gegenüber dankbar. Mein Sohn durfte hier

Abitur machen und studieren. Er fühlt sich heimisch. Ich fürchte, es wird schwierig werden, wenn die Frage ansteht, ob wir nach China zurückkehren. Aber vorerst zeichnet es sich noch nicht ab. Dazu müsste sich noch Grundlegendes ändern.«

»Ihr Sohn hat jetzt einen Arbeitsplatz bekommen.«

»Er hat eine gut dotierte Stelle in einem Unternehmen in Büdelsdorf. Fragen Sie mich nicht, was er dort genau macht. Er hat oft versucht, es mir zu erklären. Ich habe es nicht verstanden. Meine Welt ist diese hier.«

»Hat Tian manchmal Namen genannt? Von Kommilitonen? Hat er Freunde mit nach Hause gebracht?«

»Nein, darüber haben wir nicht gesprochen. Früher, als er noch das Gymnasium besucht hat, waren manchmal Mitschüler da. Ich erinnere mich an Alexander, aber der ist nach Mannheim gegangen. Er studiert Volkswirtschaft. Ich glaube, der Kontakt ist abgerissen.«

»Mich interessiert, ob Ihr Sohn etwas von einem Amerikaner erzählt hat.«

Dr. Wu schüttelte den Kopf. Es war erstaunlich, dass Lüder aus der Miene seines Gegenübers keine Gemütsregung herauslesen konnte. Der Heilpraktiker zog weder die Stirn kraus, noch bewegte er die Augenbrauen.

»Das weiß ich nicht. Davon hat er nie gesprochen. Die jungen Leute machen heute so viele Bekanntschaften. Da habe ich den Überblick verloren. Es tut mir leid, wenn ich Ihnen nicht weiterhelfen konnte. Aber ich kann nicht viel zu den Freunden meines Sohnes sagen. Es ist schwer für einen Vater, wenn er in einer anderen Welt lebt als der Sohn. Ich bin glücklich, Menschen helfen zu können, auch wenn die uralten Methoden der chinesischen Medizin in Deutschland nicht anerkannt sind und belächelt werden.«

Für einen kurzen Moment schweiften Lüders Gedanken ab und folgten den Worten seines Gegenübers. Es war sicher überlegenswert, ob die ganzheitliche Betrachtung des Menschen nicht auch ihre Vorteile hatte. Der gute alte Hausarzt hatte schließlich auch nach diesen Prinzipien seine Patienten behandelt. Lüder selbst tendierte aber zur modernen Hochleistungsmedizin, die mit Apparaten und innovativen Medikamenten sowie neuen Techniken einen unglaublichen Fortschritt gebracht hatte.

Der Heilpraktiker stand auf und verneigte sich leicht vor Lüder, ohne ihm die Hand zu reichen.

»Was auch immer Ihre Nachforschungen für Ergebnisse bringen, ob es ein Unfall war oder ein Selbstmord, möge die Seele des Jungen ihren Frieden finden.«

Lüder war ein wenig enttäuscht, als er wieder auf der Straße stand. Das Gespräch hatte nicht das ergeben, was er gern gehört hätte. Offenbar war es in asiatischen Familien nicht anders als in einheimischen. Lüder wurde immer deutlicher bewusst, dass er auch vieles von dem, was seine Kinder machten, nicht mitbekam, manche Entwicklungen an ihm vorbeigingen. Wenn er es selbstkritisch betrachtete, war es in seiner Jugend nicht anders gewesen, auch wenn er damals im Glauben war, dass sein Vater, der bodenständige Handwerksmeister, sich nicht für die bewegenden Ereignisse interessierte, die außerhalb seiner Heimatstadt Kellinghusen passierten.

Heute sah er vieles anders.

Er hörte seine Mailbox ab. Jonas hatte ihm eine Nachricht aufgesprochen. »Hi, Lüder. Was wolltest du vom Direx? Hat er was gesagt? Bestimmt war das übertrieben. Der ist total uncool. Wir können da gelegentlich drüber reden. Heute geht nicht. Hab keine Zeit. Ach – morgen auch nicht. Noch was. Musst ja nicht Mama erzählen. Das ist nicht gut für ihre Nerven. Tschau.«

Lüder schmunzelte. Irgendetwas schien seinen Sohn zu bedrücken. Ihn plagte das schlechte Gewissen. Jonas musste sich den ganzen Vormittag mit der Frage beschäftigt haben, weshalb Lüder den Leiter seiner Schule aufgesucht hatte.

Margit hatte eine kurze Nachricht hinterlassen und ihm mitgeteilt, dass sie ihn vermissen würde. Außerdem bat Vollmers um Rückruf.

Lüder wählte die Nummer in der Kieler Blumenstraße an und erfuhr, dass der Hauptkommissar zu einem Einsatz unterwegs war.

Lüder probierte es über die Handynummer.

»Ja, was gibt's?« Es klang unwirsch. Im Hintergrund waren Fahrgeräusche vernehmbar.

»Sie baten um Rückruf«, sagte Lüder.

»Ach, jetzt erkenne ich Sie. Ich bin gerade unterwegs Richtung Lütjenburg. Todesfallsache. Hat aber nichts mit unserem Fall zu tun. Vermutlich ein Beziehungsdrama. In unserer Sache gibt es etwas Neues. Da ist was schiefgelaufen. Irgendwie hat die Kommunikation nicht geklappt. Man hat den Mitsubishi Pajero schon in der letzten

Woche gefunden. Nordwestlich von Felde gibt es ein größeres Waldstück. Der oder die Täter haben an der nächsten Ausfahrt in Bredenbek die Autobahn verlassen und sind ein Stück die Kreisstraße gefahren. Dort liegen nur einzelne Gehöfte am Weg. Nach einem Kilometer sind sie links abgebogen. Das nennt sich – Moment – ah, ja, hier hab ich es. Rolfshörn. Dort sind sie in den Wald gefahren und haben den Pajero angezündet.«

»Sie sprechen im Plural«, fiel ihm Lüder ins Wort. »Das ist logisch, denn es waren mindestens zwei. Einer hat den Pajero gefahren, ein Zweiter ist ihm gefolgt und hat seinen Kompagnon im Wald aufgegabelt.«

»Das waren meine Überlegungen«, sagte Vollmers. »Also. Die haben den Pajero abgefackelt. Irgendwer hat den Feuerschein gesehen, und die Freiwillige Feuerwehr ist angerückt und hat gelöscht. Der Sachverhalt wurde zunächst von der Polizeistation Borgstedt aufgenommen und nach Neumünster abgegeben. Irgendwie ist etwas schiefgelaufen, dass die Verbindung zu unserem Fall nicht hergestellt wurde.«

»Das darf nicht passieren«, schimpfte Lüder. »Wir suchen seit Tagen das Auto, mit dem Wullenweber von der Fahrbahn gedrängt wurde. Und direkt vor unseren Augen liegt es.«

»Nicht nur das. Es war sogar in unserer Obhut. Natürlich ist es müßig, nach Spuren zu suchen. Dafür haben wir es nicht nur über das Kennzeichen, sondern auch über die Fahrgestellnummer eindeutig identifizieren können, dass es sich um den Pajero handelt, der auf Dustin McCormick zugelassen war.«

»Der erste Wagen. Und als der für den Mord an Wullenweber benutzt wurde, hat McCormick in aller Eile einen zweiten gekauft.«

»Es wurde aber kein Diebstahl angezeigt«, fügte Vollmers an.

»Warum nicht?«, fragte Lüder. »Man könnte daraus die Vermutung ableiten, dass McCormick am Unfallgeschehen beteiligt war. Um kein Aufsehen zu erregen, hat er sich ganz schnell einen zweiten Wagen gekauft, der dem ersten entsprach. War McCormick so naiv zu glauben, dass wir das nicht merken? Das passt nicht zu seinem sonstigen Handeln, bei dem er sehr viel Sorgfalt darauf gelegt hat, keine Spuren zu hinterlassen. Was geschieht hier?«, fragte Lüder. Die Frage war rhetorisch. Deshalb antwortete Vollmers nicht.

»Die Leute von der ›securus consulting‹ hetzen McCormick die Polizei auf den Hals, nur weil er bei denen am Zaun spazieren geht.

Wenig später wird der Amerikaner ertränkt. Zuvor wird Marc Wullenweber aller Wahrscheinlichkeit nach mit McCormicks Auto getötet.«

Vollmers ging auch hierauf nicht ein. »Wir haben aber noch andere Ergebnisse«, sagte der Hauptkommissar stattdessen. »Ich bin nicht zufrieden. Im Fernsehen klappt es immer. Da schicken die einen trotteligen Hiwi los, der alles zusammenträgt. Und die haben stets umfassende Informationen.«

»Wenn Sie damit nicht aufwarten können«, sagte Lüder, »liegt es vermutlich daran, dass Sie keine Trottel in Ihrem Team haben.«

»Kann sein«, erwiderte Vollmers und holte tief Luft. »Wir haben eine ganze Reihe von Tankstellen abgeklappert. ›Möglich‹, ›Kann sein‹, haben wir gehört. Nun kommen Sie mir nicht mit der Frage, ob wir die Videoaufzeichnungen kontrollieren können. An welchen Tankstellen? Über wie viele Tage?«

Lüder lächelte. »Da liegen die Grenzen unserer Möglichkeiten.«

»Die Miete wurde monatlich bar bei der Sparkasse eingezahlt. Dass wir ordentlich gearbeitet haben –«

»Daran hat nie jemand gezweifelt«, unterbrach ihn Lüder.

»… erkennt man daran, dass wir jetzt wissen, wie McCormick an Geld gekommen ist. Er scheint wirklich alles in bar abgewickelt zu haben. Das ist über Western Union gelaufen. Die haben sich darauf spezialisiert, weltweiten Geldtransfer vorzunehmen. Sie zahlen irgendwo Geld ein, und der Empfänger hebt es rund um den Globus ab. In Deutschland ist zum Beispiel die Postbank Kooperationspartner. McCormick hat also die Info bekommen, dass Geld für ihn unterwegs war. Dazu erhält er auch eine Transaktionsnummer sowie die Höhe des Betrages, den er erwartet. Mit diesen Informationen geht er zur Postbank, füllt ein Formular aus und legt seinen Pass vor. Und schon erhält er die Summe ausgezahlt.«

»Kann man darüber nicht den Auftraggeber zurückverfolgen?«

»Ja – natürlich.«

»Und?«, fragte Lüder.

»Das ist jemand mit Humor. Der Absender ist Uncle Sam.«

»Eine Behörde in den Staaten?«

»Vielleicht«, sagte Vollmers. »Genau genommen heißt der Absender Sam Hawkins, USA.«

»Mehr nicht?«

»Nein. Wir können ja Arbeitsteilung vereinbaren. Wir durchforsten in den nächsten Jahren alle Videoaufzeichnungen der Tankstellen in Norddeutschland, und Sie suchen bis zur Pensionierung Sam Hawkins, wohnhaft in Nordamerika.«

Über diesen Weg kamen sie nicht weiter. Insgesamt war es schon merkwürdig, überlegte Lüder, wie McCormick sich verhalten hatte. Die angewandten Methoden waren durchdacht, man vermied es, Spuren zu hinterlassen – elektronische Fingerabdrücke, setzte Lüder seinen Gedanken fort. McCormick musste über Unterstützer jenseits des Atlantiks verfügt haben. Für Lüder schien es immer klarer, dass der Amerikaner mit einem Auftrag unterwegs war. Und dieser Auftrag störte irgendjemanden so sehr, dass McCormick sterben musste. Offenbar hatte er etwas entdeckt, was seinen Widersachern gefährlich werden konnte.

Schließlich war da noch die merkwürdige Methode, wie man ihn ermordet hatte. McCormick hatte nicht übermäßig leiden sollen, so schien es Lüder, aber das Hineintauchen ins Wasser hatte Symbolcharakter.

Eintauchen. Wasser. Lüder durchfuhr es wie ein Blitz. Es schien ihm so abwegig, dass er zunächst an seinen eigenen Gedanken zweifelte.

Es war durch die Weltpresse gegangen, dass die Amerikaner in Guantánamo ihre Gefangenen durch vorgetäuschtes Ertränken gefoltert hatten, das sogenannte »Waterboarding«. Beim Opfer wurde durch den Würgereflex der Eindruck erweckt, es würde ertränkt werden. Die Atmung wurde dadurch erschwert, dass ein ständig mit Wasser übergossenes Tuch, das über Mund und Nase gelegt wurde, die Atmung erschwerte. Lag der Kopf tiefer als der Körper, konnte kein Wasser in die Lunge eindringen. Diese unmenschliche Foltermethode brach den Widerstand des Opfers in kürzester Zeit. Und sie hinterließ fast keine Spuren.

McCormick wurde durch eine Methode ermordet, die an das Waterboarding erinnern sollte. Und nur die Betroffenen hätten das erkennen sollen. Sicher hatten die Amerikaner das verstanden. Es war ein stilles Zwiegespräch zwischen den Amerikanern und den Tätern. Und die waren davon ausgegangen, dass die »dummen« deutschen Behörden das nicht verstehen würden. Darum schwiegen auch die Amerikaner. Deshalb erhielt Lüder keine Antwort vom Konsulat aus Hamburg, Jo Dellany ließ sich aus gutem Grund verleugnen.

Das bedeutete … Für Lüder war es jetzt klar. Dustin McCormick, oder wie er auch immer heißen mochte, war für eine amerikanische Behörde unterwegs. Geheimdienst? CIA? Die Sache war so geheim, dass man sich dem treuen Bündnispartner Deutschland nicht anvertrauen wollte.

Lüder schüttelte den Kopf. Welches Ränkespiel wurde dort wieder auf deutschem Boden ausgetragen? Und das im beschaulichen Schleswig-Holstein. Und er war mittendrin, ohne zu wissen, was und wen er suchen musste.

Lüder, sagte er zu sich selbst, wenn das Margit wüsste.

Am Eingang der »securus consulting« wiederholte sich das Prozedere, das er bei seinem ersten Besuch erdulden musste. Nach dem Klingeln wurde er durch die Kamera begutachtet, nach seinem Besuchswunsch gefragt, von einem jungen Mann an der Tür abgeholt und zum Geschäftsführer geleitet.

Frank Hundertmarck sah auf, als Lüder an seiner Bürotür erschien.

»Hi«, sagte er knapp. Es klang nicht begeistert.

Lüder schien es überhastet, wie Hundertmarck ein paar Tasten auf seinem Notebook drückte und schnell den Deckel schloss.

»Gibt es noch Fragen?«

»Der Fragenkatalog wird erst geschlossen, wenn mit dem Geständnis des Täters der Schlusspunkt unter die Ermittlungen gesetzt ist.«

»Wenn es nicht zu lange dauert«, sagte Hundertmarck. »In unserer Branche hat die Wahrheit ›Time is money‹ eine ganz besondere Bedeutung. Außerdem muss ich in Kürze in die Staaten. Geschäftlich«, fügte er an.

»Das trifft auch auf meine ›Branche‹ zu«, erwiderte Lüder. »Deshalb möchte ich mich nicht mit einer langen Vorrede aufhalten. Was wollte Marc Wullenweber vom Landeszentrum für Datenschutz bei Ihnen?«

»Wullenweber?«, fragte Hundertmarck gedehnt.

Lüder klopfte mit dem Zeigefinger auf seine Armbanduhr. »Die Zeit läuft. Möchten Sie noch ein wenig länger nachdenken? Sagen wir, bis morgen. Dann besuchen Sie mich in Kiel und beantworten meine Frage.« Der Mann log ganz offensichtlich. Sylvana Wullenweber hatte erzählt, dass ihr Mann nach Abschluss des Studiums auch von der »securus consulting« umworben worden war und ein Stellenangebot erhalten hatte. Warum leugnete Hundertmarck, Wullenweber zu kennen?

Hundertmarck fuhr sich mit der Hand durch die Haare. »Ich habe mit so vielen Menschen zu tun, da kann ich mir nicht jeden Namen merken.«

»Für die Angehörigen, die ihren Ehemann und Vater durch Mord verloren haben, als er auf dem Weg zu Ihnen war, war Marc Wullenweber nicht nur ein Name.«

»Mord? Ich dachte, es wäre ein Unfall gewesen.«

Lüder lehnte sich zurück. »Zunächst können Sie sich nicht an den Namen erinnern, und plötzlich wissen Sie sogar, dass es ein Unfall war.«

»Haben Sie eine Vorstellung, wie hektisch diese Branche ist?«

Lüder nickte versonnen. »Doch. Da muss man ganz fix eine Lösung aus dem Hut zaubern, wenn sich irgendwo ein Virus eingenistet hat. Das gilt für große und kleine Ereignisse. Sind Sie in die Ausfälle beim Discounter und im Oldenburger Krankenhaus involviert?«

»Natürlich habe ich davon gehört. In beiden Fällen sind wir nicht beteiligt. Ich bin mir sicher, dass wir, wären wir Vertragspartner, eine Lösung gefunden hätten, die solche Einschnitte in das Tagesgeschäft verhindert hätte.«

»Und? Haben Sie den beiden betroffenen Institutionen Angebote unterbreitet?«

»Das weiß ich nicht. Dafür ist mein Vertrieb zuständig. Ich bin mit der Festlegung und Verfolgung der Gesamtstrategie ausgelastet. Aber möglich ist es. Nur die Schnellsten kommen zum Zuge. Das ist wie bei den Spermien.«

»Das ist ein unappetitlicher Vergleich«, sagte Lüder. »Was wollte Wullenweber bei Ihnen?«

»Ich weiß es nicht. Er hatte um einen Termin gebeten. Worum es ging, konnte er mir nicht mehr berichten.«

»Sie haben nicht nachgefragt, wo Ihnen Ihre Zeit doch so heilig ist?«

»Wir haben Überschneidungen zum Landeszentrum für Datenschutz. Ich war daran interessiert, dort unser Konzept vorzustellen. Vielleicht wollte Herr Wullenweber deshalb hierherkommen.«

Lüder schüttelte den Kopf. »*Sie* wollen etwas verkaufen. Und wenn Sie die wohlwollende Zustimmung des Landeszentrums als

Verkaufsargument mit anbringen können, ist das ein unschätzbarer Vorteil für Sie. Da kann ich mir nicht vorstellen, dass Sie nicht nach Kiel fahren und Ihre Präsentation *dort* vortragen. Ich bin davon überzeugt, dass Marc Wullenweber etwas anderes besprechen wollte. Sie wissen es und verschweigen es.«

»Das ist Ihre Meinung. Doch Sie irren sich. Es ist so, wie ich es gesagt habe.«

»Wir haben herausgefunden, dass Marc Wullenweber Kontakt mit Dustin McCormick hatte.«

»Wer ist das?« Hundertmarck versuchte, seiner Stimme einen desinteressierten Anstrich zu geben.

»Das ist das zweite Mordopfer. Zunächst haben Sie die Polizei gerufen, weil sich McCormick für Ihren Firmensitz interessierte. Kurz darauf wurde er im Nord-Ostsee-Kanal ertränkt.« Lüder unterließ es, seine Theorie vom Waterboarding zu erwähnen.

»Das sind merkwürdige Zufälle, aber … Was soll das mit uns zu tun haben?«

»Das versuche ich herauszufinden.«

»Ich fürchte, Ihnen dabei nicht weiterhelfen zu können«, sagte Hundertmarck.

»Sie kennen Dolf Waldow?«

»Flüchtig. Er ist auch in der Informationstechnologie involviert.«

»Wu Zang Tian ist bei Ihnen beschäftigt.«

Der Geschäftsführer sah Lüder überrascht an. »Woher kennen Sie die Namen unserer Mitarbeiter?«

Lüder lächelte. »Wir sind die Polizei. Nennen Sie mir bitte noch den Namen des Mitarbeiters, den ich eben im Gespräch mit Wu Zang gesehen habe.«

»Was weiß ich, wer das sein soll.« Hundertmarck klang entrüstet. »Wir haben hier Mitarbeiter aus aller Herren Länder. Unsere Branche ist weltweit vernetzt. Da gibt es keine Grenzen. Weder technologisch noch in den Köpfen unserer Mitarbeiter.«

»Wenn es Ihnen sympathischer ist, gehe ich zu Ihren Mitarbeitern und lass mir die Ausweise und Pässe zeigen. ›Hallo, hier ist die Polizei.‹ Gefällt Ihnen das besser?«

Hundertmarck schüttelte missbilligend den Kopf. »Methoden sind das. Da bemüht sich die Menschheit, global zu denken und zu handeln, und bei Leuten wie Ihnen gibt es Grenzen im Kopf.«

»Och«, sagte Lüder. »Wenn es um Menschen geht, die durch Mörderhand ihr Leben lassen mussten, denke ich in sehr engen Grenzen. Die sind nicht viel weiter als die Mauern, hinter die wir die Täter bringen werden.«

»Wir haben Mitarbeiter aus vielen Nationen.«

»Mich interessiert der Mitarbeiter aus dem arabischen Raum.«

»Sind das Vorurteile? Nur weil jemand von dort kommt, gilt er als verdächtig?«

»Wessen verdächtig?« Lüder hatte bei seiner Gegenfrage die gleiche Schärfe in seiner Tonlage, die Hundertmarck verwandt hatte.

»Das würde ich auch gern wissen. Meinen Sie Mahmud al-Rahman? Der stammt aus Jordanien und ist ein hoch qualifizierter Mathematiker. Ich bin froh, dass wir ihn für unser Unternehmen gewinnen konnten.«

»Mathematiker?«

»Unser Tätigkeitsfeld ist so komplex, dass wir für die Algorithmen, die wir verwenden, mathematisches Know-how benötigen. Es geht nicht um simple Programmierung, sondern um das Berechnen von Wahrscheinlichkeiten. Wie reagiert die Gegenseite? Welche Optionen hat sie? Das ist wie beim Schachspielen. Wenn Sie in der Lage sind, möglichst viele Züge vorauszudenken, sind Sie im Vorteil. Diese Ansprüche stellen wir an unsere Programme. Das ist die Herausforderung. Heute können Sie die Menschheit nicht mehr mit dem Schachtürken blenden.«

Lüder erinnerte sich an den geheimnisvollen Automaten aus dem achtzehnten Jahrhundert, der sogar Kaiserin Maria Theresia verblüffte, weil er erstaunlich gut Schach spielte. Vermutlich saß ein Mensch in dieser Kiste, die äußerlich einem Türken nachgebildet war. Daher stammte wohl auch die Floskel »einen Türken bauen«, mit der umschrieben wurde, wenn man etwas vorspiegelte, was nicht den Tatsachen entsprach.

»Sie blenden die Anwender nicht mehr, indem Sie einen Türken bauen?«, fragte Lüder und dachte an Herrn Dingens, den Händler für Anglerbedarf in Kiel.

»Das würde jeder mündige Anwender sofort merken«, erwiderte Hundertmarck. »Auch wenn kaum noch jemand versteht, welche Informationskaskaden hinter den Rechnersystemen stehen. Begreifen Sie, weshalb normale Menschen bei Twitter wie Lemminge anderen hinterherlaufen? Warum machen das die *Follower*? Haben Sie jemals daran gedacht, dass Sie über Twitter die politische Meinungsbildung manipulieren können? Durch das Ausnutzen der Mechanismen der *Social Networks* können Sie ganze Interessengruppen manipulieren, indem Sie Meinungen und Ansichten auswerten und Ihr eigenes Verhalten so gestalten, dass die dumme Masse das nicht merkt. Sie können die politische Willensbildung und das Konsumverhalten beeinflussen. Manchmal geschieht das auch auf individueller Ebene.«

»Sie meinen die sogenannten *Loverboys*, die übers Internet meist minderjährige Mädchen ansprechen, ihnen die große Liebe vorgaukeln, und zwar so erfolgreich, dass die Opfer ihren Versprechungen folgen und freiwillig zu den überwiegend gut aussehenden *Loverboys* ziehen, um sich aus vermeintlicher Liebe zu ihnen der Prostitution hinzugeben.«

Hundertmarck stimmte Lüder zu. »Da sehe ich Gefahren im Netz. Aber die sind nicht technischer Natur, sondern in der unzureichenden Aufklärung der Menschen begründet. Wie viele Menschen werden jährlich durch das Auto getötet? Aber niemand kommt auf die Idee, es deshalb zu verbieten. Stattdessen appelliert man an Einsicht und Vernunft der Verkehrsteilnehmer, auch wenn nicht jeder erreichbar ist. So ähnlich würde ich es mir fürs Internet wünschen. Darin steckt überwiegend Segen, aber auch eine Spur Fluch. Und damit umtriebige Geister nicht die Sicherheitslücken zu ihrem Vorteil ausnutzen, versuchen wir mit unserer Software, aber auch unserem Know-how, die Anwender zu schützen.«

Lüder betrachtete nachdenklich sein Gegenüber, das sich zum einen als knallharter Manager gab, dem Lüder durchaus zutraute, für die Verfolgung seiner Interessen auch über die sprichwörtlichen Leichen zu gehen, der auf der anderen Seite aber Gedanken beisteuerte, die gar nicht zum ersten Eindruck passten. Der blonde Pferdeschwanz, der hinten über Hundertmarcks Hemdkragen hing, bedeckte sein Janusgesicht.

War es ein zulässiges Geschäftsmodell, die Angst vor Computerviren und -würmern zu schüren, sie sogar zu verbreiten, um anschließend an der passenden Schutzsoftware Geld zu verdienen? Nein! Das war eindeutig Betrug, eine Masche, die aus der »neuen Cyberwelt« geboren war.

»Mahmud al-Rahman ist also ein begnadeter Mathematiker, der diese ganze Thematik beherrscht?«, fragte Lüder.

Hundertmarck nickte. »Der hat in Hamburg studiert. Der Hochschulpräsident Professor Michaelis, ein Mathematiker, hat ihn persönlich als außergewöhnliches Talent bezeichnet.«

»Und so eine Begabung kommt zu Ihnen?«, fragte Lüder erstaunt. »Man sollte meinen, dass solche Genies eine wissenschaftliche Laufbahn antreten.«

Hundertmarck bewegte Daumen und Zeigefinger gegeneinander. »Das ist nicht lukrativ. Die jungen Leute wollen erst einmal Kasse machen. Die wissen um ihren Marktwert. Darum steht er bei uns auch nicht auf der *Payroll*.«

»Er ist nicht bei Ihnen angestellt?«

»Nein. Al-Rahman arbeitet als Freiberufler. Haben Sie eine Vorstellung, was der uns pro Tag kostet?«

Lüder hatte keine Vorstellung. Er wollte es auch nicht wissen. Ein Beamter, auch im höheren Dienst, dachte in anderen Regionen. Prompt schweiften seine Gedanken kurz zum kaputten Dach bei sich zu Hause ab.

»Es gibt Verbindungen zu einem Unternehmen in Itzehoe«, sagte Lüder.

Der Geschäftsführer nickte. »›Global data framework‹.«

»Worin besteht die Verbindung?«

»Wir haben dieselbe Mutter«, erklärte Hundertmarck.

Lüder war erstaunt. »Ich war davon ausgegangen, dass dieser Laden Ihnen gehört.«

»Laden?« Hundertmarck zeigte sich empört. »Haben Sie eine Vorstellung, was dieses Unternehmen wert ist? Wie viel Know-how hierin steckt? Ich bin beteiligt, aber die Mehrheit liegt in den Händen von Schweden.«

»Und die treten auch als Hintermänner der ›global data framework‹ auf?«

Erneut fühlte sich Hundertmarck angegriffen. »Hintermänner? Sie tun so, als wäre hier alles konspirativ, als hätten Sie es mit einem Haufen Krimineller zu tun.«

»Deshalb bin ich hier. Tragen Sie Ihr Scherflein dazu bei, dass ein solcher Verdacht entkräftet wird.«

Zornesröte zog über Hundertmarcks Gesichtszüge. »Sie bestreiten nicht, hier mit einem Verdacht aufgekreuzt zu sein?«

»Abgerechnet wird am Ende der Partie«, erwiderte Lüder und verabschiedete sich.

Auf der Rückfahrt hörte er NDR Info. In einem Beitrag befasste sich der Sender mit der Frage, welch geheimnisvolle Dinge hinter den Ausfällen in der Supermarktkette und im Oldenburger Krankenhaus steckten.

»Noch tappt die Polizei im Dunkeln«, sagte der Sprecher. Recht hatte er, dachte Lüder.

Es war dunkel, als Lüder in den Hedenholz einbog. In der ruhigen Wohnstraße war nichts von der Hektik zu spüren, die der Citti-Park in der Parallelstraße verbreitete. Das große Einkaufszentrum mit einem eigenen Bahnhof zog Besucher von weit her an. Lüder war froh, dass Frau Mönckhagen ihn nicht am Gartenzaun erwartete und – wie so oft – in ein Gespräch verwickelte, auch wenn er die alte Dame, die kaum Freunde und Bekannte hatte und ihre Tage mit der liebevollen Pflege des Gartens verbrachte, mochte.

»Na du«, begrüßte ihn Margit, die mit dem Staubsauger in der Hand die Treppe aus dem Obergeschoss herabkam. »Schön, dass du da bist.«

Er bekam einen Kuss, bevor sie ins Wohnzimmer verschwand. Kurz darauf hörte er den Lärm des Geräts. Prompt wurde im Obergeschoss die Musik lauter gedreht, die sogar den Staubsauger übertönte.

Lüder hörte, wie Jonas schrie und sich beklagte, dass er in seiner Fernsehsendung gestört wurde. Dann erschien sein Sohn in der Tür, fluchte laut und wollte sich in die erste Etage flüchten, als er Lüder sah, wie angewurzelt stehen blieb und sich sofort wieder ins Wohnzimmer flüchten wollte.

»Jonas!« Lüders Ruf war unüberhörbar und bestimmt. Auch Jonas schien das eingesehen zu haben. Mit hängendem Kopf näherte er sich Lüder.

»Hi, Dad«, sagte er so leise, dass Lüder es kaum verstehen konnte. Wenn sein Sohn ihn so ansprach, hing ein Damoklesschwert über seinem Haupt.

»Was ist los?«

»Nichts.«

»Wenn du mich so nennst, brennt die Hütte.«

Jonas versuchte ein Grinsen. Es misslang. »Alles wieder gelöscht. War nur ein Schwelbrand.«

»Ich bin Brandermittler. Also – raus mit der Sprache.«

»Du hast doch schon alles vom Direx gehört«, druckste Jonas herum.

»Ich möchte es aber von dir hören. Du weißt. Ein Geständnis verbessert immer die Position.«

»Na, ich dachte, beim ersten Mal gibt es Bewährung.«

»Das hängt vom Vergehen ab.«

»Scheiße, dass wir nicht katholisch sind«, fluchte Joans. »Dann würde ich jetzt die absolute Dings erhalten.«

»Du meinst: die Absolution.«

»Von mir aus.«

»Wenn ich anfange, langwierige Ermittlungen zu betreiben, Zeugen vernehmen und Verhöre im dritten Grad durchführen muss, könnte sich das zu deinen Ungunsten auswirken. Also?«

»Na, das ist wegen der Mathestunde. Da war ich nicht da. Aber wirklich nur die eine.«

»Und warum hast du geschwänzt?«

»Wollte ich doch nicht, aber Dorothee und Aishe haben doch …«

»Was?«

»Die haben auch geschwänzt.«

»Wer sind die beiden?«

»Aus Thorolfs Klasse.«

Lüder überlegte. Jonas war dreizehn Jahre alt, Thorolf drei Jahre älter.

»Was habt ihr gemacht? Geraucht?« Lüder mochte sich nicht vorstellen, dass Jonas Drogen probiert hatte.

»Nee. Was anderes.«

»Zum Donnerwetter. Lass dir nicht jedes Wort einzeln aus der Nase ziehen.«

»Also … Doro hat …« Jonas wandte sich ab und murmelte etwas, was Lüder nicht verstand.

»Noch einmal. Klar und deutlich.«

Jonas näherte sich seinem Vater, senkte den Kopf und sah angestrengt auf seine Fußspitzen. »Dorothee hat mir das Küssen beigebracht.«

Lüder war sprachlos. Er musste sich beherrschen, um nicht laut loszulachen.

»Ist das wahr?«

Jonas nickte betreten. »Hab ich doch noch nie gemacht, ich mein – so richtig. Du weißt schon. Und Aishe auch nicht.«

»Und wie kommt Dorothee dazu?«

»Ach.« Jonas winkte ab.

»Komm, mein Lieber. Das möchte ich jetzt wissen.«

»Die hat doch schon mit Thorolf geknutscht. Und der hat gesagt, die kann von den Mädchen am Humboldt am besten küssen. Na, da habe ich gedacht, zum Lernen ist die Beste gut genug.«

»Und Dorothee hat sich dazu bereit erklärt?«, fragte Lüder.

Jonas nickte. »Sie hat ein gutes Herz. ›Dann leiste ich Entwicklungsarbeit‹, hat sie gesagt. Aber sie hat ausdrücklich betont, dass sie keine Beziehung mit mir will.« Jonas hatte mit ernster Miene gesprochen.

»Und?«, fragte Lüder mit lauerndem Unterton.

»Ich bleibe lieber bei Pizza und Cola«, erklärte Jonas.

Lüder gab ihm einen sanften Knuff mit der geballten Faust auf den Oberarm. »So unter Männern. Irgendwann änderst du deine Meinung.«

»Aber du isst doch auch Pizza«, stellte Jonas fest.

»Nicht nur«, sagte Lüder lachend.

Inzwischen war Margit mit dem Staubsaugen fertig und stieß zu Lüder und Jonas. Mit einem misstrauischen Blick, zu dem nur Mütter fähig sind, musterte sie »ihre Männer«.

»Habt ihr überlegt, was es zum Abendbrot geben soll?«, fragte sie.

Die beiden lachten schallend und antworteten wie aus einem Mund: »Pizza.«

VIER

Helge Thiel gehörte zu den Beamten, die früh auf der Dienststelle erschienen. So wunderte es Lüder nicht, dass er den Hauptkommissar an dessen Schreibtisch antraf, als er ins Landeskriminalamt kam.

»Sie wollen sicher wissen, ob wir etwas über die rätselhaften Ausfälle in Erfahrung bringen konnten, die sich gestern in Plön und in Oldenburg ereignet haben. Um es vorwegzunehmen: Es war nicht nur Plön betroffen, sondern alle Filialen der Supermarktkette in der Probstei, in Ostholstein und bis Stockelsdorf, also bis an die Grenze von Lübeck.«

»Und Krankenhäuser?«

Thiel schüttelte den Kopf. »Nur Oldenburg. Zum Glück.«

»Haben Sie mehr Informationen als das, was ich vorhin auf NDR gehört habe?«

»Welle Nord hatte es in den Nachrichten, während es NDR Info ausführlicher behandelt hat«, erklärte Thiel. »Aber auch bei den anderen Sendern und in den Zeitungen ist es *das* Thema im Norden. Jetzt sind wir damit betraut.«

»Seitdem wir diesen unglückseligen Abteilungsleiter haben, klappt es mit der Information überhaupt nicht mehr«, beschwerte sich Lüder. »Jeder andere, der bisher auf dieser Position gesessen hat – ich betone ausdrücklich: *jeder!* –, hat die Funktion besser ausgefüllt. Es gibt bei uns keine gemeinsamen Dienstbesprechungen mehr. In jedem Wirtschaftsunternehmen dort draußen gibt es Meetings und Briefings, aber hier weiß, seitdem Dr. Starke im Hause ist, der linke Schreibtisch nicht, was auf dem rechten bearbeitet wird.«

»Was machen Sie gerade?«, fragte Thiel.

Lüder berichtete in Kurzform von seinen Ermittlungen.

»Zumindest fischen wir beide im großen übergeordneten Themenkomplex«, erklärte Thiel. »Tatsächlich ist der Fall bei uns gelandet.« Er klopfte mit dem Knöchel seines Zeigefingers auf die Tischplatte. »Hier. Bei mir.«

»Was steckt dahinter?«

»Es waren keine Zufälle, beide nicht. Sowohl im Supermarkt wie im Krankenhaus war es ein Angriff von außerhalb.«

»Bitte?«, fragte Lüder überrascht.

Thiel nickte ernst. »Hacker haben sich Zugriff zu den Rechnersystemen verschafft und sie fremdgesteuert. Bei der Supermarktkette hat man das System heruntergefahren, indem man die Systemzeit verändert hat. Dadurch wurde die gesamte Onlineverarbeitung gestoppt, und es lief automatisch die *Batch*verarbeitung, das heißt die Tagesendverarbeitung, an. Dem System wurde schlichtweg vorgegaukelt, alle Geschäfte hätten geschlossen und nun könnten die Aktivitäten ablaufen, die normalerweise nach Mitternacht gestartet werden. Bis man das im Rechenzentrum bemerkt, alles wieder zurückgesetzt hatte und wieder online gehen konnte, waren fast zwei Stunden vergangen.«

»Das geht so einfach? So primitiv sind moderne Systeme außer Kraft zu setzen?«

»Nun«, sagte Thiel gedehnt und spitzte die Lippen, »da gehört schon ein wenig mehr dazu. Die Täter haben noch ein paar Kunstgriffe ausüben müssen. Was genau sie getan haben, muss noch analysiert werden. Daran arbeiten die Systemleute der Supermarktkette fieberhaft. Wie die Hacker trotz umfangreicher Sicherungsmaßnahmen in den Rechner gelangen konnten, wird noch geprüft. Was ich Ihnen eben erklärt habe, ist das Prinzip.«

»Und in Oldenburg?«

»Auch da waren Hacker am Werk. Ich muss Ihnen nicht erklären, dass heute fast alles rechnergesteuert abläuft. Das gilt auch für die Stromversorgung in großen Betrieben und Krankenhäusern. Natürlich ist in allen sensiblen Bereichen eine Notstromversorgung vorhanden. Die springt auch zuverlässig an. Sie merken es in einem Operationssaal höchstens durch ein kurzes Flackern in der Beleuchtung. Aber wer steuert den Wechsel von der normalen auf die Notstromversorgung?« Thiel sah Lüder mit lauerndem Blick an.

»Elektronik?«, riet Lüder.

»Richtig. Und die ist manipulierbar. Diesen Umstand haben die Täter in Oldenburg ausgenutzt.«

Lüder atmete tief durch. »Das ist unvorstellbar, was man mit einem Cyberangriff alles bewerkstelligen kann.« Er dachte daran, welche Schreckensszenarien ihm die IT-Experten, mit denen er bisher gesprochen hatte, aufgezeigt hatten. »In Plön und Oldenburg haben es die Unbekannten demonstriert. Es hätte auch die beiden Campus des Universitätsklinikums in Kiel und Lübeck treffen können.«

»Oder anderes.«

»Man könnte die Börse manipulieren. Bei den derzeit sensiblen Märkten rund um den Globus würde das in Sekundenbruchteilen eine wirtschaftliche Katastrophe auslösen. Und wenn Sie dem Rechner des Pentagon vorgaukeln, dass ein atomarer Angriff auf die USA stattfindet, würden wir am Rande der Selbstzerstörung des Erdballs stehen.«

»Das ist ein völlig neuer Schauplatz der Auseinandersetzung zwischen den Völkern«, stimmte Thiel zu. »Die Bevölkerung ahnt nicht, was sich dort hinter den Kulissen abspielt.«

Nachdenklich kehrte Lüder zu seinem Büro zurück. Mit genau diesem Thema setzten sich Professor Ueli Eglschwiler und seine wissenschaftlichen Mitarbeiter Rottenberg und Meerwein auseinander. Und die »securus consulting« in Büdelsdorf beschäftigte sich kommerziell mit dem Datenschutz. Wer war Dustin McCormick, der sich als Student ausgegeben und sich ebenfalls auffällig für den Datenschutz interessiert hatte? War McCormick auf etwas gestoßen, dessen Entdeckung für ihn zu seiner Ermordung führte? Lüder musste sich eingestehen, dass seine Kenntnisse der komplexen und globalen Cyberwelt nicht über das Allgemeinwissen der Handhabung und Bedienung von Homecomputern und Smartphones hinausging, ja, dass er sicher in manchen Bereichen hinter dem Know-how seiner Kinder hinterherhinkte. Und jetzt sollte er den Schwerpunkt seiner Ermittlungen auf ein Terrain lenken, bei dem ihm schon viele der Begrifflichkeiten fremd waren.

Er musste noch einmal mit Frank Hundertmarck sprechen. Der Geschäftsführer der »securus consulting« hatte ihm noch lange nicht alle Geschäftsgeheimnisse offenbart. Vor dem neuen Hintergrund würde Lüder dem Mann andere Fragen stellen können. Er rief in Büdelsdorf an und hatte einen Mann am Apparat, der nur Englisch sprach.

Nein, er könne ihm nicht sagen, wo »Fränk« sei, erklärte der Mann mit der gutturalen Aussprache. Immerhin verband er Lüder mit einer Frau.

»Biedermann«, nannte die Angestellte ihren Namen.

»Ich hätte gern Herrn Hundertmarck gesprochen«, sagte Lüder.

»Um was geht es denn?«, erwiderte die Frau mit einer Gegenfrage.

»Lüders. Landeskriminalamt.«

»Oh!«

»Können Sie mich bitte mit Herrn Hundertmarck verbinden?«
Es folgte eine längere Pause, bis Frau Biedermann antwortete.
»Das geht nicht.«
»Warum?«
»Ja – äh … Der ist nicht im Hause.«
Lüder erinnerte sich, dass Hundertmarck angekündigt hatte, er müsse geschäftlich in die USA fliegen.
»Ist er verreist?«
»Ja – nein. Also …«, stammelte die Frau.
»Was denn nun?«
»Können Sie morgen noch einmal anrufen? Oder besser … in ein paar Tagen.«
Lüder erklärte ihr, dass er nicht zu warten gedachte. »Meine Fragen an Herrn Hundertmarck dulden keinen Aufschub«, sagte er barsch.
»Ich kann Ihnen nicht weiterhelfen«, erwiderte Frau Biedermann so leise, dass Lüder sie kaum verstehen konnte.
»Wo ist Ihr Geschäftsführer? Irgendjemand bei Ihnen wird es doch wissen. Er muss doch eine Sekretärin haben.«
»Ich bin seine Assistentin«, sagte sie schüchtern.
»Dann kennen Sie doch seinen Terminkalender.«
»Ja … normalerweise.«
»Ich möchte von Ihnen wissen, wo Ihr Geschäftsführer ist. Und zwar sofort«, sagte Lüder.
»Ja … ähm. Also …« Frau Biedermann unternahm mehrere Versuche und verhaspelte sich dabei. »Eigentlich sollte er heute hier sein, im Büro. Er ist nicht erschienen und hat sich auch nicht abgemeldet.«
»Haben Sie ihn zu erreichen versucht?«
»Ja … Nein!«, sagte sie.
»Was denn nun?«
Frau Biedermann hüstelte. »Wir haben, nachdem Herr Hundertmarck heute nicht erschienen ist, einen Anruf aus Itzehoe bekommen.«
Dort befand sich ein Schwesterunternehmen, hatte Hundertmarck ihm erläutert. Beide gehörten derselben schwedischen Muttergesellschaft.
»Von der …« Lüder überlegte. »Global data consulting«, sagte er.
»Global data framework«, korrigierte ihn Frau Biedermann. »Also.

Morgen früh kommt jemand aus Itzehoe und will zur Belegschaft sprechen. Tut mir leid. Mehr kann ich Ihnen nicht sagen. Ich weiß auch nicht mehr«, fügte sie kaum wahrnehmbar an.

Es war sinnlos, weitere Fragen zu stellen. Die Angestellte schien tatsächlich nicht mehr zu wissen.

Lüder versuchte, den Hochschulpräsidenten in Hamburg zu erreichen. Nachdem er seine Identität erklärt hatte, wurde er mit Professor Michaelis verbunden.

»Sie sind ein Bekannter von Christoph Johannes aus Husum?«, eröffnete Lüder das Gespräch, weil er sich erinnerte, dass der Husumer Kripochef ihm von der Bekanntschaft berichtet hatte.

»Ja, wir kennen das Ehepaar vom Golf«, bestätigte der Professor mit ruhiger, aber fester Stimme. »Es gibt aber auch noch andere Interessen, die wir teilen«, fügte er an. »Aber das wollen Sie sicher nicht wissen.«

»Mahmud al-Rahman hat bei Ihnen studiert.«

Professor Michaelis lachte herzhaft auf. »Ich wollt, es wäre so«, sagte er. »Als Präsident der Hochschule bin ich nur noch mit administrativen und Grundsatzfragen beschäftigt. Viel Politik. Da bleibt mir leider keine Zeit mehr für die Lehre und die Forschung.«

Deutlich glaubte Lüder das Bedauern aus den Worten des Wissenschaftlers herauszuhören.

»Aber der Name sagt Ihnen etwas.«

»Ja sicher. Ich bin selbst Mathematiker und habe deshalb trotz der Größe der Hochschule noch ein besonderes Auge auf diesen Fachbereich. Al-Rahman ist durch eine besondere Begabung aufgefallen. Ein Studierender, der seine Kommilitonen mit seinen Leistungen weit in den Schatten stellte. Er wurde von einem Professor so gelobt, dass ich ihn mir in einem Seminar angesehen habe, in dem er eine Aufgabe vor dem Auditorium erklärt hat. Das war ein Niveau, dem die Mehrheit der Anwesenden nicht folgen konnte. Großartig. Ich habe al-Rahman daraufhin zu einem Gespräch gebeten und wollte ihn überzeugen, nach dem Examen bei uns zu bleiben. Aber ihn hat die Wirtschaft gelockt.« Professor Michaelis legte eine kurze Pause ein. »Das ist verständlich bei den Bedingungen, die wir in Deutschland unseren jungen Talenten bieten können. Ich kann nur hoffen, dass Leute wie al-Rahman irgendwann zur Lehre und Forschung zurückfinden.«

»Al-Rahman ist Moslem«, wechselte Lüder das Thema.

Es war übers Telefon vernehmbar, wie Professor Michaelis bei dieser Feststellung in seiner Auskunftsbereitschaft zurückschreckte.

»Und?«, fragte er gedehnt.

»Hat er sich an der Hochschule oder auch außerhalb politisch betätigt?«

»Uns ist nichts aufgefallen. Al-Rahman kommt – glaube ich – aus Jordanien. Mir sind nie Klagen vorgetragen worden. Wenn sich jemand mit Hingabe und außerordentlichem Erfolg dem Studium widmet, interessiert mich die Religion nicht. Nein! Es gab bei uns keine Auffälligkeiten.«

»Wissen Sie etwas über seine Herkunft? Über seine Familie?«

»Wir sind eine Hochschule. Darf ich Sie daran erinnern? Solche Fragen stellen wir unseren Studierenden nicht, wenn sie keine Auffälligkeit zeigen. Und das Einzige, was uns bei Mahmud al-Rahman aufgefallen ist, war seine außergewöhnliche Begabung. Reicht das?« Es klang ungehalten.

Lüder bedankte sich. Professor Michaelis hatte das bestätigt, was ihm Frank Hundertmarck berichtet hatte.

Lüder nahm Kontakt zu Geert Mennchen vom Verfassungsschutz auf, der dem Innenministerium angegliedert war.

»Herr Dr. Lüders«, begrüßte ihn der schwergewichtige Regierungsamtmann. »Wo brennt's?«

»Die Lunte ist gelegt. Nun suchen wir das Ende, bevor die Bombe hochgeht«, erwiderte Lüder.

»Ist es nicht toll, dass wir in unserem Beruf in Metaphern reden können und es oftmals gar keine Floskeln sind, sondern traurige Realität?«

»Ich habe ein paar Namen. Können Sie mir dazu etwas sagen?«

»Schießen Sie los«, forderte Mennchen ihn auf.

»So arbeiten wir nicht bei der Polizei«, erwiderte Lüder. »Es gibt wohl keinen Polizisten, der mit Begeisterung zur Waffe greift. Jeder Kollege ist froh, wenn sich das vermeiden lässt. Und wenn es einmal zur Gefahrenabwehr sein muss, haben wir gleich eine schlechte Presse und sehen uns mit einem Ermittlungsverfahren der Staatsanwaltschaft konfrontiert. Was Juristen hinterher in monatelanger Diskussion hin und her überlegen, muss der Kollege vor Ort in Sekundenbruchteilen entscheiden.«

»Hmh.« Mennchen beließ es bei diesem Kommentar.

»Der Erste ist Dustin McCormick, vermutlich US-Bürger.«

»Der Name sagt mir etwas«, murmelte Mennchen. Lüder hörte, wie eine Tastatur im Hintergrund klapperte. »War das nicht der, der in Rendsburg ermordet wurde?«

»Deshalb ermittele ich«, bestätigte Lüder.

Nach wenigen Augenblicken lag Mennchen die Antwort vor. »Negativ. Kennen wir nicht.«

»Wu Zang Tian und sein Vater Dr. Wu Cheng Jie aus Rendsburg?«

Erneut musste Lüder eine Weile warten.

»Für beide gibt es Einträge. Die sind routinemäßig überprüft worden. Das war eine Anfrage von der Ausländerbehörde. Der Vater war Arzt in seiner Heimat, doch das Studium wurde hier nicht anerkannt. Er hat eine Ausbildung zum Heilpraktiker gemacht und sich in Rendsburg niedergelassen.«

»Wieso darf er hier arbeiten?«, fragte Lüder. »Hat er eine unbegrenzte Aufenthaltserlaubnis?«

»Ja. Wu ist in China in Ungnade gefallen und als Dissident aufgefallen. Er war mit manchen Dingen nicht einverstanden. Das mag die Partei nicht. Er hat wohl Glück gehabt und ist kurz vor seiner Verhaftung nach Europa entwischt. Er war zu einem Kongress über traditionelle chinesische Medizin eingeladen und ist gleich hiergeblieben. Sein Sohn ist später nachgekommen.«

»Ist das nicht merkwürdig?«, fragte Lüder.

»Könnte man meinen, aber uns liegt ein vertraulicher Bericht des Bundesnachrichtendienstes vor. Der dortige Resident hat bestätigt, dass Wu aufgefallen war. Man hat ihn wohl verschont, weil seine Frau eine einflussreiche Funktionärin in der Partei ist. Das war auch der Grund, weshalb man den Sohn hat reisen lassen. Es hätte sich, so schreibt der BND, schlecht gemacht, wenn sich Mann und Sohn einer Funktionärin gegen die Partei und das System stellen.«

»Sind die beiden hier auffällig geworden?«

»Nein. Negativ. Ich glaube, die sind froh, dass man sie hier unbehelligt lässt.«

»Der Nächste auf meiner Liste ist Mahmud al-Rahman.«

»Das klingt arabisch.«

»Vorurteile?«

»Ich bin vom Verfassungsschutz und gegenüber jedermann kritisch«, wich Mennchen aus.

Lüder hörte, wie die Finger des Regierungsamtmanns über die Tastatur huschten.

»Haben wir nicht«, sagte er. »Aber es gibt einen Verweis, dass die Hamburger sich mit ihm beschäftigt haben. Die sind seit dem 11. September ausgesprochen sensibel. In der Branche hat man nicht vergessen, dass die Todespiloten aus Hamburg kamen und dort studiert haben.«

»Können Sie dort Erkundigungen einholen und mich informieren?«, bat Lüder.

»Das kriegen wir hin«, brummte Mennchen.

Zu Frank Hundertmarck und Dolf Waldow lagen dem Verfassungsschutz keine Informationen vor.

Obwohl das immer noch schlechte Wetter alles in ein trübes Grau kleidete und die wenigen Blätter, die sonst eine Ahnung des herbstlichen Farbfeuerwerks verbreiteten, eher trist an den Ästen hingen, empfand Lüder es immer wieder als reizvoll, über Land zu fahren, fernab der Autobahnen Gegenden zu durchstreifen, die der eilige Reisende nicht zu Gesicht bekommt. Er fühlte sich nahezu entspannt, als er den Naturpark Aukrug durchquerte. Er musste sogar ein wenig lächeln, als er an Begriffe wie »Hungriger Wolf« und »Langer Peter« dachte. »Hungriger Wolf« lautete der Name eines ehemaligen Militärflugplatzes nahe Itzehoe, während der »Lange Peter« eine Straße in der Kreisstadt war.

Nicht weit entfernt, in Kellinghusen, war Lüder groß geworden. Dort wohnten noch heute seine Eltern. Und wenn die jungen Leute damals »etwas erleben« und der Enge der überschaubaren Kleinstadt entfliehen wollten, dann fuhren sie nach Itzehoe.

Lüder umfuhr das Stadtzentrum und steuerte Richtung Norden. Er war nicht überrascht, dass man hier immer noch baute. Es waren zwar keine Arbeiter zu sehen, aber die Baustelle wurde von der »Verwaltung« sorgfältig gehegt und gepflegt. Angeblich hatte man das Vorhaben zurückstellen müssen, weil irgendjemand vergessen hatte, das Gewerk europaweit auszuschreiben. Das Bürokratiemonster streckte überall seine Fangarme aus. Nur in der neuen Cyberwelt lief vieles schneller, als man es sich vorstellen konnte. Damit kehrten seine Gedanken zu seinem Auftrag zurück.

Lüder fädelte sich auf die Autobahn Richtung Norden ein und verließ sie bereits an der nächsten Abfahrt Itzehoe Nord, an der ein Schild auf das »Innovationszentrum Krankenhaus« hinwies. Er wusste, dass damit zwei unterschiedliche Institutionen gemeint waren.

Dennoch klang es missverständlich, als würde man auf ein experimentierfreudiges Hospital verweisen wollen.

Nur wenige Meter hinter der Abfahrt lag – mitten auf der grünen Wiese – das Fraunhofer-Institut für Siliziumtechnologie. Fast nebenan stand ein Neubau, der auf den ersten Blick futuristisch wirkte und nur aus verspiegeltem Glas zu bestehen schien. Das Haus wies eine merkwürdige, nicht symmetrische Form auf. Mit ein wenig Phantasie konnte man sich vorstellen, dass es einen Diamanten darstellen sollte. Ein interessanter Vergleich, dachte Lüder, schien das IT-Business doch eine wahre Goldgrube zu sein.

Die Betreiber wollten mit ihrem geschäftlichen Erfolg aber offensichtlich nicht protzen. Nirgendwo fand er einen Hinweis auf den Namen des Eigentümers.

Als er sich dem Eingangsbereich näherte, summte es leise, eine Tür glitt zur Seite und gab den Zutritt zu einem Foyer frei, das ein Innenarchitekt aus einem Science-Fiction-Film entlehnt zu haben schien. Hinter einer Glaswand saß eine junge Frau, die mittels einer Gegensprechanlage Kontakt zu ihm aufnahm.

»Lüder. Polizei Kiel. Ich möchte gern mit der Geschäftsleitung sprechen.«

»Darf ich Ihren Personalausweis haben?«, fragte die Frau im Gegenzug. In der Glaswand öffnete sich eine Klappe und gab eine Schublade frei.

»Meinen Dienstausweis«, sagte Lüder und legte das Dokument in das Fach, das sofort wieder in der Wand verschwand.

»Einen Moment bitte«, sagte die Frau.

Nach wenigen Minuten glitt ein Teil der Glasfläche zur Seite, und eine Frau balancierte auf einem Tablett eine Stempelkanne mit Kaffee, eine Designertasse und Zubehör.

»Bitte«, sagte sie, lächelte und stellte es auf dem kleinen Tisch ab. Dann verschwand sie wieder durch die Wandöffnung.

Lüder betrachtete die Sitzmöglichkeiten nachdenklich. Auch sie waren so futuristisch, dass er überlegen musste, wie man dort Platz nahm. Er setzte sich in das Schaumgebilde und war überrascht, dass darunter ein ergonomisch angepasstes bequemes Sitzmöbel verborgen war und der Schaumstoff ein entspanntes Sitzen ermöglichte.

Er hatte die Hälfte des Kaffees ausgetrunken, als die Wand erneut zur Seite glitt und die junge Frau, die ihm den Kaffee gebracht hatte, bat, ihr zu folgen.

So bequem der Sessel auch war, so schwierig erwies sich das Aufstehen.

Die Frau reichte Lüder ein Armband mit einem kleinen schwarzen Kasten.

»Das ist ein Transponder«, erklärte sie. »Ohne den können Sie sich nicht im Haus bewegen. Er ermöglicht Ihnen den Zutritt zu den Unternehmensbereichen, für die Sie zugelassen sind.« Sie zeigte ein sympathisches Lächeln. »Wenn Sie sich ohne das Gerät im Hause aufhalten und von den Stationen in den Sektoren nicht erfasst werden, wird automatisch Alarm ausgelöst.«

Lüder staunte über die ausgereifte Sicherheitstechnik. In Büdelsdorf war man nicht so rigide, obwohl Frank Hundertmarck die Polizei hatte verständigen lassen, als Dustin McCormick rechtskonform vor dem Bürogebäude auf und ab ging. Welche Geheimnisse verbargen diese beiden Schwesterunternehmen?

»Ich bin Lene«, stellte sich die Frau vor, die ihn durch die Räume führte.

Auch im Inneren setzte sich die ungewöhnliche Architektur fort. Es gab kurze Gänge, die sich wieder zu Räumen öffneten, in denen Arbeitsplätze untergebracht waren. Die Schreibtische waren licht und transparent. Nicht an jedem saß jemand und arbeitete. Wenn der Platz besetzt war, sah Lüder auch öfter zwei oder noch mehr Bildschirme, an denen die Mitarbeiter parallel zu arbeiten schienen. Ihm fiel auf, dass die Tische keine Unterbauten hatten. Dafür stand neben ihnen ein Rolli.

Als Lene seinen Blick bemerkte, erklärte sie: »Hier gibt es keine festen Arbeitsplätze. Jeder hat seine Utensilien in einem persönlichen Rolli, der am Feierabend zentral abgestellt wird. Wer zur Arbeit kommt, holt seinen Rolli und seine Rechner und sucht sich einen freien Platz. So wird der Austausch untereinander forciert, man ist flexibel, und es können sich immer wieder neue Teams bilden, die an einer gemeinsamen Problemstellung arbeiten.«

»Das ist ein interessantes Modell«, sagte Lüder.

»Und sehr effizient«, bestätigte Lene.

Sie führte ihn zu einem Arbeitsplatz, an dem ein Mann saß, dessen ursprünglicher Haarwuchs sich nur als schwarzer Schatten auf der Fast-Glatze abzeichnete. Er musste fast jeden Tag mit dem Rasierapparat den Haarwuchs bekämpfen, überlegte Lüder, auch wenn sich abzeichnete, dass sich schon deutlich Geheimratsecken breitmachten.

»Das ist Anders Malmström«, erklärte Lene und wies kurz auf Lüder. »Herr Dr. Lüders vom Landeskriminalamt.«

Der Mann mit den Ulkusfurchen um die Mundwinkel sah auf. Er musterte Lüder durch die Gläser seiner mächtigen schwarzen Brille. Dann stand er auf und nickte Lüder zu, ohne ihm die Hand zu reichen.

»Ich bin Anders«, sagte er auf Englisch.

»Lüders. Polizei Kiel«, erwiderte Lüder ebenfalls auf Englisch.

»Ist es okay, wenn wir Englisch sprechen? Mein Deutsch reicht nur für den privaten Gebrauch«, erklärte Malmström.

»Sie sind der Geschäftsführer?«

»*Managing Director*«, bestätigte Malmström. »Was ist Ihr Problem?«

Der Mann musste lange in den USA gearbeitet haben, dachte Lüder. Er hatte sich die dortigen Gepflogenheiten angeeignet, keine langen Vor- oder Einführungsreden zu verwenden.

»Wo ist Frank Hundertmarck, der Boss Ihres Schwesterunternehmens?« Lüder stieg auf die direkte Art ein.

»Keine Ahnung. Deshalb werde ich morgen nach Büdelsdorf fahren und die ›securus consulting‹ übernehmen. Als Manager.«

»Das geht aber schnell. Wir haben in Deutschland eine Rechtsordnung. Da kann sich nicht irgendjemand hinsetzen, hoppla rufen und im Handstreich den Betrieb übernehmen.«

»Im Papier bin ich eingetragen«, erklärte Malmström. »Schon lange. Als Back-up. Ich war aber nicht *Executive*.«

»Sie waren also nur auf dem Papier Geschäftsführer, nicht praktisch«, übersetzte Lüder das Business-Kauderwelsch.

»Korrekt.«

»Hat Hundertmarck sich nicht abgemeldet? Er könnte krank sein.«

»Nein«, erwiderte Malmström. »Wäre er krank, hätte er Bescheid gesagt. Das sind unsere Regeln. Und das Business ist zu wichtig, um es auch nur für Tage treiben zu lassen. Deshalb übernehme ich morgen das Unternehmen.«

»Sind Sie in die Geschäfte eingeweiht?«, fragte Lüder.

»Nicht erforderlich. Für das operative Geschäft sorgen die Mitarbeiter. Als Manager muss ich in der Lage sein, sofort einzuspringen.«

»Das sind Sie?«

Malmström nickte überzeugt.

»Wie heißt Ihr schwedisches Mutterhaus?«, fragte Lüder.

»›Global data framework‹.«

»Das ist ja praktisch. Es heißt genauso wie die deutsche Tochter. Nur dass Sie eine GmbH sind.«

Malmström schüttelte den Kopf. »Wir sind eine Ltd. Nach englischem Recht.«

»Und das macht Sinn, wenn Sie sich hier in Deutschland wirtschaftlich betätigen?«, fragte Lüder.

Malmström schenkte ihm ein überheblich wirkendes Lächeln. »Wie der Name sagt: global denken ohne Ländergrenzen.«

»Sie sind im gleichen Geschäftsfeld tätig wie die ›securus consulting‹?«

»Nein.«

»Sondern?«

Malmström zeigte sich plötzlich sehr zugeknöpft. »Wir sind ein universeller Dienstleister.«

»So! Was leisten Sie denn für Dienste?«

»Viele.«

Das Ausweichmanöver passte nicht zu seiner sonst so direkten Art.

Lüder schob ein paar Unterlagen zur Seite und setzte sich auf die Schreibtischkante, da Malmström ihm keinen anderen Platz angeboten hatte.

»Dann zählen Sie die Aktivitäten auf.«

»Verstehen Sie etwas von moderner IT-Technologie? Vom globalen Internet?«

Lüder nickte. »Deutsche Polizisten sind Alleskönner.«

»Natürlich«, sagte Malmström und schlug sich leicht mit der flachen Hand gegen die Stirn. »Ich vergaß, dass die deutsche Polizei einen Trojaner entwickeln ließ, der auf den Rechnern und Smartphones der Bürger eingeschmuggelt wird, um auch noch die letzte Ecke des Privatlebens auszuspionieren.«

»Wenn es so etwas gegeben hat«, erwiderte Lüder, »dann diente es der Kriminalitätsbekämpfung. Sie müssen uns zubilligen, dass wir uns der gleichen Waffen bedienen wie die Straftäter, die die schöne neue IT-Welt für ihre Machenschaften nutzen. Nun möchte ich aber endlich wissen, was Sie hier machen. Ihr Haus scheint besser gesichert zu sein als der Goldschatz in Fort Knox.«

Malmström stieß die Atemluft in einem Stoß aus und schürzte dabei die Lippen, die vernehmlich vibrierten. Es klang gleichermaßen abwertend und verächtlich.

»Was dort lagert … Das ist gar nichts im Vergleich zu dem, was sich hinter der Allmacht der Computer dieser Welt verbirgt. Wenn irgendwann jemand dieses Wissen konsolidiert, dann kontrolliert er die Welt.«

»Und davor wollen Sie die Menschen schützen?«

»Wir sind kommerzieller Dienstleister. Im Unterschied zu Ihnen, zum Staat, haben wir nur wirtschaftliche Interessen. Sie«, dabei stach Malmström seinen ausgestreckten Zeigefinger in Lüders Richtung, als würde er ihn mit »dem Staat« gleichsetzen wollen, »missbrauchen das Informationsmonopol. Sie haben ein nahezu lückenloses Kontrollsystem etabliert.«

»Ich akzeptiere Ihren Unmut, da Sie als schwedischer Staatsbürger bei Wahlen in Deutschland nicht jenen Ihre Stimme geben können, die gegen die Datensammelwut des Staates sind. Doch auch im Königreich der Elche kennt man die Gewaltenteilung. Ich bin für die Exekutive zuständig. Ihre Vorwürfe müssen Sie bei der Legislative platzieren. Doch darüber habe ich nicht vergessen, dass Sie meine Frage nach der Art Ihres Unternehmens immer noch nicht beantwortet haben.«

Malmström sah auf. Dann senkte er den Kopf und betrachtete Lüder über den Rand der dunklen Brille.

»Wir sind IT-Dienstleister«, sagte er schließlich.

»Und welcher Art sind Ihre Dienstleistungen?« Lüder war es leid, dem Mann mehrfach die gleiche Frage stellen zu müssen. »Lackieren Sie CDs? Püstern Sie den Staub aus den Ritzen der Tastatur? Oder sind Sie technologisch weiter und verbiegen einzelne Bits und Bytes?«

Malmström schien erkannt zu haben, dass Lüder hartnäckig war. Deutlich war am auf und ab springenden Kehlkopf zu erkennen, dass der Schwede seine Antwortstrategie änderte.

»Wir haben technisches und exekutierbares Know-how rund um die Informationstechnologie, das wir unseren Kunden zur Verfügung stellen.«

»Sie sind IT-Berater? Dann verstehe ich Ihr Sicherungssystem nicht. Bei einem reinen Beratungsunternehmen liegt das Wissen in den Köpfen der Mitarbeiter, die es draußen beim Kunden auf deren Anforderungen und Bedürfnisse ausrichten. Haben Sie ein Rechenzentrum im Haus? Speichern Sie Daten Ihrer Kunden?«

Malmström wich Lüders Blick aus. Er sah an ihm vorbei in den Raum.

»Ich höre«, sagte Lüder und lächelte, weil er eine Floskel benutzte, die ein norddeutscher Fernsehkommissar auch verwandte. Malmström schien die beliebte Krimiserie nicht zu kennen.

»Im Rahmen unserer Tätigkeit fallen auch Daten an«, gab er kleinlaut zu.

»Personenbezogene Daten? Ich meine weitergehende Informationen als die Adressinformationen.«

»Warum interessiert es Sie?«, antwortete Malmström mit einer Gegenfrage.

»Weil die Sammlung und Auswertung sensibler Daten wie ein großes Pulverfass ist. Haben Sie mir das nicht selbst vor wenigen Minuten erklärt? Haben Sie von der Datenpanne gehört, bei der nicht nur personenbezogene Fakten wie Name, Alter, Wohnort und Ähnliches für jedermann zugänglich ins Netz gestellt wurden, sondern auch die gesamte Krankenakte psychisch kranker Menschen von der Diagnose über die Therapie bis zur Einschätzung des künftigen Verlaufs? Sie zerstören damit Menschenleben, wenn plötzlich das ganze Dorf um Ihre Krankheit weiß, Sie als ›Dorfdepp‹ bis in alle Ewigkeit gebrandmarkt sind, jeder Sie fälschlicherweise als ›plemplem‹ abstempelt.«

Malmström nagte an seiner Unterlippe.

»Solche Fehler dürfen nicht passieren«, sagte er.

»Es darf vieles nicht geschehen«, erklärte Lüder. »Und trotzdem sind wir davor nicht gefeit. Sonst würden wir jetzt nicht darüber reden. Welcher Natur sind die Daten, die Sie zusammentragen?«

»Rein kommerzieller Natur«, erwiderte Malmström. »Krankheitsdaten werden bei uns nicht geführt.«

»Das sind Ausflüchte«, sagte Lüder und streckte nacheinander seine Finger in die Luft, als er aufzählte. »Sie speichern nicht nur die Namen und Adressen, sondern auch Geburtsdatum und Geschlecht, Bankverbindungen und Umsätze.« Das war geraten.

»Die Daten sammeln wir nicht selbst. Sie werden von unseren Kunden erhoben. Wir speichern sie nur.«

»Sie tragen sie zusammen und werten sie aus.«

»Das ist der heutige Stand der Technologie.«

»Blödsinn«, widersprach Lüder. »Stand der Technik ist, dass ich mich mit einem Auto fortbewegen kann und davon ausgehen darf, dass ich bei Beachtung der erforderlichen Regeln sicher ans Ziel komme. Ich kann natürlich auch mit einem Benzinlaster mit einhundertfünfzig Stundenkilometern durch eine enge Innenstadt fahren im Gottvertrauen, dass es gut geht.«

»Der Vergleich hinkt«, sagte Malmström.

»Überlassen Sie mir die Beurteilung. Genau das versuchen wir zu verhindern. Wir nennen es Prävention. Die Polizei führt Verkehrskontrollen durch, berät beim Einbruchschutz, und ich möchte im Vorfeld sicherstellen, dass kein Datenmissbrauch stattfindet.«

»Wollen Sie uns das unterstellen?« Malmström bemühte sich nicht mehr, den aufkeimenden Zorn zu verbergen.

»Haben Sie ein schlechtes Gewissen?«

Der Schwede schüttelte erregt den Kopf und sagte etwas in seiner Muttersprache.

Lüder lächelte. Er schaffte es, dass es arrogant wirkte.

»Wenn Sie mich zum Teufel wünschen, sollten Sie sich keiner Fäkalsprache bedienen«, antwortete er auf Schwedisch. Er streckte den Finger in die Luft. »Das zweite Mal, dass Sie vergessen haben, dass wir bei der deutschen Polizei Alleskönner sind. Wir sprechen auch Schwedisch.«

Natürlich wusste Lüder, dass sein Akzent dabei nicht zu überhören war. Das röhrende, lang gezogene »öööö«, aus dem die schwedische Sprache für unwissende Zuhörer ausschließlich zu bestehen schien, klang bei Lüder nicht so wie bei den Einheimischen.

Malmström, der bisher mit einer angespannten Körperhaltung signalisiert hatte, dass er die Fragen des Polizisten als lästig, aber nicht kritisch ansah, ließ die Schultern ein wenig sinken. Für Lüder war das ein deutliches Zeichen dafür, dass der erste Widerstand des Managers überwunden war.

»Wir werten die Daten nach wissenschaftlichen Kriterien aus. Es handelt sich um Informationen, die sich aus dem allgemeinen Geschäftsverkehr ergeben. Wir analysieren für unsere Kunden, wer welches Produkt wie oft kauft, welchen Preis der Kunde dafür aufwendet.«

»Sie möchten eine Prognose abgeben, wann der Kunde das entsprechende Produkt wieder erwirbt.« Es war keine Frage, sondern eine Feststellung.

»Das ist ganz legitim. Dieser Methode bedienen sich zahlreiche Unternehmer. Wenn Sie schon einmal etwas bei Amazon gekauft haben, erhalten Sie bei Ihrem nächsten Besuch auf dieser Plattform sogleich Hinweise auf neue Angebote aus diesem Bereich. Der Computer lernt durch frühere Käufe, wofür Sie sich interessieren. Er kennt Ihre Interessen und Kaufgewohnheiten. Das finden die Besucher des Anbieters gut. Sie betrachten es als besonders entgegenkommenden Kundenservice.«

»Ohne dabei zu bedenken, dass sie durchschaut sind. Der Mensch ist in seinen Konsumgewohnheiten transparent.«

Lüder hatte diesen Gedanken für sich selbst formuliert. Deshalb ging Malmström auch nicht darauf ein.

»Wenn Sie nun die Kaufgewohnheiten eines Menschen bei verschiedenen Anbietern, Versandhändlern und anderen Internetdiensten wie Partnerschafts- oder Sexseiten miteinander verknüpfen, möglicherweise auch noch anfügen, welche Produkte in der Internetapotheke erworben werden, haben Sie ein rundes Konsumentenbild. Sie wissen letztlich besser über den Menschen Bescheid als er selbst. Wenn Sie diese Informationen mit seinen finanziellen Möglichkeiten, das heißt seinem Einkommen, abgleichen, ist es machbar, zielgenaue Angebote zu unterbreiten. Der unwissende Bürger wird manipuliert und gesteuert, ohne dass er es merkt.«

Malmström unterließ es zu antworten. Er bestätigte damit Lüders Vermutung. Ganz langsam beugte sich der Schwede vor.

»Sie überschätzen das«, sagte er. »Wir vereinfachen die Marktteilnahme für den Einzelnen. Er muss sich nicht mehr durch den unübersehbaren Wust wühlen, sondern kann sich auf das konzentrieren, was er wirklich braucht.«

»Sie erziehen den Verbraucher dazu, dass er sich wie ein Pawlow'scher Hund verhält.«

»Aber, aber«, protestierte Malmström und hob abwehrend beide Hände. »Sie vergessen, dass wir nur der Dienstleister sind. Die Anforderungen kommen aus der Konsumgüterindustrie. Dort werden diese Auswertungen nachgefragt.«

Leider hatte er recht. Wenn es keine Nachfrage gäbe, würden Unternehmen wie dieses nicht existieren.

»Außerdem übersehen Sie dabei«, fuhr Malmström fort, »dass der moderne, aufgeklärte Mensch nicht so eng denkt wie Sie. Gehen Sie ins Internet. Bei Facebook, YouTube und wie die Netzwerke und Plattformen auch immer heißen mögen. Alles, was Sie dort finden, haben die Leute freiwillig eingestellt.«

»Nicht immer«, warf Lüder ein. »Es gibt auch viele Verleumdungen im angeblich anonymen Internet. Wir nennen es Cybermobbing.

Manch Lehrer weiß davon ein Lied zu singen. Es gab Fälle, die zur psychischen Vernichtung des gemobbten Opfers geführt haben, sogar zu Selbstmord.«

»Das sind Ausnahmen«, versuchte Malmström abzuwiegeln. »Die junge, aufgeklärte Gesellschaft lebt die weltweite Internetgesellschaft. Die Daten werden freiwillig preisgegeben. Die junge Generation bekennt sich zur freimütigen Kommunikation.«

»Ohne dabei zu bedenken, dass Unternehmen wie das Ihre diese Daten herausfischen und zu Persönlichkeitsprofilen zusammenstellen. Wenn sich ein argloser junger Mensch irgendwo bewirbt, bekommt der künftige Personalchef ein komplettes Profil des Bewerbers. Er erfährt, wo, wie oft und mit wem der Bewerber feiert, in welchem Freundeskreis er verkehrt, aus den harmlosen Bildern vom Zeltlager der Gewerkschafts- oder Parteijugend kann die Gesinnung abgeleitet werden. Und vieles mehr.«

»Nicht vergessen: Das sind alles freiwillig eingestellte Daten. Die späht niemand aus. Wir sammeln nur.«

»Und der Einzelne überblickt es nicht mehr, hat keine Ahnung, worin er sich verstrickt.«

Malmström zuckte nur mit den Schultern. »Sehen Sie sich Sendungen wie das ›Dschungelcamp‹, ›Big Brother‹ oder Ähnliches an, in denen Menschen in aller Öffentlichkeit ihre Persönlichkeit entblößen.«

Darüber hatte Lüder sich auch nur wundern können.

»Ist es nicht ein Widerspruch, wenn unter dem Dach derselben Mutter zwei grundsätzlich gegeneinander arbeitende Unternehmen angesiedelt sind? Hier sammelt man Daten, und in Büdelsdorf bietet man Konzepte an, die vor solchen Datensammlern schützen sollen.«

Malmström schüttelte entschieden den Kopf.

»Nein, das zeugt doch nur von der Verantwortung, mit der man mit diesem Thema umgeht.«

»Oder vom Januskopf«, warf Lüder ein. »Ich habe eine weitere Frage. Marc Wullenweber hat von Ihnen ein gut dotiertes Angebot erhalten, sich aber doch entscheiden, für das Unabhängige Landeszentrum für Datenschutz tätig zu werden. Können Sie sich das erklären?«

»Warum sollte ich? Es gibt viele junge Leute, die zu uns kommen wollen. Wir sind innovativ, modern, haben eine schlanke Struktur.« Malmström streckte die Hand aus. »Sehen Sie sich um. Hier stimmt alles. Wir sind in der glücklichen Lage, uns aus den Bewerbungen die Besten heraussuchen zu können.«

»Das klingt sehr verlockend. Nur einer ist bei Ihrem Angebot nicht schwach geworden: Marc Wullenweber. Ich frage mich, warum?«

»Da müssen Sie ihn selbst fragen.« Malmström war es nicht gelungen, den zynischen Unterton zu verbergen. Natürlich wusste der Mann, dass Wullenweber tot war. Wollte er Lüder weismachen, dass er davon keine Kenntnis erhalten hatte? Oder war es wirklich blanker Zynismus?

»Ich soll Ihnen zu guter Letzt noch viele Grüße von Dustin McCormick ausrichten«, sagte Lüder und ließ es beiläufig klingen.

»Dustin?« Malmström sah Lüder erschrocken an. Es war nur ein winziger Moment gewesen, in dem er sich verraten hatte. Sofort versuchte der Schwede seinen Fehler zu korrigieren. »Dustin … wer?«

»Ihre Frage ist überflüssig. Dustin hat mir verraten, dass Sie sich kennen«, antwortete Lüder. Belustigt konnte er feststellen, dass er Malmström mit dieser Behauptung völlig aus dem Konzept gebracht hatte. Der Mann öffnete den Mund, als wolle er etwas sagen, schluckte es aber doch hinunter.

Lüder sprang von der Schreibtischkante. »Vielen Dank für die zahlreichen Informationen, mit denen Sie mir weitergeholfen haben«, sagte er und ergänzte, als Malmström aufspringen wollte: »Ich finde allein hinaus. Die Technik wird mir den richtigen Weg weisen.« Dabei hob er seinen Arm mit dem Transponder am Gelenk.

Lüder drehte sich um und ging Richtung Ausgang. Er spürte, wie Malmström ihm folgte und den Schritt beschleunigte, um aufzuschließen. Auf dem Gang kam ihm ein jüngerer Mann entgegen, der gedankenverloren in einem Papier blätterte, das er vor der Brust hielt. Lüder registrierte, dass die Augen des Mannes nur einen Herzschlag lang aufblickten, als müsse er sich orientieren, der Blick dann aber wieder aufs Papier fiel. Der Mann rannte direkt auf Lüder zu und stieß mit ihm zusammen.

Er hob den Kopf, versuchte irritiert auszusehen und murmelte: »Oh Verzeihung. Ich war unachtsam. Das tut mir leid.«

Rasch trat der Mann zur Seite und ließ Lüder und den ihm folgenden Anders Malmström passieren, um dann seinen Weg fortzusetzen.

Am Empfang gab Lüder den Transponder zurück und erhielt seinen Dienstausweis. Die Verabschiedung von Malmström fiel unterkühlt aus.

Lüder kehrte zu seinem BMW zurück. Erst als er hinter dem Lenkrad saß, öffnete er die Hand und las den kleinen gelben Post-it-Zettel, den ihm der Mann bei ihrem Zusammenstoß in die Hand gedrückt hatte. Es war eine Zahlenkombination, beginnend mit 04858. Es handelte sich um eine Telefonnummer, vermutete Lüder. Sonst stand nichts auf dem Zettel.

Auf der Mailbox hatte Geert Mennchen vom Verfassungsschutz eine Nachricht hinterlassen und bat um Rückruf. Der Regierungsamtmann musste am Telefon auf Lüders Anruf gewartet haben. Er war sofort am Apparat.

»Die Hamburger Kollegen haben Mahmud al-Rahman gecheckt«, erklärte er. »Der kommt aus Jordanien. Einflussreiche Familie. Der Vater ist Professor an der Universität in Amman. Al-Rahman ist gläubiger Moslem und besucht regelmäßig die Moschee.« Mennchen nannte den Namen einer Gemeinde. »Da verkehren nur gemäßigte Gläubige, die ihrem Glauben nachgehen. Hinweise auf Hass- und Gewaltpredigten sind nicht bekannt. Es gibt keinen einzigen Bezug zur terroristischen Szene. Absolut unauffällig. Nachdem al-Rahman sich als außergewöhnlich kluger Kopf erwiesen hatte, wurden weitere Observierungen eingestellt. Es gibt einen Vermerk, dass sich einflussreiche Leute für al-Rahman eingesetzt haben. Man würde es gern sehen, wenn er sein Wissen und seine Fähigkeiten hier in Deutschland anwenden würde.«

Das waren Informationen, die Lüder nicht weiterführten. War der Jordanier wirklich eine Sackgasse in den Ermittlungen?

Lüder hatte inzwischen Itzehoe verlassen. Er hatte kurz überlegt, seine Eltern in Kellinghusen zu besuchen. Man schob stets Gründe und Zeitmangel vor, um solche Gelegenheiten nicht zu nutzen, dachte er, entschied sich aber doch, direkt nach Kiel zurückzufahren. Er wunderte sich, welch reger Verkehr auf den Straßen herrschte, auch wenn die Lage hier weit davon entfernt war, was ihm der Verkehrsfunk im Radio über andere Regionen berichtete. Spitzenreiter im Norden war wieder einmal der Elbtunnel Richtung Süden. Auf einer Länge von vierzehn Kilometern mussten sich die Autofahrer dort in Geduld üben. Es folgten die üblichen Engpässe.

Als er Kiel erreichte, musste er eine Ampelphase warten, bevor er ins Herz der Stadt eintauchen konnte. Auf den Straßen lief der Verkehr auch zähflüssig, es war jedoch nicht zu vergleichen mit den Horrormeldungen, die der Verkehrsfunk von anderen Orten und Plätzen übermittelte. In Kiel war eben alles ein wenig beschaulicher, auch wenn sich in der ruhigen Landeshauptstadt an der Förde doch immer wieder spektakuläre Verbrechen ereigneten.

Und ich bin mittendrin, überlegte Lüder und schmunzelte, als er an Margit denken musste, die ihn an seinem Schreibtisch im Landeskriminalamt wähnte.

Er hatte noch nicht Platz genommen und balancierte noch den Kaffee, den er sich im Geschäftszimmer bei Edith Beyer besorgt hatte, als sein Telefon klingelte.

»Hallo, mein Schatz«, meldete sich Margit. »Ich wollte nur mal schnell anrufen und deine Stimme hören.«

»Das ist lieb von dir, mein Mäuschen.«

»Was machst du gerade?«

»Ich denke an dich.«

»Lügner.«

»Und dazwischen tauche ich in Aktenberge ein. Ich freue mich auf ein schönes frisches Bier zum Feierabend, um den Aktenstaub runterzuspülen.«

Sie verabschiedete sich mit einem angedeuteten gehauchten Kuss.

Anschließend prüfte er, auf wessen Namen der Anschluss angemeldet war, dessen Nummer ihm der Unbekannte in Itzehoe in die Hand gedrückt hatte.

»Heinrich Tödter, Bauer«, las Lüder laut vor. »Wohnhaft in St. Margarethen.«

Lüder kannte den kleinen Ort, der sich zwischen Brunsbüttel und Brokdorf an den Elbdeich anschmiegte. Er lächelte, als er die Berufsbezeichnung »Bauer« noch einmal las. Man traf heutzutage diese mit Stolz eingetragene Tätigkeit nur noch selten an.

Er wählte die Nummer an. Es dauerte eine Weile, bis jemand abhob, sich noch ein wenig Zeit ließ. Dann war die Stimme eines älteren Mannes zu hören.

»Hier Tödter.«

»Lüders. Guten Tag. Ich habe Ihre Telefonnummer von einem Kollegen von der ›global data framework‹ aus Itzehoe.«

»Von Jens? Was wollen Sie denn von mein Sohn?«

Immerhin hatte Lüder erfahren, dass der Unbekannte vermutlich Jens Tödter hieß.

»Ich bin noch neu in Itzehoe«, log Lüder. »Ich kenne noch nicht alle Kollegen. Außerdem wird dort nur Englisch gesprochen. Da spricht man sich mit dem Vornamen an.«

»So 'n neumodischen Krams. Ich mein, das mit den Englisch. Dafür könn die jung Leut kein richtig Platt mehr schnacken. Ist man Schiet.«

»Ist Jens der nette Kollege mit dem schmalen Kinnbart?«

»Der soll sich 'nen ordentlichen Bart wachsen lassen, wennschon, dennschon. Oder gar kein.«

»Wann kann ich Jens erreichen?«

Statt einer Antwort wandte Heinrich Tödter den Kopf vom Telefon ab. Lüder hörte ihn fragen: »Mutti, weißt du, wann der Jung nach Hause kommt? Da is einer, der will was von ihm.«

»Was denn?«, fragte eine Frauenstimme aus dem Hintergrund.

»Weiß ich das? Hat er mir nicht gesagt.«

»Nee. Weiß nich. Der kommt doch meist spät vonne Arbeit. Is das denn wichtig?«

Jetzt sprach Heinrich Tödter wieder ins Telefon und wiederholte die Frage seiner Frau.

»Jens wollte etwas von mir«, erklärte Lüder. »Haben Sie seine Handynummer?«

»Moment«, sagte Tödter. Lüder zuckte zusammen, als es knallte. Offenbar hatte der Mann den Telefonhörer zu hart auf die Tischplatte gelegt. Im Hintergrund hörte Lüder: »Wo hab ich denn meine Brille? Weißt du das? Hast du sie gesehen?«

»Die liegt doch aufn Tisch. Da, wo du sie hingelegt hast.«

»Hab ich nicht.«

Es folgte ein kurzer Disput des Ehepaars über den Verbleib der Lesebrille, bis sich Heinrich Tödter wieder meldete. »So. Hier hab ich sie. Ham Sie was zum Schreiben?« Dann gab er Lüder eine Zahlenfolge durch.

»Vielen Dank«, sagte Lüder.

»Da nich für«, verabschiedete sich der alte Tödter.

Der anschließende Versuch, Jens Tödter auf dem Handy zu erreichen, schlug fehl. Es sprang sofort die Mobilbox an. Lüder hinterließ eine Nachricht, nannte seinen Namen und seine Mobilfunknummer.

Lüder trank seinen Kaffee in großen Schlucken, bevor er Helge Thiel in dessen Büro aufsuchte.

»Gibt es Neuigkeiten in Sachen Computerausfall?«

Der Hauptkommissar wiegte den Kopf. »Wenige. Es gibt noch keinen Hinweis darauf, von wo der gesteuerte Eingriff vorgenommen wurde. Überhaupt ist es schwierig, den Weg nachzuvollziehen, den die Eindringlinge gewählt haben. Sie hinterlassen keine Spuren, keine Fingerabdrücke und keine DNA.«

»Man kann doch den Weg zurückverfolgen«, warf Lüder ein.

»Bedingt. Es gibt viele Techniken, die eigene Identität zu verwischen. Und wenn der Angriffsrechner irgendwo im Ausland steht, häufig in Russland oder in China, dürfte man ihn so gut wie nicht ermitteln können. Sie dürfen nicht vergessen, dass wir es hier mit Profis zu tun haben.«

»Gibt es Erpressungsversuche gegen die Supermarktkette oder das Krankenhaus?«

»Das wurde gegenüber der Polizei bestritten. Die Klinik in Oldenburg gehört zu einer großen Klinikkette, deren Sitz in Süddeutschland liegt. Von dort wird auch zentral das gesamte IT-Management betrieben. Ich habe die örtliche Polizei um Amtshilfe gebeten. Es liegen keine Anzeichen für einen Erpressungsversuch vor.«

»Ich hätte noch eine andere Idee«, sagte Lüder. »Wir sollten prüfen, ob die von der Attacke betroffenen Einrichtungen zuvor Angebote über Schutzmaßnahmen bekommen haben.«

Thiel winkte ab.

»Daran habe ich auch gedacht. Bei der Supermarktkette war die Abfrage negativ, dem Krankenhauskonzern wurde in der Tat ein Angebot gemacht. Man ist aber nicht daran interessiert gewesen, da der Infrastruktur sehr viel Aufmerksamkeit im eigenen Haus geschenkt wird, man auf höchstem Niveau arbeitet und natürlich alle Aspekte des Datenschutzes berücksichtigt.«

»In diesen Bereich sind die Täter nicht eingedrungen, sie haben vielmehr ein anderes Ziel verfolgt, indem sie ganz profan die Stromversorgung außer Betrieb gesetzt haben.«

Thiel zuckte mit den Schultern. »Wie ihnen das gelungen ist, hat man noch nicht herausgefunden. Es ist ein Rätsel. Um auf Ihre angedeutete Frage zurückzukommen … Ja. Der Krankenhauskonzern hat vor einigen Monaten ein Angebot der ›securus consulting‹ bekommen. Die Büdelsdorfer wollten dem Konzern ein Gesamtkonzept zur Absicherung der gesamten rechnergesteuerten Infrastruktur unterbreiten.«

»Ist es denkbar, dass man so weit geht und in den Ablauf eines Krankenhauses eingreift oder den Geschäftsbetrieb der Supermarktkette lahmlegt, nur um sein Sicherheitskonzept zu verkaufen?«, überlegte Lüder laut. »Warum nicht? Schließlich wäre das nur die lukrative Fortsetzung dessen im Großen, was man im Kleinen mit Herrn Dingens und seinem Geschäft für Anglerbedarf betrieben hat. Vielleicht war die Aktion in Kiel nur zum Üben gedacht.«

Thiel nickte zur Bestätigung. »Denkbar wäre das.«

»Wenn das so ist, dann wird es uns schwerfallen, den Nachweis dafür zu erbringen. Die Leute arbeiten rund um den Globus. Weltumspannend. Und das Schlimmste daran ist, sie propagieren auch noch ihren *globalen* Ansatz. Und da wir alle, namentlich aber Unternehmen und Institutionen, vom Computer abhängig sind, wird diese Art von Kriminalität noch gewaltig wachsen. Ich glaube, Herr Thiel, da rollt etwas auf uns zu, was wir noch gar nicht überblicken.«

»Manchmal habe ich den Eindruck, dass das Internet, bei allem Segen, auch einen Fluch in sich birgt. Nur wenige überblicken die Gefahr, die das System, gerät es in die falschen Hände, für uns bedeutet. Zurzeit scheinen aber auch die vielen Enthusiasten noch nicht zu ahnen, welche Zeitbombe dort bewegt wird.«

»Das ist wie mit Goethes ›Zauberlehrling‹«, stimmte Lüder zu. »Wehe, wenn die Sache außer Kontrolle gerät.«

Er ließ unerwähnt, dass die Sache immer weitere Kreise zog und er immer noch nicht wusste, warum Dustin McCormick und Marc Wullenweber ermordet worden waren. Beide interessierten sich für den Datenschutz. Waren sie einer größeren Sache auf der Spur und mussten sterben, weil die Hintermänner um die Preisgabe fürchteten?

Für Lüder war es klar, dass Dustin McCormick keineswegs daran interessiert gewesen war, in Kiel Informatik zu studieren. Alles sprach dagegen, dass der Amerikaner ein Student war. Wer war McCormick?

Mit dieser ungelösten Frage beendete Lüder seinen Arbeitstag und fuhr nach Hause.

Der Abend verlief ruhig. Die beiden Großen waren nicht im Hause, Jonas zeigte sich von einer ungewohnt ruhigen und schweigsamen Seite während des Abendessens, und Sinje war appetitlos.

»Brütest du etwas aus?«, fragte Margit und kontrollierte durch Handauflegen die Temperatur der Jüngsten auf der Stirn.

»Ich bin doch kein Huhn«, entrüstete sich Sinje.

»Doch«, sagte Jonas. Er war kaum zu verstehen, weil er den Versuch unternommen hatte, eine halbe Scheibe Brot in den Mund zu schieben.

Margits Maßregelung überhörte er.

»Du bist sogar ein blödes Huhn«, begründete Jonas seinen Einwand.

»Jonas«, wies ihn Lüder zurecht. »Gegenüber Frauen verhält sich der Kavalier anders.«

»Die ist doch keine Frau«, behauptete Jonas.

»Doch«, widersprach Sinje.

Jonas deutete mit beiden Händen üppige weibliche Rundungen an.

»Du hast ja keinen Busen.«

Lüder unterbrach diesen Disput mit einem Machtwort. Ihm war nicht daran gelegen, auch noch am heimischen Herd sinnlose Diskussionen führen zu müssen. Blödsinn hatte er sich im Laufe des Tages genug anhören müssen.

Es kostete ihn die übliche Überredungskunst, Sinje zu erklären, dass es Zeit fürs Schlafen sei. Aus Jonas' Zimmer drang währenddessen das Gehämmer irgendwelcher Spiele, die er übers Internet mit Freunden betrieb.

»Sag mal«, fiel Lüder ein, und er sah Margit an. »Unsere Dauerthemen Dach und Auto. Hast du schon etwas von der Bank gehört, ich meine, wegen des Kredits, den du aufnehmen wolltest?«

Margit tat, als hätte sie es nicht gehört. Lüder wiederholte seine Frage.

»Vielleicht ist das doch nicht der richtige Weg«, erwiderte Margit lapidar. »Ich glaube, du hast recht.«

Lüder stellte sich vor sie, legte seine Hände auf ihre Wangen und drehte ihr Gesicht zu seinem. »Wenn du so sprichst, dann ist irgendetwas.«

Margit wich seinem Blick aus. »Nö«, sagte sie kurz angebunden und wollte sich seinem Griff entziehen. Doch Lüder hielt sie fest. Schließlich legte sie ihren Kopf an seine Schulter. »Manches ist ungerecht auf der Welt. Und ich verstehe es nicht.«

»Welche Laus ist dir über die Leber gelaufen?«

»Ich sollte heute Bescheid bekommen – wegen dem Kredit.«

»Des Kredits«, korrigierte Lüder sie.

Doch Margit ging nicht darauf ein. »Da werden Milliarden den Griechen und anderen maroden Staaten in den Rachen geworfen, Banken, die sich verzockt haben, werden mit Unsummen gefüttert. Und mir versagt man einen Kleinkredit über lächerliche zweitausend Euro, weil ich keine Sicherheiten habe.«

»Abgelehnt«, stellte Lüder fest.

Sie nickte stumm.

»Gab es eine Begründung?«

»Ja – ich bin ein unsicherer Kantonist. Bei mir wäre die Rückzahlung nicht gewährleistet, hat der Mensch von der Bank gesagt. Ich habe nicht lockergelassen und nachgehakt. Ich habe ihm gesagt, du hättest eine krisensichere Position. Und?« Sie sah zu Lüder auf. »Dann sollst du kommen. Es sei nicht das Gleiche. Schließlich sind wir nicht verheiratet, ich habe kein Einkommen. Bin ich wirklich ein Nichts?«

Lüder streichelte ihr sanft über den Kopf. »Nein. Für mich – für uns alle hier – bist du die Allergrößte.«

»Wird man abgeschrieben, weil man die Kinder versorgt? Es würde an meinem *Score* liegen, hat mir der Bankmensch gesagt. Er bedauere, aber ihm seien die Hände gebunden. Da könne er nichts machen.« Erneut sah sie zu Lüder auf. »Weißt du, wie das mit diesem *Scoring* funktioniert?«

»In groben Zügen«, erwiderte Lüder. »Jeder Mensch wird nach einem solchen Verfahren eingestuft. Da werden der Familienstand und der Beruf bewertet.«

»Unverheiratet und Kinder, nicht berufstätig, kein eigenes Einkommen – das gibt Minuspunkte«, unterbrach ihn Margit.

Lüder nickte. »Richtig. Dann berücksichtigt man deine bisherige Teilhabe am Wirtschaftsleben, hast du Schulden, liegen Mahnverfahren vor, bist du mit Teilzahlungen im Rückstand, offene Telefonrechnungen und vieles mehr. Aber auch, ob du geregelte Verbindlichkeiten hast, also Kredite, selbst wenn du sie pünktlich zurückzahlst. Ist dein Girokonto ständig überzogen?«

»Ich bin in dieser Hinsicht ein Musterbürger«, sagte Margit. »Insofern verstehe ich den negativen Scorewert nicht, den man mir angeheftet hat.«

»In diese Bewertung fließen noch andere Faktoren ein, zum Beispiel, wo du wohnst. Und ein Haus im Hedenholz hat nicht den höchsten *Score*.«

»Aber wieso? Hier wohnen doch lauter anständige und redliche Leute.«

»Schon, aber alle gutbürgerlich. Das ist etwas anderes als in Kampen auf Sylt.«

Margit schüttelte sich. »Ich fühle mich in unserem Stadtteil aber wohler. Mir gefällt es in Hassee.«

Lüder lächelte. »Ja, aber solche menschlichen Regungen hat der Computer nicht, der deinen Scorewert ermittelt hat. Der geht nur nach Fakten.«

»Welche Fakten?«

»Die Methode, nach der dieser Wert ermittelt wird, ist ein streng gehütetes Geheimnis. Da sitzen ganze Stäbe von Mathematikern dran und tüfteln es aus.«

»Aber wieso? Ich würde erwarten, dass der Bankmitarbeiter mit gesundem Menschenverstand entscheidet, ob jemand vertrauenswürdig ist und einen Kredit bekommt.«

»Eben nicht. Und das ist nur der sichtbare Teil. So wie du jetzt darüber gestolpert bist. Du kannst dich glücklich schätzen, dass man dir noch den Tipp mit dem *Scoring* gegeben hat. Andere Leute erfahren nicht einmal, warum sie keinen Kredit oder Telefonvertrag bekommen, ein Vermieter sie nicht akzeptiert oder der neue Arbeitgeber sie mit einer fadenscheinigen Begründung ablehnt. Es gibt immer noch Menschen, die ihre persönlichen Daten bei Gewinnspielen preisgeben. Ob jemals der Porsche, der im Bahnhof oder im Einkaufszentrum als angeblich erster Preis verlost werden soll, auch den Besitzer gewechselt hat, werden wir nie erfahren. Wahrscheinlich nicht. Es geht nur darum, Informationen über die Leute zu sammeln und zu verkaufen, damit sie für Werbezwecke benutzt werden können. Hast du dich noch nie gewundert, dass du noch nie eine Spam-Mail bekommen hast, in der man dir Viagra anbietet?«

Margit lachte. »Was soll ich damit? Ich bin doch eine Frau.«

»Genau. Solche Spams werden nur an Männer verschickt, idealerweise auch nicht an ganz junge. Nun darfst du raten, woher der Computer weiß, wem er zielgerichtet die Angebote unterbreiten kann?«

»Das ist ja nicht zu glauben.« Margit fasste sich an den Kopf. »Wenn man darüber einmal nachdenkt … Donnerwetter.«

»Wenn du mit deiner Karte einkaufst, hat das System zuvor registriert, was du in deinem Einkaufswagen hattest. Auf deiner Karte steht dein Name. Jetzt weiß der Supermarkt genau, wie oft du dort bist, was du einkaufst, ob du rauchst, Kinder hast, vielleicht Kleinkinder, wenn du zum Beispiel Windeln kaufst, und vieles mehr. Was hast du vor drei Wochen zum Wochenende eingekauft?«

»Das weiß ich doch jetzt nicht mehr«, empörte sich Margit.

»Aber dein Supermarkt. Dessen Computer könnte dir sagen, wie viel Flaschen Rotwein wir im Laufe eines Jahres trinken und dass wir zum Monatsende auch einmal zum Sonderangebot greifen. Wenn du Nutella kaufst, kann man daraus schließen, dass Kinder im Hause sind. Nur so zum Beispiel.«

»Das ist ja ungeheuerlich«, empörte sich Margit. »Und das dürfen die alles?«

Lüder schüttelte den Kopf. »Eigentlich nicht. Ob die das wirklich machen, lässt sich aber nur schwer nachweisen. Manchmal gibt es aber auch lustige Begebenheiten. So haben Leute vielleicht vor achtzehn Jahren eine Karte bei einem Gewinnspiel auf den Namen ihres Hundes abgegeben. Und heute erhält Waldi Müller eine Aufforderung der GEZ, die diese Adressen gekauft hat, sich mit dem Erreichen der Volljährigkeit zu den Fernsehgebühren anzumelden. Und wenn Waldi das nicht tut, droht man ihm mit Zwangsmaßnahmen.«

»Und wie kann man sich dagegen wehren?«

»Indem man keine Informationen preisgibt oder nicht mit der Karte bezahlt.«

»Aber das ist doch bequem«, widersprach Margit.

»Genau darauf bauen die Datensammler.«

»Sag mal … Woher kennst du dich so gut aus?« Margit schien misstrauisch geworden zu sein.

»Allgemeinwissen«, wich Lüder aus.

FÜNF

Lüder genoss den Sonnabendmorgen, auch wenn der sich nicht von seiner besten Seite zeigte. Er war kurz nach sieben Uhr aufgewacht und fand keine Ruhe mehr zum Schlafen. Margit hatte sich mit einem Knurrlaut zur anderen Seite umgedreht, die Decke bis an die Nasenspitze hochgezogen und war sofort wieder eingeschlafen.

Im ganzen Haus war es ruhig. Selbst aus Sinjes Zimmer drang kein Laut. Lüder hatte sich eine lange und ausführliche Dusche gegönnt, sich angezogen und war zu Fuß zum Bäcker gegangen, um die Frühstücksbrötchen zu besorgen. Auf dem Rückweg meldete sich sein Handy. Der Anrufer hatte seine Nummer unterdrückt.

»Hallo«, meldete sich Lüder neutral.

»Hallo. Sind Sie der Mann von der Polizei, der gestern bei uns im Betrieb war?«

»Herr Tödter? Jens Tödter?«, fragte Lüder.

Für einen kurzen Moment war es still. Der Anrufer schien überrascht, dass Lüder seinen Namen kannte, sogar den Vornamen.

»Wieso?«, fragte Tödter.

»Wir sind die Polizei und werden oft unterschätzt«, wich Lüder aus und unterließ es, den Weg zur Identifikation zu beschreiben. Tödter schien auch nicht zu bedenken, dass Lüder seine Handynummer kannte und ihm dort eine Nachricht hinterlassen hatte. »Sie möchten mit mir reden?«

»Ich bin mir nicht sicher, ob es richtig ist«, kam es zögerlich über die Leitung. »Ich möchte niemanden zu Unrecht verdächtigen, schon gar nicht meinen Arbeitgeber. Wenn das rauskommt, bin ich meinen Job los. Und das gleich in der ganzen Branche. Man kennt sich untereinander.«

»Vertraulichkeit kann ich Ihnen nur zusichern, wenn sich aus dem, was Sie mir berichten, keine strafbaren Handlungen ergeben, in die Sie womöglich verwickelt sind.«

Lüder hörte, wie Jens Tödter schluckte.

»Um Himmels willen. Durch diesen Wust blickt der juristische Laie nicht durch. Ich bin nur ein kleiner Angestellter, der seinen Job macht. Schön, der wird gut bezahlt. Aber letztlich handel ich nur auf Anweisungen.«

»Wenn Ihnen das Unrecht Ihres Tuns bewusst ist, kann ich Ihnen keine Absolution erteilen.«

»Ich bin mir nicht sicher, ob alles okay ist, was wir hier – ich meine, bei der ›global data framework‹ – machen. Wissen Sie, wie man heute Systeme entwickelt? Früher, so hat man mir erzählt, hat ein Programmierer ein ganzes Programm geschrieben. Heute entwickelt der Einzelne nur noch Module, die ein anderer mit Durchblick zu einem großen Ganzen zusammensetzt. Daher ist meine Vermutung auch sehr vage.«

»Was glauben Sie denn?«

»Ich bin mir nicht sicher, was mit den Daten geschieht, die uns zur Verfügung gestellt werden. Meine spezielle Aufgabe liegt in einem anderen Bereich. Ich arbeite an der Datenkomprimierung und Auswertung. Wir werten das Konsumverhalten der Endkunden unserer Auftraggeber aus und erstellen Prognosen. Sie müssen es sich so vorstellen, dass wir mit den Konsumdaten das machen, was die Demoskopen bei Wahlen veranstalten. Wir führen Hochrechnungen durch. Quasi«, entkräftete Tödter die Aussage.

»Was lässt Sie an der Rechtmäßigkeit dieser Arbeit zweifeln?«

»Dafür sollen andere den Kopf hinhalten. Nein, es geht um andere Dinge, die auch noch bei uns gemacht werden.«

»Welche?«

»Darüber würde ich gern mit Ihnen sprechen. Aber nicht am Telefon.«

»Machen Sie einen Vorschlag.«

»Kennen Sie Marne in Dithmarschen? Dort gibt es im Industriegebiet das ›Holzland‹. Gleich links vom Eingang ist ein Bereich, der sich ›Gartenzeit‹ nennt. Dort im Café warte ich auf Sie. Sagen wir um zehn.«

Lüder sah auf die Uhr.

»Ich will es versuchen. Allerdings muss ich einmal quer durch das Land fahren.«

»Ich möchte keine Aufmerksamkeit erregen«, sagte Tödter. »Deshalb will ich auch nicht lange warten. Also. Bis später.« Dann hatte er aufgelegt.

Lüder legte seine Einkäufe auf den Küchentisch, schrieb eine Nachricht für Margit, dass er zu einem aktuellen Fall hinausmusste, und versicherte, sich so schnell wie möglich zu melden.

Zum Glück herrschte kaum Verkehr auf der Autobahn Richtung Hamburg, und auch ab dem Bordesholmer Dreieck blieb das Fahrzeugaufkommen gering.

In Neumünster bog er ab, durchquerte erneut den Naturpark Aukrug, hielt sich aber an die Anweisungen seines Navigationsgeräts und folgte der Bundesstraße bis zur Westküstenautobahn. Dort herrschte noch weniger Verkehr als auf den anderen Straßen. Allerdings waberte noch Bodennebel über der Marsch, und als er den Nord-Ostsee-Kanal überquerte und einen Blick auf die Wasserstraße warf, sah er die Aufbauten eines größeren Frachters, der in dichten Dunst gehüllt wie ein Geisterschiff durch das Land zu fahren schien. Vom Wasser war von hier oben nichts zu erkennen.

Etwa vierzig Kilometer weiter nordostwärts hatte Dustin McCormick auf mysteriöse Weise den Tod gefunden und diesen Fall ausgelöst.

Kurz hinterm Kanal verließ er die Autobahn und fuhr über die Landesstraße Richtung Marne. In St. Michaelisdonn sah er sorgenvoll auf die Uhr, da sich hier ein Knäuel offenbar unentschlossener Autofahrer gebildet hatte, nachdem er zuvor an der Bahnschranke endlos darauf hatte warten müssen, dass die Nord-Ostsee-Bahn passierte. Über Monate hatten die streikenden Lokführer für Chaos auf der Marschenbahn und anderen Strecken gesorgt. Ausgerechnet heute ließ ihn ein Zug warten.

Unter Missachtung der Geschwindigkeitsregelung erreichte Lüder zehn Minuten vor der Zeit Marne. So urig sich das Städtchen auch im Zentrum präsentierte, so nüchtern wirkte das Gewerbegebiet, das zum Glück gleich am Ortseingang lag.

Lüder parkte vor dem Eingang des Holzlandes und sah sich um. Ein halbes Dutzend Fahrzeuge war dort abgestellt. Er stieg aus und schlenderte langsam auf den Haupteingang zu, als aus einem geparkten Audi A3 der Mann ausstieg, der ihm in Itzehoe den Zettel zugesteckt hatte.

Suchend sah sich Tödter um. Er wirkte gehetzt.

Lüder reichte ihm die Hand und nannte seinen Namen.

»Moin. Sie sind wirklich von der Polizei?«, fragte Jens Tödter skeptisch.

Lüder bestätigte es. »Möchten Sie meinen Dienstausweis sehen?«, fragte er.

»Danke«, winkte Tödter ab. »Sie verstehen hoffentlich, dass ich unsicher bin. Ich habe gestern mitbekommen, dass Sie von der Polizei sind. Um was geht es eigentlich? Weshalb waren Sie bei uns im Betrieb?«

»Es sind Routineermittlungen in einem Mordfall«, sagte Lüder bewusst vage.

»Mordfall?« Tödter schien erstaunt. Seine Frage klang wie ein Echo.

»Ja. Das Opfer heißt Dustin McCormick. Er war im IT-Bereich tätig. Jetzt eruieren wir die Szene und suchen nach Verbindungen und Kontakten. Sie haben selbst angemerkt, dass man sich in dieser Branche kennt. So groß ist das Angebot in Schleswig-Holstein nicht.«

Tödter nickte versonnen. »Stimmt. Deshalb ist mir auch sehr an Vertraulichkeit gelegen. Wie, sagten Sie, heißt der Tote?«

»Dustin McCormick.«

»Nie gehört. Engländer?«

»Vermutlich Amerikaner.«

»Da laufen nicht so viele herum. Nicht hier bei uns.« Er zog die Stirn kraus. »Wir sprechen alle Englisch miteinander. Das ist problemlos. Trotzdem hören Sie heraus, wer ein *Native Speaker* ist. Und die Amis haben noch einen anderen Slang drauf. Da war mal einer. Der war zwei- oder dreimal bei uns. Er hat mit dem Chef gesprochen.«

»Mit Anders Malmström?«, unterbrach ihn Lüder.

Tödter nickte. »Ja.« Er hob beide Hände wie zur Abwehr in die Höhe. »Ich habe aber nicht mitbekommen, worüber die gesprochen haben. Der Amerikaner ist nie allein gekommen. Da waren einmal zwei andere dabei. Beim zweiten Mal hat ihn nur einer begleitet.«

»Wer war das?«

»Der eine war Mahmud.«

»Mahmud al-Rahman?«, fragte Lüder überrascht.

»Ja«, bestätigte Tödter.

»Wissen Sie, was er bei Ihnen für Aufgaben hat?«

»Nicht genau. Sie haben das ausgeklügelte Sicherheitssystem gesehen. Ähnlich geht es intern mit den Berechtigungen zu. Ich habe nur Zugriff auf Systemkomponenten, die meine unmittelbare Arbeit betreffen. Und an Daten komme ich schon gar nicht heran. Wenn wir testen, also die Programmfunktionen ausprobieren, so haben wir dazu einen fingierten Datenbestand mit Donald Duck, Mickey Mouse und Ähnlichem.«

»Trifft das auf alle Ihre Kollegen zu?«

»Es ist ein merkwürdiges Klima im Unternehmen. Auf der einen Seite herrscht Offenheit und Kollegialität, die ihresgleichen sucht. Das ist aber nur vordergründig. Dahinter steckt ein großes gegenseitiges Misstrauen. Es ist kein Zufall, dass alle Arbeitsplätze offen sind, man wie auf dem Präsentierteller sitzt. Unter dem Vorwand, es diene der Kommunikation, wird Ihnen jeder Ansatz von Intimität genommen. Leute wie ich arbeiten jeweils nur an einem einzelnen kleinen Modul, ohne einen Überblick über das große Ganze zu haben. Ich habe auch keine Ahnung, welcher Kollege noch am jeweils aktuellen Projekt mitwirkt. Die ganzen Module werden durch sogenannte Supervisoren zusammengesetzt. Nur die wissen, wie die gesamte Anwendung aussieht.«

»Ist das in der Computerbranche so üblich?«

Tödter schüttelte den Kopf. »Nein. Freunde, die in anderen Betrieben arbeiten, kennen eine solche Vorgehensweise nicht. Überhaupt wirkt manches sehr geheimnisvoll bei ›global data framework‹. Man fühlt sich ständig beobachtet. Gut, wir wissen, dass alle Räume kameraüberwacht sind. Es gibt fast keine Ecken, in denen Sie sich der Kontrolle entziehen können. Und das Konzept ist so angelegt, dass Sie die Pausen in den Relaxzonen verbringen. Die sind als Inseln inmitten der Arbeitsbereiche arrangiert.«

»Sie werden also auch dort kontrolliert?«

»Ja«, bestätigte Tödter. »Und ich würde meine Hand nicht dafür ins Feuer legen, dass das Nachspionieren nicht noch weiter geht. Mir käme nie in den Sinn, vom Arbeitsplatz aus eine private E-Mail zu versenden oder aus den Räumen des Betriebs zu telefonieren.«

»Eine solche Überwachung ist unzulässig?«, fragte Lüder.

»Wie wollen Sie das beweisen? Und wer wagt es, sich dagegen aufzulehnen? Die Mitarbeiter werden mit außergewöhnlich guten Gehältern geködert. Wer beißt die Hand, die ihn füttert?«

»Das alles liegt Ihnen so am Herzen, dass Sie es mir heute an einem neutralen Ort anvertrauen wollen?«

»Nicht nur das. Ich möchte niemanden anschwärzen. Es verstößt auch gegen meine Treuepflicht gegenüber dem Arbeitgeber, aber ich habe das Gefühl, dass nicht alles mit rechten Dingen zugeht, was bei der ›global data framework‹ entwickelt wird.«

»Sie meinen, dort wird gegen Datenschutzbestimmungen verstoßen?«

»Das kann ich nicht beurteilen. Ich bin kein Jurist. Nein! Ich habe nur Bruchstücke aufgeschnappt, wenn sich andere Systementwickler über ihre Arbeit ausgetauscht haben. Einmal haben drei ein Fachgespräch geführt. Ich musste Desinteresse heucheln und habe deshalb nur Fragmente verstanden. Aber es ging um Algorithmen, mit denen der Datenverkehr verfolgt und analysiert und in der nächsten Stufe konsolidiert werden kann.«

»Können Sie das an einem Beispiel erläutern?«, bat Lüder.

»Ich will es versuchen. Datenverkehr ist, vereinfacht ausgedrückt, alles, was Sie an Kommunikation austauschen. Ihre SMS werden mitgeschnitten, die Handygespräche überwacht, die E-Mails werden analysiert und die Internetaktivitäten gespeichert. Mit einem ausgeklügelten Algorithmus wird das alles zusammengesetzt und nach mathematischen Methoden ausgewertet. Sie erhalten als Ergebnis einen Schlüsselwert, der Ihre Persönlichkeit beschreibt, Ihre Interessen widerspiegelt, vor allem aber Ihre Meinungen und Ansichten darstellt.«

»Also auch die weltanschaulichen und politischen.«

Tödter nickte.

»Und wie soll das funktionieren?«

Der junge Mann zuckte hilflos mit den Schultern und deutete mit Daumen und Zeigefinger einen kleinen Spalt an. »Ich bin doch nur ein kleines Licht. Und schon gar kein Freak, der so etwas kann. Ich könnte mir vorstellen, dass der Datenverkehr auf Schlüsselbegriffe untersucht wird.«

»Auch das gesprochene Wort?«

»Natürlich. Computer verstehen auch das. Denken Sie an die Sprachcomputer, wenn Sie eine Reiseverbindung haben möchten. Da versteht der Computer, wenn Sie Tag, Stunde und das Reiseziel nennen. Oder aber wenn Sie mit einem Callcenter verbunden sind. Sie beantworten Fragen und werden zum richtigen Platz durchgestellt.«

Lüder lächelte, als er sich erinnerte, dass Boykotteure dieser Technik die Weisheit unter das Volk brachten, dass man den Computer dadurch verwirren könne, dass man die Antworten nicht sprach, sondern sang. Das würde jeden Rechner zur Verzweiflung treiben, und er würde den Anrufer schließlich mit einem Menschen verbinden. Was würde sein Bankberater sagen, wenn Lüder den Wunsch nach einer Überziehung des Girokontos singenderweise vortragen würde? Man konnte das Gespräch nicht mitschneiden, aber die

Möglichkeit einer Zustimmung der Bank würde gegen null tendieren.

Tödter sah Lüder irritiert an. Er konnte Lüders Lächeln nicht deuten.

»Eine solche Technik«, fuhr der junge Mann schließlich fort, »ist eine Zukunftsvision. Man munkelt, dass die Amerikaner sie einsetzen und damit den Datenverkehr via Satellit abhören. Die Spionagesatelliten können alle Telefonate rund um den Globus erfassen. Es gibt praktisch keine weißen Flecken mehr.«

Das war richtig. Lüder wusste davon.

»Im Übrigen erzählt man sich, dass Sie«, dabei wies Tödter auf Lüder, »bei der Polizei auch solche Software einsetzen. Es soll der Terrorismusbekämpfung dienen.«

Erwartungsvoll musterte der junge Mann Lüder. Doch der antwortete nicht.

»Mahmud al-Rahman ist einer der Entwickler solcher Systeme?«, fragte Lüder.

»Vermutlich – ja«, erwiderte Tödter. »Ich habe ihn im Gespräch mit Tian gesehen.«

»Wu Zang Tian?«

»Ich kenne nur den Vornamen.«

»Glauben Sie, dass jemand den Verdacht hegen könnte, dass Sie über die Informationen verfügen, die Sie mir heute weitergegeben haben?«

»Sie meinen, dass irgendjemand weiß, dass ich etwas weiß?«, übersetzte der junge Mann die Frage. Er sah Lüder nachdenklich an. »Ich glaube nicht. Das ist dieses kleine Quäntchen Zufall, das auch im bestgehüteten Rahmen Informationen nach draußen dringen lässt.«

»Wo haben Sie studiert? In Kiel?«

»Nein. Ich habe angewandte Informatik an der Fachhochschule in Flensburg studiert.«

»Dann kennen Sie Professor Eglschwiler nicht? Oder seine Mitarbeiter Rottenberg und Meerwein?«

»Eglschwiler kennt fast jeder, der in diesem Metier tätig ist. Der Mann ist der Informatikpapst schlechthin.«

»Haben Sie schon einmal den Namen Dolf Waldow gehört?«

Tödter schüttelte den Kopf.

»Oder Marc Wullenweber?«

»Nein. Auch nicht.«

Lüder überreichte Tödter seine Karte. »Rufen Sie mich an, falls Sie weitere Informationen haben. Oder falls man bei der ›global framework‹ einen Verdacht gegen Sie hegt.«

Tödter nickte. Dann kehrte er zu seinem Auto zurück und fuhr davon.

Nachdenklich stieg Lüder in seinen BMW und machte sich auf den Weg Richtung Kiel.

SECHS

Heute war Montag, der letzte Tag im Oktober. Lüder erinnerte sich an seine Schulzeit und die gegen ihn verhängte Maßregelung, weil er stets den Reformationstag, den die evangelischen Christen an diesem Tag begehen, als »Revolutionstag« bezeichnet hatte. Seine Gedanken glitten weiter zur zweiten Bedeutung des Tages, »Weltspartag«. Wo konnte seine Familie noch sparen, um das Dach reparieren zu können? Und Margits Auto war auch immer noch defekt.

Lüder trank einen Schluck Kaffee. Dann griff er mit spitzen Fingern zum Boulevardblatt. Er lächelte, als er die große Schlagzeile las, die fast das ganze Titelblatt in Anspruch nahm: »Oma Hilda (80) jobbt als Hure«. Darunter stand – ein wenig kleiner: »Zu wenig Rente«.

Natürlich hätte diese Zeitung mit einer seriösen Überschrift, die auf das Problem des Datenmissbrauchs hinwies, nicht so viele Leser anlocken können.

Im Inneren der Zeitung fand er keine Nachricht, die es wert gewesen wäre, darüber nachzudenken. Die wirklichen Probleme, die die Menschen beschäftigten, ergaben keine sensationslüsternen Schlagzeilen. Vielleicht, schloss Lüder seinen gedanklichen Ausflug, denkt die Mehrheit überhaupt nicht darüber nach.

Er legte die Zeitungen beiseite und versuchte, die Fachhochschule Flensburg zu erreichen. Es dauerte eine Weile, bis er mit Frau Jensen eine Ansprechpartnerin gefunden hatte, die sich seiner Frage annehmen wollte.

»Wollen Sie dranbleiben?«, fragte sie.

Lüder bejahte.

Im Hintergrund vernahm er, wie zwei Frauen sich über das vergangene Wochenende unterhielten, über das Wetter, das leider keine Aktivitäten außer Haus zugelassen hatte, über den bevorstehenden düsteren Monat November, der erst zum Advent wieder ein Lichtlein verkündete. Eine der Erzählenden war Frau Jensen. Schließlich meldete sie sich wieder.

»Hören Sie? Es tut mir leid. Aber bei uns hat kein Jens Tödter studiert.«

»Vielleicht ist es schon eine Weile her«, warf Lüder ein.

»Ich habe hier am Computer nachgesehen. Dort sind alle Studierenden vermerkt, die jemals bei uns waren. Aber Jens Tödter ... Den gibt es nicht.«

Lüder bedankte sich. Merkwürdig. Der junge Mann hatte ihm erklärt, dass er in Flensburg angewandte Informatik studiert habe. Warum sollte er Lüder belogen haben? Seinen Namen schien Tödter auch nicht gewechselt zu haben, zum Beispiel durch Heirat. Vorsichtshalber prüfte Lüder auch diese Möglichkeit im Melderegister. Jens Tödter war achtundzwanzig Jahre alt und ledig. Seit seiner Geburt war er in St. Margarethen gemeldet. Nicht einmal während des Studiums hatte er den Wohnort gewechselt.

Welchen Wahrheitsgehalt sollte Lüder Tödters Informationen zumessen, wenn schon die banale Angabe seines Studienortes falsch war?

Lüder versuchte es an den Fachhochschulen in Heide und Wedel. Auch an der Kieler Uni kannte man Jens Tödter nicht.

Auf einem leeren Blatt Papier zeichnete er die Zusammenhänge zwischen den Beteiligten, die bisher bei den Ermittlungen in Erscheinung getreten waren, auf. Welche Beziehungen gab es zwischen der Kieler Uni, der »securus consulting« in Büdelsdorf, dem Schwesterunternehmen in Itzehoe, dem Landeszentrum für Datenschutz und den selbst ernannten Datenschützern von »personality protecting«, die sich um Dolf Waldow geschart hatten?

Er stellte auch die Verbindungen zwischen den Beteiligten her, die an mehreren Schauplätzen auftauchten. Gab es noch mehr Kontakte, die ihm bisher verborgen geblieben waren? Er wollte sich der gleichen Methoden wie die für Außenstehende undurchsichtige Informationstechnologie bedienen und Bewegungsbilder erstellen. Darüber, so hoffte er, konnte er erfahren, wer mit wem kommunizierte.

Er malte seine Skizze noch einmal ab, erstellte eine Liste mit den Namen der Personen und ging zum Büro des Abteilungsleiters.

»Ist er da?«, fragte Lüder im Geschäftszimmer, das gleichzeitig als Vorzimmer diente.

Edith Beyer nickte.

Lüder klopfte pro forma an und öffnete im selben Moment die Tür.

Erschrocken sah Dr. Starke auf. Der Kriminaldirektor schaffte es aber nicht, seinen Finger, der bis zum zweiten Gelenk verschwunden war, aus dem Nasenloch herauszubekommen.

»Ich verzichte auf das Ritual des Händeschüttelns«, sagte Lüder mit süffisantem Unterton und nahm ungefragt auf dem Besucherstuhl Platz. Mit wenigen Worten umriss er den Stand der Ermittlungen und legte dem Abteilungsleiter die Namensliste vor.

»Für die benötige ich eine Überwachung der Bewegungen, einen GPS-Sender am Fahrzeug.«

Dr. Starke warf einen flüchtigen Blick auf die Liste.

»Unmöglich«, sagte er. »Das sind zu viele. Außerdem ist das eine Methode, die nicht in unserem politischen Interesse liegt.«

»Ich komme damit der Politik entgegen«, erklärte Lüder. »Wie teuer würde es das Land kommen, wenn wir alle Personen durch Beamte überwachen ließen?«

»Sie wollen nicht behaupten, dass der Kreis der Verdächtigen so groß ist.« Der Kriminaldirektor sah Lüder mit Entrüstung an.

»Ich finde, in einem Themenkomplex, der sich selbst stets als global bezeichnet, ist meine Selektion schon sehr gut. Es ist eine einfache Divisionsaufgabe, zu ermitteln, wie groß der Promillesatz ist gemessen an den zwei Komma acht Millionen Einwohnern des Landes.«

»Ihre Arbeitsmethoden sind nicht konform mit meinen Vorgaben«, rügte ihn Dr. Starke. »Es gibt keinen zweiten Ermittler, der so unorthodox tätig ist wie Sie.«

»Dafür ist meine Arbeitsweise effektiv«, erwiderte Lüder in stoischem Gleichmut.

»Dem kann ich nicht zustimmen.«

»Der Dissens prägt nun mal unsere Beziehung, ganz abgesehen davon, dass ich es mir nicht gewünscht habe, dass Sie diese Position besetzen.«

Dr. Starke konnte nicht verhindern, dass ihm die Zornesröte ins Gesicht stieg.

»Sie maßen sich einen Ton an, der es an Respekt gegenüber meiner Person und meiner Stellung missen lässt.«

»Sie verkennen mich. Ich wünsche Ihnen von Herzen alles Gute und drücke Ihnen die Daumen, dass Sie bald eine verantwortliche Position im Ministerium erhalten.«

Der Kriminaldirektor öffnete und schloss den Mund wie ein Fisch auf dem Trockenen.

»Sehen Sie sich außerstande, die Ermittlungen in meinem Sinne zu unterstützen?«, fragte Lüder und zeigte auf den Zettel. »Oder soll ich den Ministerpräsidenten um Hilfe bitten? Schließlich ist dieser Ermittlungsauftrag sein Baby.«

»Ich werde es versuchen«, sagte Dr. Starke und knirschte vernehmlich mit den Zähnen.

»Es wäre gut, wenn die Aktion zügig anlaufen würde«, sagte Lüder und verließ das Büro.

Von seinem Arbeitsplatz aus versuchte er erneut, Frank Hundertmarck telefonisch zu erreichen. Der Geschäftsführer der »securus consulting« meldete sich weder auf seinem Festnetz- noch auf den beiden Mobilanschlüssen, die nicht im Telefonbuch standen, die Lüder aber dennoch recherchiert hatte. Auch seine Versuche, Hundertmarck am gestrigen Sonntag zu kontaktieren, waren vergeblich gewesen. Der Festnetzanschluss beließ es beim Freizeichen, während bei beiden Handynummern sofort die Mobilboxen ansprangen. Lüder verzichtete darauf, seine schon früher hinterlassene Bitte um Rückruf zu wiederholen. Es war merkwürdig, dass Hundertmarck untergetaucht war.

Anschließend rief Lüder in Büdelsdorf an. Dort erklärte man ihm, dass Frank Hundertmarck nicht im Hause sei.

Auch Hauptkommissar Vollmers hatte keine neuen Erkenntnisse zu vermelden. Man hatte keine weiteren Spuren von Dustin McCormick aufdecken können. Der Amerikaner war als Phantom durch Norddeutschland gereist.

Lüder war überrascht, als sich eine Mitarbeiterin des amerikanischen Generalkonsulats aus Hamburg bei ihm meldete.

»Wir möchten wissen, wann wir die sterblichen Überreste von Dustin McCormick in seine Heimat überführen können«, erklärte Susan Gwynth.

»Wir wissen immer noch nicht, wer der Tote ist«, entgegnete Lüder. »Ich warte noch auf Informationen Ihres Konsulats.«

»Grundsätzlich mischen wir uns nicht in die Arbeit deutscher Behörden ein«, antwortete die Amerikanerin ausweichend.

»Das ist lobenswert. Aber niemand hindert Sie daran, uns zu unterstützen. Schließlich versuchen wir, den Mord an einem Ihrer Staatsbürger aufzuklären.«

»Ich kann Ihnen nichts weiter sagen«, wich Susan Gwynth aus. »Ich wollte mich nur erkundigen, wann Sie den Leichnam freigeben.«

»Das wird noch eine Weile dauern. Dazu müssen die Ermittlungen weiter vorangeschritten sein. Wir müssen schließlich wissen, wer dort getötet wurde. Das würde die Suche nach dem Mörder vereinfachen.«

»Bei welcher Institution können wir das Verfahren beschleunigen?«, fragte die Frau vom Konsulat, ohne auf Lüders Einwand einzugehen.

»Erfüllen Sie unsere Bitte um Informationen. Vielleicht ist es hilfreich, wenn sich Angehörige des Opfers bei uns melden.«

»Die Formalitäten laufen über das Generalkonsulat«, erklärte die Frau.

Sie beendeten das Gespräch ohne Ergebnis.

Warum verweigerten die Amerikaner jegliche Angabe zur Identität des Toten?, fragte sich Lüder. Es passte zu dessen eigentümlichem Auftreten in Deutschland. McCormick war nicht als Student hier gewesen, auch wenn er sich als solcher ausgegeben hatte. Sein ganzes Verhalten und das Bemühen, keine Spuren zu hinterlassen, waren viel zu auffällig. Andererseits wirkte das alles nicht sehr professionell. Wenn hinter seiner Mission eine Behörde oder ein Geheimdienst stecken würde, hätte man ihm eine bessere Legende verschafft. Mit Sicherheit würde man in Amerika deutsche Dienststellen nicht für so naiv halten, dass sie nicht sehr schnell auf das mysteriöse Drumherum stoßen würden.

Diese Überlegungen führten Lüder aber nicht weiter. Er hatte immer noch keinen Hinweis auf die wahre Identität des Amerikaners gefunden. Offenbar waren andere erfolgreicher gewesen. Seine Mörder. Warum hatte man McCormick auf eine Weise ermordet, die an Waterboarding erinnerte? Es war naheliegend, eine den Islamisten nahestehende Organisation zu verdächtigen. Die hätten aber, wenn die Art der Tatausführung Symbolcharakter haben sollte, ihr Opfer leiden lassen und es nicht zuvor mit Propofol betäubt.

Profikillern kam es auf den Erfolg ihrer Arbeit an, nicht darauf, dem Opfer Schmerzen zuzufügen. Steckten hinter der Aktion eventuell doch andere, die eine falsche Fährte legen wollten? Zumindest waren die Aktionen der Gegenseite so geschickt angelegt, dass es Lüder bisher an einem konkreten Ansatzpunkt mangelte.

Die Wurzeln lagen irgendwo im undurchsichtigen Dschungel des weltweiten Netzes, in der für Außenstehende schwer zu durchschauenden Welt der Computer und ihrer Experten.

Und wir mischen munter mit, überlegte Lüder. Hatten eventuell die regen, über die Grenzen Schleswig-Holsteins hinaus bekannten Datenschützer des Landeszentrums etwas gefunden, dessen Geheimhaltung für die Leute hinter den Kulissen so bedeutend war, dass sie dafür auch vor Mord nicht zurückschreckten?

Lüder versuchte, mehr Informationen über die schwedische Mutter der »global data framework« herauszufinden. Zunächst rief er die Homepage der Unternehmensgruppe auf. Dort präsentierte man sich als innovatives Unternehmen mit Spitzen-Know-how auf dem Gebiet der Informationstechnologie und der weltweiten Aktivitäten. Man hatte Tochtergesellschaften in zahlreichen Ländern der Welt, unter anderem in den USA, Deutschland, England, Spanien, aber auch in Libyen, Indonesien und China.

Lüder stutzte.

Die chinesische Niederlassung befand sich in Zhengzhou, einer Stadt mit dreieinhalb Millionen Einwohnern, die zwar eine bedeutende Industriestadt war, aber nicht als technologisches Zentrum des Reichs der Mitte galt.

Indonesien war das bevölkerungsreichste Land aus dem Bereich der vom Islam geprägten Länder. Und Libyen? Niemand konnte derzeit etwas über den nachrevolutionären Zustand des Landes sagen. Und welcher Mitteleuropäer vermochte zu entscheiden, ob ein Mann wie Mahmud al-Rahman wirklich aus Jordanien stammte? Und mit Wu Zang Tian war ein Mitarbeiter mit chinesischen Wurzeln bei »global data framework« beschäftigt. Andererseits waren beide mit ihrer Legende vom Verfassungsschutz geprüft worden.

Er konzentrierte sich wieder auf den Internetauftritt. Die Gestaltung war professionell und beeindruckend. »Global data framework« hatte beim Webdesign nicht gespart. Lüder las die gesamte Darstellung mehrfach. Er war kein IT-Experte, so verstand er nicht, womit sich das Unternehmen beschäftigte.

Zum Vergleich suchte er im Internet deutsche Anbieter. Dort gab es klare Aussagen dazu, welche Angebote die Firmen unterbreiteten, über welches Wissen sie verfügten und auf welchen Gebieten sie ihren Kunden ihre Dienste anbieten konnten. Das fehlte bei »global data framework«. Lüder erschien die Darstellung zu global. Nomen est omen, dachte er. Es wirkte so, als wenn ein Mercedes sich im weltweiten Netz mit dem Slogan präsentieren würde: Wir sorgen für Bewegung, ohne einen einzigen Hinweis darauf, dass man Autos baute.

Die Merkwürdigkeiten in diesem Fall schienen immer mehr zu-zunehmen.

Lüders Versuch, weitergehende Informationen bei der Handelskammer Kiel zu erhalten, waren ebenfalls erfolglos. Ein lustlos wirkender Mitarbeiter las ihm die Beschreibung des Unternehmenszwecks aus dem Handelsregister vor. Mehr Informationen lagen über »global data framework« nicht vor.

Als Nächstes nahm Lüder Kontakt zur Kieler Universität auf.

»Ich würde Ihnen gern weiterhelfen, Herr Dr. Lüders. Für die Polizei tun wir doch alles«, sagte die freundliche junge Mitarbeiterin. »Aber Professor Eglschwiler ist zu einem Kongress in Mailand. Wir erwarten ihn morgen zurück. Allerdings ist er dann ausgebucht.« Sie seufzte. »Er ist nicht nur ein gefragter, sondern auch ein viel beschäftigter Mann. Kann Ihnen Herr Rottenberg weiterhelfen? Oder Herr Meerwein?«

»Nein. Ich muss persönlich mit Professor Eglschwiler sprechen«, sagte Lüder.

Achselzuckend begab er sich ins Parkhaus und machte sich auf den Weg nach Büdelsdorf. Dort wiederholte sich die bekannte Prozedur am Empfang. Er musste seinen Dienstausweis hinterlegen, um Zugang zu den Geschäftsräumen der »securus consulting« zu erhalten.

Lüder sah auf, als ihn Wu Zang Tian im Foyer abholte.

»Ist das eine besondere Ehre?«, fragte Lüder.

Wu Zang Tian blieb stehen, sodass Lüder auflief.

»Was meinen Sie?«, fragte er.

»Dass mich einer der Spitzenmitarbeiter des Hauses zum Geschäftsführer begleitet.«

»Es gibt hier keine Hierarchien«, erklärte der Asiate. »Und da Gäste ohne Begleitung im Haus nicht zulässig sind, übernimmt einer der Mitarbeiter diese Aufgabe. Hier werden keine Laufburschen beschäftigt.«

»Sie machen aber trotzdem Unterschiede unter den Mitarbeitern. Liegt das allein an der Qualifikation?«

»Ich bringe Sie zu Herrn Malmström«, erwiderte Wu Zang Tian, ohne auf Lüders Einwand einzugehen.

»Malmström? Ich denke, Frank Hundertmarck ist der Geschäftsführer.«

Doch Wu Zang Tian beantwortete Lüders Fragen nicht mehr.

Unterwegs passierten sie ein Büro, in dem Mahmud al-Rahman an einem Computer saß und zu ihnen herüberblickte, als sie an der offenen Zimmertür vorbeikamen. Wu Zang Tian hatte den Kopf in Richtung al-Rahmans gewandt. Da Lüder halb versetzt hinter ihm ging, konnte er die Mimik des Chinesen nicht erkennen. Für den Bruchteil einer Sekunde gewahrte er aber ein Aufblitzen in den dunklen Augen des Arabers und ein kaum erkennbares Zucken um die Augenlider. Es war die unbewusste Reaktion darauf, dass man ein Zeichen oder Signal erhalten hatte. Was hatte Wu Zang Tian andeuten wollen?

»Herr Malmström«, sagte Wu Zang Tian und trat zur Seite.

Der Schwede blickte auf, blieb aber am Schreibtisch sitzen. Er unterließ es, Lüder mit Worten oder einer Geste zu begrüßen. Es entsprach dem Verhalten, das er auch in Itzehoe gezeigt hatte. Lüder nahm ungefragt Platz, schob den Stuhl ein wenig zurück und schlug die Beine übereinander. Er musterte Malmström aus leicht zusammengekniffenen Augen und schwieg.

Malmström lehnte sich zurück und wartete, dass Lüder zuerst sprach. Doch der tat ihm nicht den Gefallen. Lüder beschränkte sich darauf, zu schweigen und sein Gegenüber mit einem leicht ironischen Zug um die Mundwinkel anzulächeln.

Der Schwede ging darauf ein und hielt es einen kurzen Augenblick durch. Dann begann er zu blinkern, wich Lüders Blick aus, griff sich einen Kugelschreiber und drehte ihn zwischen den Fingern. Schließlich hielt er es nicht mehr aus.

»Und?«

»Ich warte auf Frank Hundertmarck«, sagte Lüder. »Als ich das letzte Mal hier gesessen habe, war er der Boss.« Lüder zeigte mit dem Daumen über die Schulter. »Am Empfang habe ich gesagt, ich möchte den Geschäftsführer sprechen.«

»Der ist nicht im Hause.«

»Wo finde ich ihn?«

»Interessiert es mich?«

»Ja«, sagte Lüder. »Die Polizei sucht Hundertmarck.«

»Gibt es einen Grund?«

»Wir werden nie grundlos aktiv. Und während *Sie* mir Auskünfte erteilen müssen, werde *ich* Sie nicht in Kenntnis setzen.«

»Ich kann Ihnen nicht weiterhelfen. Frank ist plötzlich nicht mehr erschienen.«

»Zwei Menschen, die in Verbindung mit Ihrem Unternehmen stehen, sind tot. Einer ist verschwunden. Ist das nicht merkwürdig?« Lüder beugte sich ein wenig vor. »Was ist, wenn Frank Hundertmarck auch tot ist? Und alle haben etwas mit Ihnen zu tun.«

»Mit mir?«

Lüder hatte erreicht, dass Malmström die Fassung verlor. Er holte sein Handy hervor und spielte damit. »Sicher ist mein Mobiltelefon nicht so vielseitig einsetzbar wie Ihres. Aber es kann trotzdem mehr.«

Malmström sah ihn an. Die Ratlosigkeit stand ihm ins Gesicht geschrieben.

»Ich kann damit eine Hundertschaft Polizei anfordern, die hier alles auf den Kopf stellt.«

»Das dürfen Sie gar nicht.«

»Doch. Ich bin mir sicher, dass die Leiche Frank Hundertmarcks hier versteckt ist.«

»Die Leiche?« Malmström riss den Mund weit auf.

Lüder nickte.

»Ja. Wo sollte er sonst sein? Und wir werden jedes Papierstück umdrehen, das wir hier finden, die Festplatten der Computer analysieren, bis wir etwas gefunden haben, dass das Verschwinden Hundertmarcks erklärt.«

»Ja, aber —«

»Ist das nicht wunderbar? All das kann so ein kleines, unscheinbares Handy auslösen.«

»Ich werde unseren Anwalt anrufen. Sofort«, sagte Malmström und griff zum Telefon. Er hatte die Sprecheinheit in der Hand und starrte auf den Apparat.

»Er soll sich ein wenig beeilen. Vielleicht ist er vor der Hundertschaft da.«

Malmström sah abwechselnd auf das Telefon und zu Lüder.

»Vielleicht kann ich Ihnen helfen«, sagte er. Im Zeitlupentempo legte er den Hörer zurück auf die Basisstation.

»Hat Frank Hundertmarck Familie? Eine Freundin?«

»In diesem Job können Sie sich so etwas nicht leisten. Dafür bleibt keine Zeit. Und wer es trotzdem versucht, steht bald vor den Scherben seiner Beziehung. Es gibt keinen geregelten Acht-Stunden-Tag wie bei Ihnen als Beamter. Wenn Sie eine leitende Position innehaben, müssen Sie heute hier und morgen dort sein. Das ist der Preis dafür, in der spannendsten und innovativsten Branche der Welt tätig zu sein.«

»Auch in zahlreichen anderen Berufen werden die Menschen gefordert«, wandte Lüder ein.

»Das will ich nicht bestreiten. Aber in der Informationstechnologie erneuert sich das Wissen in einem so rasanten Tempo, dass Leute, die heute top sind, morgen schon wieder abgehängt werden. Es ist wie bei Profisportlern. Sie müssen möglichst schnell viel Geld verdienen, bevor ihr Know-how veraltet ist. Deshalb sehen Sie hier, aber auch bei der ›global data framework‹ in Itzehoe überwiegend junge Leute, die nichts anderes im Sinn haben als ihr Projekt.«

»So wie Mahmud al-Rahman, Wu Zang Tian oder Jens Tödter.«

»Was sollen diese Namen? Hat es eine besondere Bewandtnis damit?«

»Das sind Mitarbeiter, die mir bisher begegnet sind. Ich könnte jetzt durch Ihre Büros streifen und mir die Namen weiterer Mitarbeiter notieren. Dann hätten wir eine längere Namensliste.«

»Worin begründet sich Ihr Verdacht gegen unsere beiden deutschen Unternehmen?«

»Weil alle Toten etwas mit Ihnen zu tun hatten. Das habe ich Ihnen vorhin schon erklärt. Was läuft schief in Ihren Betrieben? Haben Sie vertrauliche Daten verloren, die Sie im Namen Ihrer Auftraggeber speichern und verwalten? Müssen wir damit rechnen, dass in Kürze ein neuer Datenskandal durch die Medien rauscht?«

»Das ist absurd«, versuchte Malmström abzuwiegeln.

»So abwegig ist das nicht. Denken Sie an den weltweiten Datenskandal, nachdem Hacker auf dem Server von Sony eingebrochen sind und Millionen Kundendaten gestohlen haben. Weltweit. Oder global, um Ihre Lieblingsvokabel zu benutzen.«

»Nein. Bei uns sind die Daten sicher.«

»Warum hat sich das Landeszentrum für Datenschutz für Ihre Arbeit interessiert?«

»Hat es nicht. Marc Wullenweber wollte nach Büdelsdorf. Hierher. Zur ›securus‹. Es geht um Daten*sicherheit*.«

»Wollte Wullenweber mit der ›securus consulting‹ über Datenlecks bei der ›global data framework‹ sprechen? Das wäre das Aus für beide Unternehmen gewesen. Nicht nur in Deutschland, sondern europaweit. Der Super-GAU. Die eine Tochtergesellschaft lässt sich leichtfertig Kundendaten stehlen, und die andere verkauft für teures

Geld Datensicherheit, kann aber die eigene Schwester nicht davor bewahren, dass bei der eingebrochen wird.«

»Das sind Vermutungen, die jeder Grundlage entbehren.«

»Sie hüllen sich in den Nebel großer Geheimnisse und wollen nicht verraten, womit sich die beiden Unternehmen beschäftigen.«

»Das ist nicht geheimnisvoll. Ich habe Ihnen alles erklärt.«

»Darf ich mir die Ergebnisse ansehen? Mich würde interessieren, wie ein Algorithmus aufgebaut ist, mit dem Sie Ihre Auswertungen durchführen.«

»Das verstehen Sie nicht.« Malmström war die Erleichterung darüber anzusehen, dass ihm diese Argumentation eingefallen war.

»Doch«, entgegnete Lüder, fischte eine Visitenkarte aus der Jacke und legte sie vor Malmström auf die Tischplatte. Dann wies er mit dem Zeigefinger auf seinen Namen. »Sehen Sie? *Dr.* Lüders. Das bekommen Sie nicht geschenkt.«

Es wirkte, auch wenn Lüder unerwähnt ließ, dass er in Jurisprudenz promoviert hatte.

»In diesen Dingen steckt das ganze Wissen unseres Unternehmens. Das ist unser Kapital. Während andere Betriebe Lager voll Ware produzieren oder ihre Erfindungen patentieren lassen, gibt es für unsere Entwicklungen keinen Rechtsschutz. Deshalb sind wir so vorsichtig.«

»Ihre Mitarbeiter kennen immer nur kleine Module? Niemand hat den Gesamtüberblick?«

Malmström nickte müde.

»Nein«, sagte Lüder mit Entschiedenheit. »Sie haben Mitarbeiter, die den Gesamtüberblick haben. Und das ist hochriskant. In erster Linie für das Unternehmen. Wenn die Mitarbeiter ausfallen oder, was noch schlimmer ist, ihr Wissen mitnehmen zur Konkurrenz, ist das eine Katastrophe für Sie. Was ist, wenn die Mitarbeiter wirklich loyal sind und durch kriminelle Energie der Gegenseite zum Verrat gezwungen werden? Das Risiko ist in beiden Fällen sehr hoch. Es wäre nicht das erste Mal, dass zum Erhalt eines Unternehmens und seiner Geheimnisse gemordet wird. Und besonders widerwärtig klingt es, wenn der Täter hinterher als Begründung anführt, es ginge um den Erhalt der Arbeitsplätze.«

Malmström winkte ab. »Was wissen Sie denn.«

»Ich arbeite daran, mein Wissen stetig zu verbessern. Und nun möchte ich mit Mahmud al-Rahman sprechen.«

Malmström schoss in die Höhe. »Was?« Er schrie fast.

»Habe ich mich undeutlich ausgedrückt?«

»Ja … aber … Der kann Ihnen doch nichts sagen.«

»Das würde ich gern selbst herausfinden.«

»Haben Sie eine Vorstellung, was der Mann pro Stunde kostet?«

»Marc Wullenweber und Dustin McCormick würden bestimmt einen Ein-Euro-Job annehmen, wenn es sie wieder lebendig machen würde.« Lüder stand auf. »Sie müssen sich nicht bemühen. Ich kenne den Weg.«

»Sie können doch nicht einfach …«, protestierte Malmström.

Lüder lächelte.

»*Yes. I can*«, sagte er, als er den Raum verließ. Und das, ohne Präsident der USA zu sein, ergänzte er im Stillen.

Er hörte in seinem Rücken, wie Malmström aufsprang und ihm folgte. Lüder spürte, wie der Schwede den Saum seines Sakkos packte und ihn festhielt. Er drehte sich um und trat dicht an Malmström heran.

»Hab ich das eben geträumt?«

Malmström ließ die Schultern sinken. Er hatte resigniert.

»Hi«, grüßte Lüder, als er in das Zimmer ging, in dem Wu Zang Tian und Mahmud al-Rahman vor einem Bildschirm saßen und miteinander diskutierten. Beide unterbrachen abrupt ihr Gespräch und sahen auf, als Lüder eintrat.

»Mein Name ist Lüders. Ich komme von der Kieler Polizei und würde mich gern mit Ihnen unterhalten«, sagte er und sah den Araber an.

Al-Rahman musterte ihn aus großen dunklen Augen. Es war ein ruhiger Blick ohne das kurzzeitige Erschrecken, das Menschen zuweilen überkam, wenn die Polizei sie ansprach.

»Es ist jetzt ungünstig«, sagte er. »Wir sind mitten in einer schwierigen Definition. Da stört jede Unterbrechung.«

»Es gibt Dinge, die sind von höherer Priorität als das noch so drängende Projekt«, erwiderte Lüder und sah Wu Zang Tian an. »Würden Sie uns einen Moment allein lassen?«

Der Chinese erwiderte Lüders Blick ohne jede sichtbare Regung. »Mein Partner hat Ihnen erklärt, dass es im Augenblick nicht passt.«

»Überlassen Sie mir die Feststellung, ob der Moment passend ist.

Sie werden Ihre Arbeit, so wichtig sie auch sein mag, für einen Moment unterbrechen müssen. Bitte!«, setzte Lüder mit Nachdruck hinzu.

»Okay«, sagte al-Rahman und zwinkerte Wu Zang Tian zu. Zu Lüder gewandt ergänzte er: »Fünf Minuten.«

Der Chinese verließ den Raum, und Lüder schloss hinter ihm die Tür. Dann sah er sich im Büro um. »Werden wir hier überwacht? Oder ist es Ihnen gleich?«

»Was wollen Sie?«, erwiderte al-Rahman, ohne auf Lüders Frage einzugehen.

»Sie haben in Deutschland Mathematik studiert. Sehr erfolgreich. Sogar außerordentlich. Haben Sie vor hierzubleiben? Womöglich gar die deutsche Staatsangehörigkeit zu erwerben?«

»Warum wollen Sie das wissen?«

»Wir interessieren uns für alles, was in irgendeinem Zusammenhang mit einem Mord steht.«

»Schön. Und welche Rolle soll ich dabei spielen?«

»Welche haben Sie übernommen? Eine Hauptrolle? Sind Sie ein Statist? Oder hinter den Kulissen aktiv, zum Beispiel als Drehbuchautor oder Regisseur?«

In al-Rahmans dunklen Augen blitzte es kurz auf. »Sie haben Erkundigungen über mich eingezogen.« Es war eine Feststellung. »Das ist praktizierte Demokratie, nicht wahr? Was steht im Grundgesetz? Die Würde des Menschen ist unantastbar. Gibt es einen geheimen Verfassungszusatz, der lautet: mit Ausnahme von Arabern?«

»Ich führe keine ideologische Diskussion, sondern suche Mörder.«

»Aha. Und ich bin einer?« Al-Rahman zog seine Manschette ein Stück in die Höhe. »Nur weil ich eine dunklere Haut habe?«

»Hat man Sie an der Hochschule überschätzt? Oder suchen Sie die Konfrontation? Ich verfolge keine religiösen oder weltanschaulichen Ansichten, sondern Leute, die gegen das Recht auf Leben verstoßen haben. Unabhängig vom Glauben. Also. Kannten Sie Marc Wullenweber?«

»Ich habe von ihm gehört.«

»Sie sind ihm nie persönlich begegnet?«

»Mein Job hier ist die Entwicklung hochkomplexer Programmlösungen. Für geschäftspolitische Dinge sind andere zuständig.«

»Zum Beispiel Frank Hundertmarck.«

»Ich habe mich nie darum gekümmert.« Al-Rahman zeigte auf den Bildschirm. »Das ist meine Welt.«

»Und wenn Sie dort Verbotenes tun?«

»Ist Nachdenken verboten? Gibt es nicht ein Lied in Deutschland: Die Gedanken sind frei?«

»Natürlich. Der Text stammt von Hoffmann von Fallersleben, dem wir auch unsere Nationalhymne verdanken. Wobei der Ursprung sogar bis zu Walther von der Vogelweide zurückgehen soll. Doch ich will hier kein Examen über deutsche Kultur ablegen. An welch heiklem Projekt sind Sie derzeit tätig, dass sich sogar der Datenschutz dafür interessiert? Und zwar so brennend, dass der zuständige Sachbearbeiter hat sterben müssen?«

»Ich bin Techniker. Fragen Sie Frank Hundertmarck. Der ist Manager.«

»Und? Wo ist der abgeblieben?«

Al-Rahman zuckte mit den Schultern. »Bei mir hat er sich nicht abgemeldet.«

»Sie sollten mir der Einfachheit halber sagen, woran Sie arbeiten.«

»Das kann ich nicht.«

Lüder nickte und tippte sich mit den Fingerspitzen gegen die Seite seiner Stirn. »Ach ja. Jeder von Ihnen bastelt nur an einem Modul, ohne einen Überblick über das große Ganze zu haben. Sie sind alle nur kleine, unbedeutende Handlanger.«

Er sah, wie es erneut in al-Rahmans Augen aufblitzte. Menschen aus anderen Kulturkreisen hatten oft eine andere Vorstellung von persönlicher Ehre. Vielleicht war das ein Ansatzpunkt. Sicher war der Jordanier stolz auf seine Leistung, seine überragenden Fähigkeiten, die ihm von allen bescheinigt wurden.

»Ist das nicht unbefriedigend, wenn Ihnen an der Hochschule Genialität bescheinigt wird und Sie hier Bastelarbeit machen müssen wie die anderen, die sich irgendwie durch das Examen gemogelt haben?«

Al-Rahman zog verächtlich einen Mundwinkel in die Höhe. »Sie haben wirklich keine Ahnung, wie es im richtigen Leben zugeht. Hier setzt sich die Klasse durch.«

»Und zu der gehören Sie?«

Der Araber schwieg, aber seine Körperhaltung verriet seinen Stolz.

»Gut, wenn Sie nicht einer der unbedeutenden Schrauber sind, sollten wir uns gemeinsam ansehen, was Sie entwickeln.« Lüder machte Anstalten, als würde er den Schreibtisch umrunden und einen Blick auf den Bildschirm werfen wollen.

»Das verstehen Sie doch nicht«, sagte al-Rahman. An der Stimme war zu erkennen, dass er von seiner Aussage nicht vollständig überzeugt war.

»Lassen wir es darauf ankommen.«

Al-Rahman warf sich förmlich nach vorn, als wolle er mit seinem Körper das Display verdecken.

»Das ist geheim«, sagte er mit Entschiedenheit.

»Vor mir gibt es keine Geheimnisse. Und wer es versucht, den entlarve ich.«

»Pah!« Es sollte verächtlich klingen, missriet dem Araber aber.

»Wie wollen Sie verhindern, dass ich dahinterkomme, welch mysteriöse Dinge Sie hier entwickeln? In letzter Konsequenz bleibt Ihnen nur, mich zu töten. So wie Sie Dustin McCormick ermordet haben, weil er den Schleier gelüftet hat.«

»Ich habe niemanden ermordet«, sagte al-Rahman.

»Nein.« Lüder schüttelte den Kopf. »Nicht allein. Das waren mehrere. Aber vielleicht waren Sie dabei.« Er bewegte seinen Zeigefinger, als würde er einem kleinen Kind drohen. »Ich versichere Ihnen, dass ich Sie alle überführen werde. Was nützt Ihnen Ihr Prädikatsexamen in Mathematik, wenn Sie in einem deutschen Gefängnis sitzen? Es ist einzig dazu nütze, ein wenig schneller die restliche Haftzeit in Tagen ausrechnen zu können als Ihre Zellengenossen. Vielleicht sind das Dealer? Vergewaltiger? Schläger?«

Lüder wurde abgelenkt, als sich die Tür öffnete und Wu Zang Tian erschien. Der Chinese tippte mit dem Zeigefinger auf seine Armbanduhr.

»Zehn Minuten«, sagte er. »Das sind einhundert Prozent mehr als vereinbart.«

»Ich garantiere Ihnen sogar zu einhundertzehn Prozent, dass ich Sie fassen werde«, sagte Lüder. »Sie sollten nie vergessen, dass ich der einzige Bulle in Schleswig-Holstein bin, der nicht nur Hörner hat, sondern auch beißen kann.«

Niemand sprach ihn auf dem Weg zum Ausgang an. Auch Malmström blieb unsichtbar.

Auf der Heimfahrt dachte Lüder an seine Drohung mit dem »beißenden Bullen«. Das war nicht sein Vokabular. Aber da der Husumer

Große Jäger nicht an seiner Seite war, durfte Lüder einmal aus dessen Repertoire schöpfen.

Mit welch geheimnisvoller Software beschäftigte sich »global data framework«?, überlegte Lüder. Es gab keine rechtliche Handhabe, das Unternehmen zur Preisgabe dieses Betriebsgeheimnisses zu zwingen. Man konnte weder »global data framework« noch »securus consulting« etwas nachweisen. Von Kriminaldirektor Dr. Starke und Oberstaatsanwalt Brechmann würde Lüder keine Unterstützung bekommen.

Es war dunkel, als er das heimische Einfamilienhaus erreichte. Die friedliche Stille in der Straße wurde nur durch den Lärm gestört, der aus seinem Haus drang. Wummernde Musik war zu hören. Eigentlich war es keine Musik, befand Lüder, sondern nur das Dröhnen von Bässen. Jonas und Sinje schafften es dennoch, die Lautstärke mit ihrem Geschrei zu übertönen. Den Wortfetzen entnahm Lüder, dass es sich keineswegs um die Bekundung gegenseitiger Geschwisterliebe handelte. Es war eher die lautstark vorgetragene Behauptung, dass diese Welt keine größere Plage als einen Bruder beziehungsweise eine Schwester zu bieten hatte.

Lüder benötigte volle zehn Minuten, um zumindest äußerlich Frieden und eine akzeptable Lautstärke zu schaffen. Dafür durfte er die Gewissheit mitnehmen, in dieser Familie nicht die Stellung eines Vaters, sondern des größten Despoten weltweit innezuhaben.

Macht nichts, sagte er zu sich selbst. Ich habe in den letzten Tagen so viel von »global« gehört. Weshalb sollte ihm nicht der Ruhm eines »globalen Despoten« zufallen?

Lüder zog sich an die Arbeitsfläche im Schlafzimmer zurück, die ihm als häusliches Büro diente. Mehrfach tauchte Margit auf und wollte wissen, womit er sich so intensiv am Computer beschäftige.

»Dienstlich«, wich er aus.

»Dafür hast du dein Büro«, sagte sie und versuchte, einen Blick auf den Bildschirm zu werfen. Lüder hatte, als er ihre Schritte auf der Treppe hörte, schnell auf den Internetexplorer umgeschaltet.

»Hast du auch einen Boss-Key?«, fragte Margit.

»Einen was?«

Sie lachte herzhaft. »Früher im Büro. Wenn wir uns mit einem Computerspiel beschäftigt haben und der Chef nahte, gab es eine Tastenkombination, die vom Spiel zu einer anderen Anwendung wie Textverarbeitung oder Buchhaltung umswitchte. Das war der ›Boss-Key‹.«

»Nein, Boss«, sagte Lüder und gab ihr einen leichten Klaps auf den Po, als sie ging.

SIEBEN

In anderen Großstädten herrschte mit Sicherheit nicht weniger Verkehr zur frühen Stunde. Im Vergleich zu anderen Metropolen waren es in Kiel aber nur überschaubare Staus. Heute hatte sich allerdings auf dem Westring ein Unfall ereignet. Zum Glück gab es keine verletzten Personen, doch die Getränkekisten, die von einem Lkw herabgefallen waren, verursachten einen Stau, der Auswirkungen auf große Teile der Stadt hatte. Lüder suchte sich einen Schleichweg. Leider traf er dabei auf die anderen Autofahrer, die die gleiche Idee hatten. Schließlich hatten sich alle in den Nebenstraßen festgefahren, und es dauerte ewig, bis sich das Knäuel entwirrt hatte.

Im Büro fand er eine Nachricht vom Dezernat Operative Technik. Die Kollegen hatten gestern die GPS-Überwachungssysteme an den Fahrzeugen der Verdächtigen installiert, um die Lüder gebeten hatte. Er hätte nicht geglaubt, dass der Kriminaldirektor seiner Idee folgen würde.

Leider war die Ausbeute nicht sehr ergiebig.

Jens Tödter war mit seinem Auto von Itzehoe nach St. Margarethen gefahren. Man hatte das System an seinem Auto installiert, als es auf dem Parkplatz vor seiner Arbeitsstätte stand.

Abends war Tödter noch einmal in Wilster gewesen. Er hatte zwei Stunden am Markt geparkt. Lüder kontrollierte übers Internet die Umgebung. Dort befand sich, im Schatten des Doms, ein italienisches Restaurant.

Bei Mahmud al-Rahman hatte man erst am späten Abend das System installieren können, da sein Fahrzeug vorher nicht auffindbar war. Richtig, überlegte Lüder. Der Jordanier war den ganzen Tag über im Betrieb gewesen.

Dolf Waldow hatte mit seinem Porsche mehrere Kurzstrecken absolviert, alle im Stadtgebiet von Kiel. Den einzelnen Haltepunkten konnte Lüder kein Muster entnehmen. Es sah aber so aus, als hätte Waldow Besorgungen in der Innenstadt gemacht. Außerdem hatte er den Parkplatz eines Supermarktes angesteuert und sich dort eine halbe Stunde aufgehalten. Von dort war er direkt nach Hause gefahren.

Auch die Überwachung der beiden Universitätsmitarbeiter Rottenberg und Meerwein war unauffällig. Für Anders Malmström war kein Auto angemeldet. Und Frank Hundertmarcks Fahrzeug war nicht aufzufinden gewesen.

Das war nicht überraschend. Möglicherweise war der Manager mit seinem Auto unterwegs. Im schlimmsten Fall war ihm etwas zugestoßen, und man hatte das Auto beseitigt oder irgendwo abgestellt, wo es bisher nicht entdeckt worden war.

Lüder rief Hauptkommissar Vollmers an und bat ihn, zu arrangieren, dass die uniformierten Kollegen einen Blick auf das Mercedes-Coupé werfen sollten, insbesondere an Bahnhöfen und auf Parkplätzen an Fähranlegern. Den Zusatz »Flugplätze« konnte man sich in Schleswig-Holstein sparen.

Vollmers zeigte sich nicht begeistert.

»Können Sie so etwas nicht selbst arrangieren?«, fragte er.

»Ich bin Einzelkämpfer«, erwiderte Lüder.

»Ich auch«, knurrte Vollmers.

Lüder rief beim Dezernat Operative Technik an und gab den Hinweis durch, dass Anders Malmström möglicherweise mit einem auf die »global data framework« zugelassenen Fahrzeug unterwegs war. Man solle dort die Fahrzeugflotte prüfen. Lüder nahm an, dass das teuerste Modell dem Geschäftsführer vorbehalten war.

Anschließend fuhr er zur Humboldt-Schule. Oberstudiendirektor Auweiher zeigte sich über die erneute Störung nicht begeistert.

»Das geht nicht«, erklärte er. »Das beeinträchtigt erheblich den Unterricht. Uns wird ständig der Ausfall von Stunden vorgehalten. Und was machen Sie?«

»Ich ermittle«, sagte Lüder und unterließ es, »in einem Mordfall« anzufügen. Das hätte den Schulleiter irritiert. Es wäre nicht auszuschließen gewesen, dass es Auswirkungen auf Ulf Besenreithers Beurteilungen in der Schule hatte.

»Gibt es wirklich keine andere Möglichkeit?«, fragte Auweiher. »Ich möchte Ihnen eigentlich die Zustimmung verweigern. Verstehen Sie mich bitte nicht falsch. Es geht nicht darum, Ihre Arbeit zu sabotieren. Aber ich bin für den Schulbetrieb verantwortlich.«

Lüder verstand die Argumente des Schulleiters, erklärte aber noch einmal, dass es für den Fortgang der Ermittlungen von Bedeutung sei, wenn er Ulf Besenreither nicht erst am späten Nachmittag sprechen könne.

»Ausnahmsweise«, sagte Auweiher und bat Lüder zu warten. »Leider kann ich Ihnen keinen Raum anbieten. Die sind alle belegt.«

Nach wenigen Minuten erschien der Schulleiter in Begleitung des jungen Mannes. Dann zog er sich diskret zurück, nachdem er noch einmal gemahnt hatte, es möglichst kurz zu machen.

»Ich folge der Bitte des Direx«, sagte Lüder, »und erspare mir die lange Vorrede. Kennen Sie die ›global data framework‹?«

»Nein. Nie gehört. Was soll das sein?«

»Sagen Ihnen folgende Namen etwas? Mahmud al-Rahman?«

»Nein.«

»Frank Hundertmarck?«

Besenreither schüttelte den Kopf.

»Dustin McCormick?«

»Nee.«

»Jens Tödter?«

»Keine Ahnung.«

»Wu Zang Tian?«

»Nee. Nicht. Klingt irgendwie chinesisch.« Besenreither kratzte sich am Kopf.

»Das ist zutreffend.«

»Bei ›personality protecting‹ war mal ein Chinamann. Ich habe keinen blassen Schimmer, wie der Typ heißt.«

»In Dolf Waldows Haus?«

»*Correctamente*«, radebrechte Besenreither auf Spanisch.

»War der Asiate öfter da?«

»Ich hab ihn nur einmal gesehen. Keine Ahnung, ob er sonst noch da war.«

»Wissen Sie, ob Geld geflossen ist zwischen Dolf Waldow und der ›securus consulting‹?«

»›Securus consulting‹?«, wiederholte Besenreither. »Ach, richtig. Die aus Büdelsdorf. Nee. Warum auch. Wir waren happy, dass die uns aus dem Schlamassel mit dem Virus geholfen haben. Hat mir echt leidgetan, der Dingens, als auf dessen Kiste alles platt war. Das war peinlich. Ich hab geglaubt, ich hätte Bockmist gebaut. Dabei war das so ein Scheißvirus. Ich hab null Idee, wie das Ding da reingekommen ist.«

»Sie haben zu Hause einen Virenscanner installiert?«

»Logo, allerdings *Freeware*. Ich kann mir die teuren Klamotten nicht leisten. So installiere ich einen Scanner aus dem Netz. Da gibt es geile Dinger, sag ich Ihnen.«

»Mussten Sie für das – nun ja – Missgeschick mit dem Virus zahlen?«

»Puhh. Schwein gehabt. Ich musste nicht bluten.«

»Hat Dolf Waldow von Ihnen Geld verlangt, weil er Ihnen geholfen hat? Oder eine Vermittlungsgebühr dafür, dass er Ihnen die Aufträge verschafft hat?«

»Dolf? Nix da. Der ist ein echt cooler Buddy. Der würde nie auf die Idee kommen, was abzugreifen.«

»Ich habe es richtig verstanden, dass der Virus bei Herrn Dingens im Laden aufgetreten ist, nachdem Dolf Waldow die Software noch einmal inhaltlich geprüft hatte?«

»Sie meinen …?« Besenreither winkte ab. »Vergiss es. Dolf ist 'nen Fuchs. Bei dem kriegt man keinen Virus auf den Rechner. Hundertpro.«

»Gibt es noch eine Version, die von dem Virus befallen ist?«

»Klaro. Die habe ich mir auf einen Stick gezogen. Ich will mir den Mist von drinnen ansehen. Das ist cool, einen Virus zu knacken. Mich interessiert, wie das Ding von innen aussieht. Hab nur noch keine Zeit dazu gehabt.«

»Ich würde die Software gern haben, damit ich Sie bei uns analysieren lassen kann. Es wäre doch spannend, wenn wir Ihr Ergebnis mit unserem vergleichen könnten.«

Besenreither öffnete den Mund. »Echt? Das ginge? Mensch, das wäre geil.«

»Ich könnte es arrangieren. Ich lass die Software heute Abend abholen. Okay?«

Ulf Besenreither nickte heftig. »Oberturboaffengeil.«

»Was haben Sie jetzt für ein Fach?«

»Scheiß-Bio«, sagte Besenreither.

»Dann will ich Sie nicht länger aufhalten.«

»Schade. Viel Bock hab ich nicht. Tschau.« Er drehte sich um und trottete davon.

Lüder verzichtete darauf, Auweiher noch einmal aufzusuchen, als er die Schule verließ. Er war der Überzeugung, dass Ulf Besenreither als Figur in einem Schachspiel missbraucht worden war, ohne es zu bemerken. Der junge Mann war mit einem geringen Honorar geködert worden. Das Spiel, das hinter den Kulissen getrieben wurde, durchschaute er genauso wenig wie der arglose Herr Dingens in seinem Fachgeschäft für Anglerbedarf.

Vom Auto aus rief Lüder im Dezernat Operative Technik an und fragte, wo sich Dolf Waldows Porsche derzeit befand.

»Der steht am Seeteufelweg«, erfuhr Lüder. Das bedeutete, Waldow war zu Hause.

Lüder nahm sich Zeit, als er die Holtenauer Straße entlangfuhr, dabei am Geschäft des Betrugsopfers Dingens vorbeikam und schließlich über die Holtenauer Hochbrücke den Kanal überquerte. Von oben konnte man trotz des diesigen Wetters die Schleusen erkennen, um die in der letzten Zeit so heftig gestritten wurde. Sie waren marode und wurden nur mühsam durch notdürftige Reparaturen im laufenden Betrieb erhalten.

Alle Argumente, dass der Nord-Ostsee-Kanal bedeutend für die gesamte Wirtschaft sei, da die Warenströme sonst um das Skagerrak herum an Deutschland vorbeigeleitet würden, stießen in Berlin auf taube Ohren. Ein bayerischer Verkehrsminister verstand nichts von den Verflechtungen der maritimen Wirtschaft. Dem fehlt das globale Denken, dachte Lüder. Global! Das war für ihn fast ein Reizwort.

Auf dem Parkplatz fand er den Porsche. Lüder stellte seinen BMW zwei Plätze weiter ab. Bis zu Waldows Bungalow waren es nur wenige Schritte. Nachdem er den Klingelknopf betätigt hatte, erklang die Marseillaise. Lüder schmunzelte. Schon bei seinem ersten Besuch fand er diesen Klingelton originell.

Waldow öffnete, bevor die letzten Takte verklungen waren. Er riss förmlich die Tür auf und hielt mitten in der Bewegung inne, als er Lüder sah. Offenbar hatte Waldow einen anderen Besucher erwartet.

»Sie«, sagte er gedehnt. Die Überraschung stand ihm ins Gesicht geschrieben.

»Darf ich hereinkommen?«, fragte Lüder.

Waldow sah an ihm vorbei und suchte den Fußweg zwischen den Häusern ab.

»Im Augenblick ist es ungünstig.«

»Es passt nie, wenn die Polizei vor der Tür steht«, erwiderte Lüder. »Wir können natürlich auch vor der Tür miteinander sprechen. Ich würde mir meine Polizeimütze aus dem Auto holen, und alle Nachbarn hätten ihren Spaß daran.«

Waldow sah noch einmal den Fußweg hinunter. Dann sagte er ungehalten: »Kommen Sie rein.«

Er führte Lüder in das Zimmer, das er von seinem ersten Besuch kannte.

»Worum geht's? Ich bin in Eile.«

»Es geht um den Virus, den Sie auf dem Rechner von Herrn Dingens und anderen platziert haben, nachdem Ulf Besenreither Software entwickelt hatte. Im Vertrauen auf Ihre vorgespielte Großzügigkeit dem Jungen gegenüber hat er Ihnen geglaubt und ist überhaupt nicht auf die Idee gekommen, dass Sie hinter der Manipulation stecken. Ein interessantes Geschäftsmodell. Sie sorgen für den Virus und kassieren für dessen Beseitigung. Das ist die moderne Art der Schutzgelderpressung.«

»Das stimmt nicht«, protestierte Waldow. »Die Erkennung und Bereinigung des Schädlings erfolgte durch die ›securus consulting‹.«

»Die Sie – rein zufällig – als Lösung präsentieren konnten.«

»Ist es strafbar, Insiderwissen zu haben, die Branche zu kennen?«

»Ja«, sagte Lüder.

»Wie?« Waldow sah ihn irritiert an.

»Nehmen Sie den Finanzmarkt. Da werden Insidergeschäfte streng verfolgt.«

»Das ist nicht vergleichbar.«

»Richtig. Dort wird nur das Wissen ausgenutzt, während Sie aktiv manipuliert haben. Das ist Betrug.«

»Wie kommen Sie darauf?«

»Die Anlage Ihres Betrugs erklärt vieles selbst. Außerdem haben wir die Software, und zwar auf dem Stand, bevor Sie sie in Händen hatten und nach Ihrem Eingriff.«

»Aber …« Dolf Waldow hielt mitten im Satz inne. Mit offenem Mund starrte er Lüder an.

»Die Buchhaltung der ›securus consulting‹ wird eine weitere Quelle sein. Dort erfahren wir, wie oft und aus welchem Grund man Ihnen Provision für die Vermittlung von Aufträgen gezahlt hat. Meinen Sie nicht, dass das genügend Beweise sind? Außerdem finden wir auf Ihrem Rechner mit Sicherheit Hinweise, mit welchen Werkzeugen Sie den Virus untergejubelt haben.«

»Sie können doch nicht –«

»Doch«, erwiderte Lüder. »Wir können.«

»Dazu brauchen Sie aber eine –«

»Irrtum. Es ist Gefahr im Verzug. Sie würden doch alle Platten neu formatieren, wenn wir nicht Ihre Computer sicherstellen würden.«

»Aber … Ich bin dann doch handlungsunfähig. Sie zerstören meine ganze Existenz.«

»Wenn die auf tönernen Füßen steht – schon. Ein Fundament aus Unredlichkeit hält nicht lange. Diese Erfahrung haben vor Ihnen schon viele andere gemacht. Wollen Sie mir etwas beichten?«

»Ich bin unschuldig.«

Lüder lachte. »Das ist mit Sicherheit die Redewendung, die am häufigsten vor Gericht verwendet wird. Wir sind ein bösartiges Land. In unseren Gefängnissen sind rund die Hälfte der Insassen Justizirrtümer und Willküropfer.«

»Lassen Sie mich noch schnell eine Datensicherung machen«, sagte Waldow und sprang auf.

»Äh, äh!« Lüder schüttelte den Kopf. »Versprochen. Die Kollegen gehen ganz sorgsam mit Ihrem Equipment um.«

Waldow resignierte sichtbar.

Lüder wählte die Rufnummer der Kriminalpolizeistelle Kiel an und ließ sich mit Kommissar Hirthe verbinden.

»Lüders. Herr Hirthe. Sie erinnern sich an den Fall mit der manipulierten Software?«

»In Schilksee?«

»Genau. Ich bin jetzt vor Ort. Wir müssten hier eine Sicherstellung vornehmen, bevor der Verdächtige Beweismittel beiseiteschaffen kann.«

»Ich denke, wir wollten damit noch warten und die Aktion sollte von uns durchgeführt werden und nicht vom LKA.«

»So hatten wir es vereinbart. Die Entwicklung der Ermittlungen hat mich aber gezwungen, anders zu verfahren.«

Hirthe versprach, die Folgeaktivitäten zu organisieren.

»Schicken Sie eine Streife hierher, damit der Verdächtige keine Manipulationen vornimmt.«

»Die Kollegen werden begeistert sein«, sagte Hirthe. »Bei der dünnen Personaldecke warten die auf Einsätze dieser Art.«

Lüder nahm Platz. Schweigend saßen sich die beiden Männer gegenüber.

Als Waldow vorgab, sich aus der Küche ein Getränk holen zu wollen, begleitete Lüder ihn.

Waldow war damit beschäftigt, ein französisches Mineralwasser in ein Glas zu füllen, als die Marseillaise erklang. Er erschrak so heftig, dass er die Hälfte des Inhalts auf die Arbeitsfläche verschüttete.

»Mist«, fluchte er und schüttelte sich die Nässe von den Händen. Er suchte ein Handtuch, zerrte daran und riss den Aufhänger ab.

»Ihr Besucher läuft uns nicht davon«, sagte Lüder ruhig. Er folgte Waldow zur Haustür und stellte sich etwas versetzt hinter ihn.

Der Hausbesitzer zögerte, als wolle er sich davor drücken, die Tür zu öffnen.

»Los, machen Sie schon«, ermunterte ihn Lüder.

In Zeitlupe drückte Waldow die Klinke herunter und zog die Tür auf.

Der Besucher gewahrte zunächst Dolf Waldow, dann sah er Lüder und stutzte. Die Überraschung war gelungen.

»Hallo«, sagte Lüder. »Mich haben Sie nicht erwartet.«

Der Besucher sah ihn erstaunt an.

»Nein«, sagte er leise und blickte unschlüssig zwischen Waldow und Lüder hin und her.

»Kommen Sie herein, Herr Rottenberg«, sagte Lüder, als wäre er der Hausherr.

Zögerlich trat der wissenschaftliche Mitarbeiter von Professor Eglschwiler ein.

Lüder trat zur Seite. »Wir sitzen im Wohnzimmer«, erklärte er. »Gehen Sie voraus. Sie kennen ja den Weg.«

Rottenberg fiel darauf herein. Ohne Zögern ging er in den Raum. Er war nicht das erste Mal in diesem Haus.

»Was führt Sie hierher?«, fragte Lüder direkt.

Rottenberg sah Lüder an, dann wanderte sein Blick weiter zu Waldow.

»Wir haben einen Termin. Dolf und ich.«

Rottenberg hatte seinerzeit bei der Befragung durch Lüder nicht geleugnet, Dolf Waldow zu kennen.

»Darf ich Einzelheiten erfahren?«

»Es geht um fachliche Dinge.«

»Genau die möchte ich hören.«

»Dolf … Herr Waldow hat sich darauf spezialisiert, für die Sauberkeit von Software zu sorgen. In diesem Punkt berät er Unternehmen und Institutionen.«

»Herr Waldow verspricht den Unternehmen eine virenfreie Umgebung.«

»So könnte man es nennen«, bestätigte es Rottenberg.

»Hmh«, murmelte Lüder halblaut. »Da ist der Paulus zum Saulus geworden.«

»Heißt das nicht genau umgekehrt?«, merkte Rottenberg an.

»Meistens«, antwortete Lüder ausweichend. »Aber nicht immer.«

»Also«, setzte Rottenberg wieder an. »Im Elfenbeinturm der Universität laufen Sie schnell Gefahr, den Kontakt zur Realität zu verlieren. Was nützt eine akademische Betrachtung, wenn Sie nicht mehr wissen, was an der Front passiert? Wir möchten den Studierenden ja nichts vom Himmel erzählen, sondern Ihnen Wissen und Werkzeuge an die Hand geben, mit denen Sie in der Praxis arbeiten können. Natürlich ist es ein Spagat, darüber nicht den theoretischen Überbau, die Wissenschaft und Forschung zu vergessen. Während Tell, also Professor Eglschwiler, ein *Egghead* ist, versuchen wir, Meerwein und ich, die Praxis mit einzubinden. So kommt es, dass wir uns austauschen.«

»Austauschen? Das klingt nach einem gegenseitigen Geben und Nehmen.«

»Richtig. Als Dank für unser Brainstorming erhält Dolf Einblick in Dinge, die nicht jedem gewährt werden.«

»Das wäre?«

»Tja.« Rottenburg kratzte sich den Kopf, als müsse er überlegen. »Wir haben schon Nächte damit zugebracht, über Viren und Angriffsmöglichkeiten auf Rechnersysteme zu diskutieren. Leider ist es rein hypothetisch. Die kreativen und abenteuerlich klingenden Ideen lassen sich aus verständlichen Gründen nicht umsetzen.«

»Ich entnehme Ihren Ausführungen ein tiefes Bedauern.«

Rottenberg nickte. »Es klingt vielleicht abwegig, aber wenn Sie eine Bombe gebastelt haben, möchten Sie auch wissen, wie laut sie knallt.«

»Oder welche Zerstörungskraft sie hat«, wandte Lüder ein.

Rottenberg schien zu erschrecken. »Oje. Das natürlich auch. Daran habe ich bei meiner Metapher nicht gedacht.«

»Ich darf vermuten, dass eine Bombe im übertragenen Sinn im Internet viel verheerendere Auswirkungen haben kann als ein realer Sprengkörper.«

»Davon ist auszugehen«, bestätigte Rottenberg.

Spontan fielen Lüder die Angriffe auf den Supermarkt und das Krankenhaus in Oldenburg ein. Bisher gab es noch keine Meldung der Täter, keinen Erpressungsversuch. Hatten in diesen Fällen ein paar enthusiastische Verrückte ihre »Bombe« gezündet? Wie viele Leute gab es, die so dachten wie Rottenberg, der das freimütig vor Lüder ausplauderte?

In einem früheren Gespräch hatte Rottenberg angedeutet, dass Waldow die Universität nicht freiwillig verlassen hatte. Man hatte ihm vorgeworfen, bei Arbeiten getäuscht zu haben. Andere werden damit Verteidigungsminister, dachte Lüder. Und Waldow hatte auch ohne akademische Ehren einen erfolgreichen Weg beschritten. Wie schwer dabei der unredliche Anteil wog, mussten die Richter feststellen. Eine zweite Frage war, ob Waldow seine Einkünfte auch versteuert hatte. Deutsche Finanzämter spaßten nicht mit Leuten, die versuchten, Gelder an ihnen vorbei zu vereinnahmen.

Und wenn Dolf Waldow den experimentierfreudigen Rottenberg getäuscht und ausgenutzt hatte? So wie Waldow Ulf Besenreither für seine Zwecke missbraucht hatte?

Sie wurden durch die Marseillaise unterbrochen.

»Ob Sie bitte öffnen würden?«, bat Lüder Waldow.

»Nanu. Erwarten wir noch jemanden?«, fragte Rottenberg.

»Ja. Mehrere. Das wird eine Steifenwagenbesatzung sein, die darauf achtet, dass nichts angerührt wird, bevor die Techniker kommen und die Computer sicherstellen, die hier im Hause stehen.«

»Bitte?«, fragte Rottenberg ungläubig.

»Das ist *meine* Bombe«, sagte Lüder und blieb Rottenberg eine Erklärung schuldig.

Er instruierte die beiden Beamten und fuhr zurück ins Landeskriminalamt.

Auf der Fahrt versuchte er vergeblich, Frank Hundertmarck zu erreichen. Der Geschäftsführer der »securus consulting« blieb verschwunden.

Im Institut für Informatik hatte Lüder erfahren, dass Professor Eglschwiler mit dem Flugzeug von Mailand nach Hamburg zurückkehren würde. Von dort wollte er den Bus zum Kieler ZOB nehmen, der um dreizehn Uhr eintreffen sollte.

Lüder wartete in der düster wirkenden Anlage unter dem Parkhaus am Bahnhof. Hier wirkte alles ein wenig abstoßend und trostlos. Die Stadt bot ihren mit dem Bus anreisenden Gästen kein Willkommensentree.

Der gelbe »Kielius«-Bus der Autokraft hatte acht Minuten Verspätung. Lüder stellte sich ein wenig abseits und wartete, bis das Dutzend Fahrgäste ausgestiegen war. Ein paar Reisende standen unschlüssig herum, nachdem sie ihr Gepäck entgegengenommen hatten, und suchten sich zu orientieren. Es gab nur einen Mann, der ein Informatik-Professor hätte sein können, wenn man das ungefähre Alter mit einbezog. Eglschwiler trug seinen kamelhaarfarbenen Mantel offen. Darunter waren ein braunes Sakko und eine Edeljeans zu erkennen. Das Gesicht war durch den breitkrempigen Hut verborgen. Der Professor wollte sich Richtung Bahnhofsvorplatz wenden. Dort standen die Taxis. Er sah sich um, blickte kurz Lüder an, dann wanderte sein suchender Blick weiter. Möglicherweise erwartete er jemanden, der ihn abholen wollte.

Er gab sich einen Ruck und ging los. Lüder folgte ihm, wurde aber von einem älteren Ehepaar angesprochen.

»Entschuldigen Sie, können Sie mir sagen, wo die Stadt ist?«, fragte der Mann mit unverkennbar süddeutscher Klangfärbung in der Stimme.

Lüder wollte entgegnen, dass sie sich mitten in der Stadt befänden, als er durch quietschende Pneus abgelenkt wurde.

»Huch«, schrie die Frau vor ihm auf und hielt erschrocken ihre Hand vor den Mund.

Seitlich versetzt hinter dem Bus war ein Dreier-BMW zum Stehen gekommen. Das Fahrzeug war durch das Heck des Busses ein wenig verdeckt, sodass Lüder nicht sehen konnte, ob es lediglich eine Notbremsung war oder ob der BMW möglicherweise einen Fußgänger angefahren hatte. Ein Zusammenstoß mit einem anderen Fahrzeug war auszuschließen, da das typische Aufprallgeräusch ausgeblieben war.

Die Türen des BMW wurden aufgerissen, und zwei Männer sprangen heraus. Beide hatten das Gesicht mit einer Skimaske verdeckt, in die Löcher geschnitten waren.

Die Menschen aus dem Bus schrien auf, während Lüder vorwärtssprintete, aber durch das ältere Ehepaar und andere Fahrgäste behindert wurde, die mit ihrem Gepäck eine Barriere bildeten.

Die Männer aus dem BMW rannten die wenigen Schritte bis zu Professor Eglschwiler und versuchten, ihn zu packen, aber der wehrte sich. Er schlug nach einem der Angreifer, während die beiden an ihm zerrten.

Eglschwiler versuchte zu treten und erwischte den Kleineren, der kurzfristig in die Knie ging, aber nur so weit, dass er sie anwinkelte. Sein Kumpan schlug dem Professor brutal mit der Faust ins Gesicht. Sofort schoss Blut aus Nase und Mund. Eglschwilers Kopf wurde nach hinten geschleudert. Das Überraschungsmoment und den kurzen Augenblick des Schocks nutzten die beiden Männer aus, um ihr Opfer zum BMW zu schleifen.

Diese kurze Zeitspanne reichte Lüder, um die Hindernisse vor ihm zu überwinden. Es waren nur vier bis fünf Meter, die ihn von den Entführern trennten. Der Größere versuchte, in den Fond zu kriechen und den Professor hinter sich herzuziehen, während der andere von außen Eglschwiler in den BMW drücken wollte.

Lüder hatte beim Sprint vollen Anlauf genommen und sprang dem Täter mit seinem ganzen Gewicht in den Rücken. Dabei hob Lüder ein wenig ab und streckte seine Knie vor. Es krachte und knackte vernehmlich. Der Mann schrie auf, ließ den Professor los und sackte wie vom Blitz getroffen zusammen. Lüder bekam Eglschwiler zu fassen, krallte sich in dessen Mantel und hielt ihn fest. Der zweite Täter versuchte von innen, am Professor zu zerren, aber der half Lüder, indem er mit den Füßen gegen die Schwelle des BMW drückte.

In diesem Moment heulte der Motor des Wagens auf. Der BMW machte einen Satz vorwärts. Die offene Tür schlug gegen das Heck des Busses. Es knallte blechern. Der Professor rutschte mit seinem Oberkörper am Fahrzeug entlang, geriet aber zum Glück nicht unter das Hinterrad.

Mit quietschenden Pneus entfernte sich der BMW.

Lüder lag zur einen Hälfte über dem Professor, zur anderen verdeckte er den zweiten Täter. Bevor der reagieren konnte, hatte Lüder ihn am Boden fixiert. Der Mann war immer noch durch Lüders Anspringen benommen, sodass es keine Mühe bereitete, ihm Handfesseln anzulegen. Dann sah Lüder nach Eglschwiler, dessen Gesicht blutüberströmt war. Auch Mantel, Hemd und Sakko hatten etwas abbekommen.

»Sind Sie in Ordnung?«, fragte Lüder.

Der Professor nickte und wischte sich mit dem Ärmel über Mund und Nase. Nachdenklich starrte er auf den verschmierten Stoff.

»Was war das denn?«, fragte er mit belegter Stimme.

»Die wollten Sie entführen«, erklärte Lüder.

»Mich? Blödsinn.«

»Lüders, Landeskriminalamt«, sagte Lüder und drückte den Täter unter sich wieder auf den kalten Fußboden, als der sich rührte und leise stöhnte.

»Mann, hier ist aber Action«, hörte Lüder die Stimme eines jüngeren Mannes, der in Begleitung einer Frau ebenfalls zu den Busfahrgästen gehört hatte. »Da denkt man, die Fischköpfe sind so cool und träge. Meine Kumpel haben immer gesagt, sie möchten in Kiel nicht tot überm Zaun hängen.«

»Da werden Sie gleich baumeln«, herrschte ihn Lüder an. »Wegen unterlassener Hilfeleistung. Los. Rufen Sie einhundertzwölf an und fordern Sie zwei Rettungswagen an.«

Er selbst drückte mit dem Knie den Entführer nach unten, angelte nach seinem Handy und wählte die Eins-Eins-Null.

»Lüders. LKA. Am Kieler ZOB hat es soeben eine versuchte Entführung gegeben. Die Täter sind flüchtig mit einem Dreier-BMW, Farbe dunkelblau, Kennzeichen …« Er nannte die Kieler Kombination. »Besonderes Merkmal des Fahrzeugs: Die hintere rechte Tür ist beschädigt. Möglicherweise lässt sie sich nicht schließen. Das Fahrzeug flüchtete in Richtung Stresemannplatz. Achtung. Die Täter sind möglicherweise bewaffnet und gewalttätig.«

»Wir werden die Ringfahndung einleiten«, versprach der Beamte in der Leitstelle.

Lüder hatte den Notruf noch nicht beendet, als zwei Beamte der Bundespolizei von der nahen Wache im Hauptbahnhof auftauchten.

»Ich bin vom LKA«, sagte Lüder und stand auf. »Der Bursche hier war an einer versuchten, aber missglückten Entführung beteiligt.«

Lüder löste sich vom Täter und zog ihm die Skimaske vom Kopf. »Mal sehen, wie so ein Bösewicht aussieht.«

Zum Vorschein kam ein derb wirkendes Gesicht, das durch hochstehende Wangenknochen und schmale Augen geprägt war. Lüder schätzte, dass der Mann aus Osteuropa stammte.

»Wie heißen Sie?«, fragte er, erhielt als Antwort aber nur ein Stöhnen.

Die beiden Beamten packten den Täter und zogen ihn hoch. Sofort sackte er in die Knie und stöhnte vor Schmerz erneut auf.

»Vorsichtig«, mahnte Lüder, als einer der Bundespolizisten knurrte: »Harter Junge, was? Aber selbst nichts abkönnen. Das mögen wir haben.«

»Der Mann ist vielleicht verletzt«, sagte Lüder.

»Dann hätte er zu Hause bleiben sollen. Da wäre ihm nichts passiert.«

Im Unterbewusstsein nahm Lüder das Getuschel der Passanten

wahr. Obwohl in dieser finsteren Ecke nicht viel Betrieb war, sammelte sich doch eine Gruppe Schaulustiger an, die einen Ring um das Geschehen bildeten.

Lüder beugte sich zu Eglschwiler hinab, der mit dem Rücken gegen die Hinterseite des Busses lehnte.

»Geht es Ihnen gut?«, fragte Lüder.

Der Professor nickte. »Sie sind vom LKA, habe ich mitbekommen?«, fragte er. Sein Schweizer Dialekt klang durch die Gesichtsverletzung nasal.

»Ich wollte Sie abholen, da ich ein paar Fragen an Sie habe.«

»An mich?«

»Ja.«

»Was denn?«

Mehrere schaulustige Passanten hatten sich zu den beiden herabgebeugt und lauschten begierig dem Dialog.

»Das klären wir später«, sagte Lüder.

Inzwischen war der erste Streifenwagen vom zweiten Polizeirevier aus der Falckstraße eingetroffen. Mit Unterstützung der Bundespolizisten drängten die Beamten die Schaulustigen zurück. Kurz nacheinander hielten zwei Mercedes-Sprinter-Rettungswagen der Kieler Feuerwehr. Die Rettungsassistenten nahmen sich der beiden Verletzten an.

»Der da«, dabei zeigte Lüder auf den Täter, »muss ständig bewacht werden. Er hat Kontaktverbot mit jedem. *Jedem!*«, betonte Lüder noch einmal ausdrücklich.

»Geht in Ordnung«, sagte der bullige Oberkommissar.

Lüder gab dem Professor seine Visitenkarte. »Rufen Sie mich bitte an, wenn Sie versorgt sind. Es ist sehr wichtig. Ich möchte Sie nicht beunruhigen, aber möglicherweise versuchen die Täter es ein weiteres Mal.«

»Warum nur, verflixt?«, schimpfte Eglschwiler und wurde durch den Arzt abgelenkt, der ihm im barschen Ton erklärte, er solle sich auf die Fragen der Rettungsleute konzentrieren.

»Nehmen Sie die Namen der Zeugen auf. Das sind alle Leute, die mit dem Bus gekommen sind«, bat Lüder den Oberkommissar. »Die müssen verhört werden. Fordern Sie dazu Hilfe von Hauptkommissar Vollmers von der Bezirkskriminalinspektion an.«

»Geht in Ordnung. Noch was?« Der Oberkommissar hob fragend die Augenbraue.

»Haben Sie schon gehört, ob die eingeleitete Ringfahndung erfolgreich ist?«

»Wie sollte ich?«, maulte der Oberkommissar. »Sie haben mich mit genügend anderen Aufgaben eingedeckt.« Er musterte Lüder. »Sie sind doch auch Augenzeuge. Wie steht es mit Ihrer Aussage?«

»Selbstverständlich werde ich auch eine schriftliche Aussage erstellen«, versicherte Lüder.

Er wartete noch, bis Oberkommissar Horstmann, ein Mitarbeiter von Vollmers, eintraf und alles Weitere am Tatort organisierte.

»Wo sind Täter und Opfer?«, fragte Horstmann.

»Beide im Krankenhaus, der Täter im Städtischen Krankenhaus in der Chemnitzstraße, das Opfer in der Uniklinik. Ich möchte nicht, dass die beiden aufeinanderstoßen.«

»Klar doch«, knurrte Horstmann.

Für Lüder gab es hier nichts mehr zu erledigen. Er fuhr zunächst nach Hause, um sich zu säubern und die Kleidung zu wechseln, auf der überall Blutspritzer verteilt waren.

»Eh, boah! Das ist ja heiß. Hast du einen umgelegt? Mann, der muss aus allen Rohren geblutet haben.« Jonas bekam vor Staunen den Mund nicht mehr zu. »Los. Erzähl mal.«

»Das war ein Kollege«, erklärte Lüder und war froh, dass Margit nicht im Haus war.

Die Neugierde wich kurzfristig einem bedauernden Entsetzen. »Echt? Ist er tot?«

»Du solltest deine Phantasie in deinen Aufsätzen ausleben. Das wäre produktiver. Der Kollege hat sich beim Bleistiftanspitzen verletzt. So muss ich jetzt meine Kleidung wechseln.«

»Du spinnst.« Jonas war nicht mehr so klein, dass er solchen Geschichten Glauben schenkte.

»Jetzt siehst du, wie gefährlich der Job eines Beamten am Schreibtisch ist. Entweder man fügt sich beim Anspitzen eine Verletzung zu, oder man fällt während des Büroschlafs vom Stuhl. Deshalb haben alle Beamten, übrigens auch alle Angestellten in der Wirtschaft, Bürostühle mit Armlehnen.«

»Du tüterst«, sagte Jonas enttäuscht. »Nun mal ehrlich. Was hat da geschockt?«

»Du!«

»Was, ich?«

»Du hast geschockt. Und zwar mich. Nun lass mich zufrieden. Ich muss wieder los.«

»Erzähl erst mal, was das war. Die Suppe auf deinen Klamotten. In echt.«

»Nimm Wattestäbchen und reinige dir die Gehörgänge. Ich hab es eben erzählt.«

»Das ist Verarsche.«

Lüder streckte den Zeigefinger aus und wies auf Jonas.

»Siehst du. Das ganze Leben kann Verarsche sein, wenn man nicht aufpasst. Darum haben wir mit euch immer ›Spitz, pass auf‹ gespielt, als ihr kleiner wart.«

»Nun komm. Lass hören. Was war das?«

»Lies morgen die Zeitung. ›Drama im LKA – Kriminalrat schneidet die Blutwurst während des Mittagessens von der falschen Seite an‹.« Lüder malte dabei mit beiden Händen großflächig in der Luft.

»Dann eben nicht«, sagte Jonas. Er unternahm gar nicht den Versuch, seine Enttäuschung zu verbergen.

Lüder erklomm die Treppe ins Obergeschoss, entledigte sich seiner Kleidung, duschte und zog sich frische Sachen an. Dann fuhr er ins Landeskriminalamt zurück.

Er rief Vollmers an, der bereits von seinem Mitarbeiter Horstmann informiert worden war.

»Der Täter ist im Krankenhaus. Nach ersten Einschätzungen hat er Prellungen und Blutergüsse und einen Rippenbruch, als er nach vorn gestoßen wurde. Er wird noch heute Abend, spätestens aber morgen früh in die JVA überstellt. Innere Verletzungen scheint er keine zu haben.«

Lüder atmete erleichtert auf. Natürlich war Gefahr im Verzug gewesen. Es ging ihm aber nicht um die Darstellung der rechtlichen Position; es widerstrebte ihm, Menschen Schaden zuzufügen, auch wenn es Gesetzesbrecher waren.

»Wir wissen auch, wer der Mann ist«, erklärte Vollmers und fuhr fort: »Er heißt Vlad Bălănești und stammt aus Krischinau in der Republik Moldau. Bălănești wird in Deutschland geduldet. Damit dürfte es jetzt aber vorbei sein, da er ein längeres Strafregister hat. Diebstahl, Raub, Förderung der Prostitution und Körperverletzung.«

»Haben Sie …?«

Vollmers pustete entrüstet in den Telefonhörer. »Natürlich! Bălăneştis Akte liest sich wie ein Adressregister von Kiels Unterwelt. Am deutlichsten sticht Traian Popescu hervor, ein Rumäne. Der hat eine noch längere Latte an Vorstrafen. Er ist erst vor vier Monaten in Neumünster entlassen worden. Dort hat er vier Jahre wegen schweren Raubes eingesessen. Popescu gilt als äußerst gewaltbereit. Er hat nur dem Schweigen unter Knastbrüdern zu verdanken, dass er seine Zeit nicht weiter hinter Gittern verbringt. Er steht im dringenden Verdacht, in der JVA einen Mitgefangenen zum Invaliden geprügelt zu haben. Der Mann, an sich auch ein schweres Kaliber, ist seitdem auf einem Auge blind und hat ein steifes Bein.«

»Da haben wir uns eine reizende Kundschaft ausgesucht.«

»Sie! Wir haben es immer nur mit ›harmlosen‹ Mördern zu tun«, sagte Vollmers. Aus seiner Stimme war herauszuhören, dass er seine Aussage nicht ernst nahm.

»Und der Dritte?«

»Da haben wir noch keine Ahnung, wer das ist. Wir haben aber den Wagen entdeckt. Er ist am Schwedenkai verlassen vorgefunden worden. Ein Angestellter der ›Stena Line‹ hat die Täter angesprochen, dass sie dort nicht parken dürften. Das hat sie aber nicht gekümmert. Der Mann wird uns hoffentlich eine aussagekräftige Personenbeschreibung liefern können.«

»Das sind ja nur wenige Meter vom ZOB. Dann haben die Täter kurz nach Beginn ihrer Flucht den Wagen abgestellt.«

»Ja. Das Fahrzeug wird derzeit geborgen und kommt zur kriminaltechnischen Untersuchung. Eine Kennzeichenüberprüfung ergab, dass der Wagen von einem Autoverleih stammt. Wir haben Popescu zur Fahndung ausgeschrieben. Ich habe angeleiert, dass die Wohnung Popescus vom MEK überwacht wird. Eigentlich wäre das Ihre Aufgabe gewesen.« In Vollmers' Stimme schwang ein leichter Vorwurf mit.

»Ich könnte das nie so gut organisieren wie Sie«, lobte Lüder, obwohl er wusste, dass Schmeicheleien beim erfahrenen Hauptkommissar nicht verfingen.

Während des Telefonats hatte Lüder im Display gesehen, dass ihn ein weiterer Anrufer zu erreichen versuchte. Nach dem Gespräch mit Vollmers rief er zu Hause an.

»Sag mal, was hat das zu bedeuten?«, begann Margit ansatzlos. »Ich möchte bitte eine Erklärung.«

»Ich habe bei einem Unfall geholfen«, log Lüder.

Doch Frauen ließen sich nicht täuschen.

»Erzähl mir keine Märchen. Jonas hat mir gesagt, du wärest in eine Schießerei verwickelt gewesen.«

»Das ist kindliche Phantasie. Es war ein Unfall. Ich war zufällig Zeuge und habe eingegriffen.«

»Eingegriffen?« Margit blieb skeptisch. »Das ist eine merkwürdige Umschreibung. Für gewöhnlich *greift* man bei einem Unfall nicht *ein*.«

»Es war wirklich so.«

»Was ist mit dem Blut im Zeitalter von Aids?«

»Der von der Boulevardpresse verbreiteten Hysterie müssen wir nicht anheimfallen. Das Unfallopfer ist ein renommierter Universitätsprofessor der Christian-Albrechts-Universität.«

»Und der stolpert ausgerechnet vor deinen Füßen.«

»Er ist angefahren worden. Ich war zufällig in der Nähe und habe Erste Hilfe geleistet.«

»Bei dir sind es immer Zufälle.« Es klang schon eine Spur versöhnlicher.

Lüder versprach, am Abend weitere Erklärungen abzugeben, und war froh, als Margit sich damit zufriedengab.

Anschließend nahm er Kontakt mit Professor Eglschwiler auf.

»Man hält mich noch in der Uniklinik fest«, klagte der Informatiker. »Ich muss aber dringend in mein Institut. Aua. Geht das nicht ein wenig vorsichtiger?«

Der Schluss des Satzes galt nicht Lüder. Offenbar telefonierte Eglschwiler, während er medizinisch versorgt wurde.

Lüder hielt es für die beste Lösung, in die Klinik zu fahren und den Professor dort zu befragen.

»Der ist schon wieder weg. Vor etwa«, die Stationsschwester sah auf die große Uhr an der Wand, »zehn Minuten.« Sie rollte mit den Augen. »Solche Patienten haben wir gern. War ständig am Nörgeln, und zwischendurch telefonierte er unentwegt.«

»Hat Professor Eglschwiler gesagt, wohin er fährt?«

»Ich bin mir nicht sicher, meine aber, dass er zur Uni wollte. Gehören Sie zu ihm?«, fragte sie.

»Ich bin genauso hinter ihm her wie Sie und würde mich freuen, wenn er einmal ein paar Minuten stillsitzen würde.«

»Das mögen Sie sagen.« Sie schenkte Lüder einen koketten Augenaufschlag. »Viel Erfolg«, wünschte sie ihm und verschwand in einem der Krankenzimmer.

Lüder beschloss, die etwa eineinhalb Kilometer bis zum Institut für Informatik zu Fuß zu gehen. Erfahrungsgemäß waren Parkplätze rund um die Alma Mater rar.

Er durchquerte einen kleinen Park, fand eine der seltenen Gelegenheiten, bürgerliche Kieler Wohnquartiere mit einer Prise Muße zu betrachten, und wurde bald darauf von der Lebendigkeit der Holtenauer Straße eingefangen. Die Olshausenstraße, in die er abbog, zeigte nicht weniger Verkehr und Hektik, führte aber bis zum Areal der Universität.

Er wandte sich an die ihm schon bekannte Mitarbeiterin, die ihn ins Vorzimmer des Professors führte. Dort regierte eine resolut auftretende Frau mit hochgesteckten Haaren. Vermutlich tat Lüder ihr unrecht, wenn er annahm, sie habe die Pensionsgrenze schon lange überschritten.

»Ich möchte gern mit Professor Eglschwiler sprechen.«

»Haben Sie einen Termin?«, fragte sie barsch.

»War das eine rhetorische Frage? So wie Sie hier auftreten, kennen Sie alle Termine des Profs.«

Ihr Rückgrat straffte sich. »Wer sind Sie überhaupt?« Sie maß ihn mit einem giftigen Blick.

»Michael? Gabriel? Raphael? Uriel? Suchen Sie es sich aus.«

»Ich habe keine Zeit für Spielchen. Und der Herr Professor schon gar nicht.«

»Ich habe Ihnen die Namen der vier Erzengel genannt. Ich war heute als Schutzengel für Herrn Eglschwiler tätig.«

»Dann wissen Sie, was da passiert ist?«

Lüder nickte. »Schon. Hat er«, dabei zeigte er auf die geschlossene Zwischentür, »nichts erzählt?«

»Der Herr Professor hat nie Zeit, schon gar nicht für ein paar private Worte.«

Lüder deutete auf die Tür. »Wollen Sie mich anmelden, Frau …?«

»Engel«, sagte sie.

»Und dann kennen Sie die Erzengel nicht? Das sind doch – sozusagen – Verwandte von Ihnen. Also! Was ist?«

Frau Engel griff zum Telefon.

Lüder hörte, wie Eglschwiler sie förmlich anbellte: »Ja!«

»Sie haben Besuch. Hier ist Herr …« Sie sah Lüder fragend an.

Der breitete die Arme weit aus und simulierte Flugbewegungen.

»Schutzengel«, sagte er.

»Der Herr, mit dem Sie heute Morgen zu tun hatten«, übersetzte Frau Engel Lüders Auskunft.

Prof. Eglschwiler schien Lüders Besuch genehmigt zu haben. Frau Engel stand auf, öffnete die Zwischentür und sagte: »Bitte.«

Der Raum erwies sich als erstaunlich nüchtern eingerichtet. Einfache, aber zweckmäßige Möbel; der Schreibtisch in Normgröße war kunststoffbeschichtet, der kleine Besprechungstisch mit drei einfachen Stühlen ebenfalls. Statt der Hightech-Ausstattung, die Lüder erwartet hatte, standen lediglich ein Note- und ein Netbook auf der Arbeitsfläche.

Eglschwiler trug ein Pflaster, das quer über die Nase geklebt war. Die aufgeplatzte Lippe und die anderen Schürfwunden waren gereinigt, aber nicht weiter ärztlich versorgt worden.

»Ich habe mich noch gar nicht bei Ihnen bedankt«, sagte der Professor, »obwohl ich nicht verstehe, weshalb man mich auserkoren hat. Wenn die Öffentlichkeit wüsste, wie schmählich Professoren bezahlt werden, schiede Lösegelderpressung auch als Motiv aus.«

»Ihr Kopf«, sagte Lüder und zog sich einen Besucherstuhl an den Schreibtisch heran, nachdem Eglschwiler genickt hatte.

Der Professor versuchte ein Lächeln. Es misslang. Offenbar hinderten ihn die Abschürfungen daran, das Gesicht zu verziehen.

»So schön bin ich auch nicht. Und der Inhalt des Kopfes … Damit kann niemand etwas anfangen.«

»Was verbirgt sich hinter Ihrer Stirn, das so verlockend ist, dass man Sie mit Gewalt in Beschlag nehmen wollte?«

»Das sind lauter Bits und Bytes, die unsortiert und unstrukturiert für niemanden von Interesse sind. Ich glaube, man hat es auf meine Unterlagen abgesehen.«

»Sie trugen aber keine Aktentasche, als ich Ihnen am ZOB begegnet bin.«

»Aktentasche.« Erneut versuchte Eglschwiler ein Lächeln. Auch dieser Versuch endete schmerzlich. »Das sind meine ›Unterlagen‹.« Er zeigte auf eine SD-Card, die aus einem Schlitz an der Seite des Notebooks herausragte. »Das ist mein Know-how. Wenn, dann hat man es darauf abgesehen.«

»Was haben Sie darauf gespeichert?«

»Material, mit dem ich nach Mailand geflogen bin, um es zu präsentieren, sowie die Ergebnisse des Symposiums.«

»Symposium – in der ursprünglichen Bedeutung?«, fragte Lüder.

Eglschwiler winkte lässig ab. »Sie meinen die altgriechische Übersetzung: gemeinsames geselliges Trinken. Nein! Es war eine wissenschaftliche Konferenz.«

»Zu welchem Thema haben Sie getagt?«

»Es ging um die Datensicherheit von Ländern und Institutionen, um technische, aber auch ethische und gesellschaftliche Fragen.«

»Der zweite Punkt würde mich interessieren.«

»Ich nenne Ihnen ein paar Beispiele. So gibt es bei uns Wissenschaftlern, die wir aus der technischen Ecke der Informatik kommen, durchaus einen Dissens zur elektronischen Fußfessel. Populär ist es, sie potenziellen Sexualstraftätern ans Bein zu binden. Das findet breite Zustimmung in der Bevölkerung. Philosophen, aber auch Theologen stellen jedoch die Frage, ob es mit der Menschenwürde vereinbar ist.«

Lüder öffnete den Mund und wollte antworten, aber Eglschwiler schnitt ihm mit einer Handbewegung das Wort ab und klopfte sich mit der Hand zunächst aufs Herz, dann gegen die Schläfe.

»Ich bin Vater. Im Herzen wünsche ich mir, dass unsere Kinder von solchen Untaten verschont bleiben. Aber im Kopf kann ich das Recht eines jeden einzelnen Menschen nicht verdrängen.«

Es war das Dilemma, vor dem auch die Juristen immer wieder standen. Die Menschen im Lande, insbesondere die Eltern unter ihnen, hatten kein Verständnis dafür, dass Täter, die ihre Strafe verbüßt hatten, in die Freiheit entlassen und bald wieder straffällig wurden.

»Um es vorwegzunehmen: Wir haben in Mailand keine Lösung gefunden. Nehmen wir ein anderes Beispiel. Die gestohlenen Bankdaten aus der Schweiz und Liechtenstein, die der deutsche Finanzminister hemmungslos zur Verfolgung von Steuersündern ausgewertet hat. Oder das Navigationssystem mit dem doppelten Männernamen, das ohne Wissen der Nutzer Daten über die Fahrgewohnheiten gesammelt, gebündelt und ausgewertet hat. Sicher ist es gut, wenn man so Informationen über die Nutzung bestimmter Strecken und Autobahnabschnitte erhält. Leider hat man – nein! Nicht *man*, sondern der Staat – das auch missbraucht zur Schwerpunktbildung von Verkehrskontrollen, weil man auswerten konnte, wo Autofahrer im größeren Stil Geschwindigkeitsbegrenzungen nicht beachteten. Ist das gut,

weil Tempolimits Gefahren eindämmen sollen, oder will der Stadt-
kämmerer mit dieser Abzocke das Stadtsäcklein füllen? Schließlich
sind die Einnahmen aus dieser Quelle fest eingeplant. Und wenn sich
die Autofahrer zu gesetzeskonform verhalten, fehlt im Etat einge-
plantes Geld. So muss man die Kontrollen forcieren. Das sind Fragen,
die beantwortet werden wollen.«

»Das sind sicher Themen, die nach einer Lösung verlangen«, sagte
Lüder. »Aber sie sind nicht so bedeutsam, dass man mit krimineller
Energie das Ergebnis Ihrer Konferenz an sich bringen wollte.«

»Darüber habe ich auch nachgedacht«, antwortete der Professor.
»Ich habe mir darauf keinen Reim machen können. Wir haben natürlich noch andere Themen behandelt.«

»Sie müssten mir ein paar Informationen zukommen lassen«, sagte Lüder. »Wir sprechen nicht über einen Dummejungenstreich, sondern eine schwere Straftat. Und Sie waren die Zielscheibe.«

Eglschwiler musterte Lüder nachdenklich. Gedankenverloren nagte der Professor an seiner Unterlippe und vergaß dabei, dass die auf-
geplatzt war. Erst als er den salzigen Geschmack von Blut schmeck-
te, nahm er den Dialog wieder auf.

»Das, was der Laie gemeinhin ›den Computer‹ nennt, ist heute
eine ganze Systemlandschaft im Verbund. Handy und Internet, das
ist in einem einzigen Gerät vereint. Sie finden dort jede derzeit
existierende Form technischer Kommunikation. Das System kann
zuhören und vorlesen, übersetzen und das biblische Hemmnis der
babylonischen Sprachverwirrung überwinden, das Gerät verfolgt
Sie, weiß, wo Sie sind und was Sie machen, erkennt Gesichter und
Gebärden oder Pupillen. Das ist uns in bekannten Systemen von
Zugangs- und Identifizierungssoftware vertraut, oder denken Sie
an den Großversuch im Mainzer Hauptbahnhof, als Gesichter der
Reisenden gescannt wurden. Der Große Bruder ist technisch in
der Lage, seine Bürger überallhin zu verfolgen, seine Gewohnhei-
ten und Neigungen, Hobbys, Konsumgewohnheiten und so weiter
auszuforschen. Das ist bei uns schon schlimm genug. Stellen Sie
sich ein solches Instrument in den Händen gewissenloser Diktato-
ren in totalitären Staaten vor. Sie brauchen keinen Blockwart mehr,
keine informellen Mitarbeiter wie die Stasi in der DDR. Das alles
erledigt Kollege Computer für Sie. Wenn dieses Wissen um die Allmacht der Informationstechnologie bei der breiten Masse bekannt
wird, könnte eine Panik ausbrechen. Und das Netz vergisst nie et-

was. Liebeskummer, Ärger oder die Folgen der letzten Party – was Sie dem Netz anvertraut haben, ist auf ewig dort gespeichert. Es ist der Spielplatz der Generation Web 2.0. Das gilt auch für jene, die sich – frei von jedem Talent – jemals bei YouTube lächerlich gemacht haben. Denken Sie an die arme Thessa, die aus Versehen einen *Flashmob* im Internet gestartet hat. Dabei wollte sie nur ein paar Freunde zu ihrer Geburtstagsparty einladen. Plötzlich kamen Tausende mit unübersehbaren Folgen für das Mädchen und die Eltern, aber auch die Nachbarn und die Behörden. Sozialkontakte wandeln sich. Während früher Freundschaften persönlich gepflegt wurden, nutzen viele heute das Netz, um digitale Freundschaften zu schließen. Da türmt sich Ungeheures vor uns auf. Das hat nicht nur technische Dimensionen. So sollte unsere Aufmerksamkeit als Wissenschaftler nicht nur dem Machbaren gelten, sondern auch den Folgen unseres Tuns.«

Das waren plötzlich ganz andere Aspekte, die der Professor dort beleuchtete. Eglschwiler war, wie man Lüder bisher berichtet hatte, eine Koryphäe auf dem Gebiet der Informatik. Und gerade weil man ihn als exzellenten Wissenschaftler einschätzte, galt sein Wort. Lüder konnte sich vorstellen, dass nicht jedem daran gelegen war, dass plötzlich ein prominenter Mahner davor warnte, dass die Informationstechnologie nicht nur ein Segen war.

Es war in der Tat eine Gratwanderung, auf die man sich da begab. Das galt auch für die Bundesrepublik, der niemand unterstellte, sie sei ein totalitärer Staat. Und Lüder diente Recht und Gesetz dieses Landes aus voller Überzeugung, auch wenn an manchen Stellen bedenklich am im Grundgesetze verankerten Briefgeheimnis und an der informationellen Selbstbestimmung gekratzt wurde.

»Wer stört sich an Ihrer kritischen Haltung gegenüber der Herrschaft durch den Computer?«, fragte Lüder.

Professor Eglschwiler ließ seinen Blick durch den kargen Raum wandern, bevor er Lüder ansah. »Es geht um die Datensicherheit von Ländern und Institutionen, darum, dass Informationsbedarf und Informationsbereitstellung ausgeglichen nebeneinander wirken, darum, dass diese Instrumente nicht in falsche Hände geraten und missbraucht werden. So nicht, und andersherum nicht.«

Eglschwiler überließ es Lüder, das »So« und das »Andersherum« zu interpretieren.

»Das ist Ihr Forschungsgebiet?«

»Eines. Ja«, bestätigte der Professor.

»Und wer möchte an Ihren Forschungsergebnissen partizipieren?«

»Alle.«

»Staaten?«

Eglschwiler nickte.

»Befreundete und andere?«

Erneut nickte der Professor.

»Aber auch nicht staatliche Organisationen, um es beispielsweise zu vermarkten.«

»Das Interesse ist allumfassend.«

»Wie weit sind die Amerikaner mit Ihrer Forschung?«

Eglschwiler nickte nachdenklich. »Die lassen sich auch durch ihre Verbündeten nicht in die Karten sehen.«

»Und umgekehrt?«

»Nun ja.« Der Professor schürzte die Lippen. »Kennen Sie Leute, die viel erzählen können, ohne etwas zu sagen?«

Lüder lächelte und stimmte dem Professor zu.

»Heute haben Sie einen Weiteren kennengelernt.« Ein verschmitztes Lächeln huschte über das Antlitz Eglschwilers.

»Kennen Sie Dolf Waldow?«

»Den Namen kann ich im Augenblick nicht unterbringen. Ich meine aber, ihn schon einmal gehört zu haben.«

»Anders Malmström?«

Der Professor nickte. »Wir wollen nicht im Elfenbeinturm der Wissenschaft versauern. Deshalb ist es wichtig, den Kontakt zur Praxis nicht zu verlieren. Der vertritt ein sehr innovatives, aber auch aggressiv auf dem Markt agierendes Unternehmen der Informationstechnologie.«

»Trauen Sie den Schweden und deren deutschen Statthaltern zu, dass sie im Bestreben um technologische Vorteile Grenzen überschreiten?«

»Sie wollen mir nicht sagen, welche Art von Grenzen Sie meinen«, sagte der Professor mehr zu sich selbst. Er dachte eine Weile nach. Lüder sah ihm an, dass Eglschwiler sorgfältig an seiner Antwort feilte. »Möglich«, sagte er schließlich salomonisch.

»Wie vertraut sind Sie mit Dirk Rottenberg?«

»Ist das ernst gemeint? Rottenberg ist einer meiner Assistenten. Natürlich hat er Zugang zu meinen Forschungsergebnissen. Ach, was sage ich. Die Arbeit an den Universitäten ist Teamwork. Die Zeit der Alleinunterhalter gehört schon lange der Vergangenheit an. Die Arbeit lastet auf vielen Schultern. Ich sehe es als meine primäre Aufgabe an, alles zu koordinieren, die Richtung vorzugeben und zu konsolidieren.«

Ähnliche Worte hatte Lüder schon mehrfach gehört. Das Vorgehen bei »global data framework« schien der universitären Arbeit zu ähneln. Das war nicht verwunderlich, schließlich gab es viele personelle Verflechtungen.

»Wer wusste, dass Sie heute um dreizehn Uhr mit dem Kielius vom Hamburger Flughafen in Kiel eintreffen sollten?«

»Das war doch kein Staatsgeheimnis«, wiegelte Eglschwiler ab. »Frau Engel. Und Rottenberg. Der sollte mich abholen. Eigentlich war es geplant, dass er nach Fuhlsbüttel kommt. Dann hätten wir die Fahrt nutzen können. Aber irgendetwas ist dazwischengekommen.«

Abrupt stand der Professor auf und öffnete die Tür.

»Frau Engel. Warum ist Rottenberg nicht zum ZOB gekommen?« Lüder sah die Assistentin nicht, hörte aber ihre Stimme.

»Entschuldigung, Herr Professor. Daran habe ich nicht gedacht. Herr Rottenberg hat sich heute Morgen abgemeldet.«

»Was heißt abgemeldet? Ist er krank?«

»Das weiß ich nicht. So klang es nicht. Er hat einfach nur gesagt, er kommt heute nicht.«

»Wo gibt's 'n so was?« Eine Spur Zorn schwang bei Eglschwiler mit. »Hier kann nicht jeder machen, was er möchte. Akademische Freiheit interpretiere ich anders.«

Das klang merkwürdig. Ausgerechnet an dem Tag, an dem Rottenberg seinem Professor »einen *Lift* geben sollte«, wie Angelsachsen es umschrieben, meldete sich der Assistent ab. Hatte er etwas von der geplanten Entführung gewusst? Schließlich war Lüder Dirk Rottenberg auch bei Dolf Waldow begegnet.

Der Professor begleitete Lüder aus seinem Arbeitszimmer hinaus.

»Wer wusste noch von Prof. Eglschwilers Rückkehr?«, wandte Lüder sich an Frau Engel.

»Ziemlich viele. Schließlich wollten einige etwas vom Professor.«

»Die waren aber nicht mit ihm am Kieler ZOB verabredet«, wandte Lüder ein.

»Nein.« Frau Engel begriff. »Die genaue Ankunft kannten nur Herr Rottenberg und ich.«

»Haben Sie mit jemandem darüber gesprochen? Irgendwo ein Wort fallen lassen?«

Sie schüttelte energisch den Kopf. »Nein. Das interessierte doch auch niemanden. Die wollten nur wissen, wann er wieder hier ist. Zu welchem Zeitpunkt er in Kiel eintrifft und ob mit Bahn, Bus oder Auto … Danach hat keiner gefragt. Und ich habe es nicht erzählt.«

Nachdenklich verließ Lüder das Institut für Informatik und kehrte zu seinem BMW zurück, den er bei der Uniklinik geparkt hatte.

Er hatte im Zuge seiner Ermittlungen viele Informationen zusammengetragen, überlegte er auf dem Weg zum Parkplatz. Dennoch schienen die Puzzlestücke nicht zueinanderzupassen. Als Motiv schälte sich heraus, dass jemand ein technologisches Geheimnis bewahren wollte, andere auf der Jagd danach waren. Aber wer stand auf welcher Seite?

Beweise hatte Lüder keine, aber Dustin McCormick und das merkwürdige Auftreten des Amerikaners, sein angebliches Interesse am Informatikstudium in Kiel und das professionelle Vorgehen bei der Beseitigung der Spuren ließen Lüder vermuten, dass McCormick im offiziellen Auftrag amerikanischer Behörden unterwegs war. Im Bemühen, alle Spuren, die zur wahren Identität des Amerikaners führen könnten, zu verwischen, war man aber am Ziel vorbeigeschossen, weil man McCormick in unglaubwürdiger Weise agieren ließ. Auch das Ambiente, in dem er sich bewegte, das zu große Auto passten nicht zu einem Studenten.

Lüder war sich sicher, dass der Amerikaner für einen Nachrichtendienst tätig war. Lüder tippte auf die CIA. Die amerikanische Behörde musste etwas herausgefunden haben, was im Dreieck zwischen der Kieler Uni, der »securus consulting« und der »global data framework« angesiedelt war. Man hatte McCormick enttarnt und ihn auf symbolträchtige Weise durch ein nachgeahmtes Waterboarding ermordet. Das würde auch das merkwürdige Verhalten des Generalkonsulats erklären.

Lüder fragte sich, ob mit dieser Methode »Rache« für angebliche Übergriffe der Amerikaner bei Einsätzen gegen Islamisten geübt werden sollte oder ob jemand die deutsche Polizei auf eine falsche Fährte hetzen wollte, indem man ihr die Logik und Kombinationsgabe zutraute, genau zu diesem Schluss zu kommen, aber nicht bedachte, dass Lüder noch einen Schachzug weiterdachte. Wenn es zutraf, was die nicht sehr zuverlässige Quelle Bălăneşti bei ihrer Festnahme durch das SEK behauptet hatte, war ihr unbekannter Auftraggeber ein »Ausländer«. Davon gab es im Zusammenhang mit diesem Fall aber mehrere.

Lüder hatte seinen Pkw erreicht und wollte ins Landeskriminalamt zurückfahren, als ihm Frank Hundertmarck einfiel. Der Geschäftsführer der »securus consulting« war immer noch verschwunden. Lüder suchte die Adresse des Mannes heraus und fuhr nach Rendsburg. Hundertmarck hatte eine Wohnung am Paradeplatz.

Es war dunkel geworden, es regnete, und zahlreiche Arbeitnehmer waren auf dem Weg nach Hause. Entsprechend zäh floss der Verkehr. Auf der Autobahn Richtung Rendsburg war kein Überholen möglich, da sich auf beiden Fahrspuren endlose Kolonnen entlangzogen. Das war ungewöhnlich, auch für diese Jahreszeit.

Lüder folgte dem Rat seines Navigationsgeräts und bereute es, als er im Stau vor dem Kanaltunnel stand, bei dem wegen Renovierungsarbeiten zwei Spuren gesperrt waren. Durch den Tunnel hatte sich vor der Fertigstellung der Autobahn und der Rader Hochbrücke der gesamte Fernverkehr nach Dänemark gewälzt. Im Zuge falsch verstandener Sparmaßnahmen hatte Berlin an der Wartung der Hochbrücke gespart. Jetzt drohte eine vorübergehende Sperrung, da die Bolzen marode waren, die den Mittelteil der Brücke hielten. Lüder mochte nicht daran denken, welches Chaos rund um Rendsburg herrschen würde, müsste der gesamte Verkehr durch den Tunnel umgeleitet werden.

Das ist eine weitere Methode, eine Nation zugrunde zu richten, dachte er grimmig, es geht nicht nur mittels Angriffs auf die Computernetze. Während er versuchte, Licht in die Geheimnisse um die neuen Technologien zu bringen, war er machtlos dem Verkehrschaos ausgesetzt.

Schließlich erreichte er Rendsburg. Obwohl der Paradeplatz noch zum inneren Ring der Kernstadt zählte, wirkte er wie ausgestorben. In Rendsburg erstarb das Leben mit dem Schließen der Geschäfte. Und das trübe, nasskalte Wetter tat ein Übriges.

Das große Areal wurde zur Hälfte von Bürgerhäusern umrahmt, auf der gegenüberliegenden Seite lag der Stadtpark, der durch den Stadtsee vom Zentrum getrennt war. Vom Paradeplatz führten Straßen strahlenförmig fort, die an Rendsburgs Zeit als Residenzstadt erinnerten: Prinzen- und Prinzessinstraße, König- und Königinstraße. In einem der prächtigen alten Häuser, die den Platz säumten, wohnte Frank Hundertmarck.

Lüder klingelte mehrfach, bis sich zu seinem Erstaunen eine müde klingende Stimme meldete: »Ja?«

»Lüders. Landeskriminalamt. Ich möchte mit Ihnen reden.«

»Ja. Moment.«

Der Summer ertönte, und Lüder trat ein. Hinter der schweren Holztür erwies sich das Haus als von Grund auf saniert. Man hatte mit viel Mühe das Althergebrachte bewahrt, aber das Haus vom möglicherweise vorhandenen Muff vergangener Jahre erfolgreich befreit.

Hundertmarck empfing ihn an der Wohnungstür. Der Mann sah aus, als hätte er einen tagelangen schweren Kater überstanden. Er trug einen Hausanzug. Die Füße steckten in dänischen Holzpantoffeln. Auf Socken hatte Hundertmarck verzichtet. Die Haare waren noch nass. Er musste kurz vor Lüders Besuch geduscht haben.

»Kommen Sie«, sagte Hundertmarck müde und ging in ein modern eingerichtetes Wohnzimmer voraus. Die Einrichtung war hell und freundlich gehalten, weißes Leder, weiße Möbel, die mit leicht abgetöntem Glas kombiniert waren. Der Raum war durch ein Podest optisch in zwei Bereiche gegliedert, die durch eine geschickt angebrachte Beleuchtung in ein warmes Licht getaucht wurden. Wenn das Interieur auch nicht Lüders Geschmack entsprach, war es doch durch einen persönlichen Stil geprägt.

»Möchten Sie auch einen Kaffee?«, fragte Hundertmarck und verschwand in der Küche, nachdem Lüder genickt hatte. Es erklang das Klappern, Rauschen und Zischen eines der modernen Kaffeeautomaten, die offenbar alle Anforderungen auf diesem Gebiet befriedigen konnten. Lüder hätte es nicht verwundert, wenn irgendwann auch noch die Kaffeebohnen selbst im Automaten gezogen würden.

Während Hundertmarck in der Küche mit dem Zubereiten des Getränks beschäftigt war, suchte Lüder vergeblich nach Anzeichen eines Alkoholexzesses, der Hundertmarcks Aussehen erklärt hätte.

Der Geschäftsführer balancierte zwei Designertassen und stellte eine vor Lüder ab.

»Ohne alles?«, fragte er, und ergänzte, als Lüder nickte: »Das klingt nach einem Kenner. Sie würden sonst die Crema zerstören.«

Mit spitzen Fingern griff Hundertmarck die Tasse und nahm schlürfend einen Schluck. Er ließ ein vernehmliches »Ah« hören.

Lüder versuchte ebenfalls zu trinken, setzte die Tasse aber wieder ab, nachdem er mit seinen Lippen den Rand berührt hatte.

»Ich suche Sie seit dem vergangenen Freitag«, begann Lüder ohne Vorrede. »Sie waren nicht erreichbar. Warum?«

Hundertmarck nahm erneut einen Schluck.

»Das hatte seine Gründe«, sagte er ausweichend.

»Die würden mich interessieren.«

»Das ist privat.«

»Bei Mord gibt es keine Privatsphäre.«

»Es hat nichts mit dem zu tun, was Sie untersuchen.«

»Das zu entscheiden behalte ich mir selbst vor«, sagte Lüder in scharfem Ton.

Hundertmarck seufzte. Dann breitete er die Arme aus.

»Sind Sie sich bewusst, dass Sie die Ursache für das Dilemma sind, dass Sie mich in die Situation gebracht haben, in der ich mich befinde?« Er ließ die Arme kreisen. »Sieht gut aus hier, ja? Das kaufen Sie nicht beim Discounter. Darüber musste ich nicht nachdenken. Jung, erfolgreich, verwöhnt. Ein gut bezahlter Job. Ein Traum. Und von diesem Sockel haben Sie mich gestoßen. Vielen Dank.« Der letzte Satz steckte voller Sarkasmus.

»Bitte«, sagte Lüder und schlug die gleiche Tonlage an. »Ich bin gern behilflich.« Er verstand Hundertmarcks Verbitterung nicht.

Der Geschäftsführer sah an Lüder vorbei und spielte mit seinem Pferdeschwanz, der notdürftig mit einem Gummiband zusammengehalten wurde. Lüder beschloss, »den Kohl zu machen« und es auszusitzen. Er beschränkte sich darauf, Hundertmarck zu beobachten und es ihn auch spüren zu lassen. Sein Gegenüber wurde zusehends nervöser.

»Ihr letzter Besuch im Büro … Unser Gespräch … Das war der Todesstoß. Das Ende meiner beruflichen Karriere.« Hundertmarck vollführte die Geste des Halsabschneidens. »Aus. *Fine.*«

»Wem haben Sie davon berichtet? Ich bin vertraulich damit umgegangen.«

Hundertmarck hatte Lüder keine Geheimnisse anvertraut, sich aber – zumindest im Ansatz – kritisch zu möglichen Folgen der Computerisierung geäußert. Lüder hatte dem Gespräch nichts entnehmen können, was in irgendeiner Weise als negative Äußerung hätte gewertet werden können. Außerdem hatten sie das Gespräch zu zweit in Hundertmarcks Büro geführt.

»Frisst die Revolution ihre Kinder?«, fragte Lüder, nachdem ihm klar wurde, was geschehen war.

Hundertmarck nickte schwach zur Bestätigung.

»Wussten Sie von der Verwanzung?«

Jetzt schüttelte Hundertmarck den Kopf.

Was war das für eine »Schöne neue Welt«, dachte Lüder. Da saß Hundertmarck an einer der Stellschrauben, war aber doch nichts anderes als ein kleines Licht, das seinerseits überwacht und ausspioniert wurde. Der Mann hatte lediglich geäußert, dass die neuen Technologien auch Risiken bargen. Nichts weiter. Das genügte, um ihn davonzujagen, vom vergoldeten Zug der Zukunft zu stoßen.

»Man hat mich am selben Abend mit sofortiger Wirkung von meiner Tätigkeit als Geschäftsführer entbunden«, erklärte Hundertmarck nach einigem Zögern. »Ohne Angabe von Gründen. Gleichzeitig hat man mir Hausverbot erteilt. Ich darf nicht einmal meine persönlichen Sachen abholen.«

»Wer hat Ihnen die Nachricht übermittelt?«

»Kennen Sie nicht.«

»Anders Malmström«, riet Lüder.

Hundertmarck sah erschrocken auf. »Woher …?«, stammelte er und ließ den Satz unvollendet.

»Ich kenne die Situation«, erwiderte Lüder. »Wir von der Polizei werden oft unterschätzt.«

Sein Gegenüber sah ihn mit großen Augen und offenem Mund an.

»Hat sich schon etwas ergeben?«, fragte Hundertmarck schließlich.

»Ja«, sagte Lüder knapp, ohne etwas zu erklären. Dann räusperte er sich. »Sie haben sich seit Donnerstagabend hier verkrochen?«

Hundertmarck nickte.

»Mir war hundeelend zumute. Ich weiß, was das bedeutet. Hinter den Kulissen werden Gerüchte gestreut, denen Sie als Einzelner hilflos ausgeliefert sind. Sie bekommen nirgendwo in der Branche einen neuen adäquaten Job. Das war's.«

»Und dann haben Sie sich betrunken?«

»Ist das eine Lösung?«, antwortete Hundertmarck mit einer Gegenfrage. Er gab selbst die Antwort. »Aber gut fühlte ich mich nicht. Es war ein glücklicher Umstand, dass Wu Zang Tian mich am Abend anrief. Er hatte noch eine fachliche Frage, wollte eine Entscheidung von mir. Gerüchte haben schnelle Beine, und so hatte Tian bereits davon gehört, dass ich nicht mehr zuständig war.«

»Das verstehe ich nicht«, unterbrach Lüder. »Wenn Wu Zang Tian bereits wusste, dass Sie gefeuert waren, warum wollte er von Ihnen noch etwas wissen?«

»Es gab ein Gerücht, das kreiste. Ich habe mich auch mit einer Ausrede davor bewahrt, einen Fehler zu machen, weil ich im Stillen hoffte, meine fristlose Kündigung wäre ein Irrtum. Das Bangen dauerte die ganze Nacht. Am Freitag bin ich Tians Rat gefolgt und habe seinen Vater aufgesucht.«

»Den Heilpraktiker Dr. Wu Cheng Jie?«

»Ja. Ich bin mit kalter und berechnender Technologie aufgewachsen, glaubte nur Zahlen und Fakten. Dr. Wu stammt aus einer anderen Welt. In seiner Praxis findet sich keine moderne Technik. Der Mann hört den Patienten zu und starrt während der Konsultation nicht unentwegt auf den Bildschirm. Bei Dr. Wu wirkt alles antiquiert und altbacken. Zum ersten Mal wurde mir bewusst, dass es auch noch eine andere Welt gibt als die der Computer. Es war wohltuend, mit dem alten Mann über meine Probleme zu sprechen, sich manches von der Seele zu reden. Mit wem hätte ich sonst sprechen sollen? Er hat sich mit typisch asiatischem Gleichmut meinen Kummer angehört, ohne ein Wort zu verstehen.«

»Sie haben ihm auch Geheimnisse anvertraut?«

»Nein. Natürlich nicht. Davon hätte er ohnehin nichts verstanden. Ich habe einfach nur geredet und fand es wohltuend, dass mir jemand zugehört hat. Ich habe Informatik studiert, Zahlen, Algorithmen, nüchterne Sachlichkeit. Von Schnickschnack wie traditioneller Medizin halte ich nichts. Ehrlich. So habe ich auch mit einer großen Portion Skepsis die Arznei genommen, die Dr. Wu gemixt hat. Danach habe ich geschlafen wie tot. Ich glaube, bis heute durch.« Zum ersten Mal zeigte sich der Anflug eines Lächelns auf Hundertmarcks Gesicht. »Ich will nicht behaupten, dass alles wie weggeblasen ist, aber das Mittel hat Wunder gewirkt.«

»Wie lange waren Sie bei Dr. Wu?«, fragte Lüder.

»Was weiß ich. Ist das wichtig?«

»Da Sie nun von Ihrer Verschwiegenheitspflicht entbunden sind, würde mich interessieren, womit sich die ›securus consulting‹ beschäftigt hat.«

»Das ist ein weites Feld.«

Lüder wunderte sich, dass Hundertmarck dieses Mal die Frage nicht abblockte.

»Es geht um die Erstellung von Sicherheitskonzepten, technisch wie organisatorisch.«

»Das heißt, Sie haben Software entwickelt, mit der Viren und Angriffe auf Computersysteme erkannt und bekämpft werden.«

»Ja.«

»Wie in den Fällen, in denen Dolf Waldow Sie um Unterstützung gebeten hat.«

»Das waren Peanuts, wenn ich mit dieser Formulierung eine Anleihe beim ehemaligen Vorstandssprecher der Deutschen Bank nehmen darf. Daran haben unsere Nachwuchskräfte geübt. Wir haben nicht viel daran verdient. Das meiste ist für die Vermittlungsprovision für Waldow draufgegangen.«

»Waldow hat bei Ihnen dafür kassiert, dass er Ihnen diese Geschäfte verschafft hat?«

»Richtig. Aber – wie gesagt. Das war Kleinkram. Ein paar tausend Euro.«

Für Lüder war es eine weitere Bestätigung für die krummen Geschäfte, die Dolf Waldow auf eigene Rechnung betrieb. Aber das war ein Nebenschauplatz.

»Ihr Hauptaugenmerk galt großen Kunden?«

»Ja. Damit ist heutzutage Geld zu machen. Die Gefahr lauert überall. Sie können professionellen Hackerangriffen nicht mit der Software begegnen, die private Anwender auf Ihrem Heim-PC installiert haben. Dazu bedarf es anderer Konzepte.«

»Und an solchen haben Sie bei ›securus consulting‹ gearbeitet?«

»Sogar sehr erfolgreich.«

»Wie können die das fortsetzen, wenn ihnen mit Ihrem Ausscheiden der führende Kopf fehlt?«

Hundertmarck winkte ab. »Ich war derjenige, der die Organisation zusammengehalten hat. Glauben Sie nicht, dass ich mit jedem technischen Detail vertraut war.«

»Waren Mahmud al-Rahman und Wu Zang Tian die führenden Entwickler?«, fragte Lüder.

»Das könnte man so sehen.«

»Die waren aber auch bei der ›global data framework‹ tätig?«

»Sicher. Das ist ja derselbe Konzern.«

Lüder nickte versonnen. »Das erklärt auch, dass Anders Malmström bei beiden Unternehmen Mitglied der Geschäftsführung ist.«

»Das ist zutreffend.«

»Eines verstehe ich nicht«, sagte Lüder und ließ es wie beiläufig klingen. »Die ›global data framework‹ sammelt und analysiert Daten, während die Schwester ›securus consulting‹ Systeme entwickelt und vermarktet, die genau das zu verhindern suchen.«

»Das kann ein Außenstehender nicht begreifen«, sagte Hundertmarck mit einem müden Lächeln. »So verrückt ist die IT-Welt.«

»Dann verstehen al-Rahman und der junge Wu etwas von beiden Seiten?«

»Darin liegt das Geniale.«

»War das Ihre Idee?«

»Nein«, gab Hundertmarck zu. »Ich glaube, das ging von Anders Malmström aus.«

»Wer gehört zu Ihrem Kundenkreis?«

»Konzerne, nicht nur nationale, aber auch Behörden und öffentliche Auftraggeber.«

»Staaten? Polizeibehörden? Geheimdienste?«

»Möglich«, wich Hundertmarck aus.

Lüder hatte wertvolle Informationen gewinnen können. Zu seinem Puzzle kamen immer mehr passende Teile. Mehr konnte er heute nicht in Erfahrung bringen, auch wenn Hundertmarck im begreiflichen Ärger über seine fristlose Entlassung Interna verraten hatte, die Lüder sonst nicht erfahren hätte.

»Gibt es Kontakte zu Dirk Rottenberg von der Kieler Uni?«, fragte Lüder zum Abschluss. Schließlich hatte Eglschwilers Assistent von der Heimkehr des Professors gewusst und war nicht zum vereinbarten Treffpunkt erschienen.

»Man kennt sich«, sagte Hundertmarck ausweichend. »Es sind nicht viele Köpfe, die sich auf dem IT-Parkett in Schleswig-Holstein tummeln.«

Zufrieden trat Lüder die Heimreise nach Kiel an, wenn er auch mit einem Hauch Unbehagen der Begegnung mit Margit entgegensah, die mit Sicherheit nach der Ursache für die blutbefleckte Kleidung fragen würde.

Sein Gefühl trog nicht. Margit ließ ihm kaum Zeit für eine flüchtige Umarmung, bevor sie ihn mit Fragen überfiel. Sie war sichtlich missgelaunt, als er stur bei seinen Erklärungen blieb. So schlich er sich ins Obergeschoss und klopfte an Thorolfs Zimmertür. Nichts rührte sich. Vermutlich hatte er Lüders Klopfen gar nicht gehört. Lüder versuchte es erneut. Nach dem dritten Fehlversuch öffnete er die Tür einen Spalt und steckte den Kopf hinein.

»Darf ich?«

Erschrocken fuhr Thorolf zusammen und versuchte instinktiv, etwas zu verbergen, was auf seinem Computer lief. Er schob den Kopfhörer zur Seite und fauchte Lüder an: »Was soll das? Gibt es hier keine Privatsphäre mehr?«

»Deshalb bin ich hier.«

»Wenn du die achten würdest, wärst du *nicht* lautlos bei mir eingedrungen.«

»Hast du eine Ahnung, wie viele Fremde bereits bei dir eingedrungen sind?« Lüder zeigte auf den Bildschirm. »Dadurch.«

»Blödsinn. Für wie bescheuert hältst du mich?«

»Darf ich dir etwas zeigen?«

»Du? Hast du Ahnung davon? Ihr Alten tappt doch im Blindflug durch das Netz.«

»Ich weiß viel mehr, was da abgeht, als du ahnst«, erwiderte Lüder. Sanft schob er Thorolf zur Seite.

»Eh, du machst mein System *ill*.«

»*Ill?*«

»Ja. Krank. Versau mir bloß nicht meine Einstellungen.«

»Da ist schon alles kaputt. Pass mal auf.«

Lüder rief nacheinander mehrere soziale Netzwerke auf und zeigte Thorolf, was er über den Jungen im Netz gefunden hatte.

»Na und? Das machen doch alle.«

»Findest du es lustig, wenn deine Kinder dich später sehen, wie du im Arm von einem Schulfreund betrunken herumtorkelst und dabei eine Flasche schwenkst? Selbst dein Lallen ist deutlich zu vernehmen.«

»Das war doch Fun. Außerdem machen das alle so.«

»So? Davon ist aber nichts zu lesen. Und das hier? Dein Kommentar zu den aktuellen Beschlüssen der Bundesregierung?«

»Das ist freie Meinungsäußerung. Die ist sogar im Grundgesetz verbrieft.«

»Aber nicht mit solchen drastischen Worten.«

Lüder rief ein anderes Profil auf. »Ist das einer deiner Freunde?«

»Weiß nicht.« Thorolf zeigte sich nur mäßig interessiert.

»Immerhin hast du die Freundschaftsanfrage positiv beantwortet.«

»Ist doch cool, viele Freunde zu haben.«

»Auch Leute, die du gar nicht kennst?«

»Logo. Nur die Zahl ist wichtig.«

»Sieh mal. Der nennt sich ›nuoret rakastaja‹. Ist das nicht verrückt?«

»Was soll der Scheiß. Ist doch egal, wie der Typ sich nennt.«

»Findest du? Ich habe die Verbindung zwischen dir und ihm herstellen können. Das kann auch jeder andere. Wollen wir uns mal das Profil ansehen?«

»Was bringt das?«

Lüder wechselte zu »nuoret rakastaja«. Auf dem Foto zum Profil erschien ein Koalabär.

»Cool«, meinte Thorolf.

»Lies weiter«, forderte Lüder ihn auf.

Thorolf überflog den Text. Mit jeder neuen Zeile verfinsterte sich seine Miene.

»Was soll denn der Scheiß?«, empörte er sich und rückte unwillkürlich ein Stück vom Computer ab. »Der ist ja nicht ganz dicht. Das ist doch anormal.«

»Du hast es also erkannt«, stellte Lüder fest.

»Klar. Der versucht, sich über das Netz an Jugendliche heranzumachen. Diese Sau.«

»So deutlich hat er es aber nicht geschrieben.«

»Das nicht«, gab Thorolf zu. »Aber für mich ist das klar.«

»Hast du eine Ahnung, was das Pseudonym bedeutet?«

»Nuoret rakastaja«, las Thorolf stotternd vor. »Klingt russisch.«

»Nein. Das ist finnisch. Übersetzt heißt das ›Liebhaber von Jungen‹.«

Thorolf rückte noch ein Stück weiter vom Computer ab. »Dieses Miststück.«

»Und mit dem bist du befreundet.«

»Ich hatte doch keine Ahnung. Wenn ich das gewusst hätte …«

»Du hast die Freundschaftsanfrage aber bestätigt.«

»Ich kann doch nicht alles lesen. Dafür schwirrt viel zu viel im Netz herum. So viel Zeit hat doch keiner.«

»Die Zeit sollte man sich aber nehmen. Sonst passiert so etwas.«

Mit spitzen Fingern setzte sich Thorolf an den Computer, rief sein Profil auf und löschte die Verbindung zu »nuoret rakastaja«.

»Fühlst du dich jetzt besser?«, fragte Lüder.

Thorolf brummte etwas Unverständliches.

»Ich wollte dir damit nur zeigen, wie gefährlich es ist, ohne nachzudenken im Welt-weit-Netz zu arbeiten. Alles klar?«

Thorolf nickte. »Woher weißt du das eigentlich?«, fragte er.

»Du unterschätzt unsere Generation«, antwortete Lüder ausweichend.

Er hatte nicht die Absicht, Thorolf zu erklären, dass er selbst am Vorabend »nuoret rakastaja« eingerichtet hatte. Er verließ das Zimmer des Jungen, ging ins Schlafzimmer und rief das Profil des angeblichen Finnen auf. Mit Erleichterung stellte Lüder fest, dass noch niemand anderer auf dieses Profil gestoßen war. Schnell löschte er es. Er hatte nicht nur Thorolf demonstrieren wollen, mit welcher Vorsicht man sich im Dschungel des World Wide Web bewegen sollte. Lüder hatte auch mit Schrecken festgestellt, wie einfach es war, in der Anonymität des Internets Menschen zu manipulieren.

Er ging ins Wohnzimmer und setzte sich zu Margit.

»Du bist mir noch eine Erklärung schuldig«, sagte sie und fügte an: »Mit dem ominösen Unfall heute.«

Lüder schenkte ein Glas Rotwein ein und nippte daran. »Ich habe es dir schon erklärt. Da gibt es nichts hinzuzufügen.«

Margit schüttelte energisch den Kopf. »So kommst du mir nicht davon.«

Lüder suchte nach geeigneten Worten und war froh, als sein Handy klingelte.

»Vollmers. Ich störe Sie ungern am Feierabend, aber wir arbeiten auch noch. Ich denke, die gute Nachricht interessiert Sie. Wir haben Traian Popescu verhaftet. Alles Weitere erzähle ich Ihnen morgen. Gute Nacht.«

Bevor Lüder antworten konnte, hatte Vollmers aufgelegt.

»Ist was?«, fragte Margit.

Lüder nickte. »Eine wichtige Verhaftung. Und wie du siehst, erledigen das die Experten, während ich hier gemütlich sitze und mit dir Wein trinke. *Skål.*«

Das schien Margit überzeugt zu haben. Lüder atmete tief durch. Sie begann nicht erneut, über seine blutbespritzte Kleidung zu sprechen.

ACHT

Endlich hatte es aufgehört, zu regnen. Dafür wehte ein eiskalter Wind von der Ostsee herein. Lüder bedauerte die Menschen, die ungeachtet des Wetters ihrem Beruf an der frischen Luft nachgehen mussten. Dazu gehörten auch die Mitarbeiter der Müllabfuhr, die zu früher Stunde unterwegs waren und für den Stau auf der Fahrt zum Landeskriminalamt verantwortlich waren.

Lüder trug seinen Kaffeebecher vom Geschäftszimmer zu seinem Büro. Edith Beyer hatte sich sehr verschlossen gezeigt. In solchen Situationen war es ratsam, sie nicht in ein Gespräch zu verwickeln. Er vermutete, dass die junge Frau mit partnerschaftlichen Problemen belastet war. Die waren ihm selbst seit Langem erspart geblieben.

Margit handelte aus Sorge um ihn, wenn sie kritisch seine dienstlichen Aktivitäten hinterfragte. Und wenn sie ihn daran erinnerte, dass manches dringend Erforderliche derzeit liegen blieb, so war es nur eine Feststellung, keine Klage. »Irgendwie schaffen wir es«, hatte er ihr vor dem Einschlafen am Vorabend versichert, als sie sich bei ihm angekuschelt hatte. Das Haus, die Autos, aber auch die vier Kinder waren für das monatliche Budget eines Beamten des höheren Dienstes eine Herausforderung.

»Hallo, Herr Geheimrat«, hörte Lüder hinter sich Friedjofs Stimme. Er blieb stehen und wartete auf den Büroboten, der einen Wagen mit mehreren Drahtkörben vor sich herschob.

»Moin, Friedhof«, begrüßte er den mehrfach behinderten jungen Mann. Lüder zeigte auf den Wagen. »Das ist heute dein letzter Tag im Amt.«

»Kennst du meine Lottozahlen?«

»Du bist wiederholt mit einem Lkw unterwegs, ohne die dafür erforderliche Fahrerlaubnis zu besitzen.« Lüder zeigte auf den Aktenwagen.

Friedjof winkte ab. »Juristen, die es nicht einmal bis zum Rechtsanwalt gebracht haben, sollten so etwas nicht sagen.«

»Vielleicht nicht Rechtsanwalt, dafür aber *Town Marshall*.« Lüder tat, als würde er aus der Hüfte einen Colt ziehen und auf Friedjof zielen. Der lachte.

»Wyatt Earp habe ich in anderer Erinnerung. Dafür kannst du mir aber etwas anderes verraten. Ich habe in den Nachrichten gehört, dass irgendjemand in Italien vor das Kastrationsgericht gestellt wurde. Was ist das eigentlich? Werden dort Ehebrecher vom Papst verurteilt?«

Lüder lachte schallend, sodass aus einem Büro mit offener Tür ein klagendes »Geht's ein bisschen leiser?« kam.

»Das heißt Kassationsgericht und ist zuständig für die Überprüfung von Urteilen der Unterinstanzen, in der Regel der Appellationsgerichte. Die prüfen aber nur Rechtsfehler. Es ist im Prinzip mit unserem Bundesgerichtshof vergleichbar.«

»So etwas gibt es in Deutschland nicht, ich meine, ein Kastrationsgericht. Ist schon klar. Wenn die nur für Rechtsfehler zuständig sind. Du bist ja kein Richter. Sonst müsste man so etwas auch bei uns einführen.«

»Irgendwann bade ich dich in Salzsäure«, drohte Lüder und grinste dabei. Dann streckte er die Hand aus. »Hast du etwas für mich?«

»Für dich?« Friedjof tat überrascht. »Erwartest du Arbeit?«

Bevor Lüder in sein Büro abbog, rief er Friedjof hinterher: »Du solltest heute keine Erbsensuppe in der Kantine essen. Ich habe den Koch bestochen. In deiner Suppe ist Zyankali.«

»Endlich ist die mal gut gewürzt«, erwiderte Friedjof und trottete weiter.

Am Arbeitsplatz suchte Lüder zunächst nach den GPS-Auswertungen des Dezernats Operative Technik vom Vortag.

Dolf Waldow war zu Hause geblieben, zumindest war er nicht mit dem eigenen Auto gefahren. Malmström war nach Büdelsdorf gefahren, hatte von dort die Rendsburger Innenstadt angesteuert und war am späten Abend nach Heiligenstedten zurückgekehrt. Dort wohnte er.

Von Frank Hundertmarck fehlte jede Spur, hieß es im Bericht. Diesen Punkt hakte Lüder ab. Er kannte die Erklärung.

Dirk Rottenberg hatte Dolf Waldow aufgesucht und war dann nach Lütjenburg an die Ostseeküste gefahren.

Bei Jens Tödter stutzte Lüder. Der IT-Mitarbeiter aus Itzehoe war nach Kiel gefahren, hatte seinen Wagen südlich des Zentrums in der Harmsstraße geparkt und seitdem nicht mehr bewegt.

Lüder wählte Tödters Mobilfunknummer, wurde aber sofort auf die Mobilbox weitergeleitet.

»Lüders. Polizei Kiel. Ich bitte Sie, mich dringend zurückzurufen«, hinterließ Lüder und nannte seine Handynummer. Lüder hielt den jungen Mann aus St. Margarethen für eine Randfigur, die sich allerdings auffällig verhielt und zudem falsche Angaben zu seinem Studienort genannt hatte. Er musste Jens Tödter näher beleuchten, beschloss Lüder. Der verbarg irgendein Geheimnis.

Mahmud al-Rahman hatte erneut sein Auto nicht benutzt. Das erschien Lüder rätselhaft. Er konnte sich nicht vorstellen, dass der Jordanier sein Fahrzeug auf dem Parkplatz vor dem Itzehoer Bürogebäude hatte stehen lassen. Lüder rief das Polizeirevier Itzehoe an und bat, einen Streifenwagen zum Innovationszentrum zu schicken und nach al-Rahmans Wagen zu sehen. Dann fuhr Lüder zur »Blume« und suchte Vollmers auf.

»Schöner Erfolg«, lobte er den Hauptkommissar.

Vollmers tat, als hätte er es nicht gehört. Insgeheim freute er sich aber über die Streicheleinheit.

»Der Fahrer heißt vermutlich Kevin Schütterer. Nach ihm wird gefahndet. Der Kerl ist einen Happen doof. Zumindest hat die Spurensicherung Fingerabdrücke von ihm im BMW feststellen können. Schütterer ist ebenfalls kein unbeschriebenes Blatt, gehört aber im Vergleich zu den anderen beiden eher in die Kategorie Kleinkrimineller. Die Erkennung nimmt den Wagen auseinander, und ich bin mir sicher, dass es DNA-verwertbares Material geben wird.«

»Wo ist Popescu gefasst worden?«

»Die Szene ist vielleicht für Außenstehende undurchsichtig, aber für Insider transparent. Über irgendwelche Kanäle war durchgesickert, dass Popescu am ›Ding‹ am ZOB beteiligt war. Und da es auch im Untergrund Neid und Missgunst gibt, haben wir einen Tipp bekommen, als Popescu kurz vor Mitternacht in einem Klub in der Altstadt aufgetaucht ist. Wo sollte der sonst hin? Er konnte sich ausrechnen, dass wir seine Wohnung am Kreienbarg observiert haben. Und die sogenannten guten Freunde mögen es nicht gern, wenn jemand gesucht wird und bei ihnen unterschlüpft. Niemand steht gern im Fokus der Polizei.«

»Nun leuchtet das Rotlicht wieder ein wenig dezenter in der Altstadt«, beschrieb Lüder die Situation im Kieler Kiez.

»Könnte man sagen. Nach dem anonymen Hinweis ist das SEK ausgerückt und konnte Popescu ohne Gegenwehr festsetzen. Leider ist er im Verhör zu den Taten und den Auftraggebern verschwiegener als das Schweizer Bankgeheimnis.«

Anschließend ließ Lüder den in der »Blume« inhaftierten Entführer in den Verhörraum bringen.

Traian Popescu war groß. Auch wenn er während des Entführungsversuchs eine Skimaske getragen hatte, glaubte Lüder, ihn wiederzuerkennen. Die Statur und der stechende Blick hatten sich ihm eingeprägt. Am Aufblitzen der Augen registrierte Lüder, dass Popescu ihn ebenfalls erkannt hatte. Das galt auch für das verräterische Zucken um die Mundwinkel des Rumänen.

»Sie haben sich die falschen Helfer ausgesucht«, begann Lüder ohne Umschweife. »Bei Ihrem Vorstrafenregister reicht es jetzt. Ich könnte mir gut vorstellen, dass der Richter dieses Mal Tabula rasa macht.«

Popescu deutete die Geste des Ausspuckens an.

»Nix ist. Scheißbulle«, sagte er mit der hart klingenden Aussprache der Osteuropäer.

»Die Spuren im BMW, die Aussagen der Mittäter ... All das reicht. Außerdem hat Bălănești Sie belastet. Sie waren nicht nur der Anstifter, also der Haupttäter, sondern haben sich auch damit gebrüstet, den Amerikaner im Kanal gebadet zu haben, wie Sie gesagt haben sollen.«

»Hau ab, du Wichser, sonst dreh ich dir den Hals um.«

»Nach Ihrem Mordversuch in der JVA Neumünster wird man vorgewarnt sein. Nicht jeder Beamte im Gefängnis ist auf Kuschelkurs geeicht. Solche Leute wie Sie mögen weder das Personal noch die Insassen. Sie glauben doch nicht im Ernst, dass Sie nach Flensburg kommen. Bruchsal. Oder Fuhlsbüttel. Da ist nichts mit Schmuseknast.«

»Leck mich doch am Arsch. Ich fick dich. Und deine Alte.«

Lüder ging auf die Beschimpfungen nicht ein. Die sogenannten harten Jungs brauchten es zum Abreagieren der maßlosen Wut darüber, dass man sie überführt hatte. Popescu wusste, dass es ihn diesmal hart treffen würden. Unter Umständen drohte ihm Sicherungsverwahrung. Oder er würde nach Verbüßung eines angemessenen Teiles seiner Strafe in seine Heimat abgeschoben werden. Lüder nutzte diesen Sachverhalt als Drohgebärde.

»Wie gut, dass Rumänien in der EU ist. Wir schicken Sie in einen Knast Ihrer Heimat, damit Sie Ihre Strafe dort verbüßen können. Da sind genauso harte Jungs, wie Sie einer sein möchten. Das wird ein Kampf auf des Messers Schneide. Und das meine ich nicht symbolisch. Der Knast macht Sie mürbe, zerbricht Sie. Dann wird Ihnen schon ein kleiner Tagedieb über sein, wenn Sie ihm aus Versehen auf die Vorderfüße treten.«

Popescu stützte sich mit beiden Händen auf der Tischplatte ab. Es sah aus, als würde er jeden Moment aufspringen und sich auf Lüder stürzen wollen. Das hatte auch der uniformierte Polizist registriert, dessen Haltung ebenfalls Spannung annahm.

»Bălănești hat uns erzählt, dass der Auftraggeber der Morde und der Entführung ein Ausländer war.« Lüder lehnte sich zurück. »Ich finde es lustig, von einem Ausländer zu sprechen. Das klingt diskriminierend, während wir darunter nur Menschen verstehen, die nicht die deutsche Staatsangehörigkeit haben. So wie Sie.«

»Beleidige mich nicht. Ich bin nicht so ein Kanake wie der.«

»Sie sprechen von Ihrem Chef.«

»Chef, du Arsch. Ich habe keinen.«

»Wie heißt denn Ihr Auftraggeber?«

Popescu fluchte in seiner Muttersprache. »Fick dich selbst«, schrie er.

»Ist ja gut, wenn Sie Ihre mangelnde Intelligenz mit der Umschreibung der Ehestandsbewegung in Fäkalsprache bekunden«, sagte Lüder gelassen.

Popescu sah ihn irritiert an. Das hatte er nicht verstanden.

»War es Ihre Idee, Dustin McCormick auf diese Weise zu töten?«

»Gut, was?« Popescu strahlte Lüder an. »Leider nicht. Fand ich aber gut.«

Lüder war sich nicht sicher, ob der Rumäne registriert hatte, dass er soeben ein Schuldeingeständnis abgeliefert hatte.

»Welcher Stümper hat den Wagen gefahren, der für die Ermordung Marc Wullenwebers benutzt wurde? War das Schütterer?«

»Stümper? Das war doch perfekt. Das werdet ihr *Motherfucker* mir nie nachweisen können. Ihr Schweine glaubt sowieso, uns Osteuropäern alles in die Schuhe schieben zu können. Das Herrenvolk. Nazischergen.«

Lüder winkte ab. »Diese Masche ist abgedroschen. Da hört kein vernunftbegabter Mensch mehr hin, weder in der Bundesrepublik noch sonst wo.«

»Nazischwein«, versuchte Popescu Lüder zu reizen.

Der verschränkte die Arme und lächelte.

Blitzschnell bewegte Popescu seinen Kopf vor und schlug mit voller Wucht auf die Tischplatte. Sofort spritzte das Blut. Er kam mit dem Kopf wieder hoch und grinste Lüder aus dem blutverschmierten Gesicht an. Dann begann er ganz laut zu schreien: »Hiiilfe! Das Nazischwein hat mich geschlagen.«

Lüder blieb ruhig auf seinem Stuhl sitzen. Mit einem Kopfnicken bedeutete er dem Polizisten, nicht einzuschreiten. Dann zeigte er auf die Kamera, die in der Ecke des Raumes angebracht war.

»Herr Popescu, Sie sind ja dümmer, als ich es mir habe vorstellen können.«

Mit weit aufgerissenen Augen starrte der Rumäne auf das Objektiv, das er zuvor nicht bemerkt hatte.

In diesem Moment wurde die Tür aufgerissen, zwei Beamte stürzten in den Raum und sahen sich fragend um.

Lüder deutete auf Popescu. »Das war ein idiotischer Versuch von misslungener Selbstverstümmelung«, erklärte er. »Führen Sie ihn ab. Geben Sie ihm ein feuchtes Tuch und ein Pflaster.«

»Ich brauche einen Arzt«, schimpfte Popescu und versuchte, sich gegen die beiden stämmigen Polizisten zur Wehr zu setzen. Vergeblich.

»Jeder Deutsche im Lande weiß«, rief ihm Lüder hinterher, »dass man für den Besuch bei einem Facharzt mit einer Wartezeit von zum Teil mehreren Wochen rechnen muss, falls Sie darauf spekuliert haben sollten.«

Er war enttäuscht. Das Verhör hatte leider nicht das erwartete Ergebnis gebracht. Traf es zu, dass ein »Ausländer« Auftraggeber von Popescu und seinen Helfern war? Oder war es eine Schutzbehauptung, die ablenken sollte? Ein knallharter Verbrecher wie der Rumäne wusste, dass man auch im ärgsten Fall seine Auftraggeber und Verbindungen nicht verraten durfte.

»Wir sind einen Schritt weiter«, sagte Vollmers, der ihm auf dem Flur begegnete. »Der Autoverleiher, bei dem der BMW für die Entführung gemietet wurde, hat bestätigt, dass Schütterer der Mieter war. Wie doof sind die eigentlich? Oder halten die uns für so blöde, dass die meinen, wir würden nicht dahinterkommen?«

»Sie müssen aber hinter jeder Frage einen Beamten hinterherschicken«, sagte Lüder und sah, dass Vollmers ihn nicht verstanden hatte. »In der schönen neuen Welt wäre es doch denkbar, dass die Ermittlungsbehörden Zugriff auf die Daten der Autovermieter und

Reisebüros erhalten. Dann wären wir manchem Täter schneller auf der Spur. Schließlich kann sich da draußen kein Bürger mehr ein Haus bauen, einen Kredit aufnehmen oder einen Handyvertrag abschließen, ohne dass seine persönlichen Daten von einer Festplatte abgerufen und einem beliebigen Verkäufer präsentiert werden.«

Lüder kehrte zu seiner Dienststelle zurück und fand dort eine Nachricht aus Itzehoe vor. Das Polizeirevier bat um Rückruf.

»Frandsen«, meldete sich ein Beamter. »Die Kollegen sind fündig geworden. Das Auto von al-Rahman war nicht auf dem Parkplatz. Da Sie aber gesagt haben, es müsste dort stehen, hat sich die Streife ein wenig umgesehen und das GPS-Peilgerät gefunden. Es lag auf einem Grünstreifen direkt neben dem Parkplatz.«

»Kann es vom Auto abgefallen sein?«, überlegte Lüder laut, obwohl er den Beamten der Operativen Technik solch stümperhafte Arbeit eigentlich nicht zutraute.

»Kaum«, erwiderte Oberkommissar Frandsen. »Ich glaube, das Gerät wurde von al-Rahman entdeckt und dort weggeworfen. Die Streife hat es mit zur Großen Paaschburg gebracht.« Das war der Sitz der Itzehoer Polizei. »Anschließend habe ich mit dem LKA telefoniert. Die haben bestätigt, dass der neue Standort das Polizeirevier ist, nachdem die Streife es bei mir abgeliefert hat.«

Lüder lobte Frandsen für die Cleverness. Das bedeutete, al-Rahman hatte den GPS-Verfolger entdeckt und demontiert. So war er der Überwachung entgangen. War der Jordanier so misstrauisch, dass er seinerseits technische Geräte einsetzte, um solche Überwachungsgeräte zu entdecken? Und warum?

Sicher war al-Rahman gut vernetzt. Er war gleichzeitig bei der »securus consulting« und der »global data framework« beschäftigt, hatte Beziehungen zur Universität und galt als außergewöhnlich genial. Aber für wen war dieses Supertalent tätig? Wer interessierte sich so brennend für die Ergebnisse der Arbeit der beiden Unternehmen und die Forschungsergebnisse von Professor Eglschwiler? Lüder konnte sich nicht vorstellen, dass ein arabischer Staat so weit war, dass er in der ersten Liga beim unsichtbaren Cyberkrieg mitspielte.

Gab es vielleicht eine Verbindung zwischen dem Moslem Mahmud al-Rahman und dem Iran? Der Iran war sicher der technisch innovativste Staat der Region. Dann ergab es auch Sinn, dass der vermutliche CIA-Agent McCormick ihm auf der Spur war und durch das simulierte Waterboarding hatte sterben müssen. Und Marc Wullenweber, den manche als nicht ernst zu nehmenden Mitspieler angesehen hatten, musste auf etwas gestoßen sein. Wullenweber hatte sich zwar für die öffentliche Laufbahn entschieden, das bedeutete aber nicht, dass sein Ehrgeiz versiegt war. Möglicherweise wollte er seine Entdeckung mit weiteren Fakten anreichern, bevor er damit vor seine Vorgesetzten trat und sie als Clou präsentierte. Der Tod auf der Autobahn hatte seine Nachforschungen abrupt gebremst.

So musste es gewesen sein, überlegte Lüder. Der geheimnisvolle Ausländer hatte Popescu beauftragt, Wullenweber zu überwachen und ihn daran zu hindern, den entscheidenden Kontakt zur »securus consulting« aufzunehmen. Eventuell wollte Wullenweber jemanden bei den Büdelsdorfern mit seinen Erkenntnissen konfrontieren. Richtig. Der Täter wusste, dass Wullenweber auf dem Weg zu ihm war.

Lüder wählte die Nummer der »securus consulting« an und ließ sich mit Frau Biedermann verbinden.

»Kriminalrat Dr. Lüders vom Landeskriminalamt«, benutzte Lüder eine ihm widerstrebende Begrüßungsformel. »Sie erinnern sich?«

»Ja, Herr Kriminalrat«, kam es eingeschüchtert über die Leitung.

»Ich möchte wissen, ob die Herren Hundertmarck, al-Rahman und Wu Zang Tian am«, er nannte das Datum, an dem Marc Wullenweber von der Autobahn abgedrängt wurde, »im Betrieb anwesend waren. Das wird bei Ihnen doch aufgezeichnet.«

»Sofort«, versicherte Frau Biedermann und hatte zwei Minuten später die Antwort parat. »Herr Hundertmarck war an diesem Tag in Stockholm. Al-Rahman war hier, und Wu Zang Tian hat Herrn Hundertmarck nach Stockholm begleitet.«

»Sie sind sich ganz sicher?«

»Hundertprozentig«, bestätigte Frau Biedermann.

Lüder beschloss, noch einmal zur Universität zu gehen. Die zwanzig Minuten Fußweg würden Klarheit in seine Gedanken bringen.

Frau Engel sah auf, als er nach kurzem Pro-forma-Klopfen ihr Büro betrat.

»Guten Tag, Herr …«, suchte sie in ihrem Gedächtnis nach seinem Namen. »Der Herr Professor ist nicht zu sprechen. Ich weiß nicht …«

»Danke. Ich wollte zu Ihnen.«

»Zu mir?« Sie öffnete die Augen weit und zeigte damit ihr Erstaunen.

»Sie sagten, die Information, wann Prof. Eglschwiler in Kiel eintreffen sollte, war nur Ihnen und Rottenberg bekannt.«

»Ja. Das ist richtig.«

»Haben Sie mit jemandem darüber gesprochen?«

»Wie ich schon sagte … Viele wollten einen Termin beim Professor. Da kommt ein Dutzend oder mehr in Frage.«

»Das ist richtig. Aber die Gesprächstermine haben Sie hier im Institut geplant.«

»Jaaa.« Die Antwort kam gedehnt über ihre Lippen.

»Und nebenbei haben Sie erwähnt, dass Prof. Eglschwiler um dreizehn Uhr mit dem Bus vom Flughafen Fuhlsbüttel eintrifft.«

»Nein!« Das klang entschieden. »Da bin ich mir ganz sicher. Ist das so wichtig?«

»Der entscheidende Punkt«, sagte Lüder mit Nachdruck.

Frau Engel legte die Stirn in Falten. »Warten Sie. Da fällt mir etwas ein. Dem habe ich keine Bedeutung beigemessen. So etwas kommt täglich vor. Ich war nicht allein im Büro, als der Professor mir seine Ankunftsdaten durchgab und sagte, Herr Rottenberg solle ihn abholen. Ich gehe wirklich diskret mit den mir anvertrauten Informationen um. Ganz bestimmt. Aber das war doch harmlos. Die Handyverbindung aus der Schweiz war nicht sehr gut, sodass ich die Ankunftszeit und den Treffpunkt am Kieler ZOB wiederholt habe. Das muss der Besucher mitbekommen haben.«

»Und wer war das?«

»Ich bin mir nicht ganz sicher, ob er in meinem Büro war, als ich telefonierte. Das kann aber sein.« Dann nannte sie einen Namen.

Lüder war zufrieden. Das war ein Ankerstein in seinem Puzzle. Nun würden auch die restlichen Teile leichter einzufügen sein, auch wenn es schwerfallen würde, Beweise für seine Theorie zu erbringen.

»Haben Sie eine Handynummer von Herrn Rottenberg?«

Frau Engel nickte und nannte sie Lüder.

Auf dem Rückweg zum Polizeizentrum Eichhof versuchte er, Dirk Rottenberg zu erreichen. Er hinterließ eine Nachricht auf der Mobilbox. Wenige Minuten später rief Rottenberg zurück.

»Dirk Rottenberg. Sie hatten mich angerufen«, meldete sich der Uniassistent etwas atemlos.

»Wir haben uns am Dienstag bei Waldow getroffen. Sie wirkten sehr erschrocken.«

»Ich war überrascht, Sie dort anzutreffen«, gab Rottenberg zu.

»Anschließend sollten Sie Ihren Prof am ZOB abholen. Warum ist das nicht geschehen?«

»Ich hatte einen zwingenden persönlichen Grund«, wich Rottenberg aus.

»Der interessiert mich.«

»Ich war in Lütjenburg.«

»Das ist mir bekannt. Und zwar in der Straße Steinjord.«

Lüder spürte, wie es Rottenburg die Sprache verschlug. »Woher wissen Sie das?«, fragte er nach einer Weile.

»Auch die Polizei bedient sich zuweilen moderner Technik. Ich möchte von Ihnen wissen, was Sie in Lütjenburg gemacht haben, um es mit meinen vorliegenden Erkenntnissen abzugleichen. Das würde den Wahrheitsgehalt Ihrer Aussagen untermauern.« Lüder verschwieg die Überwachung per GPS-Verfolger. Er nahm sich auch die Freiheit, von »Erkenntnissen« zu sprechen, obwohl er über keine Informationen verfügte.

»Am Steinjord wohnt die Mutter meiner Freundin. Antje Conradi.«

»Die Mutter der jungen Dame, der ich durch Zufall in Ihrem Büro begegnet bin, als Sie ihr praktische Tipps für die Hausarbeit erteilten?«

»Neeein«, stammelte Rottenberg. »Bianca, also meine Freundin, studiert in Mannheim Volkswirtschaft. Wir sind schon länger befreundet, und ich kenne ihre Mutter seit Langem. Antje rief mich morgens an und sagte, bei ihr sei nachts eingebrochen worden. Man hätte nichts gestohlen, weil Antje wach geworden war und die Einbrecher womöglich verschreckt hatte. Trotzdem war sie schockiert und beunruhigt.«

Lüder wusste um das Phänomen, dass der immaterielle Schaden bei einem Einbruch oft viel größer war als der Wert des Diebesguts. Der Gedanke, im eigenen Heim nicht mehr sicher zu sein, wirkte lange nach und verunsicherte die Opfer.

»Bianca hat mir erzählt, dass ihre Mutter in Panik geraten war und sich nicht wieder einkriegen konnte.«

»Und hat Sie gebeten, auf Frau Conradi einzuwirken und sie zu beruhigen«, übersetzte Lüder.

»Genau so war das. Deshalb konnte ich den Prof nicht abholen und habe mich am Morgen für den Dienstag abgemeldet.«

»Sie hatten aber noch Zeit, vor der Fahrt nach Lütjenburg Dolf Waldow aufzusuchen«, wandte Lüder ein.

»Antje Conradi hatte mich gebeten, erst um die Mittagszeit zu ihr zu kommen. Sie wollte morgens noch ihren Arzt aufsuchen.«

Das klang plausibel, auch wenn dieses Alibi noch zu überprüfen wäre. Wenn man von Rottenbergs Auftrag, Professor Eglschwiler am ZOB abzuholen, Kenntnis erhalten hatte, war es ein geschickter Plan, Rottenberg durch einen fingierten Einbruch nach Lütjenburg zu locken.

»Wer weiß um Ihre Freundschaft mit Bianca Conradi und Ihren Draht zur Mutter in Lütjenburg?«

Rottenberg lachte heiser auf. »Die halbe Uni. Man hat schon darüber gespottet, dass ich an den Wochenenden zu Antje Conradi gefahren bin, um den Garten zu machen, und behauptet, ich würde unter der Fuchtel meiner Schwiegermutter stehen.«

»Tun Sie das?«

»Nein«, bestritt Rottenberg entschieden, aber es klang nicht überzeugend.

Im Büro nahm Lüder einen Stapel Papier zur Hand und begann erneut, das Beziehungsgeflecht der beteiligten Personen aufzuzeichnen. Wer kannte wen? Wer hatte mit wem gesprochen? Gemeinsame Interessen? Welche Menschen arbeiteten zusammen? Gab es Neid auf den Erfolg des anderen? Bestanden Abhängigkeiten?

Lüder ergänzte seine für Dritte unübersichtliche Grafik um Bewertungen, wie sie Ratingagenturen erteilten. Er vergab Sterne für Expertenwissen. Kleine Kreise kennzeichneten Insiderwissen. Mahmud al-Rahman war nach Lüders Einschätzung sowohl Experte als auch Insider, während Malmström um die Projektinhalte wusste, aber sicher nicht Fachmann genug war, um die Programmierung selbst vorzunehmen. Das hätte Prof. Eglschwiler sein können, der wiederum nicht umfassend mit den Unternehmenszielen der »global data framework« vertraut war, aber über andere Kenntnisse verfügte, die er aus Mailand mitgebracht hatte und die wiederum für »global data framework« von Bedeutung gewesen wären.

Lüder stutzte. Wenn man das Wissen des Professors mit den Arbeitsergebnissen von »global data framework« konsolidierte, dann verfügte man über ein überragendes Know-how. Aber freiwillig hätte Eglschwiler sich nie vor den kommerziellen Karren spannen lassen. Das ließ den Schluss zu, dass Malmström als Manager hinter der ganzen Aktion stecken könnte, um seinem Unternehmen unschätzbare Wettbewerbsvorteile zu verschaffen, oder dass Mahmud al-Rahman es wegen seines übertriebenen Ehrgeizes überzogen hatte und dabei auch vor Straftaten nicht zurückschreckte. Aber welche Rolle spielte die CIA, wenn es zutraf, dass es sich bei Dustin McCormick um einen Agenten handelte?

Wenn ein politisches Motiv dahintersteckte, ein arabisches Land sich das Wissen aneignen wollte, könnte das eventuell erklären, warum der Amerikaner durch Waterboarding hatte sterben müssen. Aber, griff Lüder einen früheren Gedanken wieder auf, waren die Araber wirklich schon so weit in ihrer Entwicklung, dass ihnen die neue Technologie nutzen konnte? Al-Rahman war kein besonders gut geschulter Agent, sondern ein Ausnahmetalent, wie Professor Michaelis bestätigt hatte.

Viele Lösungsmöglichkeiten waren schlüssig, aber bei allen blieb ein kleines unbefriedigendes »Aber« zurück.

Er nahm ein neues Blatt und machte erneut Notizen.

Alle Beteiligten schwärmten von der neuen vernetzten Welt. Der Fortschritt war nicht mehr aufzuhalten. Die Insider erkannten aber auch die Gefahren, die im Missbrauch der neuen Technologien begründet waren, in den Möglichkeiten, Menschen zu manipulieren, in der Steuerung der gesamten Infrastruktur bis hin zur Möglichkeit, die Welt zu vernichten.

»Global data framework« hatte sich auf das Sammeln und Auswerten von Daten und Informationen spezialisiert. Wer über das Wissen um diese Möglichkeiten verfügte, saß an den Schalthebeln der Macht. »Securus consulting« setzte alle Kraft in die Entwicklung von Mechanismen, um genau das zu verhindern.

Lüder lehnte sich zurück. Der Plan war noch genialer, als er es sich je hatte vorstellen können. Wenn ich daran forsche, wie ich Daten- und Informationssammlungen durch intelligente Maßnahmen unterbinden kann, kenne ich meine eigenen Schwachstellen, wenn ich an der Informationssammlung und -analyse interessiert bin. Ich kann wirkungsvoll Abwehrmechanismen umgehen. Und Marc Wullenweber? Vielleicht hatte der das erkannt und wollte sich durch einen Besuch bei der »securus consulting« letzte Gewissheit verschaffen. Deshalb hatte er sterben müssen. Natürlich war es den Amerikanern nicht gleichgültig, wenn solche Systeme entwickelt wurden und sich in anderen Händen als den eigenen befanden.

Lüder hielt das letzte Puzzleteilchen in der Hand: Prof. Eglschwiler und das Symposium in Mailand. Merkwürdigerweise hatte der Professor auch von den Auswirkungen auf die Ethik und das soziale Miteinander gesprochen, von den Eingriffen in das gesellschaftliche Gefüge.

Das war es!

Lüder konnte das vorletzte Teilchen einfügen. Blieb nur noch ein einziger Stein am Rand, auf dem »Jens Tödter« stand, der ihm wertvolle Informationen geliefert, aber aus nichtigem Grund auf die Frage nach seinem Studienort gelogen hatte. Eine Marginalie, aber genau die vervollständigte das Puzzle.

Lüder atmete tief durch. Auch der Name desjenigen, der durch Zufall von Prof. Eglschwilers Ankunft am Kieler ZOB erfahren hatte, passte in das Bild.

Lüder suchte das Dezernat Operative Technik auf und erkundigte sich, ob Tödters Fahrzeug noch in der Harmsstraße in Kiel geparkt war.

»Nein«, erklärte ihm der Beamte, »der ist auf der A 210 Richtung Rendsburg unterwegs.«

Dort werde ich auch hinfahren, dachte Lüder und begab sich zum Parkhaus.

Warum spielt sich das in Deutschland ab?, fragte er sich unterwegs. Die Bundesrepublik war kein »Feindesland« und zugleich ein Standort für Hochtechnologie. Und diese Überlegung mochte auch dazu geführt haben, die geheimen und komplexen Entwicklungen im unauffälligen Schleswig-Holstein anzusiedeln, obwohl man bei oberflächlicher Betrachtung die Technologiezentren eher in anderen Regionen der Bundesrepublik vermutet hätte.

Noch etwas fiel Lüder ein. Sylvana Wullenweber hatte davon gesprochen, dass ihr Mann Dustin McCormick getroffen hatte. Jetzt verstand Lüder auch, welche Fragen die beiden Mordopfer zusammengeführt hatten.

Im Radio hatte Lüder »NDR Info« eingeschaltet. Der Sender war für seinen investigativen Journalismus bekannt. Zwischen den viertelstündlichen Nachrichtenblöcken war ein Interview mit dem Datenschutzbeauftragten eingeblendet. Der über die Landesgrenzen hinaus bekannte Mann warnte vor dem Missbrauch der Daten, vor der Teilnahme an Bonusprogrammen und freizügiger Adressweitergabe. Der Staat, so forderte der Datenschutzbeauftragte, müsse die Medienkompetenz gerade der jüngeren Generation fördern.

Das ist, dachte Lüder, als würde man den Wachhund beauftragen, auf die Leberwurst zu achten, da sich der Staat selbst als einer der eifrigsten Datensammler betätigte. Wie in unserem Fall, fügte Lüder in Gedanken an. Und die Amerikaner sehen dabei sogar über die Grenzen ihres Territoriums hinweg und haben unter dem Vorwand der Terrorbekämpfung Zugriff auf Millionen von Kontobewegungen, die über das SWIFT-System laufen.

Nach den Erfahrungen bei der letzten Fahrt nach Rendsburg vermied Lüder es, den Tunnel zu benutzen. Er fuhr Richtung Flensburg, nahm die erste Abfahrt hinterm Kanal und durchquerte Büdelsdorf. Vom Kreisverkehr am Ortseingang konnte man das futuristische Gebäude der »securus consulting« erkennen.

Der Beamte von der Operativen Technik, der Jens Tödters Weg über die GPS-Ortung verfolgte, hatte ihm berichtet, dass der Systementwickler ebenfalls weiter in die Stadt gefahren war. Er hatte das Parkhaus am Schiffbrückenplatz angesteuert. Lüder folgte Tödter und fand den A3 mit dem Itzehoer Kennzeichen zwischen anderen Fahrzeugen. Lüder stellte den BMW auf einem anderen Parkdeck ab.

Als er auf die Straße trat, schlug er den Kragen seiner Jacke hoch. Schon seit Tagen regnete es ununterbrochen. Heute fiel ein feiner Nieselregen, der von einem unangenehmen kalten Wind begleitet wurde. Entsprechend wenig Passanten waren unterwegs.

Die gern von Kindern zum Spielen genutzten Skulpturen auf dem Platz waren heute ebenso verwaist wie der Brunnen mit den drei Säulen, in denen das Wasser von Schale zu Schale abwärtsplätscherte. Selbst in der Hohen Straße, dem Kern der Fußgängerzone, waren nur wenige Menschen unterwegs. Nur in der geschützten Altstadt-Passage war eine Handvoll Leute anzutreffen, die munter schwatzend eine Mahlzeit oder ihren Kaffee einnahmen.

Wenig später stand Lüder am Tresen in Dr. Wus Praxis der älteren Frau gegenüber.

»Ich möchte mit Dr. Wu sprechen«, sagte er bestimmt.

»Das geht nicht. Erstens haben Sie keinen Termin. Außerdem ist der Herr Doktor ausgebucht.«

»Das gilt nicht für mich.«

»Hören Sie mal«, empörte sich die Frau mit dem Dutt. »Was erlauben Sie sich.«

»Alles«, erwiderte Lüder. Er hatte nicht die Absicht, mit der Praxishelferin Diskussionen zu führen.

»Sie sind schon der Zweite, der sich so unmöglich aufführt.«

»Ist der andere bei Dr. Wu?«, fragte Lüder.

»Ja, schon. Aber —«

»Dann muss ich dringend dazustoßen. Die Herren erwarten mich zwar nicht, aber ich gehöre in die Runde.«

»Sie können doch nicht …«, sagte die Frau. Sie hatte sich jetzt einen keifenden Tonfall zugelegt.

Lüder machte zwei Schritte auf die Tür des Behandlungszimmers zu, als sich die gegenüberliegende Tür öffnete und für einen Herzschlag ein Gesicht erschien. Lüder hatte den Mann erkannt. Der wollte die Tür wieder schließen, hatte aber registriert, dass Lüder ihn bemerkt hatte.

Blitzschnell riss er die Tür auf und hechtete an Lüder vorbei. Der versuchte, den Flüchtenden zu packen, erwischte aber nur den Blouson. Sein Kontrahent schaffte es, sich zu befreien. Auch Lüders zweiter Versuch ging ins Leere. Mit einem Satz hatte der Mann die Tür erreicht und flüchtete ins Treppenhaus. Er hatte vielleicht zwei Meter Vorsprung.

Mit Riesensprüngen nahm er mehrere Stufen, stützte sich am Treppengeländer ab und schwang sich auf dem Absatz um die Neunzig-Grad-Kurve. Lüder tat es ihm nach.

Am Fuß der Treppe wandte sich der Mann nach links, stürmte durch die Ansammlung von Tischen des Restaurants mit dem Angebot an asiatischen Speisen, griff nach einem Stuhl, um ihn Lüder in den Weg zu werfen. Lüder gelang es, über das Hindernis hinwegzuspringen.

Der Mann wandte sich nach links und rannte durch den mit Säulen geschmückten Gang zum Nebenausgang. Lüder musste zwei Müttern mit ihrem Kinderwagen ausweichen, die staunend den beiden durch den Gang hetzenden Männern hinterhersahen. Dabei strauchelte er leicht und prallte mit der Schulter schmerzhaft gegen eine der Säulen.

Die Automatiktür am Ende des Ganges schloss sich hinter einem älteren Paar. Der Verfolgte schlüpfte durch den Spalt, während Lüder abzubremsen versuchte und leicht gegen das Glas prallte, bevor die Automatik reagierte und die Tür sich wieder öffnete. Das waren nur Augenblicke gewesen, die dem Mann aber ein paar Meter zusätzlichen Vorsprung einbrachten.

Er rannte über den Altstädter Markt, der im Sommer ein beliebtes Ziel für Gäste der Straßengastronomie war. Lüder folgte ihm und hatte weder einen Blick für das Glockenspiel am Treppengiebel des Alten Rathauses noch für die leere Bäckerei, über deren trostlos wirkendem Schaufenster die Leuchtreklame verriet: »Backen mit Tradition«. Die hatte irgendwann ein unrühmliches Ende gefunden.

Der Mann lief zwischen dem verlassenen Hertie-Gebäude und einer Apotheke entlang, passierte die Schaufenster der Landeszeitung, in denen die dort ausgehängte Zeitung am Folgetag sicher von dieser Verfolgungsjagd berichten würde.

Lüder ruderte mit den Armen, um die Balance zu halten, als er die Passanten auf diesem engen Stück Fußgängerzone umkurvte. Wegen des Sprints schlug ihm sein Herz bis zum Hals. Er hatte heftige Seitenstiche und rang nach Luft. Der Mann vor ihm war durchtrainiert und sicher zehn Jahre jünger. Zentimeter um Zentimeter wuchs dessen Vorsprung.

An der Ecke beim Fotoladen bog der Verfolgte abrupt in eine kleine Gasse ab. Als Lüder die Stelle erreichte, sah er, wie der Mann über das unebene Pflaster der engen Straße jagte und Mühe hatte, auf der kleinen Rinne in der Mitte, die dem Abfluss des Oberflächenwassers diente, das Gleichgewicht zu halten.

In einem verschmutzten, öden Fenster gähnte ein Schild »Zu verkaufen«. Auch der Rest der Gasse war wenig anheimelnd. Zugenagelte Fenster, beschmierte Fassaden, brüchige Mauern und zerschlagene Holzzäune säumten den Weg. Vor einem Gebäude mit einer Seitenfront, von der Farbe und Putz gleichermaßen bröckelten, befand sich zur Rechten ein Holzzaun mit einem Durchgang, der offenbar zu den unsichtbaren Hinterhöfen führte. Neben der sich auflösenden Häuserwand stand einsam eine Pumpe, die in früheren Zeiten den Bewohnern als Wasserquelle gedient haben mochte. Der Schwengel war mit einer Kette an der Holzwand gesichert.

Plötzlich stockte der Verfolgte. Mit weiten Sprüngen näherte sich Lüder. Der Mann drehte sich um und stand mit dem Rücken zur

Hauswand. Sein Atem ging keuchend. Aus dunklen Augen funkelte er Lüder an, der jetzt einen Meter vor ihm stand.

Lüders Lungen rasselten, sein Atem ging stoßweise. Er japste gleich seinem Gegner nach Luft und ließ die Schultern leicht vorfallen. Die Arme hingen am Körper herab.

»Polizei«, sagte Lüder. Jede Silbe kam stoßweise über seine Lippen.

Sein Gegenüber rang ebenfalls nach Luft. Trotzdem schien es Lüder, als würde der Mann sich schneller erholen.

Es machte keinen Sinn, eine Formel herunterzubeten, die in Polizeifilmen in solchen Situationen telegen aufbereitet hervorgebracht wird. Der Mann wusste, wer Lüder war und warum er ihn verfolgte.

In dieser schmutzigen Gasse war die Jagd zu Ende.

Noch einmal atmete Lüder tief durch, bevor er nach den Einmalfesseln greifen und sie dem Mann anlegen wollte.

Diesen winzigen Augenblick nutzte sein Gegenüber, um mit einem aggressiven und dynamischen Vorwärtsschritt die gesamte Energie der Streckung nach vorn zu bringen.

Der Gegner beherrschte die Technik des Wing Tsun, des wohl intelligentesten Selbstverteidigungssystems. »Falling Step«, fallenden Schlag, nannte man diesen Angriff, bei dem das eigene Körpergewicht in die Vorwärtsbewegung eingebracht wird. Lüder kannte diese Methode, die von einem Großmeister für Bruce Lee entwickelt worden war, war aber zu überrascht und durch die vorhergehende Hetzjagd für einen Sekundenbruchteil unkonzentriert. Die Wing-Tsun-Technik ist zudem durch die taktilen Reflexe schneller als die visuelle Wahrnehmung des Gegners.

Der kräftige One-Inch-Punch, der Schlag aus kürzester Entfernung, traf Lüder im Solarplexus, dem Sonnengeflecht, in dem parasympathische und sympathische Nervenfasern gebündelt sind. Bei der Stimulation dieses Punktes an der Hauptschlagader zwischen dem zwölften Brust- und dem ersten Lendenwirbel erweitern sich die Gefäße im Bauchraum, der Rückstrom zum Herzen fällt ab, und es entsteht eine Unterversorgung des Gehirns mit Blut, die von Schwindel bis zur Bewusstlosigkeit führen kann.

Lüder war benommen und zugleich durch den heftigen Schlag gut zwei Meter zurückgeschleudert worden. Er taumelte und ging zu Boden. Reflexartig stützte er sich mit den Händen ab, bevor er neben einem dreckigen Abfallbehälter, auf dem neben vielen Aufklebern auch einer mit dem Slogan »Bleib sauber, Rendsburg« haftete, zum Sitzen kam.

Ehe er reagieren konnte, lag ein Wurfmesser in der Hand des Angreifers. Mit einer einzigen Bewegung nahm der den Arm hoch, um das Messer auf Lüder zu schleudern. So wie er die Wing-Tsun-Technik beherrschte, so treffsicher würde er mit dem Messer sein, schoss es Lüder durch den Kopf, der wehrlos dem tödlichen Angriff ausgesetzt war. Wie würde Margit reagieren?, war sein nächster Gedanke.

Lüder sah in die Augen des Gegners, die zu schmalen Schlitzen verengt waren, sodass er kaum den Blick des Mannes auffangen konnte.

Mitten im Hochreißen des Arms hielt der Messerwerfer plötzlich inne. Er riss die Augen auf, und der kalte Blick wich, verglichen mit der kaum wahrnehmbaren Abfolge der vorherigen Aktionen, fast in Zeitlupe einem großen Erstaunen.

Lüder sah das Loch in Herzhöhe, die ausgefransten Ränder des Textils. Alles wurde begleitet durch den Knall eines Schusses.

Der Täter sah ungläubig auf Lüder, dann auf den Schützen in Lüders Rücken, bevor er ganz langsam in die Knie sackte und vornüberfiel, sodass er einen halben Meter vor Lüders Füßen zum Liegen kam. Erst kurz bevor er das schmutzige Pflaster berührte, entglitt das Messer seiner Hand.

Lüder holte tief Luft, bevor er sich in den Vierfüßlerstand begab und dem Mann ins Gesicht sah. Man musste kein Mediziner sein, um zu erkennen, dass Wu Zang Tian auf der Stelle tot gewesen war.

Blattschuss, dachte Lüder in einem Anflug von Sarkasmus. Er hatte kein Mitleid mit dem Mann, der noch vor wenigen Herzschlägen ihn selbst hatte töten wollen, der hinter den Morden an Dustin McCormick und Marc Wullenweber steckte und der als Auftraggeber Popescu und seine Mörderbande angeheuert hatte.

Wu Zang Tian hatte als Informatiker ebenso wie Mahmud al-Rahman Einblick in beide Entwicklungsschienen gehabt, weil er als Partner des genialen Jordaniers stets dabei war. Vor allem aber hatte Frau Engel seinen Namen genannt. Wu Zang Tian war derjenige, der zufällig in ihrem Büro anwesend war, als Prof. Eglschwiler seine Ankunft auf dem Kieler ZOB angekündigt hatte.

Der chinesische IT-Experte hatte Popescu auch den Auftrag zur Beschattung und Eliminierung Marc Wullenwebers erteilt und sich selbst durch seine Reise nach Stockholm ein Alibi verschafft.

Lüder drehte seinen Kopf zur Seite und sah den Schützen an, der ihm durch den treffsicheren Schuss das Leben gerettet hatte.

Jens Tödter hielt immer noch die SIG Sauer in der Hand, die Waffe, mit der viele deutsche Polizeibehörden ausgestattet waren.

»Alles okay?«, fragte Tödter, beugte sich zu Lüder herab, packte ihn unterm Arm und half ihm aufzustehen. Lüder stand einen kurzen Moment auf unsicheren Beinen, bevor er das Gleichgewicht zurückerlangte.

Beide sahen auf die Waffe in Tödters Hand, die Polizeipistole, wie sie im Volksmund genannt wurde, obwohl der Schütze kein Polizeibeamter war.

Lüder beugte sich zu Wu Zang Tian herab und fühlte kurz nach dem Puls. Dabei sah er, dass jetzt Blut aus dem Einschussloch in der Brust sickerte.

Lüder holte sein Handy hervor, wählte die Eins-Eins-Null und forderte Polizei und den Rettungsdienst an.

Tödter hatte in Notwehr gehandelt. Lüder sah dem jungen Mann in die Augen, die nicht so kalt dreinblickten wie zuvor die Wu Zang Tians, als der mit dem Messer auf Lüder zielte. Tödter war mit Sicherheit kein eiskalter Killer, auch wenn er im entscheidenden Moment die Nerven behalten und die ihm antrainierten Reflexe genutzt hatte.

Lüder streckte ihm die Hand entgegen. Tödter reichte ihm die Waffe.

»Danke«, sagte Lüder, und Tödter verstand, dass es nicht der Aushändigung der Pistole galt.

»Tut mir leid«, fuhr Lüder fort. »Trotzdem. Es muss sein.«

Tödter zuckte mit den Schultern. Er verstand auch das. Beide Männer wussten, dass es ein förmliches Verfahren geben würde, das aber ohne jede Folge für Jens Tödter bleiben würde.

Schweigend standen sie neben dem toten Chinesen. Lüder sah auf den Lattenzaun, auf die in den Angeln hängende Tür, die zu einem Hinterhof führte, auf die alte Pumpe und den dreckigen Abfallbehälter. Die schmuddelige Gasse war kein Ort zum Sterben. Auch nicht für Täter wie Wu Zang Tian.

Es vergingen ein paar Minuten, bis der Rettungswagen und das Notarzteinsatzfahrzeug eintrafen. Wenig später stießen zwei Streifenwagen der Rendsburger Polizei dazu.

Während sich die Mediziner um Wu Zang Tian kümmerten und

der Notarzt sogar eine Reanimation versuchte, wies Lüder sich gegenüber den skeptisch dreinblickenden Beamten aus und erklärte, auch Tödters Identität zu kennen. Der »Kriminalrat« reichte den uniformierten Beamten. Sie gaben sich mit einer kurzen Erklärung zufrieden, die Lüder lieferte. Ihr Bericht über den Einsatz würde relativ kurz ausfallen. Die Hintergründe überließen sie gern dem Kriminalbeamten.

Nachdem der Notarzt und die Rettungsassistenten ihre Bemühungen um eine Reanimation eingestellt hatten, erklärte Lüder den Polizisten, dass er noch gemeinsam mit seinem Begleiter etwas zu erledigen habe.

Inzwischen hatten sich Schaulustige eingefunden, die für Lüder und Tödter nur widerwillig eine Gasse bildeten. Fragen prasselten auf die beiden ein, und ein Mann hielt Lüder sogar am Ärmel fest.

»Erzähl mal, was ist da los?«, forderte er Lüder auf.

Der packte das Handgelenk des Mannes, bog es zur Seite, dass es schmerzte, und fauchte ihn an: »Noch einmal und das hat Folgen. Klar?«

Erschrocken wich der Neugierige zurück.

Unbehelligt gingen die beiden Männer zur Fußgängerzone.

»Sie waren Wu Zang Tian auf den Fersen«, stellte Lüder fest. Tödter nickte.

»Warum haben Sie nicht mit der Polizei zusammengearbeitet?« Tödter ließ in einer hilflosen Geste die Arme herabsinken.

»In Ihrer Branche heißt es: jeder gegen jeden. Auch gegen Freunde.«

Jetzt nickte Tödter erneut.

»Der Bundesnachrichtendienst darf nur außerhalb des Bundesgebiets tätig werden«, stellte Lüder fest. »Was Sie gemacht haben, war illegitim.«

»Erklären Sie das dem Bundesinnenminister«, sagte Tödter lapidar. »Wenn etwas massiv gegen die Sicherheit der Bundesrepublik gerichtet ist, sind ziemlich viele Mittel legitim. Sollen wir bei der Verfolgung akuter Bedrohungen, die die Residenten und Agenten des BND im Ausland aufgedeckt haben, an der Bundesgrenze haltmachen?«

»Die Chinesen sind die kommende Weltmacht«, stellte Lüder fest. »Sie haben innerhalb kürzester Zeit unheimlich viel zuwege gebracht. Sie sind technisch fast perfekt, bauen Autos, fliegen in den Weltraum, haben eine Hochleistungsmedizin, produzieren Menschen mit exzellenter Hochschulbildung *en masse* und tummeln sich auch in der Informationstechnologie.«

»Das trifft alles zu«, bestätigte Tödter. »Aber wie sind Sie auf die Zusammenhänge gekommen?«

Lüder ließ unerwähnt, dass er bis zum Schluss Zweifel an seiner Theorie hatte, dass die Aufdeckung der Hintergründe einzig seiner Kombinationsgabe und Logik entsprang. Stattdessen erklärte er:

»Hinter der ganzen Aktion steckten die Interessen eines Staates. Privatwirtschaftliche Konzerne wären nur an der einen Seite, den Algorithmen und Methoden des Datensammelns und der Analyse, interessiert gewesen. Und das verbrecherische Superhirn, das über solche Methoden die Welt regieren möchte, gibt es nur in der Phantasie in der Welt von James Bond. Ausschlaggebend für mich war der Versuch, Prof. Eglschwiler zu entführen, und dessen Erklärung, man habe sich auf dem Symposium in Mailand auch Gedanken zu den gesellschaftspolitischen Konsequenzen der IT-Revolution gemacht.«

»Das ist ein Baustein, an dem die Chinesen sehr interessiert sind. Bei allen Erfolgen in wirtschaftlicher und wissenschaftlicher Hinsicht gibt es im Reich der Mitte noch politische Unfreiheit. Zumindest aus unserer, der Sicht der westlichen Welt. Vielleicht verstehen wir es mit *unserer* Vorstellung von Demokratie nicht. Vielleicht können Sie eins Komma drei Milliarden Menschen nur mit anderen Methoden und Denkweisen erfolgreich führen. Jedenfalls nutzt die chinesische Elite die IT-Technik zur Kontrolle und Steuerung der Bevölkerung«, stimmte ihm Tödter zu.

»Genau wie bei uns, aber mit einer anderen Ausrichtung. Ein freies Internet ist für die Regierenden in China viel gefährlicher als bei uns. Sie können die Massen nicht nur für, sondern auch *gegen* die Führung manipulieren. Deshalb sind die Chinesen an Systemen wie den von ›global data framework‹ und ›securus consulting‹ entwickelten interessiert. Und der Stand der Entwicklungen interessierte auch die Amerikaner. So haben sie Dustin McCormick, einen CIA-Kollegen von Ihnen, geschickt, der herausfinden sollte, was die Chinesen schon wissen.«

»Wir sind uns beim Bundesnachrichtendienst sicher, dass für Peking Forschungsergebnisse, wie sie Prof. Eglschwiler im Ansatz betreibt, fast noch wichtiger sind.«

»Wie reagiert das Volk auf die IT-Bevormundung? Wir alle wissen, wie man in China sogenannte Dissidenten behandelt. Das berühmteste Beispiel ist sicher Ai Weiwei. Und da man weder in China noch anderswo eine, wenn auch kleine Revolution im Labor ausprobieren kann, wollte man an Eglschwilers Ergebnisse herankommen. So einfach war das«, untertrieb Lüder.

»Wir waren skeptisch, da bei Wu Zang Tian nach außen alles so makellos wirkte, zu sauber«, erklärte Tödter. »Deshalb wurde er standardmäßig einer Sicherheitsprüfung unterzogen. Es gab keine Beweise, dass er als sogenannter Schläfer eingeschleust worden war. Die westlichen Geheimdienste gehen davon aus, dass rund um den Erdball mehrere zehntausend hervorragend geschulte Agenten des chinesischen Geheimdienstes eingesetzt sind, die einer unverdächtigen Tätigkeit als Tellerwäscher, Journalist oder Kaufmann nachgehen und auf ihren Einsatz warten. In China hat der Geheimdienst übrigens die gleichen Rechte wie die Polizei.«

»Das ist bei uns glücklicherweise anders«, sagte Lüder. »Welche Verbindung hatte Wu Zang Tian nach Zhengzhou in der Provinz Henan, dort, wo sich die chinesische Niederlassung von ›global data framework‹ befindet?«, wollte Lüder wissen.

»Keine«, antwortete Jens Tödter.

Sie waren vor der Praxis Dr. Wus angekommen. Trotz des Protests der energischen Frau an der Rezeption gingen sie direkt in das Behandlungszimmer des Heilpraktikers.

Dr. Wu saß hinter seinem Schreibtisch. Mit versteinerter Miene sah er den beiden Männern entgegen. Kein Muskel zuckte in seinem Gesicht.

»Sie wissen es bereits«, sagte Lüder anstatt einer Begrüßung. »Ihr Sohn ist tot.«

Dr. Wu verzog keine Miene.

»Wir wissen alles.« Lüder stellte in Kurzform seine Theorie vor.

»Hat Tian Ihnen das erzählt?«, fragte Dr. Wu.

Lüder tat ihm nicht den Gefallen, diese Frage zu beantworten. Mochte der alte Mann ruhig vom Zweifel geplagt werden, dass sein Sohn das Gesicht verloren und Verrat begangen hatte.

»Warum mussten McCormick und Marc Wullenweber sterben?«, fragte Lüder direkt.

»Die haben miteinander gesprochen. Wullenweber hat seine ›Idee‹ gegenüber Waldow und Tian offenbart.«

Lüder war über die Offenheit Dr. Wus erstaunt. Er hatte nicht erwartet, eine Antwort zu erhalten.

»Es war Ihre Idee, McCormick auf diese Weise zu ermorden und den Verdacht der deutschen Ermittlungsbehörden auf die Araber zu lenken.« Es war eine Feststellung, die Dr. Wu durch ein leises Lächeln bestätigte. »Sie sind nicht nur ein mit der chinesischen Medizin vertrauter Arzt, sondern verfügen auch über Kenntnisse der westlichen Medizin. Daher haben Sie McCormick mit Propofol sediert, bevor er mittels Waterboarding ermordet wurde.«

»Wir sind keine Barbaren. Der Amerikaner musste sterben. Aber warum sollte er leiden? Es gab keinen Grund, ihn zu quälen.«

Für Lüder waren damit auch die letzten Fragen beantwortet. Vater und Sohn Wu hatten für ihr Vaterland gehandelt und dabei auch Mord in Kauf genommen. Während Wu Zang Tian sich in die moderne IT-Technologie eingearbeitet hatte, war der alte Wu hinter der Maske des Heilpraktikers als Stratege im Hintergrund der Kopf des Unternehmens.

Hinter Lüder und Jens Tödter wurde die Tür aufgerissen. Wutschnaubend erschien die Mitarbeiterin des Heilpraktikers.

»So geht das nicht, Herr Doktor«, fauchte sie. »Frau Schifferknecht wartet schon über eine Stunde. Sie hat noch eine andere Verabredung. Soll ich ihr einen neuen Termin geben?«

»Ja«, antwortete Lüder anstelle Dr. Wus.

Die Frau sah den Heilpraktiker an.

»Ja. Wann denn?«

»In drei Jahren«, erwiderte Lüder. »So lange benötigt der Nachfolger, um sich einzuarbeiten.«

Dichtung und Wahrheit

Wann ist ein Buch »fertig«? Wenn der Autor den Punkt hinter dem letzten Satz gesetzt hat? Oder wenn es beim Lesen in der Hand liegt, aufgeschlagen wird und der Leser genüsslich die ersten Worte liest?

Von der ersten Idee bis zur gemütlichen Stunde beim Leser ist es ein weiter Weg, der nicht nur von der Phantasie des Autors bestritten, sondern auch vom Rat vieler kluger Helfer begleitet wird.

Zunächst sei festgestellt, dass die Handlung und alle beteiligten Figuren in diesem Roman frei erfunden und ausschließlich ein Produkt meiner Phantasie sind. Wenn Personen der Zeitgeschichte auftreten, Orte und Institutionen genannt werden, die es wirklich gibt, stehen sie in keinem tatsächlichen Zusammenhang mit dem Inhalt dieses Romans.

Mit viel Freude habe ich festgestellt, dass dieses bereits der zwanzigste Krimi aus meiner Feder ist. Ein kleines Jubiläum, das ich zum Anlass nehmen möchte, meine Leser ein wenig hinter die Kulissen meiner Recherchen blicken zu lassen, da ich oft nach diesem Teil meiner Arbeit gefragt werde.

Ich bemühe mich, authentisch über in die Handlungen eingebundene Begebenheiten, aber auch Orte und Plätze zu schreiben. Dafür ist mir auch der große damit verbundene Zeitaufwand nicht zu viel.

Die Suche nach geeigneten Plätzen für die Handlung erfordert oft lange Fahrten, viele vergeblich zurückgelegte Kilometer, bis ich zum Beispiel im nahen Husum *die* Eisenbahnbrücke fand, die genau die Voraussetzungen für den Einstieg in den Roman »Schwelbrand« bot. Ich habe nicht gezählt, wie viele Häuser auf Sylt ich besucht habe, bis ich die Unterkunft für den »Toten vom Kliff« gefunden hatte. Welche Vogelkoje auf Föhr eignete sich am besten für den Mord am »Inselkönig«? Es sind zeitraubende Recherchen, die ich im Interesse meiner Leser aber immer wieder gern auf mich nehme.

An Hintergrundinformationen muss sich der Autor mehr Wissen aneignen, als er später im Buch niederschreibt. Das ist ungemein spannend. Und da es immer wieder neue Gebiete sind, über die ich schreibe, bin ich auf die Hilfe von Experten angewiesen.

Einer von ihnen ist Thomas Hoppe vom Wasser- und Schifffahrtsamt Kiel-Holtenau, Außenbezirk Rendsburg. Er hat sich viel Zeit genommen, mir das technische Denkmal Schwebefähre in

Rendsburg zu zeigen und zu erklären. Es ist ein Privileg meines Berufs, dabei auch Dinge zu sehen und zu erleben, die vielen Menschen verborgen bleiben. Dazu gehörte auch die Fahrt im Leitstand der Schwebefähre hoch oben über dem Nord-Ostsee-Kanal.

Wie läuft eine Gallenoperation ab? Das hat mir der Chefarzt Dr. med. Ulrich Ruta in so vorbildlicher Weise erklärt, dass es auch ein medizinischer Laie verstanden hat. Und wer – außer einem wissbegierigen Krimiautor – erhält das Angebot, in einem Operationssaal dem Entfernen einer Galle beiwohnen zu dürfen?

Zu meinen ständigen und meinen Lesern mittlerweile wohlbekannten Beratern gehören bei medizinischen Fragen Dr. med. Christiane Bigalke und meine Söhne Malte und Leif. Wie sieht ein Ertrunkener aus? Woran stirbt er? Solch merkwürdig klingende Fragen eines Krimiautors erschrecken diese Experten mittlerweile nicht mehr. Und Sabine Seifert hat mich zur »Stimmung und Atmosphäre im Operationssaal« und zur traditionellen chinesischen Medizin beraten.

Ein wichtiger Themenbereich ist die Polizeiarbeit. Die sieht in der Praxis natürlich anders aus, wie es der Husumer Polizeidirektor anlässlich einer öffentlichen Veranstaltung im Husumer Schloss bekundete. Der Alltag der wichtigen und aufopferungsvollen Arbeit der Männer und Frauen bei der Polizei wäre kein dramaturgisch lohnender Stoff für einen Kriminalroman. Um dennoch in der Nähe der Realität zu bleiben, freue ich mich über die fachkundige Unterstützung von Kriminaloberrat Michael Raasch, dem Leiter der Kripo in der Husumer Polizeidirektion, und Kriminalhauptkommissar Uwe Keller vom Landeskriminalamt Kiel.

Auch nach dem zwanzigsten Krimi bemühe ich mich, ein friedliebender Mensch zu bleiben. Um meinen »Helden« Christoph Johannes zu zitieren: Die schärfste Waffe des Polizisten ist sein Verstand. So verstehe ich nichts von asiatischer Kampftechnik. Hier hat mich Simon Jaskolski eingewiesen.

Birthe hat mich mit ihrem profunden und professionellen Knowhow bei der Recherche in der Welt der Informationstechnologie unterstützt. Ich bewundere immer wieder, wie sie seit Jahrzehnten den Anschluss an die technologische Entwicklung hält und stets auf dem aktuellen Stand ist. Doch nicht nur dafür gelten ihr meine Bewunderung und mein Dank.

Bei der Recherche zum Kernthema dieses Romans war auch das

Buch »Payback« vom Herausgeber der »Frankfurter Allgemeinen Zeitung«, Frank Schirrmacher, hilfreich.

Manche Recherchen gestalten sich zuweilen als schwierig. Nicht überall ist ein wissbegieriger Krimiautor willkommen. So war es aufwendig, an Informationen über die nebulösen Ereignisse heranzukommen, die sich im AKW Krümmel oder im GKSS-Forschungszentrum Geesthacht vermutlich 1986 ereignet haben könnten und die in der Öffentlichkeit bis heute nicht befriedigend aufgeklärt sind.

Ich habe Verständnis dafür, wenn man mich in ruhigen Wohngebieten argwöhnisch verfolgt und betrachtet, wenn ich Straßen, Wohnhäuser und Gärten fotografiere. Von aufmerksamen Nachbarn werde ich gelegentlich angesprochen. Ob jeder meinen Erklärungen Glauben schenkt, vermag ich nicht zu sagen.

Kritischer wurde es, als der Mitarbeiter eines Wachdienstes mir die Digitalkamera wegnehmen wollte und bei Weigerung Prügel androhte. Zum Gewaltexzess ist es nicht gekommen. Dabei habe ich durch den Zaun vom öffentlichen Straßenraum aus an einem Feiertag, an dem der Betrieb ruhte, hindurchfotografiert. Der Wachmann hat mir lautstark erklärt, ich würde Bilder eines geheimen Areals aufnehmen. Es handelte sich hier um den Gemüsegroßmarkt Hannover. Habe ich unwissend die Mafia fotografiert? Kaum, denn alle Geschichten sind Phantasieprodukte.

Kritisch beäugt wurde ich auch bei meinen Fotoexkursionen im Rotlichtviertel. Weder Besucher noch dort tätige Menschen haben es gern gesehen, von mir digital verewigt zu werden. Anfeindungen war ich dort allerdings nicht ausgesetzt.

Viel Heiterkeit hat meine arglose Rückfrage bei einer jungen Mitarbeiterin des Verlages ausgelöst, die dort in einem Großraumbüro tätig ist. Ich wusste, dass sie aus Hannover stammt und mit den örtlichen Gegebenheiten besser vertraut ist, als ich es war. So habe ich sie als Einheimische gefragt, in welchem Bereich sich in Hannover die Rotlichtszene konzentriert. Salopp formuliert hieß es verkürzt: Der Nygaard sucht in Hannover ein Bordell. Ich habe drei Romane schreiben müssen, um das zu widerlegen.

Seien es die Nord-Ostsee-Bahn in Kiel, die Abfallwirtschaft in der Kreisverwaltung Nordfriesland oder die Mitarbeiter der Buchhandlung Liesegang in Eckernförde, die zum Erstaunen der anwesenden Kunden mit mir im Laden die beste Stelle zur Ablage einer Leiche gesucht haben … Hier und an vielen anderen Orten und

Plätzen habe ich mit meinen Wünschen und Anliegen ein offenes Ohr gefunden.

Die Redakteurin Margarete von Schwarzkopf hat sich viel Zeit genommen, mich durch das Landesfunkhaus Hannover zu führen und mir das »Radiomachen« zu erklären. Das gilt auch für viele andere Mitarbeiter des NDR, sogar der Besuch bei der Moderatorin Martina Gilica während einer Livesendung ließ sich ermöglichen.

Diese und zahlreiche andere Begebenheiten haben dazu beigetragen, dass ich meinen Beruf als außergewöhnlich spannend empfinde.

Was wären alle im Manuskript verarbeiteten Recherchen, zu phantasievollen Kriminalstorys verwandelten Ideen ohne meinen Verleger Hejo Emons und sein ebenso erfolg- wie hilfreiches Team? Ich müsste hier viele Namen aufführen, ohne die keine Zeile von mir gedruckt erscheinen würde. Herzlichen Dank an alle Mitarbeiter des Emons Verlags.

Natürlich stellt sich im Laufe der Zeit und nach zwanzig Büchern ein wenig Erfahrung und Routine ein. Doch ohne meine Lektorin Dr. Marion Heister hätte allen Büchern der letzte Schliff gefehlt, hätten sich viele kleine Unzulänglichkeiten eingeschlichen, zu denen ein fehlbarer Autor fähig ist. Und wenn doch Fehler auftreten, trage ich ganz allein dafür die Verantwortung.

Mein Dank gilt dem Buchhandel, aber auch den Rezensenten und Kritikern, deren Urteil mir viel bedeutet und deren kluger Rat für meine Arbeit von immensem Nutzen ist.

Liebe Leserinnen und Leser,

es bleibt, dem obersten Souverän eines jeden Autors zu danken: Ihnen!
Ohne Sie wäre jede Mühe und Anstrengung vergeblich. So danke ich Ihnen für Ihr Interesse, Ihre Treue und Ihre Ermunterung, weiterzuschreiben.
Ich werde es mit viel Freude tun.

Ihr
Hannes Nygaard

Hannes Nygaard
TOD IN DER MARSCH
Broschur, 240 Seiten
ISBN 978-3-89705-353-3

»Ein tolles Ermittlerteam, bei dem man auf eine Fortsetzung hofft.« Der Nordschleswiger

»Bis der Täter feststeht, rollt Hannes Nygaard in seinem atmosphärischen Krimi viele unterschiedliche Spiel-Stränge auf, verknüpft sie sehr unterhaltsam, lässt uns teilhaben an friesischer Landschaft und knochenharter Ermittlungsarbeit.« Rheinische Post

Hannes Nygaard
VOM HIMMEL HOCH
Broschur, 240 Seiten
ISBN 978-3-89705-379-3

»Nygaard gelingt es, den typisch nordfriesischen Charakter herauszustellen und seinem Buch dadurch ein hohes Maß an Authentizität zu verleihen.« Husumer Nachrichten

»Hannes Nygaards Krimi führt die Leser kaum in lästige Nebenhandlungsstränge, sondern bleibt Ermittlern und Verdächtigen stets dicht auf den Fersen, führt Figuren vor, die plastisch und plausibel sind, so dass aus der klar strukturierten Handlung Spannung entsteht.« Westfälische Nachrichten

www.emons-verlag.de

Hannes Nygaard
MORDLICHT
Broschur, 240 Seiten
ISBN 978-3-89705-418-9

»Wer skurrile Typen, eine raue, aber dennoch pittoreske Landschaft und dazu noch einen kniffligen Fall mag, der wird an ›Mordlicht‹ seinen Spaß haben.« NDR

»Ohne den kriminalistischen Handlungsstrang aus den Augen zu verlieren, beweist Autor Hannes Nygaard bei den meist liebevollen, teilweise aber auch kritischen Schilderungen hiesiger Verhältnisse wieder einmal großen Kenntnisreichtum, Sensibilität und eine starke Beobachtungsgabe.« Kieler Nachrichten

Hannes Nygaard
TOD AN DER FÖRDE
Broschur, 256 Seiten
ISBN 978-3-89705-468-4

»Dass die Spannung bis zum letzten Augenblick bewahrt wird, garantieren nicht zuletzt die Sachkenntnis des Autors und die verblüffenden Wendungen der intelligenten Handlung.« Friesenanzeiger

»Ein weiterer scharfsinniger Thriller von Hannes Nygaard.« Förde Kurier

Charles Brauer liest
TOD AN DER FÖRDE
4 CDs
ISBN 978-3-89705-645-9

www.emons-verlag.de

Hannes Nygaard
TODESHAUS AM DEICH
Broschur, 240 Seiten
ISBN 978-3-89705-485-1

»Ein ruhiger Krimi, wenn man so möchte, der aber mit seinen plastischen Charakteren und seiner authentischen Atmosphäre überaus sympathisch ist.« www.büchertreff.de

»Dieser Roman, mit viel liebevollem Lokalkolorit ausgestattet, überzeugt mit seinem fesselnden Plot und der gut erzählten Geschichte.«
Wir Insulaner – Das Föhrer Blatt

Hannes Nygaard
KÜSTENFILZ
Broschur, 272 Seiten
ISBN 978-3-89705-509-4

»Mit ›Küstenfilz‹ hat Nygaard der Schlei-region ein Denkmal in Buchform gesetzt.«
Schleswiger Nachrichten

»Nygaard, der so stimmungsvoll zwischen Nord- und Ostsee ermitteln lässt, variiert geschickt das Personal seiner Romane.«
Westfälische Nachrichten

www.emons-verlag.de

Hannes Nygaard
TODESKÜSTE
Broschur, 288 Seiten
ISBN 978-3-89705-560-5

»Seit fünf Jahren erobern die Hinterm Deich Krimis von Hannes Nygaard den norddeutschen Raum.« Palette Nordfriesland

»Der Autor Hannes Nygaard hat mit ›Todesküste‹ den siebten seiner Krimis ›hinterm Deich‹ vorgelegt – und gewiss einen seiner besten.«
Westfälische Nachrichten

Hannes Nygaard
TOD AM KANAL
Broschur, 256 Seiten
ISBN 978-3-89705-585-8

»Spannung und jede Menge Lokalkolorit.«
Süd-/Nord-Anzeiger

»Der beste Roman der Serie.« Flensborg Avis

Hannes Nygaard
DER TOTE VOM KLIFF
Broschur, 272 Seiten
ISBN 978-3-89705-623-7

»Mit seinem neuen Roman hat Nygaard einen spannenden wie humorigen Krimi abgeliefert.« Lübecker Nachrichten

»Ein spannender und die Stimmung hervorragend einfangender Roman.« Oldenburger Kurier

Hannes Nygaard
DER INSELKÖNIG
Broschur, 256 Seiten
ISBN 978-3-89705-672-5

»Die Leser sind immer mitten im Geschehen, und wenn man erst einmal mit dem Buch angefangen hat, dann ist es nicht leicht, es wieder aus der Hand zu legen.« Radio ZuSa

www.emons-verlag.de

Hannes Nygaard
TOD IM KOOG
Broschur, 240 Seiten
ISBN 978-3-89705-855-2

»Ein gelungener Roman, der gerade durch sein scheinbar einfaches Ende einen realistischen Blick auf die oft banalen Gründe für sexuell motivierte Verbrechen erlaubt.« Radio ZuSa

Hannes Nygaard
MORD AN DER LEINE
Broschur, 256 Seiten
ISBN 978-3-89705-625-1

»›Mord an der Leine‹ bringt neben Lokalkolorit aus der niedersächsischen Landeshauptstadt auch eine sympathische Heldin ins Spiel, die man noch häufiger erleben möchte.« NDR 1

www.emons-verlag.de

Hannes Nygaard
NIEDERSACHSEN MAFIA
Broschur, 256 Seiten
ISBN 978-3-89705-751-7

»Einmal mehr erzählt Hannes Nygaard spannend, humorvoll und kenntnisreich vom organisierten Verbrechen.«   NDR

»Nygaard lebt auf der Insel Nordstrand – dort an der Küste ist er der Krimi-Star schlechthin.«   Neue Presse

Hannes Nygaard
DAS FINALE
Broschur, 240 Seiten
ISBN 978-3-89705-860-6

»Wäre das Buch nicht so lebendig geschrieben und knüpfte es nicht geschickt an reale Begebenheiten an, man würde ›Das Finale‹ wohl aus Mangel an Glaubwürdigkeit schnell beiseitelegen. So aber hat Nygaard im letzten Teil seiner niedersächsischen Krimi-Trilogie eine spannende Verbrecherjagd beschrieben.«   Hannoversche Allgemeine Zeitung

Hannes Nygaard
EINE PRISE ANGST
Broschur, 240 Seiten
ISBN 978-3-89705-921-4

Hannes Nygaard nimmt seine Leser mit auf eine kriminelle Reise von Nord nach Süd. Große und kleine Verbrecher begehen geschickt getarnte Morde, geraten unfreiwillig in dunkle Machenschaften oder erliegen dem Fluch von Hass, Gier oder Leidenschaft. Außergewöhnliche Mordmethoden und manch skurrile Beteiligte garantieren ein kurzweiliges und schwarzes Lesevergnügen.

www.emons-verlag.de